W0222499

SWAN HILL

DE LA MÊME AUTEURE

L'Héritage de Cassandra, L'Archipel, 2020.
Cassandra et ses sœurs, L'Archipel, 2019 ; Archipoche, 2020.
Le Destin de Cassandra, L'Archipel, 2018 ; Archipoche, 2019.

ANNA JACOBS

SWAN HILL

Les Pionniers

traduit de l'anglais (Grande-Bretagne)
par Jacqueline Odin

ARCHIPOCHE

Ce livre a été publié sous le titre
The Trader's Wife
par Hodder & Stoughton, Londres.

Notre catalogue est consultable à l'adresse suivante :
www.lisez.com/archipoche/44

Éditions Archipoche
92, avenue de France
75013 Paris

ISBN 978-2-3773-5987-5

Copyright © Anna Jacobs, 2011.
Copyright © L'Archipel, 2020, pour la traduction française.

À David Boris, notre charmant petit-fils,
avec toute mon affection.

Prologue

Singapour, avril 1865

La chaleur moite de Singapour enveloppa Isabella Saunders comme une couverture chaude alors qu'elle se rendait à l'entretien. Il y avait maintenant trois semaines qu'elle cherchait une place : gouvernante, préceptrice, dame de compagnie, secrétaire particulière… N'importe lequel des emplois offerts par voie d'annonce dans le *Straits Times*. Pour la plupart, les gens à qui elle avait écrit n'avaient même pas pris la peine de la voir, s'étaient contentés d'envoyer une réponse d'une ligne disant que le poste était pourvu.

Cette employeuse, en revanche, avait envoyé un mot aimable l'invitant à prendre le thé. Cela signifiait assurément qu'elle avait une chance. Dans le cas contraire… elle frémissait de penser à ce qu'elle ferait.

Elle frappa à la porte et on l'introduisit dans une maison confortable. Elle sourit alors que des voix enfantines résonnaient à l'étage. Elle aimait bien les enfants. Ils ne trichaient pas avec la vie.

La bonne la laissa dans le vestibule pour aller prévenir sa maîtresse. Lorsqu'elle revint, elle fit entrer Isabella dans une petite pièce à l'arrière de la maison.

Mrs Wallace se leva et la regarda, consternée.

— Oh, ciel !

Isabella se raidit.

— Y a-t-il un problème ?

— Je ne m'attendais pas à quelqu'un d'aussi jeune.

— J'ai vingt-neuf ans, madame Wallace.

— Vous paraissez moins.

La porte s'ouvrit soudain et un jeune homme passa la tête.

— Maman, je…

Il s'interrompit pour dévisager Isabella, souriant, et elle perdit espoir. Elle ne voulait surtout pas que le fils de la maison s'intéressât à elle. Elle jeta un bref regard à Mrs Wallace et constata que son visage s'était figé.

— Je suis occupée, James. Reviens dans un moment.

Il s'attarda pour contempler encore Isabella, puis s'éloigna dans le corridor en sifflotant.

— Je regrette, vous ne convenez pas, mademoiselle Saunders.

Mrs Wallace sortit un mouchoir plié, bordé de dentelle, et, d'un geste automatique, essuya la sueur qui perlait à sa lèvre supérieure.

C'était le refus le plus rapide et le plus brutal qu'Isabella eût subi jusqu'à présent.

— Pour quelle raison ? Vous ne m'avez pas même demandé quelles étaient mes compétences ou mon expérience.

— La raison devrait vous sauter aux yeux. J'ai un fils impressionnable au mauvais âge pour accueillir une personne comme vous dans la maison. Je n'emploie jamais de gouvernante qui soit jeune et jolie.

— Mais je ne ferais…

Mrs Wallace leva une main.

— Vous ne feriez peut-être rien de mal vous-même, mais il est assez jeune pour se conduire stupidement. Je suis désolée.

Sa voix s'adoucit un peu et elle posa une pièce de monnaie sur la table.

— Voici pour vous dédommager de votre temps et de votre déplacement jusqu'ici. Je suis vraiment désolée.

Isabella aurait voulu repousser la pièce, mais sa situation ne lui permettait pas de se montrer fière.

— Merci pour votre bonté, madame, s'entendit-elle répondre. Et si vous entendez parler d'une place pour laquelle je pourrais convenir…

— Je vous le ferai savoir.

Elle réussit à sortir de la maison avant de céder aux larmes et resta un moment à lutter pour se ressaisir. Lorsqu'elle eut chassé son envie de pleurer, elle repartit vers le meublé qu'elle avait partagé avec sa mère jusqu'à la mort de celle-ci le mois précédent.

Elle traversa la longue structure métallique du pont Elgin en direction du sud, de la partie indigène de la ville, précisément du quartier chinois, se frayant un chemin dans la foule affairée. Les enfants passaient à toute vitesse, criaient et appelaient, les robustes matrones ne s'écartaient devant personne et les coolies à la poitrine nue, vêtus de pantalons bouffants qui se terminaient aux genoux, transportaient au pas de course des charges variées, parfois en équilibre aux extrémités d'une perche.

Aucun d'eux ne semblait souffrir de la chaleur moite, mais de nombreux Européens la trouvaient éprouvante et faisaient leur gymnastique très tôt le matin. Isabella s'y était accoutumée. Pourtant, quelquefois, elle rêvait des brises fraîches, vivifiantes, de l'Angleterre.

Au-dessous d'elle, amarrées au bord de l'eau, s'alignaient de petites embarcations, souvent habitées par des familles entières. Elle ralentit. Elle ne se lassait pas de les regarder. Ces gens étaient si bien entourés, pensa-t-elle, un peu envieuse. Ils l'observèrent, car en règle générale les femmes européennes ne sortaient pas non accompagnées.

Elle était seule, à tous égards maintenant que ses deux parents étaient morts, notamment durant les lentes heures sombres de la nuit, qui la terrifiaient.

Son père avait été employé de bureau au sein de la Compagnie des Indes orientales, sa mère une fille de pasteur qui s'était mésalliée. Dans les premiers temps, ils avaient aimé vivre à Singapour, où les domestiques étaient si bon marché. Son père les avait amenées ici avec le vif espoir de faire fortune en Orient, mais il s'était mis à fumer de l'opium et à jouer. Peu à peu, il avait tout perdu, jusqu'à sa vie.

À présent, l'un et l'autre ayant disparu, Singapour faisait presque l'effet d'une prison à Isabella et, plus les jours passaient, plus son avenir l'inquiétait. Elle n'avait pas d'argent pour payer la traversée de retour en Angleterre, pas d'amis vers qui se tourner, ni ici ni là-bas en Angleterre, pas même une langue en commun avec la plupart des gens qu'elle côtoyait.

Sa cousine Alice, qui était davantage une petite sœur pour elle, avait vécu avec eux pendant plusieurs années. Mais, il y avait trois ans de cela, la jeune femme d'une naïveté affligeante avait cru aux mensonges de Nicholas Renington et, lorsque défense lui avait été faite de le fréquenter, s'était enfuie pour l'épouser. Évidemment, il ne l'avait pas épousée. Ce genre d'homme ne s'encombrait pas d'un mariage.

Quelques mois plus tard, une autre femme s'était installée chez lui et nul n'avait semblé savoir ce qu'était devenue sa cousine, encore moins s'en préoccuper. Isabella avait arrêté Renington un jour dans la rue pour lui poser la question : haussant les épaules, il avait dit qu'Alice l'avait quitté et qu'il ne savait pas où elle était à présent, ni avec qui elle vivait. Tout en parlant, il avait regardé le corps d'Isabella avec une insistance si outrageante qu'elle s'était éloignée en hâte, les joues empourprées.

Elle pensait souvent à sa cousine et regrettait de ne pas même savoir si elle était saine et sauve. Alice était paresseuse et irréfléchie, mais drôle et affectueuse aussi. Elles avaient été proches parce qu'elles n'avaient personne d'autre – jusqu'à la rencontre avec Renington. Après cet épisode, la mère d'Isabella lui avait interdit de renouer avec sa cousine si jamais celle-ci réapparaissait, ou même de lui parler dans la rue.

Isabella secoua la tête. Pourquoi revenir là-dessus ? C'était bel et bien terminé. Alice était partie.

Une fois qu'elle eut franchi le pont fourmillant de passants, Isabella marcha plus vite, impatiente de rentrer. Elle se sentit soulagée lorsqu'elle tourna dans une étroite rue transversale où moins de gens la dévisageaient, car ils s'étaient habitués à sa présence. Pourquoi devraient-ils lui prêter attention ? Elle n'était ni une riche Anglaise accompagnée de domestiques, ni un Européen marchant à grandes enjambées comme si le monde lui appartenait. Elle était presque aussi pauvre que la plupart d'entre eux.

Qu'allait-elle faire si elle ne trouvait pas de travail ? Il n'y avait pas d'emplois de petites bonnes, parce que les indigènes travaillaient pour des salaires dérisoires. Elle n'avait pas les compétences nécessaires pour devenir la femme de chambre d'une dame, ni, à dire vrai, l'envie de prendre soin de la chevelure et du corps d'une autre femme. Elle préférait utiliser ses capacités intellectuelles, mais cela était aussi suspect que son apparence. Personne n'accordait sa confiance à une femme intelligente, surtout si elle était assez jolie.

Et quoiqu'elle cousît bien, elle n'avait pas le talent de sa mère pour créer des robes ou en rafraîchir de vieilles. S'agissant des travaux de couture et de raccommodage ordinaires, les femmes indigènes travaillaient encore une fois pour des prix très inférieurs. De toute façon, elle n'aurait pas pu vivre de leur rémunération.

Lorsqu'elle arriva à son meublé, elle eut le souffle coupé à la vue de ses affaires déposées pêle-mêle devant la maison. Alors qu'elle se précipitait, le fils de sa logeuse se servit d'un bâton pour chasser un Malais en haillons qui essayait de lui voler son carton à chapeau.

— Que s'est-il passé ? demanda-t-elle, sachant qu'il parlait un peu anglais.

— Mère trouve nouveau locataire. Paie plus. Vous partir.

— Mais je n'ai nulle part où aller ! Et j'ai payé le loyer de la semaine en cours.

Il haussa les épaules et se retourna vers la porte.

— Missy.

Isabella fit volte-face. Un homme se tenait sur le côté. Il était plus grand que la plupart des Chinois, plus petit qu'elle néanmoins. Il ne paraissait ni vieux ni jeune et avait une expression calme, assurée. Lorsqu'il s'adressa à elle dans sa propre langue, quelques mots prononcés lentement, elle se demanda si elle avait bien compris. Il existait une quantité de langues à Singapour, où vivaient des Malais, des Peranakan, des Chinois qui parlaient eux-mêmes la langue de leur région d'origine. Ayant besoin d'acheter sur les marchés, elle comprenait des mots ici et là, mais ses connaissances n'allaient pas plus loin.

L'homme attendit un instant puis répéta ce qu'il avait dit. Il semblait… non, il ne pouvait tout de même pas lui proposer une chambre ?

Lorsqu'il s'avança d'un pas, elle recula, redoutant le genre de prix qu'elle aurait à payer pour une chambre, étonnée aussi par son offre. Les élites des différentes nationalités vivant à Singapour se mêlaient dans les réunions mondaines, elle le savait, mais, quoiqu'il fût convenablement habillé, cet homme ne paraissait pas assez riche pour participer à l'une d'elles.

Pensait-il qu'elle vendrait son corps en échange d'une chambre ?

Il observa son visage puis, comme elle reculait encore, il secoua la tête d'un air de reproche et, avec un léger sourire, fit signe à quelqu'un de s'avancer : une femme beaucoup plus âgée. Vêtue d'une tunique et d'un pantalon bouffant sombre, elle avait une expression très désapprobatrice. Il lui posa une main sur l'épaule et dit simplement : « Mère. » Il attendit, la tête penchée, afin de s'assurer qu'Isabella avait compris.

Elle hocha la tête et répéta le mot.

Il la montra du doigt.

— Vous – sœur – chambre.

Il répéta les deux derniers mots. Il essayait sans doute de lui dire qu'elle serait en sécurité avec lui, et qu'elle partagerait une chambre avec sa sœur, ou bien qu'elle serait une sœur pour lui – elle ne savait pas laquelle des deux interprétations était la bonne. Et elle ne comprenait pas pourquoi il lui faisait cette offre, de toute façon. Il devait vouloir quelque chose d'elle en échange. Quoi donc ? Elle essaya en vain de le lui demander dans une des langues locales et, ne trouvant pas de mots, l'exprima en anglais : « Pourquoi ? » Elle ouvrit les mains et s'efforça de manifester sa perplexité.

Il hocha la tête comme s'il comprenait sa question et se désigna du doigt. « Parer angais. » Il montra sa propre bouche et dit quelque chose dans sa langue, puis secoua la tête, fronça les sourcils et déclara de nouveau :

– Parer angais.

– Vous voulez que je vous apprenne à parler anglais ?

Il fit plusieurs fois oui de la tête, l'air d'avoir saisi ses propos. Certes, les gens en comprenaient souvent plus qu'ils ne pouvaient en dire dans une langue étrangère.

Si elle ne se trompait pas, si l'offre était sincère, ses difficultés pourraient s'en trouver résolues, provisoirement du moins. Mais oserait-elle faire confiance à cet homme ? Elle ne savait même pas comment il s'appelait.

À l'instant où elle allait le lui demander, un Anglais s'avança dans la rue. Il marchait avec arrogance, forçait les gens à lui céder le passage. Isabella aurait voulu éviter à tout prix que cet individu la vît dans sa situation présente.

Il s'arrêta près d'eux et posa un long regard sur ses affaires, puis sur son visage, avant d'observer son corps, comme il le faisait toujours. Renington, l'homme qui avait causé la perte de sa cousine Alice.

— Des ennuis, mademoiselle Saunders ?
— Cela ne vous concerne pas.
— Il me semble que vous avez été expulsée de votre meublé. Je me demande quelle peut bien en être la raison…
Tandis qu'il faisait le geste de frotter deux pièces l'une contre l'autre, elle comprit, horrifiée, qu'il avait dû soudoyer sa logeuse pour qu'elle la mît dehors.
— Qu'avez-vous fait pour contrarier les respectables habitants de cette rue ?
Elle frissonna devant son sourire avide.
— Ce que je fais ne vous concerne pas, insista-t-elle, s'éloignant de lui.
Et si cet incident contribuait à la rapprocher des deux Chinois, elle les préférait infiniment à lui.
— Nous pourrions peut-être réexaminer ma proposition ? J'ai une maison et un lit à vous offrir, dit Renington avec une œillade. Je vous traiterai bien, je vous donnerai de l'argent et vous achèterai de beaux vêtements.
Elle se dressa de toute sa hauteur.
— J'ai déjà refusé et rien n'a changé depuis.
— Oh, je crois que tout a changé. Où allez-vous dormir cette nuit ? Mon jeune ami Wallace m'a informé que sa mère ne vous avait pas engagée.
Comment Renington l'avait-il su aussi vite ? Il était pareil à une araignée, tissant une toile pour la capturer. Cette pensée la décida. Elle se tourna vers le couple qui attendait patiemment sur le côté.
— Oui, je vous apprendrai à parler anglais. Comme une sœur, dit-elle en se tapotant la poitrine.
L'homme inclina la tête en signe d'acceptation et adressa quelques mots à sa mère, qui approuva. Il claqua

des doigts : deux coolies surgirent d'une petite ruelle, des hommes vigoureux, bien bâtis, à l'attitude si déterminée que Renington battit en retraite devant eux.

Elle les regarda pendant qu'ils commençaient à organiser ses affaires, mais il fut bientôt évident qu'il y avait trop de bagages à transporter. L'un d'eux dit quelque chose à l'interlocuteur d'Isabella puis s'éloigna en hâte.

L'Anglais la dévisagea, éberlué.

— Vous partez avec lui ? Un indigène ?

— Je pars avec ce gentleman chinois et sa mère. Il souhaite apprendre l'anglais. J'ai besoin d'un toit. Je cherchais une place de gouvernante. Je viens d'en trouver une.

Pourvu qu'elle eût bien compris l'offre ! Du moins aurait-elle un peu d'espoir si elle s'en allait avec les deux Chinois. Elle n'en aurait absolument aucun si elle s'en allait avec Renington. Il avait détruit la vie de sa cousine Alice, et il voulait maintenant détruire la sienne.

Son nouvel employeur, lui, n'avait sans doute pas de visées sur sa vertu, estimait-elle ; en effet, il ne l'avait pas regardée de manière impudique. Les résidents européens considéraient qu'elle et sa mère étaient « devenues indigènes » après le décès de son père, ce qui suscitait une forte réprobation. Comme elle continuait à vivre seule dans le quartier depuis la mort de sa mère, les femmes originaires d'Europe la traitaient avec une extrême froideur et les hommes faisaient parfois des remarques qu'elle jugeait insultantes quand ils la croisaient dans la rue. Elle ne pouvait que les ignorer.

Les Chinois et les Malais murmuraient lorsqu'elle passait sur les marchés, mais ils ne lui disaient rien, pas plus qu'ils ne la touchaient ni ne la harcelaient. D'après les bribes qu'elle réussissait à saisir, ils étaient fascinés par ses cheveux roux et sa peau blanche, et certains semblaient amusés par ses pieds, qui étaient beaucoup plus grands que ceux de nombreuses Chinoises, en particulier les femmes à la démarche boitillante. Elle détestait voir leurs pieds bandés.

— Missy ! l'appela l'homme chinois.

Comme ils ne s'étaient toujours pas présentés, elle lui demanda :

— Votre nom, s'il vous plaît ?

— Lee Kar Ho.

Elle savait que les Chinois mettaient le nom de famille en premier ; Kar Ho devait donc être son prénom.

— Je m'appelle Isabella Saunders, dit-elle, puis, se désignant du doigt, elle répéta : Isabella Saunders.

— Isaberra Saunda, articula-t-il avec lenteur.

Sa mère articula aussi les deux mots, mais avec moins d'exactitude, et le prénom fut réduit à « Is-beh ».

Isabella ne savait pas ce qu'il avait compris de la discussion entre Renington et elle ; en tout cas, il restait une question importante à régler avant de partir. Elle montra son ancien logement et sortit une pièce de monnaie de sa poche.

— Ils me doivent de l'argent.

Il fronça les sourcils et elle essaya d'expliquer qu'on lui devait quatre jours de loyer. Elle sortit d'autres piécettes de sa poche, indiqua ses affaires désormais empilées sur la charrette à bras qu'avait apportée l'un des coolies et montra la maison ; elle fit le geste de payer, puis ouvrit la main avec l'air d'attendre qu'on lui rendît quelque chose.

— Ah.

Il s'approcha de la maison sur le seuil de laquelle la logeuse et son fils observaient la scène, immobiles. Ils s'inclinèrent respectueusement devant lui et, après un rapide dialogue, la femme jeta un regard mauvais à Isabella, fouilla dans sa poche et compta quelques pièces.

Il les rapporta à Isabella, les lui présenta dans sa paume. La somme était juste. Il lui prit la main et y déposa l'argent.

Sans qu'elle pût l'expliquer, cet échange valut à Isabella un signe de tête approbateur de sa mère.

Lorsque Mr Lee donna de nouveau le signal du départ, Isabella s'en remit au destin et se tourna pour le suivre. Sa mère vint marcher à côté d'elle, non pas de lui.

— Catin ! hurla Renington derrière elle. Catin chinoise !

Des larmes lui montèrent aux yeux et elle tenta de les sécher discrètement, mais la vieille femme les remarqua et cria quelque chose à son fils.

Celui-ci s'arrêta net, fit volte-face et braqua son regard sur Renington. Il ne dit rien, mais son expression était menaçante. L'Anglais fut le premier à baisser les yeux ; puis il s'éloigna en vitesse sans se retourner.

Mr Lee regarda Isabella.

— Nom ? dit-il en désignant Renington.

— Nicholas Renington.

Il répéta le nom deux fois et fronça les sourcils, se rendant compte qu'il l'avait mal saisi, alors elle le dit de nouveau, avec lenteur. Cette fois, il le prononça presque correctement. Il hocha la tête et le répéta encore, comme pour l'inscrire dans sa mémoire.

Sa mère marmonna quelque chose et ils reprirent leur chemin.

Isabella voyait la charrette transportant ses affaires cahoter devant eux, sentait les regards appuyés des gens qu'ils croisaient. Une brise molle remua un instant l'air chaud, soufflant dans la direction qu'ils suivaient. *Je marche dans le sens du vent*, pensa-t-elle. *Je ne sais pas où je vais. Mais je sais au moins où je ne vais pas.*

La tête haute, elle avança en silence. Quoi que l'avenir lui réservât, elle l'aborderait avec tout son courage.

Elle tenait peut-être ici sa dernière chance de construire une vie convenable, de gagner assez d'argent pour rentrer en Angleterre et se lancer à la recherche d'Alice. Sa cousine était certainement quelque part là-bas. Dans quel autre pays aurait-elle pu se rendre depuis Singapour ?

Oh, plût au ciel que ce ne fût pas une erreur d'accepter cet emploi !

Mr Lee la conduisit dans une autre partie du quartier chinois et s'engagea dans une rue de plus bel aspect que celle où elle avait habité. De chaque côté s'alignaient des maisons à boutiques, en brique et en tuile, hautes de deux étages, la boutique elle-même située au rez-de-chaussée. Il lui était arrivé d'entrer dans de tels magasins avec sa mère ou sa cousine, de longer les galeries qui bordaient les façades, d'examiner les marchandises, d'acheter un article pour l'une des clientes de sa mère, tissu ou passementerie, rarement quelque chose pour elle.

Sous les galeries larges de deux pas environ, des vendeurs de nourriture et d'autres marchands ambulants proposaient leurs denrées ; comme d'ordinaire dans ce quartier, il était impossible d'avancer vite car on devait se faufiler entre les obstacles. L'eau vint à la bouche d'Isabella et elle huma avec délectation alors qu'un homme tendait vers elle un plateau chargé de brochettes de viande.

La vieille femme lui lança un regard pénétrant, comme si elle devinait que sa compagne avait faim. Isabella s'empressa de détourner les yeux. Elle vivait d'un unique repas quotidien, composé en général de riz et de légumes frits, et d'une poignée de riz nature le matin.

À sa surprise, ils s'arrêtèrent dans une boutique vendant de beaux tissus. Des pièces de soie éclatante étaient suspendues à des tringles près du plafond, les couleurs disposées d'une manière harmonieuse et attirante à la fois, tandis que d'autres morceaux étaient soigneusement pliés sur les étagères qui couvraient les murs latéraux et l'arrière du local. Une jeune femme en pantalon noir et tunique rouge impeccables servait une cliente. Elle lui consacra son attention complète jusqu'à ce que l'acheteuse, s'inclinant, eût quitté le magasin. Alors, elle se tourna pour leur sourire.

– Sœur, dit Mr Lee à Isabella, puis il adressa quelques mots dans sa langue à la jeune femme, qui sourit et salua la nouvelle venue.

Il précéda Isabella dans un étroit corridor menant vers l'arrière de la maison. Ils passèrent devant des pièces où elle aperçut de méticuleuses piles de marchandises. Tout au fond seulement se trouvait la vaste pièce réservée à la vie quotidienne.

Deux jeunes filles y travaillaient. À leurs vêtements élimés, Isabella devina que c'étaient des domestiques. L'une s'affairait auprès d'une énorme marmite placée sur un trou au-dessus d'un four en terre conique, dans lequel rougeoyait du charbon.

La pièce était meublée d'une table et de chaises, équipée d'étagères chargées de vaisselle, de petits ustensiles de cuisine et de récipients en faïence bleu et blanc qui pouvaient recevoir des mets et des épices, ainsi que de petits bocaux. Sur une étagère étaient rangés des bols du type que les gens utilisaient pour manger, un pot contenant des baguettes, un pot plus large d'où dépassaient de courtes cuillères en céramique, et un ou deux plats de grande taille. Tout était d'une propreté parfaite.

Mrs Lee parla à son fils et, lorsqu'il acquiesça, elle donna des instructions aux jeunes filles ; l'une d'elles quitta la pièce et monta à petits pas pressés l'escalier partant du corridor. Mr Lee se dirigea vers la porte du fond : il cria quelque chose aux coolies qui s'étaient occupés des bagages d'Isabella et attendaient patiemment dans l'espace resserré entre leur rangée de maisons et la rangée voisine.

Ils apportèrent d'abord sa malle et sa grosse valise. Mr Lee lui fit signe et l'entraîna aussitôt hors de la cuisine dans l'escalier exigu. Il était si prompt qu'elle eut des difficultés à le suivre et il dut l'attendre en haut de la deuxième volée de marches. L'escalier débouchait sur une série d'étroits compartiments ouverts, certains contenant des nattes, d'autres remplis de marchandises.

Il y avait, presque au bout, un compartiment libre que la domestique venait de finir de balayer. Quelques objets étaient posés dans le couloir à proximité. Mr Lee désigna Isabella puis montra le compartiment.

Ce lieu minuscule était-il sa nouvelle demeure ? Devant son hésitation, Mr Lee indiqua les deux compartiments dans la partie la plus sombre puis pointa le doigt vers la domestique. Les deux compartiments suivants paraissaient un peu plus grands et, les montrant, il dit « Mère », « Sœur ». Enfin, ils revinrent au compartiment vide et il la désigna du doigt.

Que pouvait-elle faire sinon incliner la tête pour exprimer son accord ?

Les coolies arrivèrent avec la malle et Mr Lee regarda Isabella puis son compartiment, comme pour demander où ils devaient la poser.

Isabella se ressaisit et indiqua un endroit près de l'extrémité ouverte. Un par un, ils montèrent les rares meubles qu'elle avait réussi à garder, dont la petite table de sa mère, qu'elle utilisait pour écrire des lettres. Néanmoins, ils étaient trop nombreux pour tenir tous et lui laisser aussi un espace suffisant pour dormir.

Mr Lee fronça les sourcils. Il montra le compartiment voisin et la domestique se hâta d'y faire un peu de place. Il s'effaça pour permettre aux coolies d'installer la commode où Isabella le souhaitait dans son compartiment et d'entreposer d'autres objets à côté. Pour terminer, ils déposèrent le linge de lit et son matelas roulé. Si certains parvenaient à dormir sur des paillasses à même le sol, elle trouvait ce mode de couchage trop inconfortable.

Malgré les objets relégués à côté, ses affaires étaient entassées à un point tel dans le petit compartiment qu'elle avait tout juste la place nécessaire pour son matelas, qui serait roulé durant la journée.

Mr Lee observa son visage avec attention. Lorsqu'il tendit le bras vers elle, une peur bleue l'envahit et elle recula brusquement. S'était-elle trompée sur ses intentions ? Mais il secoua la tête, sourit avec gentillesse et montra tour à tour leurs deux bouches. D'un geste, il la pria de redescendre l'escalier.

Le soulagement lui causa un accès de faiblesse et elle trébucha. Du bras, Mr Lee la retint, mais il la lâcha immédiatement et continua de descendre les marches.

Dans la cuisine, l'une des jeunes filles préparait un plat au parfum délicieux et l'autre sortait des bols. Mrs Lee indiqua à Isabella une place à l'extrémité d'un banc en bois, et la jeune cuisinière déposa un énorme plat de riz blanc fumant au centre de la table. L'autre fille apporta deux plats, le premier contenant une petite quantité de viande coupée en tranches très fines et le second des légumes en sauce. Les deux domestiques s'assirent ensuite au bout de la table.

Mrs Lee se mit à remplir les bols de riz, donnant le premier à son fils.

Quoiqu'elle eût très faim, Isabella ne commença pas à manger immédiatement, inquiète de ne rien connaître des règles à table. Elle se félicita d'avoir attendu lorsque tout le monde regarda Mr Lee, qui regarda alors sa mère : celle-ci saisit ses baguettes et prit une bouchée de riz. Chacun suivit son exemple, Isabella en fit donc autant.

Elle savait utiliser des baguettes, cependant elle était beaucoup moins habile qu'eux. Tous prirent un petit peu de viande et une quantité de légumes un peu plus importante, mais le riz était la principale chose qu'ils mangeaient, même Mr Lee. Elle ne put s'empêcher d'opposer cette frugalité aux plantureux repas des Européens, aux grosses parts de viande.

La nourriture était exquise et, lorsque son bol fut vide, Mrs Lee fit un geste vers le plat de riz. Isabella hésita, ne voulant pas paraître gloutonne, mais la vieille femme la regarda d'un air perspicace, s'empara de son poignet mince et secoua la tête avec une exclamation désapprobatrice.

Ce fut ce souci presque maternel à l'égard de sa santé qui donna à Isabella un véritable sentiment de sécurité. La gorge nouée, elle inclina la tête avec reconnaissance et accepta un autre bol de nourriture. Lorsqu'elle l'eut terminé, elle proposa son premier cours d'anglais. Mr Lee y consentit sur-le-champ.

— Bol, baguettes, table…

Elle était tellement fatiguée qu'elle serait volontiers allée au lit dès la tombée de la nuit, c'est-à-dire vers dix-huit heures dans cette partie du monde, de façon presque invariable à cause de la proximité avec l'équateur. Parfois, elle avait la nostalgie des longues soirées d'été d'Angleterre, de l'atmosphère fraîche, de la pluie fine, persistante et des matins d'automne piquants. Ici, il pleuvait souvent à verse l'après-midi, et l'air restait chaud et humide toute l'année.

Ce fut seulement lorsque Mrs Lee et sa fille montèrent l'escalier qu'Isabella vit son souhait se réaliser. Elles lui montrèrent où satisfaire ses besoins corporels, les domestiques lui apportèrent une cruche d'eau pour le matin, puis tout le monde s'installa pour dormir.

Isabella était exténuée. Étendue sur son matelas, couverte par décence d'un simple drap, elle laissa couler quelques larmes de soulagement et de tristesse mêlés.

Mais vint ensuite le réconfort d'un petit rayon d'espoir. Il y avait longtemps qu'elle ne s'était pas sentie aussi en sécurité, qu'elle n'avait pas aussi bien mangé, en outre. Les choses iraient peut-être mieux pour elle à présent.

1

Avril 1867

Bram Deagan se tenait à la poupe de la *Bonny Mary*, le regard tourné vers un splendide coucher de soleil alors que le navire s'éloignait de Ceylan et du port de Galle. Il avait voyagé en Australie avec Ronan, son ami d'enfance, puis était revenu à Galle. Mais à présent, son ami regagnait l'Irlande, tandis que Bram partait pour Singapour. Ils ne se reverraient sans doute jamais.

Il souffrait de penser qu'il ne pourrait jamais rentrer, jamais retrouver les siens. Il avait été congédié et, s'il avait refusé de quitter le village, sa famille aurait perdu maison et travail.

Pour son ami, qui appartenait à la petite noblesse, peu importait que Bram fût un simple valet d'écurie ; Ronan lui avait assuré qu'il y avait toujours une place en Australie pour un homme sachant s'y prendre avec les chevaux. Bram avait néanmoins choisi d'aller à Singapour, qui se trouvait au nord de l'Australie-Occidentale, sur l'équateur.

Au rythme où il voyageait, Bram découvrirait même peut-être l'un de ces pays fabuleux décrits dans les livres et appelés « terres des dragons » sur les cartes anciennes.

Il devrait s'en remettre à son nouvel ami Dougal, capitaine de cette goélette, pour le guider à Singapour. Dougal y avait en effet déjà commercé.

Bram ne discernait pas encore clairement son nouveau chemin dans la vie, mais après avoir traversé la moitié du monde et rencontré de nouveaux types de gens sur le vaisseau, il commençait à envisager son avenir d'une manière différente. Entendre leurs récits, voir des lieux comme Alexandrie et Suez avait allumé une flamme à l'intérieur de lui. D'abord toute petite, elle ne cessait de grandir et de s'intensifier.

La première fois qu'il s'était interrogé, dans le silence de la nuit, sur la possibilité pour lui d'être davantage qu'un valet d'écurie, l'audace de cette pensée l'avait terrifié. Mais l'idée persistait, réapparaissait sans relâche. D'autres gens avaient fait fortune en Australie : pourquoi pas lui ?

Pouvait-il réussir sa nouvelle vie ? Le pouvait-il vraiment ? Il savait qu'il n'était pas bête, mais avait-il le talent d'amasser de l'argent ? Il se jaugea d'un regard, un sourire ironique aux lèvres. Un homme ordinaire, de taille moyenne, plutôt maigre, car il n'avait jamais mangé à sa faim pendant sa prime jeunesse. La nourriture lui avait semblé très abondante sur le vaisseau voguant vers l'Australie. Une nourriture simple, certes, mais il avait eu de quoi se rassasier, et largement, à chacun de ses repas, pour la première fois de son existence.

Il n'était en rien chétif, parce que le dur travail physique dans les écuries développait les muscles, mais c'était son cerveau qu'il devait utiliser maintenant s'il voulait gagner de l'argent, et il craignait de n'avoir pas assez de connaissances. Il était intelligent, avait appris à lire sans aucune difficulté à l'école du village et, mis au travail à l'âge de dix ans, avait continué de s'instruire en lisant tous les livres qui lui tombaient sous la main. Ses employeurs n'appréciaient pas cette habitude et il s'était empressé de soustraire les ouvrages au regard du palefrenier en chef.

Les livres étaient une mine de renseignements. Il en avait emporté un pour cette traversée, qui traitait de comptabilité, une lecture austère, mais voilà : s'il gagnait de l'argent, il devrait être capable de le gérer avec soin. Aux idiots l'argent brûlait les doigts, et il n'entendait pas passer pour un idiot. Il y avait eu d'autres ouvrages à disposition sur le vaisseau, et de longues heures de loisir durant lesquelles lire ou simplement converser avec les autres passagers.

Si Dougal ne se trompait pas, Bram pourrait acheter à Singapour des marchandises bon marché qu'il revendrait ensuite en Australie, dans la colonie de Swan Hill, avec un gros bénéfice. Il pourrait vendre aussi le reste du contenu de la malle de la mère de Ronan. Celle-ci était morte durant la traversée vers l'Australie et Ronan, sous le coup du chagrin, avait donné l'ordre de jeter sa malle par-dessus bord.

Quel gâchis cela aurait été ! Les vêtements et petits bijoux qu'elle contenait rapporteraient assez à Bram pour lui permettre de faire modestement ses débuts. Il avait donc exprimé son désaccord, ignoré la réprobation dans les yeux de son ami et conservé la malle. Il avait vendu plusieurs objets sur le vaisseau même, d'autres à Fremantle, si bien qu'il avait maintenant quelques pièces à faire tinter dans ses poches – mais il n'était pas du genre à se vanter d'avoir les poches pleines.

— J'ouvrirai une boutique, avait-il dit à tous, s'emparant de la première idée qui avait surgi dans son esprit.

Il n'était pourtant pas certain de vouloir demeurer à longueur de journée entre quatre murs. Non, il n'en était pas du tout certain. Sa seule certitude était qu'il voulait gagner de l'argent, qu'il le souhaitait avec ardeur.

Il se retrouva soudain à prier, ce qui ne lui était pas arrivé depuis fort longtemps. *Seigneur, faites que je réussisse. Je ne serai pas cupide, je n'oublierai pas ceux que la disette menace chaque jour. Et je prendrai soin de ma famille, je la ferai venir en Australie, si je peux. Seigneur, écoutez ma prière…*

C'était là un rêve magnifique : améliorer l'existence de son père et de sa mère, acheter de beaux vêtements à ses sœurs.

Il resta contre la rambarde à regarder le sillage de la goélette, perdu dans ses pensées, jusqu'au moment où Dougal le rejoignit.

— Espérons que le temps sera moins exécrable cette fois-ci.

Bram grimaça.

— Je n'aime pas beaucoup avoir le mal de mer, je dois l'avouer.

— Certains parviennent à le dominer peu à peu.

Malheureusement, Bram ne tarda pas à constater qu'il n'était pas parmi ces chanceux. Dès que la brise fraîchit, il fut de nouveau malade comme un chien. Fraîchir ! Quel mot pour évoquer des vagues aussi hautes que des montagnes !

— C'est la dernière fois que je monte sur un maudit navire, jura-t-il entre deux crises de vomissements par-dessus la rambarde ou dans un seau à l'intérieur de sa cabine.

Il s'était fait la même promesse à son arrivée en Australie.

Mais avait-il le choix ? Il lui fallait établir des relations à Singapour, trouver des personnes dignes de confiance, des personnes qui pourraient lui fournir régulièrement les bonnes marchandises, des articles qu'il revendrait avec un bénéfice.

Pendant son séjour dans la maison de Dougal en Australie, il avait trouvé un vieil annuaire dans lequel figurait une liste de marchandises vendues à Singapour, mais la plupart d'entre elles ne convenaient pas pour un petit commerce. Il reprit l'examen de la liste, essayant de ne plus penser à son estomac barbouillé.

— Ancres, arack, café, marmonna-t-il, le doigt sur la page. Cire d'abeille, clou de girofle, eau-de-vie – une possibilité –, fil de cuivre, gutta-percha, macis, nacre, noix de muscade – oui, les épices étaient une possibilité intéressante –, plaques de verre, porcelaine – quel genre de porcelaine ? –, riz, rotin, soie, thé, tissus à la pièce, vin.

Quel genre de vin y avait-il à Singapour ? Les Orientaux fabriquaient-ils du vin ? La famille de la grande maison s'était procuré son vin en France.

Il était si cruellement ignorant du monde, n'avait même jamais goûté de vin avant le jour où Ronan avait partagé une bouteille avec lui à Londres. La boisson avait une jolie couleur, mais il n'en avait pas tellement aimé le goût. Il préférait la bière brune, et de loin !

Puis il oublia tout le reste alors qu'il saisissait encore une fois le seau.

Immobile derrière Mr Lee, Isabella surveillait l'employé chargé de livrer la cargaison. L'homme parlait plus fort que nécessaire, comme le faisaient certains Anglais quand ils traitaient avec des étrangers. Quel imbécile ! Mr Lee s'était déjà adressé à lui dans un anglais parfaitement intelligible.

À son soulagement, il eut bientôt terminé. Ils prirent le chemin du retour, marchant côte à côte parce que Mr Lee aimait bavarder de ce qu'ils voyaient et perfectionner ses compétences linguistiques. Il y avait toujours quelque chose de nouveau à voir à Singapour, du moins pour elle.

Aujourd'hui, il était plus silencieux que d'habitude et elle en profita pour réfléchir à ce qu'elle voulait lui dire. Elle comptait choisir le moment avec soin. Depuis plusieurs semaines, elle se sentait agitée, s'ennuyait un peu, en vérité.

Un faible déplacement de l'air chaud, trop ténu pour être qualifié de brise, apporta les odeurs de la rue alentour, les unes agréables, les autres assez répugnantes pour l'inciter à retenir sa respiration pendant quelques pas. Elle se souvint de la légère brise qui l'avait accompagnée lors de son trajet décisif jusqu'à la maison de la famille Lee, deux ans auparavant.

Alors qu'ils passaient près d'un étal de durians, elle fronça le nez. Les énormes fruits verts hérissés avaient peut-être un goût délicieux, mais ils sentaient si mauvais qu'elle n'avait jamais pu se résoudre à essayer d'en manger. Les membres de la famille Lee se moquaient de son aversion, mais avec gentillesse. Dès qu'elle avait prouvé sa diligence au travail, ils l'avaient acceptée comme une des leurs et s'étaient montrés très bienveillants. Ils lui avaient même permis d'appeler Mr Lee « Ah Sok » quand ils étaient à la maison, ce qui signifiait « oncle ». Pour sa mère, elle utilisait l'expression « Ah Yee », c'est-à-dire « tantine ».

Ce soir-là, Isabella attendit la fin du dîner pour demander :

— Pouvons-nous parler de mon avenir, s'il vous plaît, Lee-sang ?

Elle s'était adressée à lui de manière plus solennelle, utilisant l'équivalent chinois de « monsieur ».

Sa mère observa Isabella d'un œil pénétrant. Mr Lee posa sur elle l'un de ses regards neutres, suivi d'une légère inclination de la tête, comme pour l'inviter à continuer.

Elle était intimidée, mais elle savait qu'elle ne pouvait pas continuer à vivre ainsi.

— J'ai accompli le travail pour lequel vous m'aviez engagée. Vous parlez très bien anglais maintenant et vous n'avez plus vraiment besoin de moi. Je ne fais qu'écrire quelques lettres en anglais et aider Xiu Mei au magasin de temps en temps. N'importe quel employé pourrait rédiger les lettres et il vous serait facile de trouver quelqu'un pour aider à la boutique.

Il la considéra d'un air songeur, sans rien révéler de ses pensées.

Ce fut sa mère qui demanda, dans un anglais cahotant :

— Quoi vouloir faire ?

— Rentrer en Angleterre, Ah Yee, et me lancer à la recherche de ma cousine.

— Pas savoir si cousine est en Angleterre.

— Elle a dû retourner là-bas. Dans quel pays seraitelle allée ?

Elle n'était pas morte, tout de même ? Pas la jolie, pétulante Alice !

Ils avaient déjà eu cette discussion plusieurs fois. Isabella jeta un regard suppliant à Mr Lee, qui était le maître de cette maisonnée – et son maître à elle, aussi.

— Il faut que je découvre ce qu'elle est devenue, Lee-sang, et comment pourrais-je y parvenir en restant ici ? Alice est la seule parente proche que j'ai encore. Je vous suis reconnaissante de tout ce que vous avez fait pour moi. J'éprouve une gratitude extrême. Cependant, vous n'avez plus besoin de moi désormais.

— Vous avez un toit sur la tête. Pas besoin de dépenser l'argent. Mieux d'économiser plus. Vous êtes en sécurité ici.

Il n'avait pas pris un ton sévère, ce qui lui donna de l'espoir.

— C'est ce que vous dites toujours. Et je vous suis reconnaissante de veiller à ma sécurité. Mais j'ai besoin d'être occupée, d'utiliser mes capacités intellectuelles.

Au lieu d'employer son temps libre à du ménage, à des travaux de couture ordinaires ou à l'empaquetage d'articles sous l'œil de lynx de sa mère.

Il la considéra de nouveau d'un air pensif.

— Oui. Vous êtes intelligente. Alors… je me renseigne sur Alice.

Il avait encore des difficultés à prononcer le « L », si bien qu'il dit plutôt « Arris », de même qu'il disait « Isaberra ». Il ajouta :

— Patience, petite sœur.

Elle regrettait de ne pas être vraiment de sa famille quand elle entendait ce surnom.

— Mais…

— Aucun profit pour moi si vous partez maintenant. Je ne fais pas commerce avec l'Angleterre : je ne peux pas aider si vous allez là-bas. Et je veux la sécurité pour vous.

Elle se sentit touchée par cette sollicitude. Ses propos étaient toujours sincères. Elle avait eu une chance inouïe le jour où elle l'avait rencontré.

— Mais…

— Je trouve mieux. Patience.

Il fit un geste impérieux de la main, ce qui signifiait que le sujet était clos, et Isabella se garda bien d'insister. Mr Lee était honnête, bon envers sa famille et attentif aux personnes à sa charge ; mais il pouvait aussi être impitoyable si l'on provoquait sa colère, si quelqu'un essayait de le duper ou de le voler, et il avait un excellent sens des affaires.

Elle s'aperçut qu'il continuait à l'observer et inclina la tête en signe d'accord. Il serait plus sage de quitter Singapour avec sa bénédiction. En outre, elle voudrait revenir les voir un jour, si le destin le lui permettait.

D'après ce qu'elle avait entendu dans ses conversations avec sa mère et sa sœur, Lee Kar Ho était un ancien ouvrier agricole venu à Singapour des années plus tôt, comme tant d'autres, parce que les perspectives d'avenir étaient meilleures pour un jeune homme ambitieux dans une ville dont la création moderne remontait à quelques décennies seulement. Il avait d'abord eu un emploi de coolie mais, par opposition à beaucoup d'entre eux, il s'était servi de l'argent gagné pour en gagner davantage. Il était aujourd'hui dans une situation prospère et ne cessait de s'enrichir, bien qu'il demeurât dans une maison-boutique. Isabella avait une grande admiration pour lui et sa famille.

Sa mère avait contribué à sa réussite. Bo Jun était travailleuse et perspicace, de surcroît. Elle tenait la maison de façon économe et s'occupait des activités quotidiennes du petit magasin élégant au rez-de-chaussée.

Néanmoins, c'était sa fille qui réalisait la plupart des ventes maintenant, qui aimait la belle soie et les autres tissus. Xiu Mei savait à la fois s'y prendre avec la clientèle et choisir les tissus à vendre, et elle avait transmis ses compétences à Isabella.

La boutique n'était que l'un des nombreux intérêts commerciaux de Lee Kar Ho. Isabella l'avait aidé pour les papiers en anglais de plusieurs autres activités commerciales, ayant trait aux cargaisons de navires européens qui arrivaient ou à l'expédition de marchandises vers d'autres ports. Il avait d'autres participations encore, mais n'en révélait pas les détails.

Où en serait Isabella à ce jour si elle avait appartenu à une famille aussi travailleuse que celle-ci ? C'était un chagrin secret, de n'avoir pas de famille à elle. Néanmoins, même quand ils étaient vivants, ses parents n'avaient pas tiré profit des occasions ici. Sa mère confectionnait certes de beaux vêtements pour dames, mais elle n'avait aucune aptitude par ailleurs, ni pour la cuisine ni pour la gestion de l'argent, en particulier. Après la mort de son mari, elle aurait été perdue sans sa fille avisée pour organiser sa vie.

À un signe de Mrs Lee, la domestique débarrassa la table et, lorsque tout fut propre et rangé, les femmes de la famille montèrent se coucher.

Isabella ignorait où Mr Lee allait ce soir ; il sortait en tout cas plusieurs fois par semaine après la tombée de la nuit. Peut-être allait-il à une réunion de la société secrète dont il était membre, comme quantité d'autres personnes du quartier. Peut-être rendait-il visite à sa concubine. Elle avait été choquée quand Xiu Mei lui avait parlé de la concubine, mais sa mère et sa sœur semblaient l'accepter comme une nécessité chez un homme encore jeune et viril.

Il allait parfois dans les salles de chant, des lieux très appréciés par les Chinois. Au cours des deux années qu'elle venait de passer au sein de la famille, Isabella n'était jamais sortie seule après la tombée du jour. Xiu Mei et Mrs Lee restaient tranquillement à la maison elles aussi.

Eh bien, pensa-t-elle en déroulant son matelas, elle avait fait tout son possible pour changer son avenir et ne pouvait qu'attendre désormais. Mr Lee avait promis d'enquêter sur la disparition d'Alice, et il tenait toujours parole. Néanmoins, il s'en occuperait au moment qui lui plairait et utiliserait les informations pour ses propres fins autant que pour l'aider.

Elle ressentait le besoin d'être épaulée par Mr Lee car Renington persistait à l'observer parfois dans la rue avec ce regard insistant, lubrique, qu'elle détestait. L'homme semblait toujours avoir beaucoup d'argent et elle était certaine que, sans un protecteur tel que son employeur, elle aurait depuis longtemps perdu son combat pour demeurer respectable.

Serait-elle à nouveau libre un jour ? La liberté pouvait-elle exister pour une femme seule ? Elle n'en savait rien, mais elle gardait l'espoir de se construire une vie meilleure, peut-être même de finir par retourner en Angleterre. Elle s'agenouilla sur son matelas pour prier, comme de si nombreuses fois déjà.

Mon Dieu, faites qu'Alice soit vivante. Faites que je ne sois pas seule au monde. S'il n'est pas trop tard, faites que j'aie ma propre famille un jour.

Ce dernier souhait était vain. À trente et un ans, elle avait largement passé l'âge auquel les femmes se mariaient, en général. Mais il n'était pas défendu de rêver, n'est-ce pas ? Cela ne coûtait rien, hormis quelques larmes et soupirs.

Penché par-dessus la rambarde de la *Bonny Mary*, Bram regarda l'équipage finir d'amarrer la goélette dans le port de Singapour.

— Tu descends à terre ? lui demanda Dougal peu après. Il faut que tout soit en ordre pour que nous puissions commencer à commercer. Les affaires officielles d'abord, les officieuses ensuite.

Bram hocha la tête. « Officieux » signifiait « pot-de-vin », avait-il découvert. L'idée de payer pour s'assurer des services le rebutait, mais Dougal lui avait expliqué que c'était normal ici.

Ce dont Bram avait vraiment envie, c'était de flâner dans les rues et d'observer ce nouveau monde prodigieux. Même la chaleur moite de l'air l'avait surpris, bien que son ami eût essayé de l'en avertir.

Les deux hommes marchèrent à une allure modérée, Dougal suant et maudissant la chaleur, Bram préservant son énergie. Il avait abandonné depuis des jours ses maillots de corps en mérinos et portait des caleçons en coton au lieu de ceux en laine qu'il mettait en Irlande. Des vêtements de laine sous un climat chaud, quelle stupidité !

Il se souvint de toutes les fois où il avait souffert du froid ou de l'humidité et rêvé de chaleur. Ici, c'était l'inverse, on devait rêver d'air frais, mordant – du moins, à condition de savoir qu'une telle chose existait. Y avait-il des hivers ici ? Dougal disait que le temps restait le même toute l'année : chaud, avec de fréquents et brefs orages l'après-midi.

Bram sentit un léger coup de coude dans les côtes.

— Ne fixe pas les gens des yeux ! C'est considéré comme très impoli.

Il s'efforça donc d'éviter les regards appuyés et de laisser les images pénétrer dans son esprit : des visages orientaux partout, différents types d'habillement, des femmes en pantalon, des hommes vêtus seulement de culottes courtes transportant des ballots aux extrémités de longues perches. De petits enfants couraient avec des cris aigus, d'autres enfants qui avaient un air plus grave faisaient des courses, peut-être, ou marchaient respectueusement derrière un adulte.

Il aperçut au loin une femme européenne. Elle se distinguait parmi la foule d'Orientaux : outre qu'elle était plus grande que la plupart d'entre eux, elle avait une chevelure rousse. Sans être belle, elle était saisissante. Elle se promenait en compagnie d'un Chinois, et tous deux parlaient avec un grand sérieux. Bram fut triste lorsqu'il la perdit de vue. Il avait aimé observer son visage expressif tandis qu'elle faisait des gestes et conversait.

Il aurait pu déambuler la journée entière et se remplir les yeux d'images, mais Dougal voulait regagner le navire, au prétexte qu'il faisait plus frais sur l'eau. Affirmation douteuse, mais s'il en était persuadé, il se sentirait assurément mieux là-bas.

Une fois les visites de politesse terminées, Dougal attendit sur la goélette que certains de ses partenaires commerciaux vinssent à lui.

— Je ne traite pas avec une seule personne. Ce serait manquer de jugeote. Une telle situation lui donnerait trop d'autorité sur moi.

Deux jours plus tard, Dougal, couché dans sa cabine, le teint blême, n'avait envie que de repos, parce qu'il avait mangé la veille quelque chose qui lui avait détraqué l'estomac. Bram passa un moment sur le pont à s'ennuyer ferme, puis il décida de se rendre seul en ville.

— Prends un guide, insista son ami. Tu penses que tu te rappelleras le chemin du retour, mais tu te trompes. Et n'oublie pas que, ce soir, nous dînerons chez les Wallace. C'est un parent du côté de ma mère, assez distant, mais c'est agréable d'avoir un endroit où aller le soir. Je ne retournerai pas dans un théâtre wayang : je n'ai jamais entendu de tels miaulements de ma vie.

Bram autorisa donc un membre d'équipage à marchander les services d'un guide qui parlait un peu anglais, et alla parcourir la ville. Son guide l'emmena dans le quartier européen, où il y avait de larges rues bordées de jolies villas et, plus loin, de vastes demeures. Il eut des difficultés à convaincre l'homme que ce n'était pas ce qu'il souhaitait voir.

Ils allèrent ensuite à Raffles Place, sur la rive sud du fleuve. Il fut d'abord désorienté, car le guide avait fait mention de Commercial Square, mais il s'agissait là de son ancien nom.

Bram finit par expliquer à l'homme qu'il voulait en réalité découvrir les quartiers indigènes, qui se trouvaient aussi au sud du fleuve.

Alors que son guide et lui s'écartaient, par une rue latérale, d'un endroit où s'alignaient de petites embarcations – des sampans, avait-il cru comprendre –, il aperçut de nouveau la femme rousse et s'arrêta pour l'admirer.

— Savez-vous qui est cette femme ? demanda-t-il.

— Travaille pour Lee Kar Ho. Professeur anglais. Pas connaître nom.

Bram se sentit déçu. Une Européenne ne pouvait pas travailler pour un Chinois ! Même s'il était ici depuis peu, il savait que ce n'était pas considéré comme une chose respectable. Pourtant elle ne semblait pas immorale, elle qui avait ce regard clair, intelligent.

Cédant à une impulsion, Bram la suivit dans la petite rue, avec l'espoir d'une rencontre fortuite, ce qui était absurde, mais voilà. Il voulait faire sa connaissance.

Tandis qu'elle passait devant un boyau entre deux rangées de maisons, deux Chinois surgirent et l'empoignèrent, la tirant en arrière dans la ruelle. L'attaque se produisit avec une rapidité extrême, sans qu'elle eût la moindre chance de hurler car une main se plaqua aussitôt sur sa bouche : s'il n'avait pas été en train de la suivre, Bram n'aurait rien remarqué.

Il se mit à courir, son guide sur ses talons. Il bousculait des gens mais ne s'arrêtait pas pour offrir des excuses. Lorsqu'il atteignit la ruelle, il vit les hommes l'y traîner. Elle se débattait comme un chat sauvage, griffait et résistait, s'efforçait de se libérer de la main qui la bâillonnait. Au bout de la ruelle, un homme observait, un Européen : il n'essayait pas de la secourir et souriait comme s'il se délectait de la scène.

— Hé ! Arrêtez ! Lâchez-la ! cria Bram en se lançant vers eux.

Derrière lui, son guide l'appela, mais Bram était résolu à rattraper la femme avant qu'elle ne fût blessée ou enlevée. Il continua de courir seul. La colère le rendit prompt et vigoureux, et il frappa du poing l'homme le plus proche, qui n'eut pas le temps de se défendre. La femme entreprit une lutte acharnée contre celui qui la tenait par-derrière.

Des hommes s'engouffraient maintenant dans la ruelle et le guide cria que du renfort arrivait. L'Européen disparut à l'angle.

Les deux assaillants renoncèrent et tentèrent de s'enfuir eux aussi, mais Bram était furieux et ne voulait pas simplement les chasser. Il avait l'intention de découvrir les raisons de leur acte et l'identité de cet Européen. Puisqu'ils avaient osé s'en prendre ainsi à elle, ils étaient susceptibles de recommencer. Il saisit celui qu'il avait frappé alors qu'il essayait de s'échapper, puis le jeta de toutes ses forces contre le mur.

Soudain, des bras se présentèrent pour l'aider et l'agresseur fut immobilisé. Bram se tourna donc vers la femme.

Elle haletait, le haut de ses vêtements déchirés. Il quitta sa veste, quelque peu abîmée elle aussi, et lui couvrit les épaules.

— Merci.

— Pourquoi vous ont-ils attaquée ?

— Je n'en suis pas certaine.

Elle s'avança pour parler en chinois à l'homme qu'ils avaient capturé. Le guide de Bram le vitupéra et l'homme frémit.

Un autre homme arriva dans la ruelle et les badauds reculèrent. Il parla à la femme, puis regarda l'homme et prononça des mots brusques.

L'assaillant paraissait terrifié désormais.

La femme revint silencieusement à côté de Bram.

— Que se passe-t-il ?

— Ils vont l'amener à mon employeur, qui est un homme important. Mr Lee réglera cette affaire.

— Pas de policiers ?

— La société secrète va s'en occuper, puisque c'est un affront à mon employeur. Nous maintenons l'ordre et la justice nous-mêmes ici.

Elle hésita, baissant les yeux vers la veste qu'elle conservait pour cacher ses vêtements déchirés.

— Puis-je vous l'emprunter jusqu'à ce que je rentre chez moi ? Il faut que vous m'accompagniez, de toute façon. Mon employeur voudra vous remercier.

— Je suis à votre disposition, mademoiselle.

— Saunders.

— Je m'appelle Bram Deagan.

Il attendit, mais elle ne lui révéla pas son prénom.

— Vous êtes irlandais.

Ce n'était pas une question, toutefois il ne crut pas déceler de dédain dans son regard alors qu'elle prononçait le mot. En Angleterre comme en Australie, il avait eu la mauvaise surprise de constater que certaines personnes méprisaient les Irlandais uniquement parce qu'ils étaient irlandais.

Elle se dirigea hors de la ruelle, avançant avec lenteur car elle devait répondre aux signes de tête respectueux.

— Ce n'est pas loin, dit-elle.

Mais, après quelques mètres seulement, un pousse-pousse s'arrêta à leur hauteur et son conducteur fit signe à Miss Saunders.

Elle eut une brève conversation avec lui et un second pousse-pousse sembla surgir de nulle part.

— Veuillez prendre place, monsieur Deagan. Nous veillerons à ce que vous rentriez sans encombre ensuite, par conséquent vous n'aurez plus besoin de votre guide.

Il paya donc l'homme et le libéra, puis grimpa dans le pousse-pousse. Il plaignit l'homme maigre qui le tirait.

Ils s'arrêtèrent devant ce que son guide avait appelé une maison-boutique quand ils en avaient longé quelques-unes plus tôt dans la journée. Celle-ci était parmi les plus grandes. Miss Saunders le conduisit à l'intérieur.

Une belle jeune femme chinoise prit un air ébahi à la vue de ses vêtements déchirés et lui posa une rapide question avant de revenir à la cliente face à elle.

Ils franchirent la porte au fond de la boutique et, à l'extrémité d'un corridor, arrivèrent dans une pièce qui lui parut être une cuisine. Un homme les attendait là. Tandis que Miss Saunders lui expliquait en chinois ce qui s'était passé, son expression devint sombre. C'était l'homme avec lequel elle se promenait deux jours plus tôt.

Elle se retourna vers Bram.

— Voici mon employeur, Mr Lee. Lee-sang, voici l'homme qui m'a secourue, Mr Bram Deagan.

Bram inclina la tête, puisque c'était visiblement la coutume ici. L'homme fit de même et, à son grand étonnement, s'adressa à lui en anglais :

— Très reconnaissant pour votre aide, monsieur Deagan. Je vous en prie, asseyez-vous.

Une femme plus âgée s'avança et Bram resta debout, jetant un regard interrogateur à Miss Saunders.

— Voici la mère de Mr Lee. Vous devez l'appeler par son nom complet, Lee Bo Jun.

Bram inclina donc de nouveau la tête et espéra qu'il prononçait correctement le nom.

— Je suis heureux de faire votre connaissance.

Mais la femme ne lui accorda qu'une seconde d'attention car, la veste ayant glissé, elle vit dans quel triste état se trouvaient les vêtements de Miss Saunders.

Avec des exclamations consternées, elle poussa la jeune femme hors de la pièce et Bram les entendit monter un escalier en bois.

— Asseyez-vous, je vous en prie, monsieur Deagan. Pardonnez notre modeste salle.

Il s'assit, s'interdisant de scruter autour de lui. La pièce n'avait rien de modeste à ses yeux, elle lui semblait au contraire vaste et confortablement meublée.

— Pouvez-vous me raconter ce qui se passe ? Des gens viennent en courant, disent qu'Isabella a été attaquée et qu'un homme blanc l'a sauvée.

Bram expliqua donc. Il vit la colère augmenter sur le visage de Mr Lee et se demanda si Miss Saunders était sa maîtresse. Mais un homme ne logeait pas sa maîtresse dans la même maison que sa mère, en général, et les Chinois n'étaient sans doute pas différents à cet égard.

— Je suis reconnaissant à vous, monsieur Deagan. Très reconnaissant. Isabella fait partie de notre famille maintenant.

— J'ai été ravi d'apporter mon aide. Vous parlez un anglais excellent, si je puis me permettre.

— J'emploie Isabella comme professeur.

Après un bref regard de côté, il ajouta :

— Seulement comme professeur. C'est mieux de comprendre ce que les partenaires commerciaux disent. Je parle plusieurs langues.

— Je n'ai jamais eu l'occasion d'apprendre une langue étrangère et même l'anglais, je le parle avec un accent irlandais.

— Irlandais, écossais, gallois, Isabella m'a expliqué. Quand ma mère et Isabella reviendront, nous espérons que vous boirez le thé avec nous. S'il vous plaît, faites-nous l'honneur de rester.

— Volontiers. Je voudrais m'assurer que Miss Saunders va bien. C'est une femme courageuse, elle s'est défendue comme une tigresse.

— Très courageuse, dit Mr Lee en souriant. Elle travaille pour moi quand ses semblables ne lui proposent rien. C'est la première fois que vous venez à Singapour ?

— Oui. Je ne suis ici que depuis trois jours, mais la ville me fascine.

— Et la chaleur ? La plupart des Européens n'aiment pas du tout.

— Je préfère une atmosphère plus fraîche, je dois le reconnaître, mais sans la chaleur ce ne serait pas vraiment Singapour, je suppose.

— Vous êtes ici pour faire du commerce ?

— Un petit peu. Je commence à peine, j'essaie d'en apprendre le plus possible.

— C'est bien d'apprendre.

Ils continuèrent à deviser. Lorsqu'il entendit des pas redescendre l'escalier, Bram s'aperçut qu'il avait dévoilé avec précision à Mr Lee ce qui l'avait amené ici et combien il avait peu d'argent pour débuter. Il s'en étonna. D'ordinaire, il était beaucoup plus réservé.

Son hôte sourit.

— Je pense que vous réussirez dans le commerce, monsieur Deagan.

Puis ce fut un déploiement d'hospitalité, Miss Saunders le guidant à voix basse pour lui éviter toute maladresse offensante. *Isabella*, pensa-t-il. *Elle s'appelle Isabella. Quel charmant prénom.*

On but un thé pâle, très rafraîchissant, non accompagné de lait, dans de minuscules bols que l'on remplissait fréquemment. Bram les trouva si jolis qu'il ne put s'empêcher de caresser du doigt les fleurs qui en ornaient le côté. Puis il glissa un nouveau regard vers la belle chevelure de Miss Saunders. Nul doute qu'elle était une dame – il le devinait à sa manière de parler – et d'une classe bien supérieure à la sienne, mais un homme pouvait tout de même l'admirer, n'est-ce pas ?

Elle était à présent vêtue d'une robe simple. Elle ne portait pas les énormes jupes à cerceaux que les riches dames anglaises affectionnaient. La couleur subtile, un gris tirant sur le vert, lui seyait, et le tissu, certainement de la soie, chatoyait avec splendeur quand elle bougeait.

La vieille dame, qui présidait la table, lançait de temps en temps à Bram une remarque en anglais alors qu'elle le resservait. Il avait parfois du mal à la comprendre, car elle parlait de manière saccadée et ne prononçait pas toujours la fin des mots.

La scène lui semblait irréelle. Que faisait-il ici ? Né dans une famille miséreuse, valet d'écurie quand il vivait en Irlande, il était un homme qui devait s'imposer dans le monde, tandis que Mr Lee était auréolé d'un indéniable prestige. Quiconque croyait voir ici une modeste maison était un imbécile.

— Vous n'avez pas déjà mangé, monsieur Deagan ? demanda Mr Lee.

— Pas encore.

La vieille dame dit quelques mots que Miss Saunders traduisit.

— Ah Yee demande si vous voulez bien partager notre repas. C'est un honneur d'être invité, mais la nourriture sera différente.

— J'accepte l'invitation avec plaisir, mais il faudra que vous m'indiquiez comment manger : je suis certain de ne pas y arriver si je n'ai que ces petites baguettes.

— Cela exige de l'entraînement. Nous vous donnerons une cuillère.

C'était une cuillère en porcelaine, courte, épaisse et trop large pour être commode.

— Laissez Ah Yee manger la première, puis prenez une bouchée de riz nature, chuchota Miss Saunders. Observez-moi.

Il obéit et réussit au moins à mettre de la nourriture dans sa bouche sans se salir.

Le repas eut une certaine durée. Il comportait plusieurs plats, de deux ou trois mets chacun, mais peu de viande. Bram le trouva délicieux. Une jeune domestique en cuisinait une partie, le reste était introduit de l'extérieur quand, à un signe de sa maîtresse, la domestique allait appeler à la porte du fond. Ces plats devaient être préparés dans le voisinage puisqu'ils arrivaient encore chauds. Bram espéra que la nourriture ne lui détraquerait pas l'estomac ; néanmoins, même s'il était malade, il se serait régalé.

— Je crois n'avoir jamais mangé un repas aussi succulent, dit-il enfin.

Mr Lee traduisit le compliment à sa mère, qui adressa un signe de tête satisfait à Bram.

Lorsque la table fut débarrassée, Mr Lee se leva.

— Je vous raccompagne au navire, monsieur Deagan.

— Je ne veux pas vous déranger.

— Pas de dérangement, dit son hôte en souriant. C'est bien pour vous d'être vu avec moi. Non seulement vous êtes plus en sécurité, mais le commerce marche mieux pour vous, vous voyez.

Bram regarda Miss Saunders, qui lui fit un rapide sourire et baissa les yeux. Il prit congé de Mrs Lee et salua sa fille alors qu'ils traversaient la boutique. Il y avait deux clientes cette fois, manifestement riches. Qu'est-ce qui, chez les gens, montrait si clairement qu'ils ne manquaient de rien ? Il se demanda si la faim et la pauvreté étaient inscrites sur son visage.

Durant le trajet de retour, Mr Lee prit le temps d'expliquer certaines des choses qu'ils voyaient et Bram l'écouta avec intérêt, posant des questions.

Lorsqu'ils arrivèrent, il déclara :

– Ce n'est pas un gros navire et nous ne pouvons pas égaler votre hospitalité, mais vous êtes le bienvenu à bord, monsieur.

– Très honoré de monter une autre fois.

Comme Mr Lee allait se détourner, Bram lui dit en hâte :

– Pourrai-je vous rendre une nouvelle visite, pour voir comment se porte Miss Saunders ?

Mr Lee l'observa, tête penchée, puis acquiesça.

– Je vous invite à dîner, vous et le capitaine aussi ? Et je vous aide dans le commerce si vous souhaitez.

Bram n'hésita pas une seconde.

– Je vous en serais reconnaissant, oui, très reconnaissant.

Tandis que Mr Lee s'éloignait à pas tranquilles, Bram remarqua deux individus qui le suivaient.

– Attendez ! cria-t-il et il courut derrière lui tout en les surveillant du coin de l'œil. Des hommes vous suivent.

Mr Lee sourit.

– Mes propres hommes. Mais je vous remercie de m'avertir, dit-il, puis il se remit en route.

Dougal était maintenant sur le pont. Il avait meilleure mine.

– Qui était-ce ?

Bram fut donc obligé de raconter une nouvelle fois toute son histoire.

— Elle doit être jolie, dit Dougal.

— Comment ça ?

— Au ton de ta voix quand tu parles d'elle et à l'expression dans ton regard, elle doit être jolie.

— Non, pas jolie, reconnut Bram après un silence. Mais saisissante. Distinguée, peut-être. Et intelligente.

— Drôles de choses à admirer chez une femme. Moi, je les aime gentilles et jolies, sans idées exaspérantes dans leur petite tête.

— Alors nous avons des goûts très différents pour ce qui est des femmes.

Dès qu'il le put, Bram se retira dans sa cabine exiguë, afin de réfléchir à la rencontre. Sa conclusion principale était qu'il devait revoir Isabella. Il murmura son prénom. Il n'avait jamais fait la connaissance d'une femme pareille.

Était-il un idiot de penser à elle comme un homme pense à une femme ? Elle était une dame tandis que lui n'était... rien encore. Pouvait-il ne plus penser à elle ? Il sourit et secoua la tête. Non, il ne pouvait la chasser de son esprit.

Lorsque Mr Deagan fut parti, Mrs Lee lança un regard étrange à Isabella.

— Homme bien. Secours à vous. Reçoit coup.

Elle se toucha le menton à l'endroit où une ecchymose était apparue chez Mr Deagan.

Rougissante, Isabella se leva d'un bond. Elle ne voulait pas subir déjà l'interrogatoire d'une femme qui ne s'arrêterait de questionner qu'après avoir découvert précisément ce qu'elle cherchait à savoir.

— Je ferais mieux de me changer. Je me demande pourquoi vous avez voulu que je mette ma plus belle robe à l'intérieur de la maison.

Mrs Lee eut un sourire entendu mais resta silencieuse.

Dans sa chambre, Isabella quitta sa robe, suspendit soigneusement les boucles de tissu cousues dans le haut de la jupe aux crochets dans le mur puis replia méticuleusement le corsage sur une tringle. À cette heure de la journée, il régnait une chaleur étouffante à l'étage supérieur de la maison. Elle trempa donc un carré d'étoffe dans la cruche d'eau destinée à la toilette et s'essuya le visage et les aisselles avant de passer une tenue ordinaire.

Elle ne portait jamais les épaisseurs de jupons qui gonflaient les jupes des dames européennes, ridicules aux yeux des Chinoises. Elle ne se résolvait pas non plus à adopter le costume plus commode, tunique et pantalon, que mettaient Mrs Lee et Xiu Mei, quoiqu'elle en possédât quelques-uns comme vêtements de nuit. Cela était plus respectable dans un espace dépourvu de porte, même si Mr Lee ne venait jamais dans cette partie de l'étage après la tombée du jour. L'aile était réservée aux femmes du foyer.

Pourquoi ces hommes avaient-ils essayé de l'enlever ? C'était ce qu'elle ne comprenait pas. Elle ne cessait de se poser la question. Elle avait vu Renington immobile au bout de la ruelle, mais il ne pouvait manquer de savoir qu'il aurait de graves ennuis avec Mr Lee en raison de sa tentative. Pourquoi avait-il espéré s'en tirer à bon compte ? Cette idée la tourmentait.

Serait-elle en danger si elle sortait seule désormais ? Ou Mr Lee agirait-il pour empêcher que cela se reproduisît ? Il ferait le nécessaire, n'est-ce pas ?

Elle espéra qu'elle reverrait Mr Deagan. Elle avait aimé parler avec lui. Il avait un sourire qui éclairait tout son visage. On ne pouvait pas le qualifier de beau, mais il était sans aucun doute charmant et courtois. Même Mrs Lee l'avait apprécié.

Ayant quitté Bram près du navire, Kar Ho continua de flâner, heureux que l'Irlandais eût essayé à l'instant de le protéger. Certes, il n'en avait pas besoin, mais cela témoignait d'un cœur honnête et d'une loyauté envers les amis. Il se dirigea vers l'un de ses entrepôts, où il parla à l'homme qui avait été capturé. Son garde du corps fut obligé de traiter le prisonnier sans ménagements, parce qu'il ne voulut d'abord rien dire.

Ce que Kar Ho découvrit le rendit implacable, et il envoya l'homme travailler à un poste très pénible dans une mine d'où il aurait du mal à s'échapper.

D'autres l'auraient peut-être tué, mais Kar Ho préférait utiliser la situation dans son intérêt propre, celui de sa famille et même de la femme qui lui avait enseigné l'anglais. Isabella travaillait sans se plaindre avec sa mère et sa sœur, faisait tout ce qu'elles demandaient, et il la considérait maintenant comme une parente.

Voici ce qu'il n'avait pas encore déterminé : comment tirer le plus grand profit du fait de la laisser partir à la recherche de sa cousine. Il le lui permettrait néanmoins, puisqu'elle y était résolue. Et il pensait lui aussi que la famille avait de l'importance.

Ce soir-là, Bram se mit sur son trente et un pour aller dîner chez les Wallace, content que l'orage de l'après-midi eût purifié l'air. Il n'était cependant pas du tout aussi élégant que son ami.

Dougal l'examina.

— Il va falloir te procurer une tenue plus chic. Mieux vaut t'en occuper ici. C'est beaucoup moins cher et les tailleurs savent tout copier. Je me fais régulièrement confectionner des habits ici.

— J'y réfléchirai.

Bram préférait garder son argent pour des marchandises plutôt que de le gaspiller en vêtements qu'il ne remettrait jamais.

— Devrais-je renoncer à t'accompagner ce soir ? Tu pourrais prétexter que je suis malade, que j'ai mangé quelque chose de mauvais.

— Non. Ils aiment faire des connaissances et ils tiennent table ouverte pour les Européens. Je dirai que tu as perdu une partie de tes bagages.

— Et ils le croiront ?

— Ils feront semblant de le croire.

Mr Wallace, dodu et rougeaud, suait abondamment malgré les ventilateurs qui agitaient l'air chaud sous le plafond.

— Voilà une vilaine meurtrissure. Vous êtes-vous battu, Deagan ?

— Deux Chinois ont attaqué une Anglaise. Je suis intervenu pour les chasser, répondit Bram en haussant les épaules.

Wallace fronça les sourcils.

— Je n'en ai pas entendu parler, or je connais en général tous les potins. Qui était-ce ?

— Miss Saunders.

— Oh, celle-là.

Bram se raidit.

— Pourquoi prenez-vous ce ton ?

— Elle est devenue indigène, elle habite chez les Chinois.

— Je sais où elle habite. Je l'ai ramenée chez elle ensuite.

— Un instant. Ma femme voudra entendre ça, dit Wallace qui fit signe à son épouse. Dorothea, ma chérie, voici Bram Deagan. Il a secouru la dénommée Saunders aujourd'hui et l'a reconduite chez elle.

— Enchantée, monsieur Deagan, dit-elle en se penchant un peu en avant, le regard avide. Comment est-ce dans cette maison ? Je n'arrive toujours pas à croire qu'elle vit avec cet homme.

À cette façon de parler de Miss Saunders, Bram eut envie de partir en claquant la porte. Mais cela aurait été préjudiciable à lui comme à elle, alors il dit doucement :

— Elle ne vit pas là-bas de la manière que vous imaginez sans doute. C'est une maison parfaitement digne. Sa mère à lui, une vieille dame stricte, tient le ménage, et sa sœur habite là également. Je les ai rencontrées toutes les deux et j'ai la certitude que Miss Saunders vit dans la situation la plus respectable qui puisse exister.

— Oh.

La légère déception dans la voix de Mrs Wallace attisa le courroux de Bram, mais il réfréna sa colère et ajouta :

— Je suis resté pour partager leur repas.

Les yeux de son interlocutrice brillèrent.

— Ah oui ? Et comment était la nourriture ?

— Excellente, mais je ne sais pas utiliser les baguettes, ils ont dû me donner une cuillère. Une domestique servait le repas, et il y avait une autre domestique pour aider. Ils ne sont pas sans argent.

— Oh. Eh bien, je me félicite de savoir que Miss Saunders n'est pas… euh… en mauvaise posture. J'ai envisagé de l'employer moi-même comme gouvernante, mais elle est trop jolie et mon fils est à un âge impressionnable.

Wallace prit la parole :

— Ce Lee a des intérêts dans de nombreuses affaires. Ils vivent modestement à l'heure actuelle, mais on dit qu'il sera très riche un jour, même comparé aux Européens.

— Cela ne m'étonnerait pas. Je l'ai trouvé très intelligent, et il s'exprime dans un bon anglais, grâce à l'enseignement de Miss Saunders. Sa mère et sa sœur parlent un petit peu anglais aussi.

Bram réussit alors à changer de sujet, mais d'autres invités ne cessaient d'y revenir, et il dut à chaque fois garantir la respectabilité de Miss Saunders.

Il fut soulagé lorsque Dougal l'informa qu'il était temps de s'en aller.

Sur le chemin du retour, son ami arborait un large sourire.

— Eh bien, tu as jeté un pavé dans la mare. Ils avaient tous décidé que ta jeune dame vivait dans le péché.

— Ce n'est pas le cas. Il serait difficile de trouver une maison plus estimable, comme tu le constateras lorsque tu t'y rendras avec moi pour dîner.

— J'attends ce jour avec impatience. Avoir un tel homme de son côté serait intéressant pour un négociant.

2

Ce soir-là, Mr Lee ne sortit pas. Il resta à bavarder avec sa mère et sa sœur, puis se tourna vers Isabella.

— J'aime bien le jeune homme, dit-il.

Elle se demanda où il voulait en venir ; il ne parlait en effet jamais pour ne rien dire.

— Mr Deagan ? Oui, il semble assez agréable.

— Nous avons une dette envers lui puisqu'il vous sauve. Je l'aide à monter son commerce ?

— La décision vous appartient, mais je lui souhaite assurément de réussir.

— Vous devez décider aussi, Isabella.

— Je ne comprends pas.

Il fit une réponse indirecte, comme à son habitude.

— J'ai des hommes qui surveillent les quais en permanence. Renington a quitté Singapour sur un navire ce soir. Il va à Calcutta puis en Angleterre. Il n'ose pas rester après l'attaque contre vous. Il veut vous emmener avec lui, je crois. Il vous regarde beaucoup de fois.

Elle ne voyait pas quel était le lien avec Mr Deagan.

— Le départ de Renington est une bonne nouvelle, n'est-ce pas ? Je ne craindrai rien ici maintenant.

— Dangereux si vous retournez en Angleterre seule.

— C'est un vaste pays. Très peuplé. Je ne le verrais jamais. Et si Alice est là-bas…

Il plaqua ses mains l'une contre l'autre et les considéra.

— Un homme a vu Alice partir avant, avec un autre homme. Pas Renington. Pas un navire pour l'Angleterre. Un navire pour l'Australie.

Isabella ferma les yeux une seconde et sentit des larmes de soulagement rouler sur ses joues.

— Elle est vivante, alors.

— Était vivante. Pas certain maintenant. Je vous le dis souvent. Jamais certain sans preuve.

— C'est probable, tout de même.

Elle savait qu'elle pouvait être trop impulsive. Mr Lee ne l'était jamais.

— L'homme s'appelait… Je ne sais pas prononcer. B-e-a-u-f-o-r-t.

— Je crois qu'on dit Bo-fot.

— Oh. Facile à prononcer.

— Êtes-vous sûr qu'Alice est partie avec lui ?

— Oui. Mariage à l'église d'abord.

— Quoi, elle est mariée ? Quel genre d'homme était-ce ? Avait-il de l'argent ? Était-il honnête ? Il ne ressemblait pas à Renington, j'espère…

— Un sot. Incapable avec l'argent. Sa famille l'envoie en Australie. D'abord il vient voir des amis ici. Les domestiques l'aiment bien, toutefois. Gentil avec eux.

— Et il a vraiment épousé ma cousine ?

— Oui. Ensuite ils prennent un navire pour l'Australie.

— Alors je peux me lancer à sa recherche là-bas.

Il hésita, l'air inquiet, ce qui était inhabituel chez lui. Elle attendit calmement.

— Vous n'allez pas la chercher seule. Une jeune femme seule est en grand danger, comme aujourd'hui.

Besoin d'une famille pour veiller sur une jeune femme. Vous n'avez pas de famille, mais nous veillons sur vous.

Cette simple affirmation de leur sollicitude envers elle l'émut aux larmes. Elle leur devait tant.

Nouveau silence. Mrs Lee dit soudain quelque chose en chinois et son fils hocha la tête puis s'adressa à Isabella :

— Nous veillons sur vous, cherchons Alice et trouvons des profits pour moi.

Elle était totalement déconcertée.

— Comment ?

— Avec l'aide de Mr Deagan.

— Si nous l'aidions dans son commerce, il pourrait m'aider à chercher ma cousine ? Est-ce là votre idée ?

— Ce n'est pas assez pour vous protéger, dit-il en riant avec douceur.

Sa mère s'impatienta.

— Mr Deagan homme bien. Pas sot. Vous marier lui, vous en sécurité.

Isabella la regarda, muette de stupeur, puis se tourna vers Mr Lee, qui était toujours celui qui prenait les décisions dans la famille.

— Ce ne peut pas être là votre idée !

— Pas de mariage si Mr Deagan vous déplaît. Mais je l'aime bien. Ma mère l'aime bien aussi.

— Il est peut-être déjà marié.

— Non, pas marié. Je lui pose la question quand nous allons vers le navire.

— Mais il est peut-être fiancé à quelqu'un. Il n'est pas un tout jeune homme.

— Je lui parle, je demande s'il est d'accord, je m'occupe de l'organisation.

Il se tut et, comme Isabella restait silencieuse, il ajouta :

— Ensuite vous l'aidez dans son commerce, il vous aide à trouver votre cousine en Australie. Je vous envoie des marchandises. Je gagne plus d'argent. Des profits pour moi et des profits pour vous aussi. Bonne épouse pour un négociant.

Les pensées se bousculaient dans sa tête. Comment pouvait-elle envisager cette possibilité un seul instant ? C'était pourtant bel et bien le cas.

— Je connais à peine Mr Deagan.

— Pas connaître n'importe quel homme tant que pas vivre avec lui, observa Ah Yee avec un petit rire.

— Nous l'invitons à nouveau, dit Mr Lee avec sa douceur implacable. Vous apprenez à mieux le connaître. J'apprends à mieux le connaître. Puis nous décidons.

Elle ne refusa pas catégoriquement, parce qu'il semblait très content de lui et que c'était en effet une solution très judicieuse. Mais épouser un homme qu'elle ne connaissait pas contrariait Isabella. Ce serait se fourrer dans la gueule du loup.

Mr Deagan n'avait toutefois rien d'un loup à ses yeux. Il paraissait… gentil… et loin d'être sot.

En outre, l'idée était sensée.

Oh non, impensable !

*

Australie-Occidentale

En selle sur sa jument, Conn Largan se dirigeait vers Perth. Il avait dit à son épouse qu'il ne rentrerait sans doute pas avant plusieurs jours, il ne se pressait donc pas. Quitter la ferme de temps en temps lui était agréable et il pouvait compter sur le chef de ses palefreniers : les chevaux qu'ils élevaient seraient bien soignés pendant son absence.

Il régla d'abord quelques affaires à la Post Office Savings Bank et à la Perth Building Society. En raison des très nombreuses faillites bancaires en Australie-Occidentale, il ne mettait pas tous ses œufs dans le même panier.

Puis il alla examiner de jeunes chevaux dont un courtier l'avait informé par lettre, mais n'en retint aucun. Il découvrit, indigné, que l'on avait maltraité ces animaux en les employant à des travaux de force alors qu'ils n'avaient pas atteint la maturité.

Comme il avait proposé d'aider à financer le commerce de Bram, il eut l'idée d'aller ensuite à Fremantle et de voir s'il ne pourrait pas y trouver un terrain à vendre. Le port serait peut-être plus propice que Perth pour un nouveau magasin, et offrirait un meilleur accès aux marchandises arrivant dans la colonie. Ils devaient trouver un endroit où construire la boutique et Conn pouvait y contribuer.

Il était persuadé que Bram réussirait. Pendant leur enfance, ce dernier se distinguait déjà parmi les garçons du village : non seulement il apprenait plus vite qu'eux, mais il manifestait une grande ingéniosité dans les tâches quotidiennes.

Conn laissa Perth derrière lui, traversa le fleuve Swan par le bac et descendit tranquillement la rive sud jusqu'à Fremantle, le port de la capitale. Un jour, il devrait suivre la rive nord. Cet autre itinéraire était devenu possible récemment grâce au pont que les détenus avaient bâti plus en aval sur le fleuve. Il regarda la gigantesque structure, composée de pièces de bois qui s'entrecroisaient et s'élevaient sur plusieurs étages pour permettre à la route de franchir l'eau et aux navires de passer dessous. Quelle quantité de bois avait nécessité ce monstrueux ouvrage ? Il préférait de beaucoup les élégants ponts de pierre d'Irlande.

Tandis qu'il arrivait près de l'asile d'aliénés, il frissonna et détourna les yeux, plein d'amertume. Sa première épouse était morte ici. Son père l'avait contraint à cette union, lui cachant la lenteur d'esprit et le comportement étrange d'une femme qui possédait par ailleurs une belle dot. Lorsque Conn avait essayé de faire annuler le mariage, son père s'était servi de fausses preuves et avait obtenu sa condamnation pour trahison. En avait découlé sa transportation en Australie.

Il se ressaisit. Inutile de ruminer cela maintenant. Son père était mort, la condamnation était sur le point d'être cassée grâce à son frère aîné en Irlande, et il avait une nouvelle épouse, une femme merveilleuse. Maia et son fils Karsten illuminaient sa vie.

Il sourit, en selle sur sa jument. Le fait que son nom serait bientôt blanchi et que cette nouvelle se répandait dans la colonie lui donnait l'assurance nécessaire pour se montrer plus souvent en public.

Il ne voulait pas que sa femme et ses enfants vécussent enfouis dans la campagne. Nulle part il n'existait de fermes aussi isolées qu'en Australie-Occidentale, il en était certain, des endroits où l'on ne voyait parfois passer personne durant des semaines. Cela n'était pas gênant pour un homme exilé à tort, désireux de se protéger d'un monde hostile, mais cela ne convenait pas à un notaire qui pouvait garder la tête haute dans n'importe quelle société.

Pour commencer, il se rendit à la maison McBride, ce qu'il ne manquait jamais de faire quand il venait à Fremantle. Bram et Dougal n'étaient évidemment pas encore rentrés de leur voyage à Singapour, mais il voulait savoir à quelle date leur retour était attendu.

— Où logerez-vous ce soir ? demanda Mrs McBride.

— Je serais heureux de loger ici, avec votre permission. Avez-vous une chambre libre ?

— Oui. Nous n'avons qu'un seul invité, un vieux gentleman qui a fait la traversée depuis Sidney. Il est arrivé très fatigué, a dit que le vapeur côtier n'était pas confortable du tout. Pauvre homme, il ne semble pas être en bonne santé. Nous essayons de l'engraisser un peu.

— Alors je vais mettre ma jument à la pension pour chevaux.

Elle grimaça.

— Le propriétaire de votre écurie habituelle est mort soudainement et je crois savoir que son fils est beaucoup moins consciencieux.

Conn lui confia ses sacoches et prit le chemin de la pension pour chevaux. Là, il resta en selle tout en observant les lieux, sourcils froncés. Le bâtiment était visiblement mal entretenu et l'odeur laissait supposer que le crottin n'avait pas été évacué depuis quelque temps, ce qui n'annonçait rien de bon pour sa jument. Il s'apprêtait à partir afin de chercher un autre endroit lorsqu'il aperçut une pancarte accrochée près de la porte, avec une inscription gravée en lettres maladroites : *PENSION POUR CHEVAUX À VENDRE*.

Il demeura un long moment à réfléchir. La jument finit par s'agiter ; piaffante, elle hennit tout bas. Conn mit pied à terre.

— Désolé, Gypsy. Je t'avais oubliée.

Au son de sa voix, des pas traînants s'approchèrent de la porte et George Mundy, le fils du propriétaire précédent, apparut.

— Voulez-vous une stalle pour votre monture, monsieur Largan ?

De toute évidence, l'homme avait bu, aussi Conn répondit-il d'un ton sec :

— Pas si vous êtes ivre à cette heure de la journée. Je me soucie trop de ma jument pour la laisser à quelqu'un dans votre état. J'ai été navré d'apprendre le décès de votre père. C'était un homme bien, qui en savait long sur les chevaux.

— C'est tout ce qu'on me dit : navré pour lui, se renfrogna George. Personne ne s'afflige qu'il ait transmis la fièvre à ma femme et à mon fils, ni qu'ils soient morts peu après. Les gens ne disent pas ça, hein ?

Conn vit des larmes rouler sur les joues creuses de l'homme et sa colère retomba.

— Bien sûr que j'en suis navré. Je ne savais pas que vous aviez perdu également votre épouse et votre enfant. Pourquoi vendez-vous la pension ?

— Parce que je ne supporte plus de la voir, voilà pourquoi. Ni elle, ni cette maudite ville, qui me rappellent ma femme. Elle aimait cet endroit, elle adorait le soleil, et quel bien ça lui a fait ? Je rentrerai en Angleterre dès que j'obtiendrai de l'argent de mon fichu héritage. Je suis venu ici pour faire fortune, pas pour enterrer ma femme et pelleter du crottin.

Tandis qu'il attachait sa jument, Conn songea qu'il avait déjà entendu de tristes histoires du même genre. Mundy avait de la chance d'être venu ici en homme libre. Les détenus, eux, n'avaient pas la possibilité de retourner dans leur pays.

Lui-même pourrait choisir de rentrer en Irlande lorsque sa condamnation serait cassée. Il n'en avait pas l'intention, néanmoins, après tout ce qui s'était passé là-bas et maintenant que sa mère était morte. Quand elle vous entraînait ailleurs, la vie vous changeait. Par bonheur, Maia se plaisait ici, quoique sa sœur jumelle lui manquât.

— Avez-vous de l'eau pour ma jument ?

George s'éloigna, le dos voûté, et revint avec un seau.

Conn examina le récipient et, constatant que l'eau était propre, l'offrit à sa jument, puis lui mit une musette.

— Combien demandez-vous pour cette écurie, George ?

— Cinq cents livres.

— Ridicule. Elle est loin de valoir une telle somme.

— Je ne vais pas en faire cadeau. Il y a un bout de terrain avec.

— Quelle surface ?

— Un demi-hectare, avec les hangars et tout ça.

— Montrez-moi.

Conn fit le tour de la propriété avec lui, agréablement surpris par l'étendue de terrain. La visite terminée, il dit :

— Je suis intéressé, mais je ne paierai pas un prix aussi exorbitant. Et il faudra que je me renseigne : avant même de songer à vous faire une proposition, je dois m'assurer que la terre et les bâtiments vous appartiennent vraiment. En attendant, avez-vous une stalle suffisamment propre pour ma jument ?

Mundy hocha la tête, soudain très désireux de coopérer.

— Nous avons une bonne écurie, comme vous le savez. Père a bâti du solide. Il suffira de repeindre.

Conn ne fit pas de commentaire.

Lorsqu'il revint à la maison McBride, c'était l'heure du dîner, et il présenta ses excuses à son hôtesse alors qu'il s'attablait avec elle et Flora, la sœur cadette de Dougal.

— J'envisage d'acheter la pension pour chevaux de Mundy.

— Quittez-vous Galway House ? demanda Mrs McBride en le regardant, stupéfaite.

— Non. Du moins, pas définitivement. Mais mon fils aura besoin d'instruction, et nous aurons d'autres enfants un jour, je l'espère. Je ne veux pas reléguer à jamais ma pauvre Maia au fin fond de la brousse. N'en parlez pas, je vous en supplie. J'aimerais m'en occuper en toute discrétion. Mon nom n'est pas encore blanchi, voyez-vous.

Alors que la soirée s'écoulait, il plaignit la sœur de Dougal. La pauvre Flora semblait être à l'entière disposition de sa mère et certains ordres paraissaient la contrarier, même s'ils étaient formulés avec tact. Les vieilles filles qui restaient dans les jupes de leur mère par manque d'argent lui inspiraient souvent de la compassion.

Le lendemain, il retourna à Perth ; il remonta le fleuve par le bateau à aubes, cette fois-ci, car c'était nettement plus rapide, et revint par le même moyen.

Il se rendit aussitôt chez Mundy pour vérifier l'état de sa jument. Il trouva George endormi au sommet des bottes de paille à proximité. Conn fronça le nez avec dégoût. L'homme empestait de nouveau l'alcool, mais la jument ne semblait pas avoir souffert de sa négligence. Il avait dû la nourrir et lui apporter de l'eau fraîche avant de boire jusqu'à l'hébétude.

Conn entendit un bruissement dans la paille. Des rats ? Ou un chat ? Il devait y avoir au moins un chat dans une écurie comme celle-ci pour empêcher les rongeurs de pulluler. Il avait pourtant eu l'impression de quelque chose de plus gros.

Cette pensée en tête, il fit comme s'il s'en allait, mais revint à pas feutrés afin d'écouter tout près de la porte.

Le bruissement s'accentua et un homme se hissa hors des bottes de paille, ôta quelques brins accrochés à lui et s'avança pour parler avec douceur à la jument.

Conn rentra, sans chercher à passer inaperçu cette fois, et l'homme fit volte-face, l'air affolé.

— Je vous connais, n'est-ce pas ?

L'homme courba les épaules, hésita, puis hocha la tête.

— Je suis venu ici sur le même navire que vous.

— Vous vous appelez Lester, c'est ça ?

— Oui, monsieur. Lester Harding.

— Pourquoi vous cachiez-vous ?

— Je suis censé travailler pour un homme à quelques rues d'ici, dans une autre pension pour chevaux. Mais il nous nourrit mal et il nous frappe quand il est énervé. Il ne traite pas beaucoup mieux ses animaux que ses hommes, d'ailleurs. Je me suis enfui il y a plusieurs jours, après avoir reçu son poing là, dit-il en montrant une énorme ecchymose jaunissante sur son visage. J'aurai des ennuis quand ils m'attraperont. Je bénéficie d'une libération conditionnelle provisoire, et j'ai déjà eu des ennuis.

— Que faites-vous ici ?

— Je reste caché. Mundy ne remarque rien ; en plus, les pauvres chevaux seraient privés d'eau et de nourriture la moitié du temps si je n'étais pas là. Je ne supporte pas de voir un animal maltraité.

— Avez-vous faim ?

Lester fit oui de la tête.

Conn n'avait pas oublié la faim qui l'avait tourmenté quand il était détenu, parce qu'au début il n'avait pas pu avaler la nourriture infecte qu'on leur donnait.

— Je vais vous acheter quelque chose à manger, ensuite nous pourrons parler.

Il sortit et trouva un boulanger ayant encore des miches de pain. Après en avoir acheté une, il se procura dans une autre boutique du jambon pour l'accompagner et prit le chemin de retour.

À l'écurie, Lester caressait le mufle de Gypsy. La jument, qui ne laissait pas le premier venu la toucher, le poussait du museau avec contentement.

Conn étala son mouchoir sur la paille et disposa la miche et le jambon dessus. À l'aide de son canif, il coupa un gros morceau de pain et sortit une tranche de jambon du papier. Il fit signe à Lester, qui s'en saisit, les mains tremblantes. À son honneur, il ne les engloutit pas, alors qu'il était de toute évidence affamé.

Pendant ce temps, le propriétaire de la pension, couché sur les bottes de paille, ronflait par à-coups, inconscient de ce qui se passait autour de lui.

— Il faut que je parle à Mundy, dit Conn une fois que Lester fut rassasié. Savez-vous à quel moment il pourrait être relativement sobre ?

— Il se réveille en général un peu plus tard que maintenant et vaque à de menues besognes ici, puis il ressort boire.

— Vous me paraissez doué avec les chevaux.

— Oui, monsieur. J'ai toujours aimé les animaux. Je travaillais dans une ferme.

— Pour quelle raison vous a-t-on transporté ?

— Pour vol.

Conn estimait certains types de vols plus pardonnables que d'autres.

— Qu'aviez-vous volé ?

— De la nourriture. Mes enfants avaient le ventre vide.

Récit bien trop ordinaire.

— Accepteriez-vous une place chez moi ?

— Volontiers, si on m'en donnait la permission, mais je vous l'ai dit, je me suis enfui de chez mon maître. On me punira pour ça quand on m'attrapera, on me remettra sans doute en prison.

— Si je peux arranger les choses, travaillerez-vous pour moi ?

Certes, son cœur tendre lui dictait sa conduite, mais ayant connu l'humiliation d'être prisonnier, d'être à la merci d'autres hommes, des hommes souvent brutaux, il comprenait quel enfer pouvait être une telle existence. Il y avait des employeurs qui profitaient de la situation et malmenaient les condamnés mis en liberté conditionnelle. En outre, il était redevable à Lester de ses bons soins pour Gypsy.

Il alla avertir Mrs McBride qu'il serait en retard à dîner, puis regagna l'écurie. Il perdit patience devant la loque ronflante qu'était Mundy et le secoua sans ménagements pour le réveiller.

Lorsque Mundy comprit enfin que Conn s'apprêtait à lui faire une offre pour sa propriété, il dit :

— Attendez une minute.

Il se plongea la tête dans le seau d'eau, puis utilisa une serviette crasseuse pour sécher ses cheveux ruisselants.

— Mieux vaut aller dans la maison.

— Je voudrais la visiter aussi.

Elle se trouvait un peu plus loin que l'écurie et avait derrière elle un petit jardin, protégé par une clôture branlante. Elle se résumait à une maisonnette de quatre pièces, exiguës qui plus est. Conn se dirigea vers la porte d'entrée pour inspecter, en haut de la pente, les hangars dont il n'avait pas vu l'intérieur.

— Ça ne serait pas un gros travail de les rafraîchir, dit Mundy. Il y a une petite fuite dans le toit du plus grand et le revêtement des murs est tombé par endroits, mais avec les bardages il suffit de clouer une nouvelle planche.

— Hum.

Ils retournèrent dans la maisonnette.

Quelqu'un l'avait jadis assez aimée pour broder des napperons à placer sous les bougeoirs et disposer des décorations sur la tablette de la cheminée. Les bibelots étaient maintenant couverts de poussière et les napperons tachés de cire. Il y avait une lampe à huile démontée sur l'appui de la fenêtre, son verre noirci posé de côté, son réservoir bulbeux vide.

Conn prit le siège que Mundy lui offrait et se prépara à un marchandage acharné. Au terme de la discussion, il avait une promesse de vente. Ne voulant pas laisser l'homme s'enivrer à nouveau, il rédigea lui-même un acte de vente simple et, afin de le faire attester sur-le-champ, entraîna George jusque chez le boulanger. Il paya un acompte pour conclure le contrat, le boulanger leur servant également de témoin.

Sur le chemin du retour, ils passèrent devant une taverne et George se lécha les lèvres.

— Nous pourrions sceller le marché en buvant un coup.

— Je ne suis pas un buveur. Voyons, quand pourrez-vous quitter la maison ? Je vous verserai le reste de l'argent dès que vous aurez libéré les lieux.

— Allez-vous habiter ici ? Je croyais que vous aviez une maison dans la campagne.

— En effet. Mais je voudrais aussi une maison en ville. Je laisserai un homme chargé de veiller sur la propriété.

— Je peux trouver sans mal un autre endroit où habiter, mais j'exige l'argent avant de déménager.

— Pour le boire ?

George secoua la tête.

— Non. Même si je fêterai cette réussite. Je n'avais aucun espoir, personne ne semblait intéressé. Maintenant que j'ai de l'argent, je compte rentrer en Angleterre par le premier navire.

— Il faudra peut-être que vous descendiez jusqu'à Albany pour prendre le paquebot postal.

— Bonne idée. Versez-moi l'argent et je pars.

Conn se rendit ensuite chez l'ancien employeur de Lester et lui arracha une résiliation écrite du contrat de travail, contre une petite somme en espèces « pour le désagrément ».

Lorsqu'il alla à Perth le lendemain, ce fut non seulement pour retirer de l'argent à la banque, mais aussi pour demander ce qu'il devait faire pour que Lester Harding fût affecté à son service.

Il se heurta à des obstacles inattendus, en raison d'un fonctionnaire qui semblait plus déterminé à punir Lester qu'à lui permettre d'avoir un emploi rémunéré. Il ne croyait pas non plus que Conn fût sur le point d'être innocenté. Sans un prêtre que connaissait Conn, qui passa à ce moment précis et se porta garant de la vérité de ses dires, il n'aurait rien obtenu. Et, même ainsi, le fonctionnaire s'obstina à l'appeler « Largan » et à le traiter avec condescendance.

Comment ne pas souhaiter une occasion de lui revaloir un jour ces insultes gratuites ? Conn n'oublierait pas cet individu.

En outre, alors qu'il avait espéré confier la garde de la pension pour chevaux à Lester, il se demandait désormais si ce serait bien prudent. Les situations n'étaient pas toujours faciles à arranger dans la colonie, en particulier pour un ancien détenu qui n'avait pas encore été disculpé.

Il n'avait pas oublié cette blessure, et ne l'oublierait jamais.

3

Pendant que Dougal vendait sa cargaison de santal, négociait un fret de retour et achetait aussi des marchandises pour lui-même, Bram s'efforça de définir le genre de marchandises qu'il pourrait, lui, rapporter et vendre avec profit : principalement de la vaisselle, des verreries et des vitres, pour cette fois, conclut-il. Peut-être des parfums, voire quelques jolis petits tapis très doux, s'il en avait les moyens.

Il aurait aimé y ajouter certaines des belles soies et autres étoffes qu'il avait vues, mais il s'estimait trop ignorant à leur sujet et ne connaissait rien non plus aux vêtements pour femmes qu'elles serviraient à fabriquer. Quelle quantité de tissu fallait-il pour confectionner l'une de ces énormes jupes en forme de cloche que portaient les riches dames, ou une jupe simple comme celles des femmes ordinaires ? Il allait devoir se renseigner.

Quelques jours après leur rencontre, Mr Lee s'avança sur le quai d'un pas nonchalant et s'arrêta près de la *Bonny Mary*. Les deux hommes qui l'escortaient s'immobilisèrent à une faible distance derrière lui, comme précédemment. Bram descendit la passerelle en hâte pour l'accueillir. Incliner la tête au lieu de lui serrer la main pour le saluer lui semblait maintenant tout naturel.

— Je vous en prie, venez à bord. Puis-je vous offrir une tasse de thé ou un verre de vin, monsieur ?

— Pas de vin, mais du thé, très bien.

Mr Lee suivit Bram sur la goélette. Il commença de se promener sur le pont, ses yeux passant d'un élément d'équipement à un autre. Bram comprit soudain qu'il examinait l'état du navire. Oh, il ne trouverait rien en désordre ici. Dougal insistait pour que chaque cordage fût lové et rangé avec soin, chaque centimètre du navire toujours propre et net.

Mais Mr Lee paraissait être un homme perspicace, et s'il voulait s'assurer que la goélette était en état de naviguer et bien entretenue, pourquoi l'en empêcher ? Bram aurait fait la même chose à sa place. Il se réjouit lorsque Dougal revint et qu'il put le laisser répondre aux douces questions de Mr Lee sur le navire et ses cargaisons tandis qu'il allait superviser la préparation du thé.

De retour sur le pont, il posa précautionneusement le plateau et dit :

— S'il vous plaît, venez boire pendant que c'est chaud.

Même sur le navire, ils n'avaient pas de lait à mettre dans leur thé, la boisson était donc conforme à l'usage local ; il regretta néanmoins de ne pas pouvoir la verser dans une tasse plus jolie. Son invité la prit, tout sourire, et but à petites gorgées avec un plaisir évident.

Lorsqu'il reposa la tasse, Mr Lee s'inclina d'abord devant Bram, puis devant Dougal.

— Nous vous offrons l'hospitalité : nous vous recevons à dîner ce soir ou demain, comme vous préférez.

— Nous acceptons volontiers, s'empressa d'affirmer Bram, repensant au délicieux repas qu'ils lui avaient servi mais, surtout, se rappelant Isabella Saunders.

Mr Lee parti, Dougal dit :

— J'ai des doutes sur cette nourriture chinoise. J'ai déjà eu l'estomac détraqué une fois depuis notre arrivée ici.

— Elle est exquise et je n'ai souffert d'aucun mal ensuite.

— Mais c'est difficile de savoir ce qu'on mange.

— Quelle importance ? La nourriture servie chez eux était bien meilleure que tout ce que j'ai mangé dans ma jeunesse, et s'ils la mangent, elle ne sera pas mauvaise pour toi, si ? Je pense qu'ils savent beaucoup mieux quoi acheter que le cuisinier anglais de ton cousin.

— Bon, très bien. Tu brûles d'envie d'y aller, c'est manifeste, dit Dougal, qui sourit et le poussa du coude. Impatient aussi de revoir Miss Saunders, hein ? C'est une femme superbe. Je l'ai aperçue de loin. Il ne pouvait pas s'agir de quelqu'un d'autre, avec ces cheveux-là.

Il adressa un clin d'œil à Bram et retourna à ses occupations.

Bram resta près du bastingage, les yeux fixés sur l'animation du quai en contrebas, mais sans vraiment la voir. Même Dougal avait remarqué son intérêt pour Isabella Saunders. Oh, elle était très séduisante et d'une compagnie extrêmement agréable… Il soupira et s'interdit de continuer. Il n'était pas en situation de courtiser une femme, alors qu'il se trouvait dans une telle incertitude quant à son gagne-pain.

Et, de toute façon, elle était une dame, même si elle avait peu d'argent. Qu'était-il, lui, sinon un fruste paysan irlandais sans grande instruction ? Il était persuadé que cette différence avait une importance capitale pour quelqu'un comme elle.

Néanmoins... il voulait bel et bien la revoir.

Isabella se sentait anxieuse durant les préparatifs pour leurs invités. Bien sûr, Xiu Mei s'en aperçut tandis qu'elle lui retirait la brosse de la main et finissait de lui relever les cheveux avec des épingles, tout en s'exerçant à parler anglais.

— Vous aimez bien cet homme ?

— Je le connais à peine !

— Mon frère l'aime bien.

— Oui. Mais je n'ai pas l'intention de l'épouser pour donner satisfaction à votre frère. Choisir un mari est trop important.

— Si mon frère dit épouser, vous épousez ! s'exclama Xiu Mei en lançant un rire cristallin.

Isabella ne le nia pas. Mr Lee n'était jamais violent, mais quand il voulait que quelque chose se produisît, d'une manière ou d'une autre il parvenait à ses fins. Elle était reconnaissante du sentiment de sécurité qu'elle avait éprouvé à travailler pour lui ; aujourd'hui pourtant elle hésitait, avec l'impression qu'il la poussait tête la première vers une chose dont elle n'était pas sûre du tout. Même si elle avait plutôt de la sympathie pour Mr Deagan. Il était... cordial.

Elle passa en revue certaines de ses qualités : il avait un charmant sourire, paraissait gentil, traitait les Lee avec courtoisie, et il s'était précipité pour secourir une inconnue lorsque ces hommes l'avaient attaquée. Néanmoins, cela ne suffisait pas à la convaincre de l'épouser... hormis que ses problèmes actuels seraient alors résolus.

Elle regretta que les femmes fussent aussi dépendantes des hommes, de ne pas avoir un revenu à elle, juste assez pour vivre comme elle le souhaitait. Elle n'était pas cupide. Mais elle avait eu beau économiser le plus possible et mener une existence frugale depuis qu'elle avait commencé ce travail, la somme accumulée lui permettrait seulement de tenir quelques mois. Et si elle payait le voyage pour l'Australie afin d'y rechercher sa cousine, elle serait de nouveau dans une situation difficile, à court d'argent et sans logis.

Elle frémit à ce souvenir. Elle ne voulait plus jamais connaître une pareille détresse.

Lorsqu'elle descendit, habillée comme la fois précédente, Mr Lee fronça les sourcils.

— La même robe ?

— C'est la plus belle que j'ai.

— Besoin d'autres vêtements.

Il se tourna vers sa sœur et ils parlèrent si vite que la moitié de leurs propos échappa à Isabella. Mais Xiu Mei hocha la tête et sourit, l'air d'apprécier ce qu'il disait.

Le garçon maigre qui faisait le guet à la porte de la boutique, fermée pour le restant de la soirée, vint en courant leur annoncer que deux gigantesques diables étrangers descendaient la rue.

Mr Lee alla accueillir les visiteurs sur le seuil de la maison et les conduisit jusqu'à la pièce du fond, qui avait bénéficié d'un nettoyage très méticuleux, bien qu'elle n'eût pas été vraiment sale.

Isabella se sentit intimidée lorsque Bram lui sourit, puis elle s'en voulut de bredouiller comme une idiote et n'ouvrit donc plus la bouche. Il incomba à Mr Lee d'entretenir la conversation, ce qu'il fit avec sa douce habileté ordinaire.

— Vous habitez dans la colonie de Swan Hill, capitaine McBride ?

— Oui. Dans la ville portuaire de Fremantle. Elle est petite comparée à Singapour, mais c'est le port principal de la colonie.

— Sydney est plus grand, dit Isabella.

— Beaucoup plus. Mais vivre dans la colonie de Swan Hill me plaît.

— Vous marié ? demanda Ah Yee avec sa brusquerie habituelle.

— Non. Je suis trop occupé par mon navire et ma profession de négociant.

— Besoin de femme et enfants. Travailler pour quoi sinon ? dit-elle en se tournant vers Bram. Vous besoin marier aussi.

— Pas avant d'avoir un peu d'argent en réserve. Je viens d'une famille de… paysans, et je dois faire mon chemin dans le monde.

Isabella traduisit le mot « paysan » et Mr Lee et sa mère approuvèrent en chœur, car ils étaient eux-mêmes d'origine paysanne. Elle se tourna vers Mr Deagan.

— Mr Lee a lui aussi commencé humblement, par le travail de la terre.

— Alors j'admire plus encore ce que vous faites monsieur, dit-il avec une évidente sincérité.

Un peu plus tard, Dougal s'adressa à Xiu Mei :

— Est-ce vous qui vendez ces belles étoffes dans la boutique ?

Elle hocha la tête.

— Je me demandais, si je revenais demain, vous et Miss Saunders m'aideriez-vous à choisir des pièces de tissu que je pourrais offrir à ma mère et à ma sœur ?

Isabella s'assura que son amie avait bien compris, et il fut convenu qu'ils examineraient les étoffes à la lumière du jour et choisiraient les plus appropriées.

Ah Yee, qui était comme son fils toujours attentive aux profits possibles, exprima sa satisfaction.

— Si ce voyage est une réussite, j'aimerais faire un jour le commerce des tissus de confection, des soies en particulier. Elles sont tellement belles, dit Bram, en jetant un coup d'œil sur la robe chatoyante d'Isabella, puis il détourna les yeux à regret et regarda de nouveau son hôte : Peut-être que, dans un an ou deux, votre sœur pourrait m'envoyer quelques métrages de tissu de confection chaque fois que le capitaine McBride débarquera ici…

— Vous ne revenez pas ?

Bram frissonna.

— Je n'ai pas le pied marin. Je suis très malade par grosse mer. Je voulais venir au moins une fois, pour voir ce que je pourrais trouver ici, mais lorsque je serai rentré à Fremantle, j'espère ne plus être obligé de naviguer de sitôt.

À voix basse, Isabella traduisit aux deux femmes : Mr Deagan parlait trop vite pour elles, et avec un accent irlandais qui les perturbait encore davantage.

— Nous discuterons affaires demain, déclara Mr Lee. J'ai des idées pour vous aider. Qui apportent profit à moi aussi.

Au sourire serein et au petit signe de tête qu'il lui adressa, Isabella sut immédiatement qu'il avait conclu que Mr Deagan ferait un bon mari. Elle eut envie de le supplier d'arrêter, ou au moins de ralentir, mais elle n'osa pas. Elle savait qu'il lui dictait sa vie avec les meilleures intentions, œuvrait du mieux qu'il le pensait pour sa sécurité, comme il œuvrerait un jour pour sa propre sœur. S'opposer à lui était par conséquent encore plus difficile.

Peut-être… peut-être pouvait-il avoir raison.

Elle éprouvait de l'attirance pour Bram, mais voulait mieux le connaître avant d'aller plus loin, or le temps manquait. Il reprendrait la mer dans quelques jours et ne reviendrait pas à Singapour, semblait-il.

C'était elle qui avait affirmé que l'on n'avait plus besoin d'elle ici, qui avait voulu faire autre chose de sa vie. Mais son souhait l'avait entraînée dans une course si impétueuse vers une nouvelle existence que cela l'effrayait. Elle regrettait son audace. S'en félicitait-elle au contraire ?

Oh, elle ne savait plus où elle en était.

Tandis que les deux Irlandais regagnaient la goélette, escortés par des hommes de Mr Lee, Dougal dit d'un ton élogieux :

— Tu avais raison. La nourriture était exquise, très différente de ce qui est proposé dans les foyers européens.

— Boire le thé dans ces petits bols me plaît beaucoup aussi.

— Il n'y en a qu'une larme à chaque fois.

— Mais le thé est toujours chaud et renouvelé. Les bols eux-mêmes sont ravissants. Il faut que j'en trouve à rapporter. Je suis sûr qu'ils se vendront bien dans la colonie et j'en voudrais quelques-uns pour moi.

— Eh bien, puisque nous retournerons à la boutique demain pour examiner les tissus de confection, tu pourras demander à tes nouveaux amis où en acheter.

— Je ne sais pas pourquoi tu veux que je t'accompagne. Je suis incapable de choisir des tissus.

Dougal marcha durant quelques instants avec un air pensif, puis répondit :

— C'est Mr Lee qui veut que tu viennes demain. Il a insisté. S'il fait comme il l'a proposé et qu'il t'aide pour les marchandises, tu devrais veiller à ne pas le contrarier. J'ai demandé à mon second de se renseigner sur lui : le bruit court qu'il est riche et qu'il deviendra richissime.

Une fois sur le navire, Bram alla directement au lit, bien qu'il fût plus tôt que d'ordinaire. Allongé sur les draps de son étroite couchette, il réfléchit intensément, un peu en sueur, comme on semblait toujours l'être ici. Mais ses pensées s'empêtraient sans cesse dans les souvenirs du visage d'Isabella, de la vivacité qui l'illuminait quand elle ne se surveillait plus et commençait à discuter d'un sujet qui l'intéressait.

Elle avait été assez silencieuse ce soir, plus silencieuse que précédemment, et il devinait que quelque chose la préoccupait. Mais de toute évidence, elle était considérée comme un membre de la famille et se sentait à l'aise avec les Lee, elle n'était donc pas sans soutien. Cela n'avait aucun rapport avec lui, en fait.

La vie vous mettait dans des situations étranges. Qui aurait pensé qu'un homme tel que lui se trouverait un jour en Orient à s'établir comme négociant ?

Où le destin le conduirait-il ensuite ? Les astres lui seraient-ils favorables ? Réussirait-il sa vie ?

Et pourquoi Mr Lee voulait-il le revoir ?

Le lendemain matin au petit-déjeuner, Isabella se sentait très agitée alors qu'elle essayait d'avaler un peu de nourriture. Attablé face à elle, Mr Lee la regarda.

— Besoin de parler tous les deux.

Elle ne demanda pas à quel sujet. Elle connaissait la réponse.

— Deagan est un homme honnête, affirma-t-il.

— Comment pouvez-vous en être certain ?

— Je le vois, répondit-il en haussant les épaules. Ma méthode pour gagner de l'argent, trouver des gens honnêtes. Travailler ensemble, acheter, vendre.

Elle baissa les yeux vers sa jupe, une tenue de tous les jours cette fois, une simple cotonnade bleue. Elle savait ce qu'il allait dire ensuite.

— Vous pouvez l'épouser avant son départ.

Ses doigts se crispèrent sur le tissu, en saisirent une poignée et le froissèrent, puis elle vit ce qu'elle faisait et s'obligea à lâcher prise.

— Je... ne suis pas sûre de vouloir me marier. Pas aussi vite, en tout cas.

Ah Yee, assise à côté d'elle, lui tapota la main.

— Vous pas de famille, alors nous organiser. Trouver mari pour Xiu Mei bientôt. Bon moment.

Elle ne dit pas pour son fils aussi, mais le regard qu'elle lança vers lui était éloquent.

Silencieux, les Lee attendirent la réponse d'Isabella, mais elle ne savait que dire. Elle avait conscience que se marier pourrait être avantageux sur le plan pratique. Un mariage ne se limitait pourtant pas à cette dimension. Il y avait la vie quotidienne, et cela signifierait vivre avec un homme qui était un inconnu pour elle, sans parler de coucher avec lui. Elle ne savait pas grand-chose des relations intimes entre personnes mariées, excepté que certaines femmes les exécraient tandis que d'autres n'y répugnaient pas. Comment savoir ce qu'il en serait pour soi-même ?

— J'ai peur, avoua-t-elle à mi-voix. Je ne le connais pas.

Et Ah Yee, qui était franche et autoritaire, parla pour une fois avec douceur, allant jusqu'à lui prendre la main.

— Famille voit choses nécessaires. Vous confiance en nous.

Isabella serra la petite main osseuse et, durant un moment, ce fut comme une bouée de sauvetage, puis Ah Yee desserra les doigts et se leva, retrouvant sa brusquerie habituelle.

— Vous attendre dans boutique. Aider capitaine pour choisir soie. Mon fils parler à Mr Deagan.

Isabella alla donc rejoindre son amie, le ventre tordu par l'angoisse.

Comme souvent, Xiu Mei parla en chinois et elle répondit en anglais, puisque toutes deux en comprenaient davantage dans la langue de l'autre qu'elles n'étaient capables d'en dire.

— Mon frère veut que vous choisissiez du tissu pour votre robe de noces. Nous pouvons la faire fabriquer rapidement.

— Est-il à ce point persuadé que le mariage aura lieu ? dit Isabella en la regardant, interdite.

Xiu Mei hocha la tête et lui adressa un sourire radieux, comme si c'était là une excellente nouvelle.

— Regardez celle-ci, fit-elle en sortant une pièce de soie très douce, ni azur ni turquoise, évoquant plutôt le bleu du ciel à l'aube. C'est une bonne couleur pour vous. Le rouge ne vous irait pas, ajouta-t-elle en pointant le doigt vers la tête d'Isabella. Pas avec vos cheveux.

— Ce tissu est trop clair. Il sera salissant.

— Vous ne la porterez pas pour nettoyer la maison ! répliqua Xiu Mei en riant. Vous la mettrez le jour de vos noces et dans les occasions exceptionnelles.

Isabella essaya de se distraire en examinant d'autres tissus, mais elle ne pouvait pas se concentrer. Lorsqu'elle entendit des pas lourds s'approcher dans la rue, le bruit marqué des chaussures européennes, elle eut un coup au cœur et un léger vertige, tant la crainte l'étreignait.

Que se passerait-il si Mr Deagan disait non au mariage ?

Plus effrayant encore, que se passerait-il s'il disait oui ?

Bram la vit dès qu'il franchit le seuil, parce que sa chevelure resplendissait dans un rayon de soleil lorsqu'elle tourna la tête. Elle aidait son amie à rouler une pièce de tissu, d'un bleu clair magnifique. Elles la posèrent sur une étagère au fond du magasin. Isabella serait belle dans cette couleur, au lieu des teintes plus sombres et mates qu'elle avait portées jusque-là.

Il s'avança dans la boutique avec Dougal, prêt à demeurer en simple observateur, mais Mr Lee arriva presque immédiatement de l'arrière de la maison et lui demanda s'il avait quelques minutes pour discuter marchandises.

Isabella était devenue rouge comme un coquelicot. Que se tramait-il donc ?

Cette fois, Bram fut conduit dans une petite pièce au début du corridor. Des colis étaient empilés le long d'un mur, mais il y avait de la place pour une table et des chaises.

— J'ai une offre pour vous, déclara Mr Lee sans préambule. J'aide dans le commerce. J'aide à vous faire meilleur négociant. Vous avez beaucoup à apprendre.

— Je sais, dit Bram en se penchant avec enthousiasme. Mais comment apprendre tant que je n'ai pas commencé ?

— Avoir un associé plus expérimenté que vous.

Il attendit, se demandant pourquoi Mr Lee lui faisait cette offre.

— Pas de famille pour vous aider. Mauvaise chose. La famille est plus digne de confiance que des étrangers.

Bram hocha la tête. Être coupé des siens lui causait une grande tristesse.

— Si je réussis, je ferai venir ma famille d'Irlande : mes parents, mes frères et sœurs.

— Bien. La famille est importante. Mais tout de suite, vous avez besoin d'un associé et d'une épouse.

Bram posa sur lui un regard déconcerté. Où cette conversation menait-elle ?

— Une épouse ? Je n'ai pas les moyens de me marier dès maintenant. Je n'ai même pas une maison où habiter.

— Isabella a besoin d'un mari. Ma mère et moi aidons à en trouver un pour elle.

Si un chœur d'anges était soudain descendu du ciel et s'était mis à chanter, Bram n'aurait pas été plus surpris. Il essaya de parler mais les mots lui manquèrent. Il s'efforça d'envisager l'idée qu'Isabella fût une épouse ; son épouse. Et il n'y parvint pas. Assurément, une dame comme elle ne regarderait pas un homme tel que lui. Il avait dû entendre de travers.

— Je… ne comprends pas.

— Isabella a besoin d'un mari. Elle est une femme bien. Elle travaille dur. Elle fera une bonne épouse. Et elle a besoin d'aller en Australie.

— Pourquoi ?

— Elle a une cousine là-bas. Alice va à Sydney. Isabella veut la trouver.

— Sydney est loin de Perth, à deux semaines de voyage par navire côtier.

— Possible d'envoyer des messages là-bas ?

— Oui, bien sûr.

— Mieux si Isabella ne part pas chercher. Dangereux pour une femme seule.

— Sait-elle que vous me parlez de… ce sujet ?

Alors même que la question flottait dans l'air, Bram devina la réponse. Isabella avait été embarrassée de le voir dans la boutique quelques instants auparavant, elle avait rougi et fui son regard, ne s'était pas approchée. Oui, elle savait.

— Nous parlons. Elle hésite. Mais elle sait que je ne la laisse pas partir d'ici seule. Elle a besoin d'un mari, d'un homme honnête, bon avec elle. Femme bien, Isabella.

Bram s'apprêtait à prendre la parole, mais Mr Lee leva une main pour l'en empêcher.

— Cela m'aide aussi. Je veux faire commerce avec l'Australie. Petite quantité au début. Bien pour moi si Isabella est là-bas. Elle vous aide, elle m'aide. J'ai confiance en elle, dit-il en se tapotant le front. Très intelligente. Comme ma mère. Réfléchit beaucoup. Travaille dur.

Il attendit et, comme le silence s'éternisait, il se mit à froncer les sourcils.

— Elle vous déplaît ?

— Je ne sais pas quoi dire, monsieur Lee.

— Dites d'abord si vous aimez bien Isabella.

Bram sentit son visage s'adoucir et ne put réprimer un sourire.

— Oh oui, je l'aime beaucoup. Le problème… c'est que j'ai très peu d'argent. Comment pourrais-je me permettre de me marier ?

— Vous aurez de l'argent si vous travaillez dur. Isabella peut vous aider.

Le silence était plein de possibilités, d'espérance, et lourd de crainte aussi. Bram demeura là, muet de stupeur, comme un idiot à la foire. Isabella lui plaisait-elle, voulait-il d'elle ? Intensément. Voyait-il les bienfaits d'une telle relation ? Certainement. Il n'y avait qu'un obstacle. Il leva les yeux.

— Je ne peux dire oui que si Isabella veut véritablement ceci.

Mr Lee eut un sourire rusé.

— Elle voit les avantages. Mais c'est un grand changement. Elle a peur aussi.

La question que Bram voulait poser était un peu différente. Il avait besoin de savoir s'il plaisait assez à Isabella en tant qu'homme, si elle pensait pouvoir être heureuse avec lui.

La mère de Mrs Lee entra dans la pièce et Bram se leva par politesse. Elle lui adressa un signe de tête et s'assit, puis parla à son fils dans un torrent de sons incompréhensibles.

Une fois la conversation terminée, elle se tourna vers Bram.

— Vous marier Isabella.

Sa phrase n'était pas interrogative.

— Bon projet. Pour elle, pour vous, pour nous.

Il n'était sûr que d'une chose.

— Je le voudrais, mais j'ai besoin de parler avec elle avant de donner mon accord.

— Bonne idée, approuva-t-elle. Moi faire venir elle.

— Vous pouvez vous marier avant le départ du navire, dit Mr Lee en quittant son siège, souriant mais implacable.

Resté seul dans la petite pièce sombre, Bram se laissa retomber contre le dossier de la chaise, incertain et bouleversé… animé aussi du fol espoir que ce miracle, ce merveilleux miracle, se produirait.

Lorsqu'il entendit des pas, il se leva et regarda Isabella entrer.

Elle avait l'air si inquiète et troublée qu'il s'avança sans réfléchir, désireux de l'apaiser comme il l'aurait fait d'un cheval effarouché. Sa main était douce dans la sienne, légèrement tremblante lorsqu'il la prit.

— Venez vous asseoir, Isabella. Cela ne vous ennuie pas que je vous appelle Isabella ?

Elle le fixa des yeux comme si elle n'avait pas compris ses paroles. Elle s'assit néanmoins, et il lui lâcha la main à regret.

Il ne trouva pas de façon délicate de le dire.

— Mr Lee affirme que nous devrions nous marier.

— Cela me plairait, dit-elle en hochant la tête. Beaucoup. Mais je ne ferai rien si je n'ai pas la certitude que vous le voulez aussi, quoi que Mr Lee affirme. Le voulez-vous ?

— Je… pense que cela pourrait être une bonne idée. Mais c'est arrivé si vite, j'ai le cerveau brouillé.

— J'ai un peu la même impression. Et je dois vous dire, avant toute autre chose, qu'il ne me restera plus beaucoup d'argent une fois que j'aurai acheté mes marchandises et que je n'ai même pas une maison où vous installer. Je l'ai dit à Mr Lee, mais il a répondu que cela n'avait pas d'importance. Je suis un travailleur acharné, cependant. Je travaillerai dur pour vous. Cela, je puis vous le promettre.

— J'ai de petites économies et je peux travailler dur aussi. Le problème n'est pas l'argent, Bram.

— C'est que nous soyons presque étrangers l'un à l'autre, dit-il en riant soudain. J'ai lu des livres dans lesquels le héros est grand, beau et brun. Certes, je suis plutôt brun, mais je ne suis pas grand et je ne suis pas beau non plus.

— Peu importe, lui sourit-elle. J'ai les cheveux roux – et je suis parfois d'une fougue excessive.

— J'adore vos cheveux. Ils sont magnifiques.

— Oh.

Elle se mit à tripoter sa jupe comme si elle ne savait pas quoi dire.

— Je ne les laisserai pas vous obliger à quelque chose qui vous rendra malheureuse, dit-il avec douceur.

Les yeux baissés vers ses mains crispées, elle demanda :

— Voudriez-vous… m'épouser ?

— Oui, je le voudrais, répondit-il sans hésiter. Je suis certain que cela me rendrait très heureux… à condition que vous n'acceptiez pas sous la contrainte. C'est ce qui me retient. Vous êtes une femme ravissante, Isabella. Tout homme serait fier de vous épouser.

Elle se détendit davantage. Il le vit à sa posture.

— Mr Lee a mentionné le fait que vous cherchez une cousine en Australie.

— Oui. Alice. Elle est la seule proche parente qu'il me reste. Je voudrais vraiment la retrouver. Ce n'est pas bon d'être seule au monde. Et je m'inquiète pour elle. Elle n'a pas… un grand sens pratique.

Après un nouveau silence, elle ajouta :

— Si ce n'est pas vous, Lee-sang me présentera quelqu'un d'autre à épouser. Maintenant qu'il a pris sa décision, il ne renoncera pas à me trouver un mari. Il est très déterminé quand il veut quelque chose.

— Je pense qu'il a beaucoup d'affection pour vous.

— À sa manière. Mais il conçoit le monde différemment. Le mariage est une affaire commerciale à ses yeux. C'est pour cette raison qu'il n'est pas marié. Il trouvera bientôt une épouse, j'en suis certaine. Quand il aura emménagé dans une plus belle maison, ce qui lui permettra de s'unir à une femme d'un statut plus élevé. Il est beaucoup plus riche qu'il ne le paraît.

— Il dit que vous ne seriez pas heureuse de rester dans une cuisine.

— Non. Je m'ennuierais. Néanmoins, j'accomplirais mon devoir.

— Je n'ai même pas de cuisine, je n'ai rien hormis une entreprise très risquée qui pourrait un jour m'apporter une boutique. Si je ne tire pas de fruits de la petite somme que je possède, je ne sais pas du tout ce que je ferai.

— Mais vous ambitionnez d'ouvrir une boutique ?

— C'est le seul moyen que je vois pour gagner de l'argent, bien que mon véritable domaine soit les chevaux.

— Pourquoi avez-vous pensé au commerce, dans ce cas ?

— J'ai parlé aux habitants, ouvert l'œil et prêté l'oreille : il me semble que l'on manque de marchandises dans la colonie de Swan Hill. Les gens commencent à vouloir du confort matériel pour eux et leur maison. C'est donc le bon moment pour ouvrir une boutique. Du moins, je le crois. Peut-être qu'une personne instruite serait d'un autre avis.

— Les gens instruits n'ont pas toujours le sens des réalités.

C'était là une pensée réjouissante pour lui. Il savait qu'il avait le sens des réalités quand il le fallait. Oui, il pouvait au moins se reconnaître ce mérite.

Personne ne vint les interrompre et ils bavardèrent encore un moment. Il était plus facile de parler des affaires que de leurs sentiments. Mais Bram finit par se rendre compte qu'ils n'allaient nulle part, qu'ils éludaient la question principale ; il la souleva donc à nouveau, plus sûr de lui maintenant.

— J'aimerais vraiment vous épouser, Isabella.

Elle redevint aussitôt nerveuse.

— Comment pouvons-nous être certains que c'est le bon parti à prendre ?

— Comment pouvons-nous être certains de quoi que ce soit dans la vie ? Nous ne le pouvons pas. Nous pouvons seulement faire de notre mieux. Et je ferai de mon mieux pour être un bon mari, si vous me faites l'honneur de m'épouser. Je vous en donne ma parole.

Il la regarda et attendit pendant qu'elle levait les yeux vers les siens.

— Et vous m'aiderez à essayer de retrouver Alice ?

— Si je le peux. Je n'aurai plus beaucoup d'argent au début. Mais Mr Lee a promis son aide également. J'essaierai, oui. Il y a autre chose que je dois vous dire : plus tard, si nous réussirons, je voudrais faire venir les miens en Australie.

— Seraient-ils prêts à quitter l'Irlande ?

— Oh, oui. Absolument. La plupart d'entre eux, en tout cas. Ils n'ont pas grand-chose à espérer là où ils sont.

— Parlez-moi d'eux.

— Mon père cultive un petit lopin de terre, qui appartient aux gens de la grande maison. Il fait aussi des travaux pour eux pendant l'hiver. Lui et ma mère ne savent ni lire ni écrire, mais ce sont des travailleurs acharnés. Mon père se met en colère parfois. Il s'inquiète de ne pas pouvoir nourrir la famille, vous comprenez. J'ai huit frères et sœurs, certains mariés, d'autres encore très jeunes. Ceux qui le peuvent aident financièrement nos parents à élever les plus petits, parce qu'ils ne reçoivent qu'un maigre salaire de la grande maison. Ils ont un champ de pommes de terre. Donc ils s'en sortent… tout juste.

— Que faisiez-vous quand vous viviez là-bas ?

— J'étais valet d'écurie. Un bon palefrenier. J'ai plus d'ambition maintenant. Beaucoup plus. J'étais triste de partir, mais je ne veux pas rentrer, dit-il, esquissant un sourire narquois. J'ai trouvé l'espoir, voyez-vous, l'espoir de faire quelque chose de moi. C'est grisant, l'espoir.

Elle hocha la tête.

— Mon plus grand désir est d'avoir assez d'argent pour me sentir en sécurité. Mon père avait un métier qui aurait pu lui rapporter de l'argent, mais il a tout dilapidé au jeu. Êtes-vous un parieur, monsieur Deagan ?

— Je n'ai jamais eu de quoi parier, répondit Bram en éclatant de rire. Mais c'est un genre de pari, mon projet de m'établir comme négociant. Parier aux dés ou aux cartes, ça, non !

Il hésita, puis mentionna la malle de Mrs Maguire, grâce à laquelle il avait fait ses débuts.

— Je l'ai encore, avec une partie de son contenu. S'il y a dedans quelque chose qui vous intéresse, servez-vous.

— Ou s'il y a quelque chose que nous pouvons vendre ici.

Elle se tut pour le regarder, la bouche à peine entrouverte sur une minuscule inspiration.

Il la remarqua pourtant. Il remarquait les moindres détails de sa personne aujourd'hui, par exemple ses cheveux plus bouclés près des oreilles, là où ils étaient plus courts. Il avait envie d'enrouler autour de ses doigts une mèche de ce roux flamboyant. Mais elle en aurait été effarouchée, il sourit donc et s'obligea à se concentrer.

— Vous avez dit « nous ».

— En effet.

Il respira profondément et reposa la question :

— Alors acceptez-vous de m'épouser, Isabella Saunders ?

— Oui, j'accepte, Bram Deagan. Mais c'est le seul pari que je fais de ma vie.

Il n'essaya pas de l'embrasser, n'osa pas, de crainte qu'un baiser ne rompît le lien fragile qui commençait de se tisser entre eux. En revanche, il lui prit la main et la tint dans la sienne durant quelques instants. Il s'autorisa ce geste.

Et elle ne s'y opposa pas.

4

Conn souhaitait laisser à Lester la responsabilité de la pension pour chevaux, mais les clients ne verraient peut-être pas d'un bon œil un ancien détenu manier de l'argent. Il réfléchit bien, puis parla du problème à Flora McBride, impatient de trouver une solution qui lui permettrait de rentrer chez lui. À cette heure, Maia devait s'inquiéter de sa longue absence.

— Je pourrais m'occuper de la gestion, déclara sur-le-champ Flora.

— Certainement pas, rétorqua sa mère. Ce ne serait pas convenable.

Flora se tourna vers elle et Conn eut l'impression qu'une colère intense flamboyait quelques instants dans ses yeux, puis elle dit avec calme :

— Je peux décider de cela par moi-même, mère.

Mrs McBride jeta un coup d'œil à Conn, revint à sa fille, et dit d'un ton sec :

— Nous en discuterons plus tard.

Flora l'ignora.

— Je pourrais aussi superviser l'écurie pour vous, monsieur Largan.

— Que connais-tu aux chevaux ? lança Mrs McBride avec dédain.

— Je n'y connais pas grand-chose.

Après un autre regard plein de rancœur à sa mère, Flora supplia Conn.

— Mais ici, je commande la nourriture, par conséquent je devrais être à même de vérifier les commandes de provisions et de veiller à la propreté des lieux. Je fais les comptes de la maison pour mère et Dougal, ne croyez donc pas que je m'embrouillerai dans les chiffres.

Il sourit devant son ardeur et déplora la façon dont sa mère essayait de la rabaisser. Lors de ses courtes visites précédentes, il n'avait pas prêté grande attention à la sœur de Dougal, qui restait souvent silencieuse. Mais c'était peut-être parce que sa mère parlait sans arrêt. Flora était une femme robuste, aux cheveux blond-roux, plus beaux que ceux de son frère. Si elle n'était pas jolie et ne l'avait probablement jamais été, elle n'était pas laide non plus. Solide était sans doute le meilleur adjectif pour la décrire. Sa chevelure et sa voix grave, posée, constituaient ses principaux attraits. Aujourd'hui, la détermination donnait de la vivacité à son visage.

Mrs McBride claqua la langue, exaspérée.

— Je t'ai déjà dit de ne pas aborder ce sujet avec les messieurs. Que penseront les gens d'une dame qui fait la comptabilité ? Je suis sûre que, si je totalisais deux fois de suite une colonne de chiffres, je n'obtiendrais pas le même résultat. Quant au travail dans une pension pour chevaux, il n'a rien de comparable avec la gestion d'une maison ! dit-elle, puis elle se tourna vers son invité : Je suis navrée, monsieur Largan, elle ne saurait faire l'affaire.

— Mère, je te le répète : je suis assez grande pour décider par moi-même.

Tiraillé entre elles deux, Conn ne savait que dire. Il vit Mrs McBride prendre une inspiration qui lui dilata la poitrine, puis crisper les lèvres et fusiller sa fille du regard, signifiant que la querelle continuerait en privé.

— Je peux m'en charger, monsieur Largan, implora Flora. J'en suis capable, je le sais. Mais je voudrais un paiement.

Sa mère la considéra avec une expression mauvaise et la vieille dame maniérée apparut alors à Conn sous un jour très différent. Sans qu'il pût vraiment l'expliquer, cela l'incita à se ranger du côté de Flora.

— Très bien, dit-il.

Un sourire radieux la transfigura tandis que l'expression de sa mère devenait plus aigre encore.

— Un salaire hebdomadaire pour votre peine et un pourcentage sur les bénéfices de la pension vous conviendraient-ils ?

Mrs McBride se leva.

— Je veux te parler seule à seule, Flora, s'il te plaît. Dans mon salon.

Flora attendit que sa mère fût près de la porte pour répondre :

— Je te rejoindrai lorsque j'aurai fini de m'entretenir avec Mr Largan.

La vieille femme hésita, jeta un nouveau regard noir à sa fille, puis quitta la pièce comme une furie.

Conn préféra la franchise.

— Je ne veux pas semer la discorde entre vous et votre mère.

Flora se pencha en avant et répondit de manière aussi directe que son frère :

— Le conflit entre nous existe déjà. Il y a des années, elle n'a pas voulu me laisser épouser l'homme de mon choix et je ne peux pas le lui pardonner. Je serais heureuse d'avoir une occupation pour remplir mes journées et me sortir de la maison. Et, surtout, je veux avoir un peu d'argent à moi.

Il s'en étonna, car les jeunes femmes étaient en général désireuses de se marier. Mais Flora avait passé l'âge habituel et peut-être abandonné cet espoir. Pourtant, à ce qu'il avait vu, à cause du manque de femmes dans la colonie, de nombreuses femmes qui avaient perdu espoir se mariaient ici. Grand bien leur fasse.

Pour sa part, il était loin de son épouse et de son fils depuis trop longtemps. Il n'allait pas décliner cette offre d'une personne digne de confiance.

— Si vous êtes certaine de vouloir le faire, mademoiselle McBride, et si vous pouvez supporter votre mère, m'accompagnerez-vous à l'écurie demain matin, afin que nous discutions plus précisément des impératifs ?

— Je viendrai volontiers. Dès après le petit-déjeuner ?

— Parfait. Je dois vous informer que mon principal objectif est de maintenir la pension pour chevaux en activité jusqu'au retour de Bram Deagan. Ensuite, lui et moi verrons comment nous pouvons ouvrir une boutique là-bas. À moins qu'il ne propose d'autres idées. Il a toujours été doué pour trouver des idées, même quand nous étions petits.

— L'écurie n'est-elle pas beaucoup trop vaste pour une boutique ? s'enquit-elle en le regardant, surprise. Ne pourriez-vous pas conserver la pension pour chevaux et y installer aussi un magasin ?

— Nous pourrons faire ce que nous choisirons, mais Bram doit d'abord visiter les lieux et réfléchir au projet. Je ne suis qu'un associé secondaire, qui apporte de l'argent.

À cause du risque de faillite, il ne voulait pas mettre la totalité de son argent dans des banques.

— Je ne participerai pas à la gestion quotidienne et je compte sur lui pour agir avec sagacité.

Il monta l'escalier jusqu'à sa chambre et, même de là-haut, il entendit les deux femmes se disputer, la plus âgée d'une voix particulièrement stridente. Il secoua la tête avec tristesse. Ce n'était ni sage ni juste de la part de Mrs McBride d'étouffer les ambitions de sa fille et de la garder enfermée comme un animal de compagnie. Il avait vu combien sa belle-sœur Xanthe souffrait d'être confinée dans les tâches domestiques et en était ainsi venu à comprendre que les femmes n'étaient pas toutes faites pour vivre dans l'ombre, même si les gens affirmaient que c'était leur place naturelle.

Sa détention l'avait changé, il le savait, l'avait rendu plus attentif aux autres, de toutes les classes sociales, non pas uniquement de la petite noblesse.

Une fois Mr Largan remonté à l'étage, Flora hésita mais, sachant l'altercation inévitable, décida qu'il valait mieux en finir sans plus tarder. Elle entra dans le salon privé de la famille, où elle trouva sa mère assise près du feu, droite comme un i, bouillonnante de colère.

Il y avait souvent des dissensions entre sa mère et elle pendant les périodes d'absence de Dougal. Néanmoins, Flora ne voulait pas importuner son frère avec ses problèmes. Par malheur pour elle, sa mère se montrait toujours charmante quand il était là ; Dougal risquait donc de ne pas ajouter foi à des plaintes. Tout le monde pensait que sa mère était un modèle de gentillesse et de sollicitude. Quelle erreur ! C'était la personne la plus égoïste qu'elle connût, et Flora avait quelquefois l'impression d'être son esclave plutôt que sa fille.

Durant un instant, sa mère se contenta de la foudroyer du regard, puis elle hurla :

— Comment oses-tu me défier de cette manière ? En présence d'un invité, par-dessus le marché !

— Je te l'ai déjà expliqué, j'ai besoin d'avoir une occupation et mon propre argent.

— Pourquoi as-tu besoin d'argent ? Tu as tout ce que tu peux désirer ici. Je veille à ce que tu sois bien vêtue. Ton frère te donne de l'argent de poche.

— C'est une activité qui me manque, quelque chose pour m'occuper l'esprit. Je crois parfois que je vais devenir folle, cloîtrée dans cette maison, à faire les mêmes choses jour après jour. Alors, quoi que tu dises, j'effectuerai ce travail pour Mr Largan.

Sa mère leva la main et Flora lui repoussa précipitamment le bras pour empêcher la gifle. Dans des circonstances moins graves, voir la stupéfaction sur le visage de sa mère l'aurait amusée.

— N'essaie pas de me frapper à nouveau, mère. Jamais. Sinon, je te jure que je quitterai cette maison et que je ne reviendrai pas.

— Vaine menace, dit sa mère en reculant. Tu n'oserais jamais puisque tu n'as nulle part où aller.

Flora sentit soudain qu'elle ferait mieux de s'arrêter là, avant de prononcer des paroles qu'elle pourrait regretter. Elle se dirigea vers la porte.

— Où vas-tu ? Reviens ici. Je n'ai pas terminé.

Flora fit volte-face.

— J'ai dit tout ce que j'avais à dire, mère. Et j'ai entendu tout ce que je suis disposée à écouter. Je me bornerai à répéter que, dorénavant, j'ai la ferme intention de vivre ma vie. Il n'est pas nécessaire que je sois à tes ordres toute la journée. Tu peux parfaitement tenir cette pension de famille sans moi.

— C'est ce que nous allons voir. Tu t'en repentiras, ma fille.

Elle savait que sa mère lui mènerait la vie dure, mais elle était certaine qu'elle ne regretterait pas d'avoir pris position, qu'elle avait déjà trop attendu. Elle ne supportait plus d'écouter ses bavardages ineptes, de la voir jouer à la dame affable avec ses « invités », qui auraient pour la plupart préféré qu'elle les laissât tranquilles.

Flora avait dit à Dougal que prendre des pensionnaires n'était plus indispensable comme ç'avait été le cas au début, quand il avait mis tout son argent dans sa goélette.

Il avait souri.

— Mère a besoin d'une occupation, Flora. Pourquoi pas l'accueil de pensionnaires ?

Il n'avait pas semblé se rendre compte que Flora aussi avait besoin d'une occupation valable. Mais elle le lui exposerait clairement lorsqu'il reviendrait. Très clairement.

L'heure avait sonné : les choses devaient changer.

Le lendemain matin, tandis qu'ils se dirigeaient ensemble vers la pension pour chevaux, Flora dit à Conn :

— Merci de m'avoir confié ce travail, monsieur Largan. Je m'ennuie beaucoup à rester dans la maison avec ma mère et à rendre visite chaque semaine aux mêmes dames.

— Veuillez excuser ma question, mais ne vous arrive-t-il pas de souhaiter vous marier ?

— À mon âge, je ne peux espérer qu'un veuf ou un homme vieillissant, dit-elle en haussant les épaules. Ma mère ne verrait aucun inconvénient à ce que j'épouse un demeuré unijambiste, pourvu qu'il lui donne les petits-enfants qu'elle désire et qu'il soit assez docile pour la laisser le régenter. J'ai trente ans, vous savez, et Dougal en a trente-cinq. Elle veut absolument des petits-enfants pour la seule et unique raison que toutes ses amies en ont, non par amour des enfants.

— C'est un désir naturel, n'est-ce pas ?

Il regrettait que sa mère fût morte avant de pouvoir connaître son petit-fils, mais au moins avait-elle appris la naissance du bébé.

— Je pense que ma femme était faite pour se marier et être mère. Cependant, Maia est aussi une compagne et elle brille par son intelligence. Son avis m'est toujours précieux.

Flora le regarda, étonnée.

— Eh bien, vous êtes le premier homme que j'entends vanter l'intelligence de sa femme. Auriez-vous un frère à la recherche d'une épouse ?

— Je n'ai qu'un frère aîné, déjà marié. Je ne le reverrai sans doute jamais, répondit-il en se rembrunissant.

— La transportation a dû être une terrible épreuve pour vous. Dougal m'a dit que vous étiez innocent.

Il haussa les épaules. Il détestait parler de ces mois atroces, humiliants, passés d'abord à attendre dans une prison crasseuse, puis à naviguer jusqu'en Australie.

— Oui, mais contrairement à de nombreux autres, j'ai survécu.

— Est-ce pour cette raison que vous avez engagé l'homme qui se cachait dans l'écurie ?

— Oui. J'essaie d'aider tout ancien détenu qui semble prêt à changer ses habitudes et à travailler dur. Certains ont été transportés pour des délits mineurs. Cet homme a volé de la nourriture pour ses enfants affamés, ce n'est pas le pire des crimes. Ah, nous y sommes.

Flora s'arrêta pour observer les bâtiments.

— J'espère que ma franchise ne vous gênera pas. Soit je tiens ma langue, comme je le fais la plupart du temps chez moi, soit je dis ma pensée sans ambages. Je n'arrive pas à trouver un juste milieu. Cet endroit paraît assez délabré. Si vous voulez maintenir l'activité, il faudra rafraîchir un peu l'extérieur, sans quoi les clients ne franchiront même pas le seuil.

— Je ne veux pas dépenser beaucoup d'argent pour un lieu que nous risquons de fermer, mais vous avez probablement raison. Je trouverai peut-être une petite somme.

— Combien ?

Il réfléchit une minute et donna un montant.

— Cela vous suffira-t-il pour payer un nettoyage complet de l'extérieur comme de l'intérieur ?

— Je le crois. Si vous me laissez l'argent, je verrai ce que je peux faire. Nous vivons à Fremantle depuis plusieurs années, je connais donc des gens qui seront contents de gagner quelques sous.

Entre-temps, Lester avait entendu leurs voix et s'était approché de la porte.

— Bonjour monsieur.

— Bonjour. Tout se passe-t-il bien ?

— Oui, monsieur. Nous avons accueilli un autre cheval hier en fin de soirée. Il est dans un triste état, mais on ne peut pas expliquer à certains comment traiter leurs animaux.

Conn fit visiter l'écurie à Flora. De toute évidence, Lester avait commencé d'y mettre de l'ordre, ce qui témoignait d'un esprit d'initiative et d'une volonté de travailler dur.

Puis ils se dirigèrent vers une petite construction en bois, la maisonnette du propriétaire. Là, ils constatèrent que Mundy avait enlevé presque toutes ses affaires mais laissé derrière lui une véritable porcherie, avec des aliments à demi pourris dans la cuisine. Conn chercha deux ou trois souverains supplémentaires et les tendit à Flora.

— Trouvez quelqu'un pour récurer cette maison, s'il vous plaît, parce que Bram voudra peut-être y habiter. C'est dégoûtant.

— Et les petits meubles qui restent ?

— Je demanderai au boulanger de faire savoir que nous les vendrons si Mundy ne vient pas les récupérer.

— Il n'y a pas grand-chose et je… oh !

Une porte de la chambre ouvrait sur une armoire pleine de vêtements de femme, auxquels s'ajoutaient quelques tenues d'enfants. Flora sentit la pitié lui serrer le cœur.

— Ils devaient appartenir à son épouse et à son enfant.

— Oui. Leur mort a été très soudaine. Il n'a pas dû avoir le courage de s'en occuper.

— S'il n'en veut pas, je pourrais les vendre pour vous à une friperie, suggéra-t-elle. Dans l'ensemble, ils n'ont quasiment pas servi et sont bien propres.

— Non, gardez-les. Bram envisage de proposer à la fois de la marchandise neuve et des articles de seconde main ; nous devrions donc tirer parti de tout ce qui se présente.

L'inspection terminée, Conn se tourna vers Flora.

— Qu'en pensez-vous ? Pourriez-vous veiller sur l'écurie pour moi et procéder à un grand nettoyage ? Il y a de la place dans les vastes hangars derrière la maison pour entreposer les objets à vendre.

Lorsque l'héritage de sa mère arriverait d'Irlande, il aurait à nouveau de l'argent à investir, mais pour l'heure il devait faire attention, car il avait consacré ses économies à l'achat de cette propriété.

— Je m'en chargerai avec plaisir, dit Flora en souriant. Et la boutique ?

— Puisque Bram sera de retour dans quelques semaines, nous attendrons qu'il décide de la manière dont il veut organiser les choses. Outre votre salaire hebdomadaire, je vous offre dix pour cent des bénéfices de la pension, pour vous dédommager de votre travail de supervision.

— C'est généreux à vous.

— Vous vous êtes querellée avec votre mère pour moi…

— Non, je l'ai fait pour moi, rétorqua-t-elle, et elle lui tendit la main : Marché conclu, alors.

Il lui serra la main, surpris par son vigoureux geste d'homme.

Elle rentra chez elle se changer, afin de pouvoir s'occuper sans délai de la maisonnette.

Conn se sentait en droit de vendre les affaires de Mundy, mais devant la boulangerie il croisa l'homme lui-même. Fremantle était un petit monde, en réalité.

— Je vous croyais parti pour Albany.

— Je loge chez quelqu'un, répondit Mundy en haussant les épaules et avec un petit sourire vaniteux : Une amie.

— Et les vêtements de votre femme et les autres objets que vous avez laissés dans la maisonnette ?

— Je les ai oubliés, dit-il, se renfrognant. Donnez-moi deux guinées ; ils seront à vous. Je n'ai pas besoin qu'ils me rappellent ce qui est arrivé à mon Amy.

Lorsque Mundy eut empoché ses pièces, Conn demeura immobile, à le regarder s'éloigner. Le boulanger, qui avait vu le paiement, sortit de sa boutique et dit d'un ton désapprobateur :

— Ce gars aura tôt fait de tout dépenser. Je les connais, les individus dans son genre. Méfiez-vous : il risque de venir vous en réclamer plus.

— Il ne pourra pas. Nous avons signé tous les documents et le bureau de Perth a procédé à l'enregistrement de la vente.

Il prenait ses précautions, car il ne voulait pas que quelqu'un pût l'accuser de malhonnêteté. Il frémissait à cette seule idée, or beaucoup de gens tiraient des conclusions hâtives sur les anciens détenus.

— Mundy a dit qu'il rentrait en Angleterre, mais il n'a pas jugé bon d'embarquer sur le dernier navire pour Albany, continua-t-il. Il ne doit pas être très pressé.

— Oh, s'exclama le boulanger, je les vois aller et venir sans cesse, les hommes comme lui. Ils veulent faire fortune ici mais refusent de se donner de la peine. Notez ce que je vous dis : une fois son argent dépensé, il n'osera pas rentrer chez lui, par honte. Bien, le travail m'appelle. Puis-je vous servir quelque chose ?

— Oui. Un pain pour le trajet. Je m'apprête à partir.

— Un pain aux raisins sera meilleur qu'un pain ordinaire.

— Excellente suggestion.

Quoique l'après-midi touchât à sa fin, Conn était résolu à se mettre en route. Il avait trop hâte de revoir Maia et son petit garçon. Il pourrait se reposer sous un arbre quand la jument et lui seraient fatigués, et arriver le lendemain soir. Même si c'était le mois de mai, début de la saison humide, la pluie ne menaçait pas.

Il regagna sa chambre, réunit ses affaires et écrivit une lettre à Bram pour l'informer de la pension pour chevaux. Une heure plus tard, il fut soulagé de sauter en selle, après l'adieu froid de Mrs McBride, très différent de son accueil plein d'exubérance. Cette femme avait-elle la bêtise de penser qu'elle pouvait garder sous sa coupe, jusqu'à la fin de sa vie, une fille intelligente comme Flora ? Il y aurait de nouvelles scènes entre elles, il en était certain, et Flora devrait mener l'essentiel de son combat seule. Comme tous les marins, Dougal passait en effet beaucoup de temps loin de la maison.

Lorsque Bram et Isabella furent convenus de se marier, Mr Lee prit en charge tout ce qui avait trait au commerce et confia à sa mère les préparatifs de la noce.

— J'aurai besoin d'examiner deux ou trois choses avec Isabella, protesta Bram.

— Besoin de discuter des marchandises et des prix avec moi, répliqua Mr Lee. Les affaires sont pour les hommes. Nous laissons la noce à ma mère et à ma sœur.

— Mais je dois organiser la célébration et voir ce qu'Isabella souhaite.

— Le capitaine McBride peut faire ça. Il vous faut un mariage européen.

Bram sollicita donc son ami.

— Tu as décidé de l'épouser, alors ?

— Oui. Je le veux vraiment.

— C'est une femme magnifique. J'espère que vous serez heureux ensemble.

— Ce ne sera pas ma faute si nous ne le sommes pas. Peux-tu organiser la célébration pour moi ?

— Oui, bien sûr. Avec plaisir, répondit Dougal enthousiaste.

— N'oublie pas de demander à Isabella quelle cérémonie elle veut et dans quel lieu.

— Ici, on n'a guère le choix, mon gars, dit son ami en souriant. Je m'en occupe. Je ne te décevrai pas.

Il s'absenta pour le reste de la journée, laissant son second superviser le début du chargement de leur cargaison.

Durant les trois journées qui suivirent, Bram se trouva à passer le plus clair de son temps dans la petite pièce où Mr Lee dirigeait ses affaires, à examiner les chiffres et les profits potentiels, ainsi qu'à visiter une série d'ateliers et d'entrepôts pour inspecter des marchandises. C'était très intéressant et cela lui donna beaucoup à réfléchir. Mais, par ailleurs, il craignait qu'Isabella ne se sentît négligée, n'en fût contrariée et ne se ravisât.

L'unique fois où Bram la vit seule fut lorsqu'ils se croisèrent un jour dans le corridor.

— Comment allez-vous ? lui demanda-t-il, inquiété par les cernes autour de ses yeux. Si vous avez changé d'avis…

— Je n'ai pas changé d'avis. Est-ce votre cas ?

— Non, bien sûr que non ! Mais vous avez l'air… soucieuse.

— Je dois penser à mille choses et j'ai assez mal dormi la nuit dernière, dit-elle en s'adossant au mur. Je vous assure que je me porte bien. Je suis extrêmement occupée, c'est tout. Mrs Lee ne veut pas perdre une seconde.

Dougal surgit tout à coup du magasin.

— Ah, vous voici ! J'ai besoin que vous veniez l'un et l'autre avec moi voir l'ecclésiastique que j'ai trouvé. Il refuse de célébrer le mariage sans vous rencontrer au préalable et il est tracassé par sa soudaineté. Il en a fait toute une histoire, alors, pour lui clouer le bec, je lui ai raconté que vous correspondiez depuis quelque temps.

Isabella se précipita donc à l'étage pour revêtir une nouvelle fois sa plus belle robe et mettre une modeste petite coiffe, qui ne parvenait pas à dissimuler sa flamboyante chevelure. Tous trois marchèrent ensuite à travers la ville jusqu'à la très récente cathédrale St Andrew.

— Je suis catholique, marmonna Bram alors qu'ils s'arrêtaient pour admirer l'imposant édifice.

— Pour l'amour du ciel, ne le lui dis pas ! s'écria Dougal. Si tu le lui révèles, nous n'obtiendrons jamais que vous soyez mariés.

Mais Isabella retint Bram par le bras.

— L'endroit où nous serons mariés compte-t-il pour vous ? Je ne suis pas catholique et, pour vous dire la vérité, je n'ai pas de croyance forte. Si vous préférez, il y a des églises catholiques ici aussi.

Il secoua la tête, sachant combien un prêtre pourrait s'indigner du fait qu'il épousait une non-catholique.

— Ma mère y attache de l'importance. Mais tout ce dont je me soucie, c'est que ce soit fait légalement.

L'ecclésiastique, un homme bourru, prit des renseignements sur eux et fronça les sourcils.

— Y a-t-il une raison à cette hâte inconvenante ?

Le regard qu'il lança à Isabella révélait sans ambiguïté ce qu'il pensait.

Bram se fâcha de ce ton condescendant et ne réussit plus à se contenir.

— Cessez cela !

Tous le considérèrent en silence, stupéfaits.

Il foudroya le pasteur des yeux.

— La seule raison de cette hâte est que mon navire partira dans un jour ou deux. Si vous m'apportez une bible, je jurerai sur elle, ici et maintenant, que je n'ai touché Isabella en aucune façon et ne la toucherai qu'après notre mariage.

Isabella rougit et Dougal toussa pour cacher un rire.

L'ecclésiastique se raidit.

— Je vous demande de m'excuser si j'ai pu vous blesser, monsieur Deagan, mademoiselle Saunders. Je ne voulais pas insinuer que…

Il n'acheva pas sa phrase.

Tandis qu'ils sortaient de la cathédrale, Bram marmonna :

— C'est la dernière personne que je choisirais pour me marier, ce type-là…

— Chut !

Dougal les prit tous deux par le bras et les entraîna d'un pas vif dans la rue. Il jeta un coup d'œil sur le ciel.

— Dépêchons-nous. Il ne va pas tarder à pleuvoir.

Au bout d'un moment, il leur sourit.

— Nous obtiendrons que votre mariage soit célébré à St Andrew dans les convenances et la légalité, quel que soit l'officiant. L'important, c'est ce qui se passera entre vous ensuite, dit-il, ajoutant, malicieux : Tu avais l'air effrayant il y a quelques minutes, Bram. Je n'aimerais pas avoir affaire à toi quand tu es de cette humeur.

— Écoute, dit ce dernier en haussant les épaules, il n'avait aucune raison d'être grossier avec Isabella et je ne tolère pas une telle attitude. Je suis un peu colérique, je dois le reconnaître, mais seulement si on dépasse les bornes. J'ai appris à refréner ma fureur au temps où je travaillais en Irlande pour les Largan. Impossible de trouver plus déraisonnable que Mrs Kathleen. Si j'avais ouvert la bouche, j'aurais perdu mon travail. J'ai fini par le perdre, à cause de l'un de ses caprices idiots. J'en ai éprouvé de l'amertume à l'époque, mais aujourd'hui je suis heureux.

Il sourit à Isabella. Le mariage et cette nouvelle aventure feraient sa réussite, il en était persuadé. Il travaillerait deux fois plus dur pour une femme comme elle.

Isabella répondit à son sourire, puis se tourna vers leur compagnon.

— Je vous suis reconnaissante pour votre aide, capitaine McBride. Mais j'ai une exigence. Je veux que les Lee assistent à la célébration. Ils sont devenus de quasi-parents pour moi. Je ne pourrais absolument pas les exclure.

Dougal s'immobilisa et la regarda, songeur.

— Voilà qui ne plaira pas à notre présomptueux pasteur. Je me demande comment il réagira à l'apparition d'une famille chinoise.

— Il sera forcé de l'accepter, dit Bram en poussant un grognement irrité. C'est notre mariage. Les Lee ont été bons envers Isabella et je ne ferai rien qui puisse les offenser.

— Merci, dit Isabella en souriant.

Il regretta la rareté de ses sourires ; elle était si tourmentée en ce moment…

Ils saluèrent Dougal, qui rentrait à son navire, et Bram accompagna Isabella pour annoncer à Mr Lee que les dispositions étaient prises. À l'instant où ils arrivaient, une pluie diluvienne se mit à tomber, et ils dévalèrent la rue en riant.

Mr Lee les écouta, sourit et approuva.

— Bien, bien.

— J'espère que vous et vos proches assisterez à la messe de mariage, dit Bram.

Mr Lee inclina la tête, sans paraître le moins du monde étonné.

— Heureux de venir. Après, je vous emmène pour un repas de fête.

— Vous êtes trop bon, Lee-sang, dit Isabella. Vous n'êtes pas obligé d'offrir un festin.

— Nous sommes bons les uns pour les autres. Plus tard, vous riches négociants et moi riche indigène, nous nous souvenons du mariage !

Il rit à sa propre plaisanterie sur lui-même.

C'était sans doute vrai concernant la fortune de Mr Lee, pensa Bram. Lui, en revanche, ne pouvait s'imaginer riche. À l'abri du besoin, oui. Mais son rêve s'arrêtait là : avoir assez pour vivre et un peu d'argent de côté, en réserve pour les mauvais jours.

Néanmoins, il se contenta de dire :

— Parfait ! Alors c'est entendu.

Il lança un regard dehors.

— Je crois que la pluie s'est arrêtée. Je suis navré, mais je dois partir. Dougal et moi sommes de nouveau invités à dîner dans sa famille. Il estime qu'il faudra les aviser du mariage, puisqu'ils ont eu la générosité de m'inviter par deux fois chez eux.

— Invitez-les au mariage. Ils peuvent venir manger après aussi, dit sans hésiter Mr Lee.

— Je… je verrai s'ils sont libres.

Ils n'accepteraient sous aucun prétexte, il en était convaincu. Mais un petit démon à l'intérieur de lui, un petit démon qui était resté enfermé en lui durant la plus grande partie de sa vie, pensa qu'il serait amusant de voir leur tête à son invitation.

Dehors, il faisait déjà sombre. La nuit arrivait tôt ici. Tandis qu'il marchait en direction du navire, il se félicita de l'éclairage au gaz installé dans les principaux endroits, qui lui permettait d'éviter les flaques éparses. Il se félicitait aussi de l'homme marchant derrière lui, envoyé par Mr Lee pour assurer sa sécurité.

Les rues étaient presque aussi animées que pendant la journée. Quand des vendeurs lui présentaient des plateaux de petits gâteaux très colorés, ou d'autres préparations qu'il ne savait pas identifier, il souriait mais refusait. Il ne voulait pas goûter des préparations inconnues au risque d'être malade le jour de ses noces.

Juste avant de monter sur le navire, il se retourna. Quelle ville trépidante était Singapour ! Dommage qu'elle fût aussi loin de la colonie de Swan Hill et qu'il n'eût pas le pied marin, car il aurait aimé y revenir régulièrement.

5

Les Wallace recevaient de nouveau plusieurs autres personnes à dîner, et Bram se demanda comment Mr Wallace réussissait à travailler en buvant et en se couchant tard aussi souvent.

Il se réjouissait que le tailleur chez qui Dougal l'avait emmené eût terminé son complet. Un second homme, un Malais, lui avait confectionné plusieurs chemises pour un prix dérisoire. Quoique son complet ne fût pas une tenue de soirée, c'était le premier vêtement absolument neuf qu'il possédait de sa vie, le premier qui lui allait parfaitement. Il n'avait même pas eu de sous-vêtements pendant son enfance, aucun d'eux n'en possédait, excepté sa mère, qui avait un jupon et une combinaison en loques.

À un moment de la soirée, Dougal informa son cousin que Bram se marierait le lendemain avec Miss Saunders. Tous les convives se turent et, frappés de stupeur, dévisagèrent le futur marié.

— Je suis honoré qu'elle ait accepté de m'épouser, déclara Bram dans le silence. J'espère que vous nous souhaiterez beaucoup de bonheur.

— Mais… euh, n'est-ce pas celle qui est devenue indigène ? s'écria un homme.

Le démon intérieur de Bram l'aiguillonna.

— Que diable entendez-vous par là, je vous prie ?

— Euh, je ne veux pas vous offenser, mais elle vit chez les indigènes. Allez savoir ce qu'elle fait là-bas. Avez-vous la certitude qu'il soit judicieux de l'épouser ? Vous débutez dans le commerce, voyez-vous, et…

Bram l'interrompit.

— Miss Saunders vit dans une famille chinoise hautement respectée, si cette question vous préoccupe, et ce sont même des gens très aisés. À ce que j'ai appris, la mère et la sœur de Mr Lee dorment dans les chambres voisines de la sienne. Elle ne sort jamais seule le soir, ne fréquente personne en dehors de la famille et des domestiques. Elle sert d'interprète dans les transactions de son employeur avec des Européens, mais Mr Lee est toujours présent. Alors en quelle façon se conduit-elle mal ?

Le silence retomba, puis Dougal lança un petit rire.

— Ah, vous ne pouvez pas reprocher à un homme de défendre la femme qu'il aime. J'ai rencontré les Lee moi aussi, dîné chez eux. Je peux vous assurer qu'ils sont extrêmement respectables. Vous verrez : un jour, Lee Kar Ho sera riche comme Whampoa ! Singapour semble favoriser toutes les réussites.

Bram lui-même avait entendu parler de Whampoa, qui était venu à Singapour aux premiers temps de la colonie et avait bâti une immense fortune. Ce nom coupa court à la discussion.

— Eh bien, je suis sûre que nous vous souhaitons tous d'être heureux, déclara Mrs Wallace, et elle changea résolument de sujet.

Les personnes alentour suivirent l'exemple de la maîtresse de maison, mais Bram devina, à leurs murmures et aux regards qu'ils jetaient sur lui, que les convives attablés plus loin persistaient à parler de sa scandaleuse nouvelle. Il eut du mal à se concentrer sur la nourriture, qui était d'ailleurs bien moins savoureuse que les mets offerts par les Lee.

Il resta plutôt silencieux également une fois le dîner terminé, car la teneur des conversations lui échappait en grande partie. Il n'avait jamais vu d'opéra, n'avait plus le temps de lire des romans et ne connaissait pas de tableaux ou de sculptures célèbres.

Il fut soulagé lorsque Dougal annonça qu'ils devaient s'en aller. Tandis qu'il traversait le salon pour dire au revoir à ses hôtes, le brouhaha cessa de nouveau, les invités indiscrets se préparant à tendre l'oreille.

Bram ne pouvait qu'ignorer leur grossièreté et saluer poliment les Wallace. Il ne devait pas s'attirer l'hostilité s'il voulait continuer de commercer avec les habitants de Singapour.

Il remercia son hôte et son hôtesse de leur accueil. Mrs Wallace sourit et dit :

— J'espère que vous accepterez ce petit cadeau pour votre mariage.

À son signal, un domestique s'avança, portant un objet enveloppé dans du tissu matelassé. Bram le reçut et resta là, sans savoir que dire. Il ne s'attendait pas du tout à ce geste.

— Défais ce paquet, idiot ! marmonna Dougal.

Bram obéit et découvrit une élégante pendule.

— Elle est magnifique. Je n'attendais rien, Mrs Wallace, mais je vous promets qu'elle occupera la place d'honneur sur la tablette de notre cheminée.

Quand ils auraient une cheminée.

Mrs Wallace sourit et s'essuya les yeux.

— J'ai toujours aimé voir de jeunes gens se marier.

— Vraiment ? Si vous désirez assister à la cérémonie demain, vous serez les bienvenus, dit-il. Mr Lee emmènera tout le monde festoyer ensuite. Il a affirmé que quiconque le souhaitait pouvait se joindre à nous.

Il promena son regard à la ronde en prononçant cette dernière phrase.

Mrs Wallace ne put cacher son étonnement et, des yeux, elle consulta son mari.

Celui-ci plissa les lèvres puis hocha la tête.

— Nous serons là. Lee est un homme plein d'avenir, je veux donc le rencontrer.

— J'aimerais venir aussi, déclara un autre homme.

Bram fut obligé de demander à Dougal qui il était.

Sur le chemin du retour, il avoua :

— Je ne sais pas comment prendre ces gens. Ils sont snobs, pourtant ils peuvent témoigner de la gentillesse. Même à un homme comme moi.

— Ils apprécient qui leur résiste – sans trop de férocité, néanmoins. Et ils détectent les hommes promis au succès. Tu devras t'habituer à traiter avec eux si tu veux t'enrichir. Ce sont leurs homologues qui détiennent la puissance commerciale dans la colonie de Swan Hill. Tu seras peut-être aussi opulent qu'eux un jour. J'ai assurément cette ambition-là.

Malgré ses efforts, Bram ne pouvait s'imaginer habitant une vaste maison, des domestiques à son service. Il serra la pendule et sut gré à Dougal de le laisser à ses pensées pendant le reste du trajet.

Allait-il vraiment se marier le lendemain ? Il avait une impression d'irréalité. Il regretta de n'avoir pas vu davantage Isabella, de ne pas avoir mieux appris à la connaître, d'avoir l'esprit encombré par les images de toutes les marchandises qu'il avait vues et les suggestions que Mr Lee avait faites.

Sa plus grande crainte était qu'Isabella finît par le mépriser en raison de ses origines.

Pourquoi le bonheur n'était-il jamais simple ?

Lorsque l'aube éclaira la cabine, Bram cessa de faire semblant de dormir et quitta sa couchette. Il alla s'accouder au bastingage, observa les gens qui vaquaient déjà à leurs occupations. Il se sentait bien réveillé, prêt pour cette journée cruciale, mais nerveux aussi, comme chaque fois qu'il côtoyait des riches. Il aurait préféré que ces quasi-inconnus ne vinssent pas à son mariage.

Certains des hommes et femmes ordinaires qu'il voyait passer avaient de petits plateaux de nourriture suspendus à leur cou par des lanières. Ils avaient dû les préparer avant le lever du jour. Les gens les arrêtaient pour leur acheter à manger. La nourriture proposée était simple. Un homme avait dans un grand plat rond du riz nature qu'il servait sur des feuilles de bananier. Leur petit-déjeuner ?

Les coolies portaient des charges de toutes formes et de toutes tailles, ceux qui avaient des paquets légers marchaient plus vite, quelques-uns couraient même. À cette heure, il n'y avait pas beaucoup d'enfants et aucun Européen. Lui excepté.

Il avait toujours aimé le petit matin et, ici à Singapour, c'était fascinant de regarder comment les gens vivaient. On voyait du bon comme du mauvais. Des chiens morts dans la rue, dont nul ne semblait se soucier pendant un jour ou deux, puis les cadavres disparaissaient. Des fruits à l'odeur répugnante. D'autres fruits au riche parfum de fleur mielleuse, ou en forme d'étoile. Des légumes qu'il ne connaissait pas, mais qui avaient l'air frais et appétissants, des légumes verts en tous genres, non pas uniquement les choux et les orties de son enfance.

— Tu es bien matinal !

Il se tourna : là sur le pont, Dougal s'étirait et poussait des grognements, se frottait la poitrine à travers sa chemise de nuit puis se frictionnait le front. Il avait pas mal bu la veille au soir. Bram, quant à lui, n'étant guère amateur de vin, s'en était tenu à un verre qu'il avait fait durer, uniquement pour montrer sa bonne volonté.

— Tu profites de tes dernières heures de liberté ?

— Je crains qu'elle se ravise, répondit Bram en secouant la tête.

— Tu plaisantes. Viens. Allons manger un morceau, puis nous mettrons nos beaux habits.

Lorsqu'ils furent prêts, ils se dirigèrent vers la cathédrale St Andrew, et Bram, soulagé, aperçut Isabella qui patientait à l'entrée avec Mr Lee, sa mère et sa sœur. Elle n'avait pas changé d'avis !

Elle était splendide, vêtue d'une robe qu'il ne l'avait jamais vue porter, même s'il crut reconnaître la soie bleue qu'il avait admirée dans le magasin. La robe était simple, comme tous ses vêtements, avec un petit liséré de dentelle autour du col haut et de la dentelle aux poignets. Le tissu lustré, qui n'avait besoin d'aucun autre embellissement, mettait en valeur sa flamboyante chevelure, ornée d'une minuscule coiffe de dentelle nouée sous le menton.

Il n'aurait pas remarqué de tels détails auparavant, mais il les distinguait à présent parce que c'était sa future femme.

Tandis qu'il s'approchait, les Lee s'inclinèrent et reculèrent un peu. Il s'inclina à son tour avec solennité, puis offrit le bras à Isabella. Alors, il se rendit compte qu'il avait totalement oublié de lui acheter un anneau de mariage. Il la regarda, consterné.

— Qu'y a-t-il ? chuchota-t-elle.

— Nous avons oublié l'alliance !

— Je ne m'en suis souvenue que ce matin et je me suis doutée que vous n'y aviez pas pensé puisque vous n'aviez rien dit et que vous ne m'aviez pas mesuré le doigt, dit-elle en souriant. Mais j'ai l'alliance de ma mère, qui me va à merveille, ajouta-t-elle, et elle la lui tendit : J'aimerais la porter en mémoire d'elle, si vous acceptez.

— Bien sûr. C'est une pensée généreuse, néanmoins je reste navré de ma négligence.

— Nous avons couru comme des fous, l'excusa-t-elle avec gentillesse.

— Eh bien, nous pouvons cesser de courir maintenant, affirma-t-il d'un ton paisible. Accordons-nous un répit pour notre mariage.

Lorsqu'ils pénétrèrent dans la cathédrale, il eut la surprise de trouver plusieurs autres couples qui les attendaient avec les Wallace au fond de l'édifice.

— Nous avons estimé que nous devions vous apporter un large soutien, lança Mr Wallace d'une voix tonitruante.

Pourquoi cet homme parlait-il toujours aussi fort ? se demanda Bram. Souffrait-il de surdité ?

— C'est très gentil à vous, répondit-il. Permettez-moi de vous présenter Miss Saunders, et ses amis, Mr Lee, Mrs Lee et Miss Lee.

Après une légère hésitation, le groupe d'Européens salua les Lee. Une fois les présentations achevées, tout le monde s'avança vers le chœur.

— Qui va conduire la mariée à l'autel ? s'informa Mr Wallace.

— Mr Lee, répondit Isabella. Je l'ai instruit de la signification de ce rite. Je ne vois pas mieux que lui pour l'accomplir. Lui et sa famille ont été d'une immense bonté envers moi.

Un silence gêné suivit, interrompu par l'arrivée soudaine de l'ecclésiastique, qui fronça les sourcils devant les Lee et sourit aux Wallace.

La cérémonie elle-même fut rapide. Bram donna néanmoins ses réponses avec lenteur, car il jugeait les paroles prononcées trop importantes pour être réduites à un flot inintelligible.

— Et je promets de vous rester fidèle.

Il regarda Isabella dans les yeux en disant ces mots, avec l'espoir qu'elle sentait la solennité de son engagement et sa ferme intention de le respecter.

— Je vous déclare maintenant mari et femme.

Il prit ses deux mains dans les siennes, se pencha pour lui déposer un petit baiser sur la joue.

L'ecclésiastique s'éclaircit la voix et, dès qu'il eut leur attention, les emmena signer le registre, remit le certificat de mariage à Bram et prit froidement congé d'eux.

Un jour, se jura Bram, *les gens comme vous ne me traiteront pas avec un tel dédain*.

Mais l'homme lui sortit de l'esprit lorsqu'ils rejoignirent Dougal. Celui-ci parlait aux Wallace et à leurs amis, tandis que les Lee se tenaient à l'écart. Isabella alla droit vers eux et laissa Xiu Mei lui enrouler des rubans rouges autour du poignet « comme porte-bonheur ».

Elle se tourna pour expliquer aux Européens :

— Normalement, la mariée est vêtue de rouge, couleur de la chance, mais je ne pouvais pas porter une robe rouge à cause de mes cheveux.

— Si cela vous convient, monsieur Lee, nous acceptons tous volontiers votre invitation à nous joindre à vous pour festoyer, dit Dougal en souriant.

— Vous êtes les bienvenus. Nous sommes honorés d'avoir votre compagnie.

Mr Lee s'inclina. Après un instant d'incertitude, ses invités l'imitèrent.

Bram donnait désormais le bras à Isabella. Il se pencha pour lui murmurer :

— Ils viennent par pure curiosité. Mr Lee n'en est-il pas froissé ?

— Pas du tout. Être vu avec eux ne nuira pas à sa réputation, ni à la nôtre comme futurs négociants.

C'était une façon pragmatique de considérer les choses, pensa-t-il.

Lorsqu'ils furent tous assis, Mr Lee sortit un paquet emballé dans du papier rouge, qu'il offrit des deux mains à Bram.

Isabella précisa :

— Les cadeaux de mariage sont traditionnellement enveloppés dans du rouge.

Bram le lui confia.

— Je vous en prie.

Elle l'ouvrit, révélant de l'argent qu'elle se hâta de remettre dans l'emballage, et se tourna vers Mr Lee.

— Vous n'auriez pas dû. C'est une trop grosse somme.

— Vous travaillez dur, vous êtes de la famille maintenant.

Les invités européens se poussèrent du coude.

Xiu Mei tendit un autre paquet, beaucoup plus grand.

— De la part de mère et moi. Une robe. Ouvrez le coin.

Elle déplia un angle. Le tissu était d'un beau vert sombre. Isabella demeura muette plusieurs secondes avant de dire :

— Quelle magnifique surprise.

Mrs Lee offrit alors un autre paquet rouge contenant de l'argent.

— Jeunes mariés avoir besoin argent comme cadeau, dit-elle, avant de jeter un regard supérieur aux Européens : Coutume chinoise.

Pressés par leurs femmes, les maris fouillèrent dans leurs poches et en tirèrent des souverains.

D'une petite exclamation réprobatrice, Mrs Lee les empêcha de donner les pièces telles quelles et sortit du papier rouge d'une pochette à sa taille.

— Envelopper pour porter bonheur, dit-elle d'un ton sévère.

Ils obéirent docilement et Mr Wallace adressa un clin d'œil à Isabella, qui se sentit un peu réconfortée. Après tout, les invités allaient être gratifiés d'un merveilleux banquet.

La remise des cadeaux terminée, Mr Lee conduisit les jeunes mariés dans une salle annexe, où les attendait un photographe.

— Important de garder un souvenir de cette journée, dit Mr Lee en souriant.

— Pourrions-nous avoir aussi une photographie avec vous, Ah Yee et Xiu Mei ? le retint Isabella.

Il inclina la tête.

Puis le festin commença. Bram et Isabella exposèrent en vitesse l'ordre des préséances et les Européens firent de leur mieux pour s'y conformer, même s'ils demandèrent tous une cuillère au lieu des baguettes. Bram lui-même dut en utiliser une.

Il dégusta une succession des mets les plus succulents qu'il eût jamais mangés, sans s'étonner de leur qualité comme les autres Européens. Il croyait ne pas avoir faim, mais l'appétit lui vint à la première bouchée. La nourriture était beaucoup plus élaborée que celle offerte dans la maison des Wallace.

Isabella renseigna leurs invités sur la composition de chacun des plats. Après avoir goûté avec prudence, tous ou presque mangèrent de bon appétit.

Mr Lee se montra à la hauteur dans les conversations en anglais tandis que sa mère lançait parfois aux autres dames de brusques remarques, preuves de son excellente compréhension des propos échangés.

Hormis le groupe principal, personne ne s'attarda après le repas, mais les invités se répandirent en éloges sur la nourriture.

Bram entendit une femme dire en s'éloignant :

— Un merveilleux banquet, je dois l'avouer, mais pourquoi faut-il donc qu'ils mangent avec ces petites baguettes rudimentaires ?

Il fronça les sourcils. Quelle discourtoisie de prononcer une telle phrase à voix haute.

Mr Lee, souriant, regarda les invités partir et murmura :

— Utile pour moi de connaître ces gens, et pour eux de me connaître. Ils ne savent pas qu'ils sont malpolis.

— Eh bien, cela me déplaît et vous ne le méritez pas. Mais je ne crois pas que leur impolitesse soit voulue, en effet. Ils ont vraiment apprécié le festin.

— Je sais, dit Mr Lee qui continuait de sourire.

— Je voudrais vous remercier du fond du cœur de m'avoir donné Isabella en mariage. Je veillerai sur elle, je vous le promets. Et je n'oublierai jamais ce somptueux festin.

Bram se tourna vers son épouse. Son épouse !

— Êtes-vous prête à partir, Isabella ? Devons-nous aller chercher vos affaires ?

— Non. Elles doivent déjà se trouver sur le navire.

— Et votre cabine aménagée vous attend, annonça Dougal. Je vous précéderai pour m'assurer que tout est en ordre.

Bram chuchota à Isabella :

— Il a refusé que je la voie, je n'ai donc aucune idée de ce à quoi elle ressemblera.

— Je suis certaine que ce sera bien, dit-elle, puis elle se tourna vers les Lee : Vous avez été très généreux avec nous. De mille façons. Je ne sais comment vous remercier.

— Important de bien commencer un mariage. Vous venez me voir demain, tous les deux, nous réglons les dernières questions au sujet des marchandises.

Lorsqu'ils furent dehors, Bram demanda :

— Souhaitez-vous rentrer en pousse-pousse ?

— Ce serait préférable, répondit-elle en regardant sa belle robe. Je voudrais éviter de salir l'ourlet. Je la quitterai dès que nous arriverons et je la rangerai. Les Lee m'ont tellement gâtée.

— Ils vous aiment beaucoup, dit-il, lui prenant la main et la retenant quelques secondes. J'attendais que nous soyons seuls. Je voulais vous le dire : je ferai de mon mieux pour vous, toujours.

— Je sais, répondit-elle en hochant la tête. Comme je le ferai pour vous. Notre situation est un peu... difficile.

— Rien ne nous oblige à nous précipiter dans quelque chose si nous ne sommes pas prêts, ce soir non plus.

Elle lui jeta un coup d'œil, doutant d'avoir bien saisi, mais lorsqu'il répéta la fin de la phrase elle se rasséréna.

— Vous êtes un homme bienveillant, Bram.

— Je l'espère. La vie est assez dure sans que l'on rajoute de la malveillance. Allons, venez, madame Deagan. Il est temps de découvrir notre nouvelle cabine !

Sur le pont étaient entassés ses bagages, une pile impressionnante. Un matelot posté à côté les défendait contre d'éventuels chapardeurs.

— Je possède quelques meubles et j'ai emporté aussi des marchandises, chuchota Isabella. J'espère que cela ne vous ennuie pas.

— Pourquoi cela m'ennuierait-il ?

Le matelot leur sourit.

— Sincères félicitations pour votre mariage, madame, monsieur. Si vous me dites quels sont vos bagages de cabine, madame Deagan, je ferai descendre le reste dans la cale.

Elle indiqua ce qu'elle voulait garder avec elle pendant la traversée, attendit que les matelots eussent achevé leur travail, puis Bram la conduisit vers la cabine qu'ils partageraient.

Il s'effaça pour la laisser entrer en premier, immobile sur le seuil, souriant à son exclamation de joie. La cabine était plus vaste que celle qu'il avait occupée précédemment et le matelot qui était aussi le charpentier du navire avait réussi à leur fabriquer un grand lit. Une belle courtepointe matelassée le recouvrait, d'un tissu composé de rouges et de roses intenses, éclatants de vie et de couleur. Du linge de Singapour, de toute évidence. Nulle part ailleurs Bram n'avait vu de courtepointe identique.

Cela lui donna une idée, mais ensuite il s'en voulut de penser à des marchandises dans un moment comme celui-ci.

Les matelots avaient mis la malle d'Isabella dans un coin et quelqu'un avait au préalable rassemblé les affaires de Bram, qui étaient empilées à proximité.

Derrière eux, Dougal déclara :

— Le dessus-de-lit est mon cadeau de mariage. Mrs Lee m'a aidé à le trouver. Elle a affirmé qu'il devait être rouge.

— Grand merci, dit Isabella en se retournant. La couleur n'est pas uniquement associée aux noces mais, euh… à la fertilité, ajouta-t-elle en essayant de dissimuler ses joues écarlates en baissant la tête vers son poignet. Il était primordial à leurs yeux que j'aie du rouge, voilà pourquoi j'ai gardé ces rubans.

— Vous êtes belle, dit Bram d'une voix douce.

Il vit Dougal sourire et s'éloigner, et se réjouit de rester seul avec elle.

Lorsqu'il referma la porte de la cabine, Isabella constata qu'elle se sentait de nouveau agitée. Elle avait du mal à respirer régulièrement et n'osait pas le regarder. Réaction stupide, vraiment.

Il lui prit la main et la tint comme si elle était très délicate.

— Je parlais sérieusement quand j'ai dit que nous ne nous précipiterions pas.

— Idiot de me sentir aussi intimidée, n'est-ce pas ? dit-elle, réussissant enfin à le regarder. Des gens se marient tous les jours.

— Vous n'êtes pas la seule à vous sentir intimidée, avoua-t-il, gêné à son tour. Je n'ai jamais été marié non plus.

— Mais vous avez sans doute… fait ce genre de chose.

— Non, admit-il en secouant la tête. J'habitais dans un petit village où tout le monde se connaissait. J'ai travaillé dans la grande maison dès l'âge de dix ans. Là, les domestiques femmes étaient tenues éloignées des domestiques hommes, et la famille était très stricte sur cette séparation, d'une sévérité absolue. Pour une simple phrase à l'une des bonnes, nous risquions d'être renvoyés. Le vieux Mr Largan, en revanche, faisait ce qu'il voulait, continua-t-il d'une voix pleine d'amertume, et je préfère vous épargner le récit des actes terribles qu'il commettait. Ses domestiques devaient néanmoins se comporter comme des moines et des nonnes.

Isabella était étonnée, mais cet aveu la tranquillisa. Elle se félicitait qu'il n'essayât pas de lui mentir à ce sujet. Cependant, comme elle ne trouvait pas les mots justes pour le lui dire, elle lui serra la main, avec l'espoir qu'il comprendrait ce qu'elle éprouvait.

Il lui adressa alors son charmant sourire jovial, et elle reprit confiance.

— Nous devrions ranger nos affaires, sans quoi nous tomberons dessus cette nuit, dit-elle en montrant les tas de bagages et autres paquets.

— Nous allons le faire ensemble.

Ils s'activèrent conjointement, s'interrompant pour boire du thé et manger du gâteau que le cuisinier du navire avait confectionné en leur honneur. Malgré son aspect irrégulier, le gâteau était très bon.

— Il y avait des années que je n'avais pas mangé de cake, dit-elle, ravie. J'avais oublié combien c'était délicieux.

Ce fut seulement à l'heure du coucher qu'elle sentit le feu lui revenir aux joues. Il était difficile de se dévêtir devant un inconnu.

Bram s'éclaircit la voix.

— Hum, je vais faire un petit tour sur le pont pendant que vous vous préparez.

— Merci.

Elle plia la belle courtepointe et la posa par-dessus sa malle, puis passa l'une des jolies chemises de nuit neuves qu'elle avait découvertes dans ses bagages. Xiu Mei et sa mère devaient les y avoir glissées. Quelle attention délicate ! Elles allaient tant lui manquer.

Bram rentra, une bouteille de vin à la main.

— Dougal dit que nous devrions boire un verre, mais en toute franchise, je n'aime guère l'alcool.

— Moi non plus. Gardons-la pour une autre occasion, si vous êtes d'accord.

Lorsqu'il commença de se déshabiller, elle ferma les yeux, puis se sentit curieuse et jeta un coup d'œil à travers ses cils. Il avait un corps mince et vigoureux, et il bougeait avec une souplesse gracieuse. C'était un corps de travailleur, sans un gramme de graisse.

Bien. Elle n'aurait pas supporté d'épouser un paresseux comme son père.

Bram se glissa dans le lit, vêtu d'une chemise de nuit, et soupira de fatigue.

— Je ne joue pas la comédie, Isabella, je n'essaie pas de vous éviter, mais j'ai très peu dormi la nuit dernière et je suis exténué. Ce n'est pas le moment de tenter quoi que ce soit, me semble-t-il.

— Vous avez raison.

— Mais je serais heureux de vous enlacer.

Il l'attira contre lui, et elle remua jusqu'à trouver une position confortable au creux de son bras.

— C'est agréable de retrouver ça, dit-il d'une voix indistincte, ensommeillée, alors qu'ils étaient allongés tranquillement ensemble.

— Quoi donc ?

N'avait-il pas affirmé qu'il n'avait jamais eu d'expérience avec une femme ?

— De ne pas être seul dans un lit. J'ai partagé le mien avec mes frères jusqu'à ce que je quitte la maison. Nous parlions beaucoup dans le noir. Dans l'obscurité, on peut dire des choses que l'on ne dit pas en plein jour. Cela m'a manqué.

Elle l'entendit bâiller, puis sentit sa main se détendre dans la sienne. Une seconde plus tard, il dormait.

Elle sourit dans l'obscurité. Son mari n'était pas un homme effrayant. Elle avait été idiote de se tracasser ainsi. Elle avait désormais la certitude qu'il la traiterait avec douceur. À tous égards.

Le lendemain matin, Isabella se réveilla tôt, mais Bram l'avait précédée : couché sur le flanc, il lui souriait. Il avait dû l'observer.

— Je me suis endormi sans même vous souhaiter bonne nuit. Quel piètre jeune marié je fais.

— Je n'ai pas tardé à vous imiter. J'étais épuisée aussi, dit-elle en regardant la pendule neuve, posée sur le sol près du lit car ils n'avaient pas encore trouvé d'endroit où l'attacher. Nous ferions bien de nous lever. Mr Lee commence à travailler tôt et nous devons parler d'une foule de choses avec lui.

— Il faut que nous comptions l'argent avant d'aller le voir, les cadeaux de mariage, j'entends. Je ne voulais pas m'en occuper sans vous. Nous pourrions peut-être employer une partie de la somme à acquérir des marchandises supplémentaires. Qu'en pensez-vous ?

— Je suis d'accord. Néanmoins, nous devrions en garder pour les cas d'urgence et l'installation de la boutique.

— Mangeons d'abord quelque chose, dit-il en sortant du lit. Je réfléchis mieux le ventre plein.

À son soulagement, il n'essaya pas de la toucher et détourna les yeux lorsqu'elle se leva. Elle fit une rapide toilette et s'habilla.

Elle lui rendit la pareille pendant qu'il se préparait, faisant semblant de mettre de l'ordre dans des effets qui étaient déjà rangés avec soin. Elle se demanda combien de temps il leur faudrait pour s'habituer l'un à l'autre.

Après un petit-déjeuner tout simple, œufs à la coque et grandes tranches de pain, ils regagnèrent la cabine et examinèrent leurs cadeaux.

— Il a été si généreux, murmura Isabella au bord des larmes.

Bram demeura silencieux une minute. En un jour, grâce à Mr Lee, il avait triplé son capital. Il n'oublierait jamais sa dette envers cet homme, jamais. Il vit qu'Isabella le considérait d'un air interrogateur.

— Oui, très généreux, confirma-t-il. Et nous avons même reçu une pile de souverains des invités, ajouta-t-il en laissant échapper un petit rire. Des gens très pragmatiques, les Chinois. C'est la honte qui a obligé les Européens à délier les cordons de leur bourse, je le sais, mais je ne rendrai pas cet argent. Ils roulent sur l'or tandis que nous sommes dans le besoin.

— Nous devrions dépenser la monnaie chinoise ici, pour les marchandises, et conserver les souverains pour l'Australie, ne croyez-vous pas ? suggéra-t-elle.

— C'est une excellente idée. Par ailleurs… m'aiderez-vous à sélectionner les marchandises ? J'ignore ce que les femmes aiment acheter. Faut-il choisir des articles qui sont jolis ou des objets qui sont utiles ?

— Un peu des deux, à mon avis.

Ils marchèrent jusqu'à la maison de Mr Lee. Un pousse-pousse aurait été superflu, puisqu'elle portait à nouveau ses habits sombres et commodes, de même qu'il avait remis ses vêtements ordinaires usés. Elle se sentait plus à l'aise avec lui quand ils n'étaient pas endimanchés, plus à l'aise avec elle-même aussi.

Elle était déterminée à l'aider autant qu'elle le pouvait, à gagner le plus d'argent possible. Ainsi, non seulement ils auraient une vie meilleure, mais elle serait en mesure de se lancer à la recherche d'Alice. Elle retrouverait sa cousine un jour, n'est-ce pas ?

Lorsqu'ils entrèrent dans le magasin, Xiu Mei leva les yeux, tout sourire.

— Il vous attend.

Ils suivirent le corridor jusqu'à la pièce où Mr Lee travaillait.

— Lee-sang, dit Isabella pour le saluer, se penchant légèrement.

Il inclina la tête vers elle, puis vers son mari.

— Vous avez bonne mine.

— Nous voudrions vous remercier pour vos généreux cadeaux, déclara Bram. Isabella et moi en avons discuté, nous avons décidé de consacrer une partie de l'argent à des marchandises, mais il nous semblerait judicieux aussi d'en échanger contre de la monnaie anglaise que nous utiliserions à notre arrivée en Australie. Est-ce possible ?

Le cœur d'Isabella se dilata devant cette nouvelle preuve que Bram la traitait publiquement comme une égale. Elle y attachait une grande importance.

À la fin d'une intense journée d'achats, ils reprirent le chemin du navire derrière les coolies qui portaient leurs paquets : des tissus pour vêtements, deux tapis, des courtepointes et de nombreux petits articles.

Dougal, serein, était assis sur le pont. Il indiqua à son second de superviser l'entreposage des marchandises supplémentaires dans la cale.

— Je vois que vous avez été bien occupés. Venez vous asseoir, madame Deagan.

— Appelez-moi Isabella, dit-elle. Je ne suis pas encore habituée à mon nom de femme mariée.

— Et moi, c'est Dougal. Qu'avez-vous acheté aujourd'hui ?

— Tant de choses que je ne sais par où commencer.

Il paraissait véritablement intéressé, elle en cita donc quelques-unes et répondit à ses questions sur les prix, avant de demander combien ils pouvaient espérer tirer de ces marchandises en Australie. À ses réponses, elle écarquilla les yeux et jeta de brefs regards à Bram. Il n'était pas étonnant que certains négociants devinssent riches.

Ils passèrent une soirée agréable, détendue, et ce fut seulement lorsqu'elle se heurta à Bram dans l'exiguïté de la cabine qu'elle y repensa : ils n'avaient pas consommé leur mariage. Elle sentit tout son corps se crisper.

Bram le perçut immédiatement et lui prit les mains.

— Ne craignez rien de moi, Isabella. Je ne vous toucherai pas de cette façon tant que nous ne serons pas prêts l'un et l'autre.

Elle avala sa salive et s'efforça de sourire, en vain.

Quand ils furent couchés, il voulut l'étreindre, comme la veille, et l'amena à lui.

Elle constata qu'elle aimait être allongée dans ses bras, qu'elle appréciait de pouvoir bavarder, et elle fut désolée lorsqu'il s'écarta en murmurant :

— Dormez à présent, madame mon épouse !

Elle resta immobile dans l'obscurité, à écouter sa respiration ralentir, à s'interroger sur lui. Ne la désirait-il pas ? Ou était-il aussi attentionné qu'il semblait l'être ?

Le désirait-elle ?

Pas encore, elle l'admettait. Elle avait besoin de beaucoup mieux le connaître.

Combien de temps se retiendrait-il, néanmoins ? Elle déplora son ignorance quant à cet aspect des hommes.

6

Alice Beaufort soupira en regardant la pendule. Parker était encore en retard. Il n'avait aucune notion du temps et elle s'exaspérait parfois de devoir lui répéter sans cesse de rentrer à l'heure des repas et de ne pas ramener des amis bruyants tard le soir, au risque de réveiller leur petite fille. Ils logeaient dans une maison minuscule, attenante à d'autres habitations semblables. Par chance, à deux ans, Louisa était trop jeune pour comprendre l'essentiel de ce qui se passait, mais Alice s'inquiétait des conséquences de leurs querelles sur la fillette dans l'avenir.

Lorsqu'elle entendit des pas dehors, elle ne courut pas ouvrir la porte et se jeter dans ses bras comme elle le faisait au début de leur mariage. Elle attendit, tapant du pied, priant pour qu'il fût seul.

Il l'était, mais lorsqu'il lui sourit avec des yeux de hibou, lèvres entrouvertes, corps vacillant, elle fut accablée.

— Tu as encore bu. Oh, Parker, tu m'avais promis de rentrer directement à la maison avec l'argent. Et tu avais juré de ne plus jamais te saouler !

— Je ne suis pas saoul. J'ai seulement bu quelques verres avec mes bons copains.

– Et l'argent ? L'as-tu reçu ? Ta famille a-t-elle envoyé un supplément cette fois ?

Il s'approcha et l'attira contre lui pour un baiser appuyé, mais elle le repoussa, dégoûtée par son haleine chargée de rhum.

– L'argent, Parker ! J'ai besoin d'argent pour acheter à manger.

Quand elle l'avait épousé, elle n'avait pas saisi ce qu'était un résident étranger entretenu, mais elle ne le comprenait que trop maintenant. Les proches de Parker s'étaient lassés de ses dettes et de ses tentatives embarrassantes pour prouver son talent artistique, ils l'avaient donc envoyé aussi loin qu'ils le pouvaient : en Australie. Ils lui versaient une allocation annuelle fixe pour qu'il restât là-bas. Ils avaient honte de lui, refusaient d'avoir encore affaire à lui, mais ne voulaient pas non plus qu'il mourût de faim.

Ils comprenaient sans nul doute, comme elle le comprenait elle-même aujourd'hui, que Parker ne réussirait probablement jamais à gagner de quoi vivre. Et ils connaissaient aussi sa négligence. L'argent arrivait tous les trois mois car, devinait-elle, ils le savaient incapable de faire durer son allocation une année entière.

Elle était tombée amoureuse de lui parce qu'il était beau, doux et gentil, à la différence de Renington. Et parce qu'il ne se souciait pas de son passé. Peu d'hommes auraient accepté d'épouser l'ancienne maîtresse d'un autre. Mais elle n'avait pas tardé à découvrir que Parker était dénué de sens pratique. Ç'avait été un réveil brutal pour elle, qui avait plutôt l'habitude de laisser les autres s'occuper d'elle ; cependant, elle était parvenue à leur trouver une maison et s'assurait qu'ils payaient le loyer, au moins.

Les parents de Parker étaient des marchands, des gens riches, semblait-il. Elle ne pourrait toutefois jamais les connaître ni leur présenter leur petite-fille, puisqu'ils cesseraient de verser l'argent si Parker retournait en Angleterre.

— Alors ? demanda-t-elle d'un ton plus incisif.

Il grimaça, mais vida ses poches. Elle vit, consternée, qu'il avait déjà beaucoup dépensé.

— Est-ce là tout ce qu'il te reste ?

Il fouilla de nouveau dans ses poches et dénicha un souverain supplémentaire, puis tapota ses vêtements et hocha la tête.

Elle compta les pièces et les rangea prestement dans la poche sous sa jupe.

Il essaya d'en reprendre.

— Tu ne m'as rien laissé !

— Il faut que nous tenions trois mois avec cet argent. Trois mois complets, Parker. Veux-tu que notre enfant soit affamée ?

— Non, bien sûr.

— Tu as dépensé presque la moitié de ton allocation ce soir. En une seule soirée !

— Ce n'est pas possible, dit-il en fronçant les sourcils.

— Eh si, répliqua-t-elle, fondant soudain en larmes. Je ne sais pas comment je vais me débrouiller.

Il s'assit, les épaules tombantes.

— Mais je n'ai payé que deux ou trois verres.

— Alors quelqu'un a dû te faire les poches.

— Non ! Ce sont mes amis. Jamais ils ne me voleraient.

— Ils te volent. Chaque fois qu'ils s'approchent de toi. Ils m'ont volée aussi, jusqu'à ce que je leur défende de remettre les pieds ici. Regarde-moi ! Je porte les mêmes robes depuis deux ans. Tout ce que je possède est usé.

Elle continua de sangloter et, même si elle s'appuya contre lui lorsqu'il l'enlaça, cela ne signifiait pas qu'elle lui avait pardonné.

Une fois qu'elle eut pleuré toutes les larmes de son corps, elle se redressa et dit fermement :

— Il n'y a qu'une solution, Parker. Le trimestre prochain, j'irai avec toi chez le notaire et je me chargerai de l'argent dès le début.

— De quoi aurai-je l'air ? dit-il en rougissant. Comme si on ne pouvait pas me confier de l'argent !

— Non, tu n'es pas digne de confiance. Et je me fiche de quoi tu auras l'air.

Elle joua son atout, sachant combien il aimait leur petite fille.

— Veux-tu que Louisa ait le ventre vide et soit vêtue de guenilles ? Elle ne cesse de grandir, elle a régulièrement besoin de nouveaux habits.

— Je ne peux pas croire qu'il n'en reste pas plus, dit-il en secouant la tête. Montre-moi.

Elle recompta l'argent avec soin, au cas où elle aurait commis une erreur. Mais elle ne s'était pas trompée. Elle replaça les pièces dans sa poche, écartant la main de Parker.

— Non, je te répète que tu n'en auras pas. Tu ne peux pas te permettre de ressortir boire.

— Même si je ne bois pas, j'aurai besoin d'acheter de la peinture.

— Je t'en achèterai. Ce sera mieux ainsi, vraiment. Tu te retrouves toujours à court d'argent avant la fin du trimestre et tu es obligé d'attendre pour te réapprovisionner. De cette manière, je veillerai à ce que tu ne sois pas privé de peinture.

Son visage s'éclaira un peu.

— D'accord. Bon, je ferais mieux de préparer mon travail de demain. J'ai une idée pour un nouveau tableau. Je suis sûr que celui-ci se vendra et que nous n'aurons plus de soucis d'argent.

Il mit son sarrau de peintre taché et monta au grenier pour y tendre une toile. Il adorait ce qu'il appelait son « travail », mais quelque chose n'allait pas dans ses tableaux. Elle avait cherché à savoir quoi, la composition ou les couleurs, sans résultat. Il était plus doué pour les croquis et gagnait parfois de l'argent en dessinant au fusain les enfants ou les animaux de compagnie de personnes riches. Il méprisait cette activité, n'y consentait que s'ils n'avaient plus qu'une poignée de shillings. Pourtant, c'était dans les croquis que résidait son véritable petit talent.

Elle poussa un soupir alors que Louisa se réveillait et commençait à l'appeler. La vie n'avait pas tourné comme elle le souhaitait. Mais elle en était là maintenant et elle devait s'en accommoder.

Tandis qu'elle donnait à manger à sa fille, Alice se demanda si sa cousine pensait encore à elle. Isabella était-elle mariée ? Avait-elle des enfants ? Était-elle heureuse ?

Se reverraient-elles un jour ?

Elle était certaine qu'Isabella n'aurait pas la bêtise de fuir avec un séduisant vaurien, incapable de respecter sa promesse de l'épouser parce qu'il était déjà marié. Isabella ne tomberait pas non plus amoureuse d'un homme qui ne pouvait pas lui procurer le nécessaire, même s'il l'aimait tendrement.

Au moins Parker l'avait-il épousée, lui avait-il redonné une respectabilité. Et il avait parlé d'elle à ses proches. Mais ils n'avaient ni répondu, ni augmenté l'allocation, même après la naissance de Louisa. Elle le convaincrait d'écrire à nouveau. Elle s'en occuperait dès le lendemain, avant qu'il se mît au travail. Ils ne pouvaient pas ignorer leur petite-fille !

Et si cette lettre de Parker ne les incitait pas à envoyer plus d'argent, elle leur écrirait elle-même, expliquerait sa situation et demanderait s'ils acceptaient d'envoyer, à elle directement, de l'argent pour Louisa.

Elle avait appris à ses dépens qu'elle devait s'obstiner quand elle avait besoin de quelque chose.

Flora décida de nettoyer elle-même la maisonnette voisine de l'écurie et de garder l'argent que Conn lui avait donné à cet effet. C'était une sale besogne, mais deux guinées seraient un ajout bienvenu à ses économies.

Elle n'avait dit à personne quelle somme elle avait déjà épargnée, car sa mère aurait voulu « s'en occuper » à sa place. Elle avait constaté plusieurs fois que quelqu'un avait fouillé sa chambre. Comme si elle avait pu avoir la bêtise de ne pas mettre son pécule en lieu sûr ! Comme si elle ne savait pas que sa mère furetait dans ses affaires.

Si Mrs McBride s'en emparait, elle le dépenserait pour la maison. Elle avait toujours un prétexte pour légitimer les « améliorations » qu'elle apportait, même quand celles-ci étaient superflues, et elle jetait des meubles au rebut comme d'autres femmes se débarrassaient de vêtements démodés.

Néanmoins, la maison ne lui appartenait pas ; elle appartenait à Dougal. Il avait travaillé dur pour l'acheter et avait été généreux avec elles, mais leur mère n'en aurait pas éternellement la responsabilité. Bien sûr, même s'il se mariait, il leur proposerait de demeurer sous son toit, Flora en avait la certitude. Mais ce ne serait plus pareil. Elles seraient dès lors invitées dans la maison de l'épouse et ne pourraient qu'en accepter l'organisation.

Tout comme Flora ne pouvait qu'accepter la façon dont sa mère organisait les choses.

Elle avait une amie dans cette situation. Elle avait vu Jeanie pleurer à cause des petites insultes qu'elle devait subir quand sa belle-sœur était de mauvaise humeur. Eh bien, Flora n'avait pas l'intention de devenir la pauvre sœur célibataire de Dougal quand il serait marié, même si son épouse se révélait être une femme merveilleuse. Elle n'avait pas non plus l'intention d'épouser un homme qu'elle ne respectait pas à seule fin d'obtenir son chez-elle, quoi que dît sa mère.

Tandis qu'elle nettoyait, elle explora la maisonnette. Lorsque les lieux furent d'une propreté éclatante, elle soupira avec envie. Elle aimerait tant habiter un tel endroit – en toute indépendance. Mais sa mère s'en indignerait et leur famille jugerait cela scandaleux. Elle n'était même pas sûre que Dougal consentirait à ce qu'elle vécût seule, parce que ce n'était pas « respectable » pour une femme non mariée. Pourtant, elle avait dépassé la trentaine et elle n'avait de comptes à rendre à personne légalement.

C'était le manque d'argent qui la forçait à rester avec sa mère.

Comme elle avait utilisé toute l'eau chaude et que le feu s'éteignait dans le poêle, elle décida d'attendre d'être rentrée pour se laver – à l'insu de sa mère, espérait-elle. Elle frotta ses mains crasseuses dans un chiffon humide, refit son chignon à la va-vite puis rassembla son matériel.

Avant de partir, elle alla voir Lester Harding, qu'elle trouva en plein travail : sifflant gaiement, il blanchissait à la chaux une nouvelle stalle. L'écurie, laissée dans un état lamentable, était longue à rendre nette, avec un seul homme pour la récurer et la nécessité de garder la plupart des stalles disponibles pour les chevaux. Lester travaillait bien, elle lui reconnaissait ce mérite. Mais l'ancien détenu devrait se montrer digne de foi pendant une certaine période. Elle entendait s'assurer qu'il ne dupait pas Conn et Bram.

Dans la rue, elle s'arrêta pour examiner la façade de l'écurie. Les hommes qu'elle avait engagés avaient lavé à grande eau l'extérieur en bois, mais la peinture s'écaillait ici et là et Conn ne lui avait pas donné assez d'argent pour une remise à neuf complète. Elle pourrait peut-être faire retoucher la peinture blanche des cadres de fenêtres et des portes et fabriquer une plus belle pancarte. Conn n'avait pas précisé quel nom devrait figurer. Le sien ou celui de Bram ? Elle haussa les épaules. Il suffirait d'inscrire « Pension pour chevaux » et de laisser de la place en dessous pour le nom du propriétaire. La pancarte devrait être grande, en tout cas, visible de loin.

Alors que Flora s'apprêtait à ramasser le seau et les chiffons qu'elle avait apportés, un homme arriva sur un cheval à l'air fatigué. Il la salua et regarda le bâtiment.

— Mundy est-il dans les environs ?

Au ton qu'il avait, elle eut l'impression qu'il n'aimait pas l'ancien propriétaire.

— L'écurie a de nouveaux propriétaires, Mr Largan et Mr Deagan. Je ne sais pas où est Mr Mundy, mais vous pourriez le chercher dans les tavernes.

— La pension pour chevaux demeure-t-elle en activité ?

— Oh, oui. J'aide les nouveaux propriétaires à la rafraîchir. Ce sont des amis de mon frère.

— Y a-t-il de la place pour loger ma jument ici cette nuit ? demanda-t-il en tapotant l'encolure de l'animal. Je ne l'ai pas ménagée, je le crains, et elle mérite d'être dorlotée un peu.

— Je suis certaine que l'on pourra vous accueillir. Voulez-vous que j'avertisse le palefrenier ?

— Oui, s'il vous plaît. Je vous en serais reconnaissant.

Il descendit de cheval avec raideur, s'étira et remua les épaules, puis ôta ses sacoches, qu'il mit en bandoulière.

— Lester ! Nous avons un client, appela Flora, avant de se retourner vers l'inconnu : J'encaisse l'argent et je tiens la comptabilité, c'est donc moi que vous payerez.

Tout à son honneur, il ne rechigna pas à confier de l'argent à une femme. Il versa un florin en acompte.

À cet instant, Lester arriva en hâte. Flora apprécia son ardeur à servir un client. Il fallait montrer sa bonne volonté. Il prit la bride de la jument, écouta les instructions et murmura à l'oreille de l'animal, promettant de lui donner une bonne ration puis l'emmenant.

— Il sait vraiment s'y prendre avec les chevaux, dit Flora, pensant à voix haute.

— Oui, impossible de simuler en la matière. Je me demande… connaîtriez-vous une maison convenable qui loue des chambres près d'ici ? L'endroit où j'ai séjourné la dernière fois n'était guère satisfaisant.

Elle le regarda avec attention. Un homme d'allure respectable, aux vêtements plutôt propres, instruit, à en juger par la façon dont il s'exprimait : du genre que sa mère recevait volontiers.

— Il se trouve que ma famille en loue, et nous n'avons personne en ce moment. J'y vais de ce pas, si vous voulez que je vous montre le chemin.

— Merci. Vous m'obligez beaucoup. Laissez-moi porter votre seau. À propos, je suis Mitchell Nash.

— Mademoiselle McBride.

Flora se chargea des affaires de ménage restantes. Mr Nash ne dit pas grand-chose pendant qu'ils effectuaient le court trajet, mais elle lui jeta des regards obliques, s'interrogeant sur lui. Il avait une expression très fermée et malheureuse, qu'elle avait déjà vue, en général sur le visage d'anciens prisonniers. Cependant, s'il avait été transporté, ç'avait dû être pour des raisons politiques, comme Conn Largan, ce qui n'était pas la même chose. Il n'y avait rien de sournois dans son attitude. On ne pouvait pas toujours savoir, naturellement, mais elle aimait se livrer à des conjectures sur des inconnus.

Mrs McBride réserva à Mr Nash l'accueil habituel, dont la chaleur excessive sembla le mettre mal à l'aise.

Après qu'il eut disparu à l'étage, elle se tourna vers Flora et lui dit d'un ton glacial :

— Je ne sais pas ce que tu as fabriqué pour te retrouver dans un désordre aussi épouvantable, mais je te prie de te laver et de te changer avant de descendre dîner.

Flora baissa la tête. Elle avait espéré éviter que sa mère la vît ainsi. Nul doute que de nouvelles récriminations et disputes en résulteraient.

Mr Nash ne ressortit de sa chambre qu'au moment où le gong annonça le repas du soir. Il parut un peu étonné de découvrir qu'il mangerait avec la famille, mais s'abstint de tout commentaire et s'assit, puis se releva par politesse lorsque Flora quitta la pièce pour aller chercher la soupière.

D'ordinaire, sa mère réussissait à lier conversation avec tout le monde. Cette fois, elle échoua. Tandis que le repas s'écoulait, Flora dissimula son sourire et demeura presque aussi silencieuse que l'homme. Elle savait que sa mère ne la questionnerait pas en présence d'une tierce personne, elle s'appliqua donc à savourer le contenu de son assiette.

Le dîner terminé, Mr Nash demanda d'une voix douce :

— Si je décidais de rester à Fremantle, madame McBride, pourrais-je prendre une chambre pour une période plus longue ? Proposeriez-vous un tarif à la semaine ?

— Bien sûr que vous pourriez rester. Nous serions heureuses de vous avoir pour invité.

Flora réprima un soupir d'impatience. Sa mère traitait les pensionnaires comme s'ils étaient des amis de la famille, mais elle estima qu'il valait mieux dissiper toute ambiguïté quant à la situation.

— Pourvu que vous payiez en temps voulu et que vous rangiez correctement votre chambre, monsieur Nash.

Il eut un sourire inattendu, qui sembla le surprendre lui-même.

— Bien sûr, dit-il, puis se retournant vers Mrs McBride : La nourriture était excellente. J'ai beaucoup apprécié le repas.

— J'en suis heureuse. N'hésitez pas à vous installer ici le soir. Ce coin tient lieu de salon pour nos invités.

Elle montra un sofa, un fauteuil et un petit secrétaire au fond de la pièce.

Le visage de l'homme redevint inexpressif.

— Merci. Mais je suis assez fatigué, je vais me retirer dans ma chambre.

— Voudrez-vous une tasse de thé et un morceau de gâteau avant de dormir ? La bonne pourra vous monter un plateau plus tard.

— Pas ce soir, je vous remercie. Je suis trop fatigué pour veiller.

Lorsqu'il fut parti, Mrs McBride regarda sa fille.

— Quelqu'un a blessé cet homme.

— Oui, il a vraiment l'air malheureux, dit-elle, puis elle se leva. Je vais débarrasser la table…

— Linny s'en occupera. Viens plutôt m'expliquer ce que tu as fait aujourd'hui. Tu ne m'as pas laissé de message pour me dire où tu allais et maintenant tu parais fourbue. En outre, à ton retour cet après-midi, ta jupe était humide et tachée. Au nom du ciel, comment t'es-tu mise dans cet état ? Je me demande ce que Mr Nash a dû penser de toi.

— Peu importe ce que Mr Nash pense de moi.

— L'opinion d'un gentleman a toujours de l'importance, surtout quand il est célibataire.

— Tu ne sais pas si Mr Nash est célibataire.

— Il pourrait l'être.

Flora s'interdit de soupirer. Comme leur pensionnaire, elle aurait préféré aller directement se coucher. Elle se sentait exténuée et n'était pas d'humeur à subir des critiques. Elle se rendit néanmoins dans le petit salon de sa mère, afin de régler la question.

— Alors, comment t'es-tu retrouvée dans cet état lamentable ? Es-tu tombée ?

— Non. J'ai nettoyé à fond la maisonnette.

— Je te demande pardon ?

— J'ai nettoyé à fond la maisonnette.

— Pourquoi ?

Elle en avait assez de mentir.

— Parce que je voulais l'argent.

— Nous en avons déjà discuté. Tu n'as pas besoin d'argent, et tu ne devrais en aucun cas effectuer des tâches ingrates. Pourquoi cette nécessité ?

— Parce que je n'ai aucun argent à moi.

— Tu n'as pas besoin d'argent ! vociféra-t-elle.

Flora sut qu'elle l'avait gravement contrariée, mais elle n'allait ni céder ni dire qu'elle avait eu tort. Immobile, elle attendit la fin de la diatribe.

— Et tu n'occuperas pas cet emploi !

— Je me suis déjà engagée. Mr Largan m'a confié la responsabilité de la pension pour chevaux, il compte sur moi et je ne lui ferai pas faux bond.

— Une dame ne devrait pas se salir les mains à des travaux aussi subalternes.

— Je tiendrai la comptabilité, je commanderai le foin et les rations. Je ne curerai pas les stalles !

— Tu seras seule avec un homme, qui plus est un prisonnier.

— C'est un homme très poli et respectueux.

— Je te le défends, Flora.

— Je suis désolée de te mécontenter, mais je vais le faire et tu ne pourras pas m'en empêcher.

Sa mère continua de fulminer, se répétant et multipliant les interdictions. Flora, qui était à bout de fatigue, perdit soudain patience.

— Je vais me coucher immédiatement.

— Je n'ai pas terminé.

— Eh bien, j'en ai assez entendu. Et je ne changerai pas d'avis.

Elle monta l'escalier en hâte, ignorant l'injonction de sa mère de revenir. Une fois sa porte fermée à clé, elle s'y adossa un moment, soulagée d'être seule. Elle prêta l'oreille mais, comme elle le prévoyait, sa mère ne la suivit pas à l'étage. Elle prenait sans doute un « reconstituant », c'est-à-dire un verre de cognac.

Flora se ressaisit. Elle souleva une planche disjointe sous son lit et en sortit le pot dans lequel elle cachait ses économies. Elle fut ravie d'ajouter la somme qu'elle avait gagnée, laissant le reste de l'argent de Conn dans un vieux porte-monnaie.

Elle avait maintenant trente-sept livres et deux shillings, une somme coquette mais insuffisante pour lui permettre de commencer une nouvelle vie. Le seul projet d'avenir qu'elle pouvait imaginer était d'ouvrir une pension de famille, pour laquelle il lui faudrait du mobilier, du linge, du matériel de cuisine, toutes sortes d'objets. Dieu savait qu'elle avait accumulé de l'expérience dans ce domaine ! Mais elle procéderait très différemment de sa mère et tirerait un profit bien supérieur de ses pensionnaires, tout en leur offrant un excellent service.

Elle et son amie Jeanie avaient parlé de monter cet établissement ensemble, puisqu'elles étaient toutes deux célibataires et dépendantes de leur famille. Au moins Jeanie avait-elle un petit revenu personnel, trop modeste pour en vivre, mais décisif si elle se lançait. Le problème était qu'elles hésitaient l'une comme l'autre à fâcher leurs proches.

Si l'on ne faisait pas fortune en tenant une pension de famille, on pouvait subsister. Flora était disposée à travailler dur, mais elle s'irritait parfois de ne pas avoir accès aux professions qu'un homme pouvait embrasser, aux emplois qui rapportaient un salaire décent. Pourquoi n'aurait-elle pu devenir notaire ou architecte ? Elle était intelligente, plus que certains hommes.

Une fois qu'elle aurait installé sa pension, elle ouvrirait l'œil. Il existait certainement un moyen pour elle de gagner plus qu'une misère.

À son retour en fin d'après-midi, Conn trouva une épouse souriante et un bébé prospère qui l'attendaient. Allongé sur une couverture, Karsten roucoulait et lançait de vigoureux coups de pied. Après avoir cajolé son petit garçon, Conn prit Maia dans ses bras et la garda serrée contre lui quelques instants, bénissant le destin qui les avait réunis. Nul homme n'aurait pu avoir une épouse et compagne plus aimante. Comme toujours, le monde paraissait plus beau dès l'instant où elle était près de lui.

— Notre fils a-t-il été sage et t'a-t-il laissée dormir la nuit ?

— Il a été angélique. Je n'ai jamais vu un enfant d'une nature aussi enjouée. As-tu envie de manger, Conn ?

— Seulement envie d'être avec toi, ma chérie. Mais je serais très heureux que nous buvions un thé ensemble. Nous dînerons un peu plus tard, une fois que Karsten sera au lit.

— Je vais avertir Nancy.

Maia revint et s'assit à son côté, la tête contre lui.

— Raconte-moi tout ce que tu as fait pendant ton absence. J'ai remarqué que tu n'avais pas ramené d'autres chevaux. De quoi t'es-tu occupé par ailleurs ?

— Je n'ai pas trouvé de chevaux assez bons pour la reproduction, si nous voulons avoir une réputation d'excellence.

Il s'interrompit alors que Nancy apportait le plateau de thé et que Maia le servait, puis il continua son récit circonstancié, sachant combien sa femme adorait entendre de petits détails sur d'autres personnes. C'était cet intérêt qui le conduisait à penser qu'elle apprécierait une existence moins isolée.

— J'aimerais voir la pension pour chevaux et faire la connaissance de Flora, dit-elle lorsqu'il eut fini. Elle me semble être une travailleuse assidue.

— Je me demandais… Une fois que ma condamnation sera cassée, nous pourrions acheter une maison à Perth ou à Fremantle, et passer du temps là-bas en plus d'ici.

Il retint son souffle.

— Est-ce ton souhait ?

— Oui. Je crois que je me suis caché jusqu'à présent. C'est tellement honteux d'être déclaré coupable.

— Cela ne m'a pas empêchée de tomber amoureuse de toi, mon trésor, dit-elle en lui adressant l'un de ses sourires radieux.

— Et je n'en suis pas moins tombé amoureux de toi.

— Si tu voulais aller vivre sur la lune, je te suivrais. Tu le sais, Conn. Mais, oui, ce serait agréable d'habiter plus près des gens.

— Je suis l'homme le plus chanceux de la terre.

Il lui prit la main et la porta à ses lèvres, ses yeux lui promettant bien davantage lorsqu'ils seraient seuls dans leur chambre, avec l'assurance qu'elle se délecterait de ses moindres caresses.

Mitchell Nash s'endormit immédiatement, mais se réveilla au milieu de la nuit, ce qui lui arrivait beaucoup trop souvent ces derniers temps. Il avait passé plusieurs semaines à suivre une énième piste qui ne menait nulle part, parce que voyager en dehors de Perth n'était possible qu'à cheval. Pas de voie ferrée ici. Pas même de véritables routes, uniquement des pistes sableuses, qui serpentaient autour des arbres au lieu d'aller en ligne droite.

Il ne comprenait pas comment sa femme avait pu disparaître ainsi une fois arrivée en Australie. Ce devait être le fait du vaurien avec lequel elle s'était enfuie, car Betsy n'était pas une femme ingénieuse.

Maintenant qu'elle s'était révélée infidèle, cet individu pouvait bien la garder – mais Mitchell ne lui abandonnerait pas son fils. Jamais. Il était prêt à poursuivre ses recherches pendant des années ; un jour, il retrouverait Christopher.

Il y avait plus d'un an qu'il n'avait pas vu son fils, ce qui représentait un temps très long dans la vie d'un enfant de six ans – non, sept ans à présent. Chaque fois qu'il repensait à la manière dont Betsy l'avait privé de leur fils, la fureur bouillonnait en lui, sauf la nuit, où c'était l'angoisse qui l'étreignait, voire les larmes qui coulaient. Avant de perdre son fils, il n'avait plus pleuré depuis l'enfance.

Tout ce qu'il avait réussi à découvrir, c'était qu'elle avait débarqué dans la colonie de Swan Hill, ou plutôt qu'une femme se faisant appeler Mrs Foyle avait débarqué ici, avec son mari et son petit garçon Charles. Il avait montré à des gens le bristol qui contenait leurs portraits photographiques et ils avaient certifié que c'était elle.

Même s'il demeura éveillé, Mitchell ne se leva pas. Il ne pouvait pas déambuler en pleine nuit dans une maison étrangère. Il ne pouvait que rester couché et réfléchir à ce qu'il devrait faire ensuite. Il lui faudrait attendre que le vapeur côtier arrivât du littoral est de l'Australie puis montrer au capitaine et à l'équipage la photographie de Betsy et de Christopher qu'il emportait partout. Quelqu'un du navire les reconnaîtrait à coup sûr.

Ils n'avaient pu quitter la colonie que par ce moyen-là. Il était certain désormais qu'ils ne se trouvaient pas en Australie-Occidentale, à moins qu'il ne leur eût poussé des ailes et qu'ils ne se fussent envolés.

7

Immobile contre la rambarde, Isabella regarda Singapour se réduire à une ligne brumeuse sur l'horizon puis disparaître totalement.

— Êtes-vous triste ? demanda Bram à voix basse.

— Oui. Beaucoup de choses vont me manquer. Et cela m'ennuie de laisser la tombe de mes parents dans le cimetière britannique sans quelqu'un pour s'en occuper.

— Nous pourrions revenir en visite un jour, dit-il en passant un bras autour d'elle.

— Si le destin le veut.

Il n'essaya pas de réfuter cet appel à la prudence, car le sort pouvait décider de puissantes choses pour les êtres humains. Le destin l'avait entraîné en Australie, puis en Orient, lui avait donné le désir inattendu d'améliorer sa condition et apporté une épouse instruite et charmante comme Isabella.

Après un moment de paisible silence à côté d'elle, il ajouta :

— Dougal espère que la traversée sera courte, guère plus de deux semaines si le vent et le ciel nous sont favorables. Il est resté au loin plus longtemps que prévu et sa famille risque de s'inquiéter pour lui.

Ils levèrent les yeux vers les membres d'équipage qui s'appliquaient à brasser les vergues et à orienter les voiles. Ils avaient déployé la voilure complète aujourd'hui, huit pièces de toile en tout, et le capitaine recommandait sans cesse de bien les orienter, ordres auxquels les matelots se hâtaient d'obéir. Dougal le capitaine était très différent de Dougal l'ami, avait découvert Bram.

Il fixa son regard sur l'eau écumante et ondoyante contre le flanc du navire.

— Je pense que nous pourrons loger chez les McBride quelques jours, le temps de prendre nos repères ; à condition qu'une chambre soit disponible, bien sûr. Sa mère et sa sœur proposent des chambres en location, même si elles arrêteront bientôt, je suppose, car Dougal gagne fort bien sa vie. Nous devrons chercher une maison à louer, de préférence assez grande pour contenir une boutique et un logement, mais ce ne sera pas facile à trouver.

— Aurons-nous assez d'argent ?

— Oui, je crois. Nos cadeaux de mariage ont tout changé. En outre, la dernière fois que je l'ai vu, Conn Largan a proposé d'investir dans mon commerce, voire de participer à l'achat d'un bâtiment si quelque chose d'adéquat se présentait. Il serait souhaitable que les locaux nous appartiennent, je pense ; nous pourrions alors ajouter des pièces si nécessaire. C'est très facile à faire avec les maisons en bois. Il faudra que je lui demande s'il est toujours prêt à coopérer.

Il se surprenait lui-même. Envisager de posséder sa propre maison ! Personne dans sa famille ou son village n'avait jamais été assez riche pour cela, et même les cultivateurs louaient en général leurs terres aux propriétaires fonciers.

— À quoi ressemble Fremantle ?

— Ce n'est encore qu'une petite ville, mais elle commence à avoir de meilleures constructions et à prendre un aspect plus… euh, permanent serait peut-être le bon adjectif. La colonie de Swan Hill a été bâtie dans la discontinuité, à en juger par son apparence, avec quelques édifices plus imposants, comme la cathédrale de Perth, et les demeures en brique et en pierre. La grand-rue de Fremantle a des magasins, mais il y a quantité de petites maisons en bois hors de la partie principale, certaines d'entre elles d'une apparence si fragile qu'elles semblent devoir disparaître à la prochaine tempête, dit-il en lui souriant. Alors, surtout, ne vous attendez pas à habiter dans un lieu aussi remarquable que la maison-boutique de Mr Lee.

Quelques minutes de silence complice s'écoulèrent, puis Bram se mit à lui décrire la partie occidentale de l'Australie.

— C'est un territoire immense, plus vaste que l'Angleterre et l'Irlande réunies. Il faut plusieurs jours pour rallier le nord par bateau depuis Perth. Mais très peu de gens se sont installés ailleurs que dans l'extrémité sud-ouest et, je crois, un lieu nommé Geraldton plus au nord ; la région est donc largement inhabitée, sauf par les indigènes.

— S'ils vivent là, elle n'est pas inhabitée, souligna Isabella.

— Nul ne leur accorde beaucoup d'attention. Ils n'exploitent ni le sol ni le sous-sol, se contentent d'une existence de nomades.

— Les Britanniques n'accordent pas beaucoup d'attention non plus aux Chinois et aux Malais à Singapour, sauf s'ils veulent quelque chose. C'est très étrange, leur conviction que leur mode de vie est le seul valable. J'ai appris à voir d'une autre manière. J'admire les Lee, qui travaillent dur, vivent dignement et ont été d'une grande bienveillance avec moi. Le reste des terres dans la colonie de Swan Hill n'est-il pas utilisable ?

— Il y a des étendues désertiques, mais d'autres zones se prêtent à l'élevage. Sur un navire venant d'Angleterre, j'ai parlé à un homme dont les proches ont été parmi les premiers colons à l'est d'York. Bavarder avec les gens est très enrichissant. Il m'a dit que certains commençaient à tirer de gros profits des bestiaux et des moutons. N'a-t-on pas toujours besoin de laine ?

— Voulez-vous rester dans la colonie de Swan Hill, Bram ?

— Oui, assurément. À moins que vous ne la détestiez.

— J'en doute. C'est un chez-moi auquel j'aspire, et je n'attache pas de réelle importance à l'endroit où il se trouve.

— Je comprends. Je partage ce sentiment. Je ne voulais pas vraiment venir en Australie, mais j'aime la chaleur en été et la gentillesse que j'ai découverte chez les gens ordinaires, qui sont plus indépendants que dans le village où j'ai grandi. Et quand j'entends les récits de prodigieux succès, j'ai l'espoir de pouvoir au moins gagner convenablement ma vie. J'y suis plus déterminé encore maintenant que je suis un homme marié.

— Nous travaillerons à cela ensemble, dit Isabella avec douceur. Je pourrai vous aider, j'en suis certaine.

Il ne répondit pas, parce qu'une nausée l'assaillait soudain et qu'il devait se concentrer pour la réprimer.

Un instant plus tard, Isabella observa :

— Vous êtes devenu très pâle. Vous sentez-vous bien ?

— Pas vraiment. Je suis navré, Isabella, mais je suis sujet au mal de mer, même par beau temps, et je commence à avoir l'estomac barbouillé.

Il ne put contenir un hoquet au goût acide.

— Je ne sais pas s'il vaut mieux rentrer dans la cabine et me coucher, ou rester sur le pont et me donner en spectacle.

— Mon pauvre ami ! Vous serez sans doute mieux à l'air libre. Quand j'ai été confinée sur des navires en pleine tempête, mon malaise a toujours empiré. Et les matelots se montreront compréhensifs, n'est-ce pas, si vous êtes souffrant ?

Il réussit à sourire.

— Oh, ils ne seront pas étonnés. Ils m'ont déjà vu plusieurs fois dans cet état. J'ai été malade lorsque nous naviguions vers Galle, puis durant le voyage à destination de Singapour. Mais j'ai au moins la prudence de ne pas vomir contre le vent, comme une pitoyable femme l'a fait sur le navire pour l'Australie.

Il se tut, s'efforçant de maîtriser sa nausée. Il avait horreur qu'Isabella le vît ainsi.

Isabella leur trouva un endroit où s'asseoir et continua de bavarder avec Bram, tâchant de le distraire de son mal. Mais il était coi et apathique, à mille lieues de son entrain habituel, si bien qu'elle fut surtout livrée à ses propres pensées. Celles-ci demeuraient confuses alors qu'elle essayait d'éclaircir ses sentiments et de se préparer mentalement à une nouvelle vie.

— Lorsque j'ai débarqué en Australie, dit-il tout à coup, je me suis juré de ne plus jamais remettre les pieds sur un navire. Et regardez-moi, repartant pour Galle puis voguant jusqu'à Singapour !

— Il fallait que vous voyiez par vous-même si cela valait la peine d'y établir une relation commerciale.

— Cela valait la peine à nombreux égards, au premier chef parce que je vous ai trouvée, dit-il en lui prenant la main. J'espère que vous serez une heureuse épouse de négociant.

Ne sachant que dire, elle resta silencieuse mais laissa sa main au creux de la sienne, appréciant le message de soutien tacite qu'il lui offrait. Elle n'avait pas l'habitude que quelqu'un la touchât, parce que sa mère n'avait pas été très démonstrative, mais le contact physique lui plaisait. Elle se sentait… moins seule. S'ils n'avaient pas encore franchi le pas qui les ferait véritablement mari et femme, Bram ne cessait de lui dire des choses charmantes, au point de la persuader qu'il était vraiment heureux de l'avoir épousée ; un bon début, n'est-ce pas ?

Mais alors, pourquoi n'avait-il pas essayé de lui faire l'amour cette première nuit ? De nombreux hommes l'auraient fait, d'après ce qu'elle avait entendu décrire par d'autres femmes. Dans leur majorité, ils semblaient plus ardents que leurs épouses en la matière.

Isabella continuait de s'inquiéter à la perspective de partager une cabine et se demandait si ce serait la nuit où Bram consommerait leur mariage. Puis elle sourit. Comme si des ébats amoureux pouvaient tenter un homme qui souffrait du mal de mer !

Oh, il avait une mine affreuse, le malheureux.

Elle, au contraire, trouvait le mouvement du navire apaisant et se réjouissait des fraîches brises marines après la moiteur de Singapour.

Un jour, des nouveaux s'installèrent dans la maison à côté des Beaufort et Alice ne résista pas à l'envie de les épier derrière sa fenêtre. Des voisins pouvaient tout changer à votre vie. Les précédents avaient été bruyants, prompts aux bagarres et aux cris avinés. Ils avaient déménagé à la cloche de bois au milieu de la nuit, sans payer le loyer.

La nouvelle femme était jolie, ou plutôt elle l'aurait été si elle n'avait pas eu l'air aussi fatiguée. Le petit garçon semblait effrayé. Quant à l'homme… Elle se creusa la tête, cherchant un mot pour le décrire, et pensa d'abord à grincheux, mais ce n'était pas assez fort. Menaçant, peut-être ? Il était bien mis et avait une apparence très respectable, pourtant elle lui préférait mille fois son Parker, en dépit de tous les défauts qu'elle pouvait lui reprocher.

Elle attendit le lendemain pour aller se présenter.

L'homme ouvrit la porte et la regarda d'une telle manière qu'elle s'interrompit.

— Je suis heureux de vous connaître, madame Beaufort, mais ma femme et moi aimons rester entre nous.

Il lui referma la porte à la figure et elle rentra en hâte dire à Parker comment il était.

— Hum.

Elle observa Parker, occupé à peindre sa toile par petites touches. Celle-ci était grande et leur coûterait cher. Et elle n'était pas plus réussie que les autres. La femme avait une trop grosse tête, les couleurs paraissaient ternes, mais Alice n'osa rien dire : la seule et unique chose qui rendait Parker furieux, c'étaient des critiques sur ses tableaux.

Elle redescendit l'escalier, rêvant de pouvoir nouer une amitié avec quelqu'un. Par malheur, il était difficile de nouer des amitiés quand vous n'aviez pas les moyens d'inviter d'autres dames à boire le thé et que vous n'aviez pas de robe présentable à porter quand vous leur rendiez visite.

Elle entendit un brusque vacarme à côté, une voix d'homme crier fort, et courut à la fenêtre de la cuisine, qui donnait sur l'arrière de la maison. Elle vit le garçon des voisins grimper par-dessus la clôture et se cacher derrière leur tas de bois. Le pauvre petit semblait terrorisé. Elle recula pour qu'il ne sût pas qu'elle l'observait.

Peu après, on frappa à la porte et elle alla ouvrir. C'était le voisin.

— Madame Beaufort, je me demande si…

— Je croyais que vous restiez entre vous, l'interrompit-elle, prenant l'expression la plus hautaine possible et parlant sur un ton glacial.

Il lui lança un regard de colère si féroce qu'elle recula d'un pas, tentée de lui claquer la porte au nez.

— Je voulais seulement…

— Si vous désirez être en bons termes avec mon mari et moi-même, il vous faudra au moins nous dire comment vous vous appelez.

— Gresham.

— Heureuse de vous connaître, monsieur Gresham.

Elle faillit tendre la main, mais changea d'avis à la dernière minute ; pour une raison obscure, elle ne voulait pas le toucher.

— En quoi puis-je vous aider ?

— Avez-vous vu mon beau-fils ? Il s'est enfui et je pense qu'il a pu franchir votre clôture, puisque le portail du fond est fermé à clé. C'est soit la vôtre, soit celle de nos autres voisins.

— Il n'a pas grimpé par-dessus notre clôture, mentit-elle sans hésiter. Je m'activais dans la cuisine et je l'aurais vu.

— Merci, dit-il en inclinant la tête.

Elle le regarda s'éloigner, plaignant l'infortuné petit garçon.

Plus tard, elle s'approcha du tas de bois et prit quelques bûches, tout en murmurant :

— Je sais que tu es là et je ne révélerai ta présence à personne. Tu peux te cacher ici quand tu veux.

Il y eut un silence, puis un bruissement, et une jeune voix tremblante dit :

— Merci, madame.

Alors qu'elle repartait avec les bûches, elle entendit quelque chose qui sonnait comme un sanglot, mais elle n'osa pas s'attarder dehors, au cas où le voisin surveillerait les alentours.

Elle ne parla pas du garçon à Parker : il disait tout ce qui lui passait par la tête et ne savait pas garder un secret.

Plus tard encore, elle regarda le jeune intrus sortir furtivement de derrière le tas de bois et se glisser dans l'allée qui bordait l'arrière des maisons.

Elle sut à quel moment il rentra, car les murs étaient minces. Mr Gresham cria contre lui et le battit – elle entendit la baguette siffler. Puis une femme se mit à hurler et le supplia d'arrêter.

Par la suite, les disputes et les bruits de violence n'éclatèrent plus dans la journée. Alice devina que Mr Gresham avait trouvé un emploi, car il sortait tous les matins, vêtu d'un élégant costume, et revenait tous les soirs à la même heure. Le garçon partait plus tard, au moment où les autres enfants allaient à l'école, élégamment vêtu lui aussi.

Quelques jours plus tard, Alice rencontra Mrs Gresham dans un magasin et s'arrêta pour lui dire :

— Je crois que nous sommes voisines.

— Euh… oui…, acquiesça la femme, troublée. Je suis heureuse de faire votre connaissance, madame Beaufort.

— Je sais que votre mari refuse de fréquenter les voisins, mais j'ai entendu la manière dont il traite votre fils et je voulais simplement vous dire que le petit peut se réfugier dans notre jardin quand il le souhaite.

La femme eut les larmes aux yeux.

— Merci. Je regrette…

Elle secoua la tête, le regard brouillé, répéta : « Merci ! » et s'éloigna en hâte.

La malheureuse était terrifiée de désobéir à son mari, même quand il n'était pas là, se dit Alice. Quelle horreur !

Elle regarda la nourriture autour d'elle et soupira. Elle détestait cuisiner, faisait toujours brûler ce qu'elle préparait, et quand elle le pouvait n'achetait que du pain et du jambon pour le repas, avec un fruit quelquefois. Par chance, Parker ne semblait jamais se soucier de ce qu'il mangeait.

L'existence avait été plus facile à Singapour, car les services des domestiques ne coûtaient presque rien et sa cousine Isabella était une ménagère très compétente.

Alice ne s'attendait pas à ce que la vie conjugale fût aussi dure, ni à devoir se passer d'une bonne.

La seule chose qu'elle aimait, c'étaient les plaisirs sensuels. Parker était un excellent mari à cet égard.

Tandis que la goélette progressait à vive allure vers Fremantle, Bram regardait, avec une certaine jalousie, Isabella qui semblait s'épanouir et Dougal qui arborait un teint coloré, éclatant de santé, le maudit ! Le capitaine, très allègre, répétait que les vents leur étaient propices depuis le début, mais la traversée n'en paraissait pas moins interminable à Bram. Il avait terriblement hâte de marcher sur un plancher qui n'oscillait pas sans cesse et ne bougeait pas en tous sens sous ses pieds.

Grâce au beau temps, il n'avait cédé que de loin en loin à ses haut-le-cœur et avait pu atteindre la rambarde à chaque fois, Dieu merci. Mais il se sentait nauséeux presque en permanence et n'était assurément pas d'humeur à cajoler sa nouvelle épouse, pas même d'humeur à regretter cette situation.

Il faisait piètre figure, il le savait, pourtant Isabella était d'une patience d'ange avec lui. Elle avait parlé au cuisinier et l'avait convaincu de préparer des aliments digestes, des plats légers que son estomac était susceptible de ne pas rejeter. Il tendit un bras et le considéra : il avait encore maigri au cours des jours précédents car, malgré les attentions d'Isabella, il ne réussissait pas à avaler grand-chose.

Lorsqu'il aperçut l'île de Rottnest à l'horizon, toute proche du rivage de Fremantle, et vit le pilote monter à bord, Bram murmura une prière de gratitude. Pour des raisons de sécurité, des pilotes qui connaissaient bien la côte étaient envoyés depuis le port pour guider les navires dans Gage Roads, le mouillage près de Fremantle.

Dougal avait offert d'entreposer leurs marchandises avec les siennes, ainsi que les quelques meubles d'Isabella. Seuls leurs effets personnels restaient donc à décharger une fois qu'ils eurent reçu l'autorisation de débarquer dans le port. Les bagages appartenaient surtout à Isabella, les Lee lui ayant donné des vêtements et du linge de maison avant son départ de Singapour.

Elle avait rapporté leurs propos à Bram au sujet de ces cadeaux, se rappelant les termes exacts tant ils l'avaient touchée.

« Mettre en souvenir de nous », lui avait dit Ah Yee.

« Mettez-les pour montrer nos belles soies, avait déclaré Mr Lee. Un jour, vous m'en achetez beaucoup pour vendre en Australie. »

« Mettre pour être jolie devant votre nouveau mari », avait dit Xiu Mei.

La goélette jeta l'ancre à une certaine distance du rivage dans Gage Roads. Apparemment, l'eau était trop peu profonde pour qu'un gros navire accostât la courte jetée sud de Fremantle.

— Quel port est-ce là, demanda Isabella, où les navires ne peuvent pas se mettre à quai correctement ?

— Le seul que nous ayons, répondit Bram, et il montra quelques bâtiments importants, dont la prison et l'asile d'aliénés.

Isabella se mit à rire.

— Que se passe-t-il ?

— Vous ne prévoyez pas que nous logions dans l'un de ces deux endroits, j'espère !

Il rit avec elle, puis indiqua les lieux de culte anglican, catholique et wesleyen, qui étaient des édifices plus imposants que les autres.

— N'y a-t-il pas de gare ferroviaire ?

— Il n'existe aucune voie ferrée dans la colonie, mais je sais que l'on envisage d'en construire une jusqu'à Albany sur la côte sud. Les paquebots postaux d'Europe débarquent là-bas, parce que le port est beaucoup mieux aménagé. Ici, les marchandises doivent être transférées sur des chalands puis transportées à travers un isthme jusqu'à la jetée du fleuve, où il faut les recharger pour le trajet jusqu'à Perth.

— Ne peut-on pas creuser le lit du fleuve ?

— Il le faudrait, mais Dougal m'a dit que certains s'y opposaient : ils redoutent que les chalands aillent droit à Perth au détriment de Fremantle.

— Comment les gens accèdent-ils au rivage ?

Il hésita. Il n'en avait rien dit jusqu'alors, ne voulant pas l'alarmer.

— Dans un petit bateau. Qui se range bord à bord.

— Cela signifie… que je devrai descendre le long du flanc de la goélette ?

— Oui, je le crains. Si descendre en vous agrippant vous effraie, il est possible d'utiliser un système de harnais.

— Merci bien, dit-elle en frissonnant. Je préfère avoir la maîtrise de mes gestes plutôt que d'être suspendue dans le vide sous la responsabilité de quelqu'un d'autre.

Elle avait un ton acerbe, mais il ne pouvait pas le lui reprocher. Les équipements du port étaient très médiocres et il s'inquiétait justement de transporter des marchandises par ce trajet malcommode, surtout lors des arrivées hivernales, sous la tempête.

Peu après, le cœur battant, il regarda son épouse descendre avec lenteur le lourd réseau de cordes accroché en guise d'échelle au flanc du navire. Elle était splendide, les joues colorées par le soleil et le vent, des mèches de cheveux voletant autour de son visage. Lorsque ses jupes se gonflèrent dans la brise, bien qu'elle eût essayé de les attacher, il aperçut une fine cheville et un joli mollet rond ; il fut pris d'un soudain désir, mais irrité de n'être pas le seul témoin de cet affriolant spectacle.

Il se sentait vraiment mieux. La seule pensée de regagner la terre ferme l'avait réconforté et avait apaisé son estomac.

Lorsqu'ils atteignirent la jetée, ils grimpèrent hors du petit bateau et durent s'accrocher l'un à l'autre, riant de se sentir vaciller quand ils essayèrent de bouger. Au bout d'un moment, leurs corps se réhabituèrent au sol immobile et solide ; il leur fallait toutefois attendre que le reste de leurs effets personnels fût mis dans un chaland et transporté jusqu'au rivage. Ils se tournèrent pour regarder leur futur chez eux.

— La ville est beaucoup plus petite que je ne l'imaginais, finit par dire Isabella.

— Je vous avais avertie qu'elle n'était pas grande. Elle s'étend rapidement, néanmoins.

Dougal ne pouvait pas encore quitter la goélette, mais des garçons avec des charrettes à bras vinrent se charger de leurs bagages, leur assurant qu'ils connaissaient le chemin jusqu'à la maison du capitaine. Que ferait le monde sans ces garçons ? se demanda Bram. Ils étaient partout dans la colonie avec leurs charrettes rudimentaires, prêts à gagner quelques pièces de monnaie, et il en avait vu beaucoup à Londres.

Ils remontèrent Cliff Street derrière les garçons. C'était une rue courte, bordée de grands entrepôts et pavée d'un côté seulement.

— Dougal m'a expliqué qu'ils n'avaient pas assez de pavés pour couvrir les deux côtés des différentes rues, dit Bram. La municipalité a donc décidé de ne revêtir qu'un côté, pour pouvoir équiper plus de rues.

— Ce qui n'est pas gênant, sauf quand on a besoin d'aller en face.

Ils débouchèrent dans la grand-rue, où ils s'arrêtèrent un instant pour embrasser du regard la Round House, première prison de la colonie.

Les nuages s'amoncelaient dans le ciel, mais il y avait encore des éclaircies et, quand le soleil brillait, les bâtiments prenaient un éclat éblouissant. En effet, beaucoup d'entre eux étaient non pas en brique, mais en calcaire.

Isabella cligna des yeux et mit sa main en visière.

— Des lunettes à verres fumés seraient bienvenues, c'est si aveuglant. Et regardez tout ce sable !

Les commerçants avaient balayé le seuil de leurs boutiques, mais laissé des tas ici et là : alors que le vent se levait, le sable s'éparpillait à nouveau en volutes tourbillonnantes.

Isabella fut soulagée d'arriver à la maison de Dougal, car elle n'avait plus l'habitude de marcher aussi longtemps. C'était une demeure spacieuse, faite du calcaire qui semblait être utilisé pour toutes les bonnes constructions. Bâtie sur deux niveaux, elle avait des balcons au rez-de-chaussée comme à l'étage.

— Sauf erreur de ma part, elle ne ressemble pas du tout aux maisons anglaises, observa Isabella.

— Pas à celles que j'ai vues à Londres ou avant que nous embarquions à Southampton, confirma Bram. Ni aux maisons irlandaises, d'ailleurs.

La porte s'ouvrit et une matrone replète sortit en hâte pour les accueillir. La jeune femme qui la suivait était certainement la sœur de Dougal ; elle avait la même robustesse, la même couleur de cheveux, dont des mèches s'étaient échappées de leurs épingles.

— Bonjour, madame McBride, dit joyeusement Bram. C'est un plaisir de vous revoir. J'aimerais vous présenter mon épouse. Isabella et moi nous sommes mariés à Singapour.

Mrs McBride les considéra, bouche bée, durant un moment.

— Bonté divine, je n'en crois pas mes oreilles ! Mais c'est merveilleux. Bienvenue à Fremantle, madame Deagan. J'espère que vous serez heureuse ici.

Elle leva la tête alors que des gouttes de pluie commençaient à tomber.

— Vous feriez mieux de mettre ces bagages à l'intérieur avant qu'ils ne soient trempés. Vous logerez chez nous, n'est-ce pas ?

— Si possible. Le temps que nous trouvions une maison à louer, dit Bram qui grimaça tandis que la pluie devenait drue. Je n'ai cessé de dire à Isabella quel beau soleil nous avions ici dans la colonie, et voyez cette nuée à son arrivée.

— Juin et juillet sont nos mois les plus frais et l'hiver est notre saison pluvieuse, madame Deagan, dit Flora McBride. Auparavant, monsieur Deagan, vous avez séjourné ici en été et en automne. Néanmoins, il ne fait pas vraiment froid et il ne gèle jamais, même si des gelées peuvent se produire, paraît-il, dans les collines au-delà de Perth.

Isabella l'apprécia d'emblée. Sa manière de parler pleine de bon sens lui rappela les Lee, qui lui manquaient tant. En revanche, la vieille femme maniérée lui déplut.

Au moment où ils allaient monter en direction de leur chambre, un homme descendait l'escalier, si bien que, lorsqu'il arriva dans le vestibule, Flora fit les présentations.

— Mr Nash loge chez nous depuis quelque temps. Votre journée a-t-elle été fructueuse, monsieur Nash ?

Il secoua la tête, l'air sinistre, et elle se demanda si elle l'avait offensé en lui témoignant de l'intérêt. Souvent, les pensionnaires aimaient parler de ce qu'ils faisaient et demander conseil aux habitants de Fremantle.

— Mon frère pourra peut-être vous aider maintenant qu'il est de retour, dit-elle d'un ton léger.

— Oui. Je lui poserai la question.

Il salua d'un geste les nouveaux venus et sortit de la maison.

— C'est un homme taciturne, leur dit Flora dans l'escalier. Alors… cette chambre devrait vous convenir. Elle offre une charmante vue sur l'océan et vous aurez beaucoup de place pour vos malles et vos bagages. Quand vous serez installés, veuillez descendre vous restaurer.

La chambre était spacieuse mais, une fois que les garçons eurent hissé toutes leurs affaires à l'étage, elle parut très encombrée.

— Laissons cela pour l'instant, dit Bram. J'ai faim, tout à coup.

— J'en suis ravie ! s'exclama Isabella.

— C'était formidable de présenter « mon épouse ». J'espère que vous n'avez pas trop honte de moi.

Elle fut stupéfiée par ces propos, mais il s'était déjà détourné pour sortir ; elle ne chercha donc pas à en savoir plus.

Oh, ciel, elle ne voulait pas qu'il crût qu'elle le méprisait, parce que ce n'était pas le cas. Il était charmant, gentil et travailleur, et elle aimait déjà sa compagnie, ses observations spirituelles sur les caprices du monde ainsi que la manière dont il semblait ne jamais rien oublier.

8

Le petit garçon d'à côté se réfugiait régulièrement dans le jardin des Beaufort. Le matin, il partait à l'école très bien habillé, mais revenait souvent dans une tenue qui suggérait qu'il s'était bagarré. Les dommages causés à ses vêtements semblaient lui attirer beaucoup d'ennuis.

Eût-elle été sa mère, Alice l'aurait protégé. Elle aurait empêché cet homme de le battre ainsi.

Fatalement, Parker s'aperçut de la présence du garçon. Alice fut obligée de lui expliquer ce qui se passait.

Il fronça les sourcils.

– Tu ne devrais pas t'interposer entre mari et femme, ni entre père et fils.

– Ah bon ? Laisserais-tu Mr Gresham étourdir ce pauvre enfant de coups tous les deux ou trois jours ?

– La situation ne peut pas être aussi grave.

– Tu te trompes. Il utilise une badine et parfois une lanière de cuir. Le malheureux garçon est couvert d'ecchymoses. Elles sont visibles sur ses bras et ses jambes, dit-elle avant d'ajouter d'une voix tremblante : S'il t'arrivait malheur, je n'épouserais pas un homme qui battrait Louisa.

Parker ouvrit la bouche, regarda leur petite fille, puis referma la bouche, tendant la main pour lui caresser distraitement les cheveux.

— Es-tu certaine que le garçon ne le mérite pas ? S'il désobéit…

— Aucun enfant ne mérite d'être corrigé avec une sévérité pareille, même s'il désobéit. Mais je ne crois pas que Charles se comporte mal. Il est trop terrorisé pour ça.

Parker l'attira contre lui.

— Je suis très heureux que ma fille t'ait pour mère.

Elle aurait aimé pouvoir lui retourner le compliment, mais elle n'était pas heureuse que sa fille eût Parker pour père. Jusqu'alors, elle avait choisi de se donner à deux hommes peu recommandables. L'un avait été un ignoble menteur. Elle ne pouvait penser à Renington sans se sentir dégoûtée d'avoir été bernée par lui.

Quant à Parker, certes il l'avait épousée et lui avait rendu sa respectabilité, mais il était faible et incapable de subvenir à leurs besoins, ce qui n'était pas agréable à vivre non plus. À cette pensée, elle dit d'un ton ferme :

— Il faudra que tu fasses de nouveaux croquis. Nous n'avons plus assez d'argent pour tenir jusqu'à la fin du trimestre.

— Je t'ai dit la dernière fois que je n'en ferais plus, dit-il en la regardant d'un air consterné.

— Alors tu n'aurais pas dû dépenser ton argent. C'est soit les croquis, soit la pénurie de nourriture et de peinture.

— Nous n'en sommes tout de même pas là !

— Eh bien si. Aujourd'hui au marché, j'ai dû ramasser des fruits abîmés par terre, tant j'étais pressée par le besoin.

— Oh.

Il monta l'escalier et elle l'entendit sortir son matériel de dessin. Elle versa quelques larmes, puis se défendit d'être ridicule et entreprit de préparer un ragoût nourrissant avec les menues provisions qu'elle avait achetées au marché, le morceau de viande le moins cher, un oignon et une grosse quantité de pommes de terre. Le résultat fut pâle et peu appétissant, mais au moins elle ne laissa pas le plat brûler.

Lorsque Bram et Isabella descendirent dans la salle à manger, où les pensionnaires s'installaient en général le soir, Mrs McBride les entendit arriver et insista pour qu'ils se joignissent à elle et Flora dans le salon privé de la famille. Isabella se força à sourire et supporta ses manières affectées. Elle n'aimait ni la mère de Dougal ni la brusquerie avec laquelle celle-ci parlait à sa fille. Elle n'aurait supporté cela de personne et se demandait comment Flora s'en accommodait.

La pièce était meublée avec une telle profusion qu'ils devaient se garder de ne rien heurter. Isabella se félicita de ne pas porter une crinoline comme Mrs McBride. Elle accepta une part de gâteau et une tasse de thé, heureuse de voir Bram manger enfin de bon appétit.

— Je voulais attendre le retour de Dougal, mais je doute qu'il rentre avant la nuit, dit Flora. Il vaut donc sans doute mieux que je vous parle des locaux qu'a trouvés Conn et vous donne la lettre qu'il vous a laissée.

— Il a loué un bâtiment pour un magasin ? s'enthousiasma Bram.

— Pas loué, acheté. La pension pour chevaux dont vous avez naguère utilisé les services était à vendre, il l'a donc achetée. Elle est très centrale et il y a presque un demi-hectare de terrain, outre des hangars et une maisonnette à proximité de l'écurie.

— Je m'en souviens bien, dit Bram en lui adressant un grand sourire. Mais l'écurie est certainement trop vaste pour un magasin.

— Il a pensé que vous pourriez maintenir l'activité de pension pour l'instant, afin de conserver une source de revenus. Il a engagé un homme pour s'en occuper et je supervise l'ensemble.

— Ce qui n'est pas une tâche convenable pour une jeune femme, déclara Mrs McBride réprobatrice.

— J'ai grand plaisir à l'effectuer, rétorqua Flora en lui jetant un regard plein d'aversion.

Lorsque Bram tourna vers elle des yeux interrogateurs, Isabella devina ce qu'il avait en tête.

— Vous voulez aller voir les lieux immédiatement, n'est-ce pas ?

La pluie tambourinait contre les vitres et Mrs McBride affirma :

— Cela peut assurément attendre demain. Cette pluie ne semble pas près de se calmer.

— Je vais y passer en vitesse, dit-il. Me mouiller ne me dérange pas.

— Je vous accompagne, dit Isabella qui avait l'intention de demeurer une véritable associée.

— Vous avez l'air fatiguée.

— Vous aussi. Et vous étiez indisposé sur le navire.

— L'air frais me fera du bien, dit-il en souriant. De toute façon, je n'ai jamais eu de patience.

— Je vais vous accompagner aussi, proposa Flora. Ce n'est pas loin et nous avons plusieurs parapluies.

Mrs McBride lança un regard courroucé à sa fille.

— Vous êtes tous très déraisonnables. Voyons, vous finirez trempés et vous attraperez mal. Flora, tu en fais trop.

— Bah, nous n'allons pas fondre ! dit Bram.

Mais même son sourire charmant ne put désarmer la colère de la vieille femme.

— Je vais chercher les parapluies, annonça Flora.

Ils ressortirent donc, chacun sous un parapluie.

Ce n'était pas loin, en effet, et Isabella constata de nouveau qu'elle appréciait la compagnie de Flora. Elle se dit que les Lee l'auraient appréciée eux aussi, mais que sa mère leur aurait déplu. Ils n'aimaient pas les gens maniérés et riaient souvent des affectations des dames européennes. Elle soupira, regrettant une fois de plus leur absence.

— Êtes-vous trop lasse pour cette visite ? s'inquiéta Bram. Nous pouvons vous reconduire si vous le souhaitez.

— Pardon ? Oh, non ! Je pensais aux Lee, c'est tout.

— Ah. Ils vous manquent.

Il expliqua à Flora qui ils étaient.

— Quelle vie intéressante vous avez eue, madame Deagan. Il faudra que vous me parliez de Singapour. Mon frère voyage dans toutes sortes d'endroits passionnants tandis que je suis contrainte de rester à la maison…

Elle s'interrompit et fit un geste de la main.

— Nous y sommes.

L'écurie était d'une bonne taille mais avait un aspect assez miteux, estima Isabella.

— Nous avons essayé de donner un coup de neuf, dit Flora, mais Conn n'a pas voulu dépenser trop d'argent, ne sachant pas ce que vous voudriez faire.

Elle leva la tête alors qu'un éclair zébrait le ciel et que le tonnerre grondait au loin.

— Venez vite à l'intérieur.

Après qu'elle les eut présentés à Lester, les deux hommes se mirent à parler de la pension pour chevaux.

Isabella chuchota à Flora :

— Je souhaiterais voir la maisonnette.

— Il pleut à verse.

— Oh, nulle importance ! Nous pouvons courir et nos parapluies nous protégeront.

Elles se précipitèrent sur l'étendue boueuse et arrivèrent à la porte de la maison, riant aux éclats. Flora s'empressa d'ouvrir et entra la première.

Isabella effectua le tour de la maisonnette, pensive.

— Ce n'est pas grand, dit Flora.

— Durant les deux années écoulées, je n'ai eu à moi qu'un compartiment où dormir. Disposer de quatre pièces et pouvoir m'isoler me paraîtra un luxe. Mr Largan nous laissera-t-il vraiment habiter ici ?

— Il prévoyait que Bram s'y installerait, je crois.

— Très bien.

— Ma mère dira que c'est trop petit. Elle n'a pas beaucoup de tact, je le crains.

— Je ne m'en offenserai pas. Ma mère aurait été heureuse de n'importe quel toit sur notre tête. Nous avons eu des moments difficiles après la mort de mon père.

Isabella se rendit dans la cuisine pour actionner la pompe et trouva l'eau qui en coulait d'une propreté satisfaisante ; néanmoins, elle la ferait bouillir pour plus de sûreté avant de la boire, comme elle l'avait fait à Singapour. Elle ouvrit et referma les portes des deux placards de chaque côté de la cheminée.

— Il y a beaucoup d'étagères, en tout cas.

Bram arriva alors dans un souffle d'air humide et un tourbillon de gouttes.

— Il pleut toujours à seaux, dit-il sans nécessité.

Il secoua son parapluie et le replia avant de le poser à côté des leurs dans le couloir.

Après avoir visité la maisonnette, il demanda :

— Et la lettre de Conn ?

— Elle est chez nous. Excusez-moi. Je comptais vous la donner. Mais je voulais sortir de la maison avant que ma mère trouve un prétexte pour m'en empêcher.

— Alors nous verrons ce qu'il dit quand nous rentrerons, dit Bram, puis il alla regarder par la fenêtre de la cuisine. Quel est ce bâtiment en haut de la pente ? Fait-il partie de la propriété ?

Flora le rejoignit et considéra l'immense hangar abîmé.

— Oui, répondit-elle. C'est le vieux hangar dont je vous ai parlé, ou plus exactement plusieurs hangars voisins les uns des autres. Je ne sais pas à quoi ils servaient. J'ai jeté un regard dedans, l'ensemble m'a paru à peu près étanche. Mais j'avais trop à faire avec le reste pour y retourner. J'ai aperçu de nombreux morceaux de bois et de ferraille entreposés.

— J'inspecterai ces hangars une autre fois. Ma priorité est le fonctionnement de la pension pour chevaux. Lester connaît son métier, semble-t-il. Il m'a expliqué comment Conn l'avait embauché.

— Lester se cachait dans le grenier à foin et s'occupait des chevaux en secret parce que le propriétaire s'enivrait sans cesse. Allez-vous le garder ? Je sais qu'il s'inquiète à ce sujet. Il est certes un ancien détenu, mais il travaille dur.

— Je le mettrai volontiers à l'essai, dit Bram, qui regarda de nouveau dehors. Je crois que la pluie se calme, mais il y a d'autres gros nuages au-dessus de l'océan. Nous devrions peut-être nous dépêcher de repartir.

De retour dans la maison, Flora alla leur chercher la lettre puis les laissa la lire en privé.

Bram précéda Isabella dans leur chambre.

Cher Bram,

Tu auras besoin d'un lieu pour ton magasin et j'ai jugé que la pension pour chevaux était une bonne affaire. J'espère que tu seras d'accord. Comme je ne sais pas bien quand tu reviendras, je rentre chez moi, mais si tu m'écris à ton retour, le bureau de poste local veillera à ce que ton courrier arrive vite jusqu'à moi.

Tu pourrais peut-être habiter la maisonnette et embaucher quelqu'un pour le ménage et la lessive. Qu'en penses-tu ?

Organise le reste comme bon te semble.

À très bientôt,

Conn

Bram tendit la lettre à Isabella et s'allongea près d'elle sur le lit pendant qu'elle en prenait connaissance.

— Il ne précise pas les modalités, nota Isabella songeuse. Nous devons tout définir avant de commencer, pour avoir la garantie de n'être pas facilement expulsables. Il convient d'établir un contrat.

— Avec Conn, ce n'est pas nécessaire. Je le connais depuis que nous sommes petits et j'ai en lui une confiance absolue.

— Et s'il mourait subitement ? Connaissez-vous ses héritiers et leur faites-vous confiance ?

— Il n'y a que sa femme et son fils.

— Elle pourrait se remarier. Non, Bram, j'ai été formée par un homme très avisé : Mr Lee n'entreprenait rien sans savoir précisément dans quoi il s'engageait.

— Très bien, capitula Bram. Je vous laisse vous en occuper. Je ne connais rien aux contrats.

Alors qu'Isabella s'apprêtait pour le dîner, il demeura silencieux, à moitié couché sur le lit, le visage pâle d'épuisement.

Elle l'observa dans le miroir.

— Vous en avez assez fait pour aujourd'hui, dit-elle d'un ton résolu. Il faut que vous vous remettiez de votre mal de mer et que vous preniez des repas dignes de ce nom.

Il sourit et se leva, l'attirant à lui pour l'enlacer.

— C'est un discours de bonne épouse que vous me tenez là !

— Vraiment ? dit-elle, se sentant rougir.

— Oui.

Il lui déposa un baiser sur la joue, la regarda dans les yeux, puis déposa un véritable baiser sur ses lèvres.

Celui-ci était différent des précédents et elle en eut les sens bouleversés. Lorsque Bram s'écarta, elle avait le souffle si court qu'elle était incapable de parler. Elle ignorait qu'un baiser pût avoir cet effet.

— De bonne épouse, la taquina-t-il, lui caressant la joue du doigt et provoquant chez elle un frisson.

Le charme fut rompu quand la porte d'entrée claqua et que Dougal cria :

— Me voici !

– Ce n'est pas le moment de nous embrasser et de nous cajoler, dit Bram en souriant.

Il alla se laver les mains et le visage dans l'eau froide de l'aiguière, mais elle remarqua qu'il continuait de sourire tandis qu'il se préparait.

Elle se surprit à sourire également, et s'empourpra dès l'instant où elle croisa son regard. Elle regrettait que le baiser eût été interrompu. C'était de bon augure pour eux, n'est-ce pas ?

Mitchell entendit la voix et supposa qu'il s'agissait du capitaine rentrant de ses voyages. Tant mieux, car il venait de passer une nouvelle journée infructueuse à interroger des gens et à leur montrer son précieux bristol. Qui aurait pensé, lorsque Betsy l'avait persuadé de faire une série de portraits d'eux trois, qu'une photo d'elle et de Christopher conservée dans ses affaires se révélerait aussi utile ? Et aussi douloureuse.

Les bords du petit carton s'étaient abîmés à force d'être manipulés, mais l'image restait nette. Si Mitchell avait du mal à ne pas perdre espoir après autant de déceptions, il lui suffisait de regarder le visage de son fils pour se sentir de nouveau déterminé à retrouver Christopher.

Il se prépara, souhaitant ne pas être prié de dîner seul ce soir, parce qu'il voulait à tout prix s'assurer l'aide du capitaine pour parler aux officiers et aux hommes d'équipage du vapeur côtier. Cette fois, il obtiendrait sûrement des indices quant à la destination de Betsy. Ç'avait été une rude traversée jusqu'à l'Australie, suivie de journées fatigantes dans la campagne. Il s'était déjà découragé à plusieurs reprises. Il était las de chercher, tellement las.

Lorsque le coup de gong annonça le dîner, Mitchell attendit que les Deagan fussent sortis de leur chambre et descendit peu après. Sur le seuil de la salle à manger, il hésita. Tous attablés là, ils donnaient une telle impression de réunion familiale que sa solitude le frappa comme un poignard.

— Entrez donc et asseyez-vous, monsieur Nash, le convia Mrs McBride.

Pour une fois, il fut heureux qu'elle se préoccupât de lui.

— Si je vous dérange, je peux dîner dans ma chambre.

— Absurde ! Nous considérons nos invités comme des membres de la famille. Voici mon fils, Dougal, qui revient tout juste de Singapour.

Mitchell lui adressa un signe de tête.

— Capitaine.

Il prit le siège libre à côté de Miss McBride et face à son frère. Elle lui servit un bol de soupe avec sa discrète efficacité habituelle. Quelle femme paisible elle était, si différente de sa mère maniérée, agitée.

Tout en mangeant, il prêta l'oreille, essayant de voir comment étaient les nouveaux venus. Les Deagan semblaient parfois un peu hésitants l'un avec l'autre, ce dont il s'étonna jusqu'au moment où il découvrit que leur mariage avait eu lieu quelques jours avant leur départ de Singapour.

Pressée de questions par Mrs McBride, Mrs Deagan décrivit la noce. Les détails au sujet de la nourriture et des coutumes chinoises intéressèrent Mitchell ; dans d'autres circonstances, il aurait posé lui-même davantage de questions.

— Hier, vous ne nous avez pas dit exactement ce que vous faisiez dans la colonie, monsieur Nash, s'enquit la vieille dame.

Il balança, ne sachant pas s'il réussirait à dévoiler ses ennuis à des inconnus.

— Mr Nash préférerait peut-être garder ces informations pour lui, mère, intervint aussitôt Flora, lui lançant au même instant un regard d'excuse.

Mitchell fut touché qu'elle essayât de le protéger et se décida subitement.

— Il n'y a pas de mal. Il faut que j'en parle autour de moi, sinon je n'arriverai à rien. Je suis à la recherche de mon épouse et de mon enfant. Elle s'est enfuie de notre maison en Angleterre avec un autre homme. Ils se sont rendus dans la colonie de Swan Hill, c'est ma seule certitude. Je ne veux pas reprendre mon épouse, mais je veux mon fils. Il n'avait que six ans lorsqu'ils sont partis. Il doit en avoir sept maintenant.

— Oh, mon cher monsieur Nash, quel drame pour vous ! Vous devez…

— Curieux endroit où venir quand on est en fuite, observa le capitaine. Les habitants sont peu nombreux, il est difficile de se cacher.

— Ils ne le savaient peut-être pas. Elle est venue ici, j'en ai la preuve, mais j'ignore quel nom elle utilise aujourd'hui. Lui a pour véritable patronyme Gresham. J'ai consulté la liste des passagers : il y avait trois couples avec un fils de cet âge. J'ai enquêté sur deux d'entre eux dans la campagne ; il reste un Mr et une Mrs Foyle. Mais je ne trouve aucune trace ici de quelqu'un qui porte ce nom.

— Ils ont pu poursuivre leur voyage jusqu'à Melbourne ou Sydney après avoir constaté que Perth est une toute petite ville, dit le capitaine. C'est le cas d'une foule de gens. Ils auraient alors pris un vapeur côtier.

— C'est la conclusion à laquelle je suis arrivé. Un vapeur côtier doit revenir ici bientôt, celui par lequel elle est probablement partie. J'ai une photographie de ma femme et de mon fils. Il n'est pas aisé de dissimuler un enfant plein d'entrain comme Christopher, même s'ils ont encore changé de nom. Il avait les cheveux blonds et les yeux bleus, il était grand pour son âge et…

Sa voix se brisa. Il dut se taire un moment pour maîtriser son émotion.

— Si vous le désirez, lorsque le vapeur débarquera, je vous aiderai dans vos investigations, offrit le capitaine. Je progresserai sans doute plus que vous ne pourriez avancer seul.

— Je vous en serais extrêmement reconnaissant.

Il y eut un silence puis, au soulagement de Mitchell, Mr Deagan changea de sujet. Il se mit à parler des marchandises qu'ils avaient rapportées et de la possibilité d'ouvrir une boutique dans la pension pour chevaux.

Pendant que les autres bavardaient, Miss McBride chuchota :

— J'aimerais que vous me montriez la photo de votre femme et de votre enfant, si vous n'y voyez pas d'inconvénient, monsieur Nash. Je ne cesse de parcourir Fremantle et j'ai une excellente mémoire des visages.

— Vous êtes très aimable.

— Si j'avais un fils, ajouta-t-elle avec une ardeur soudaine, je le chercherais moi aussi jusqu'au bout du monde.

Il la vit rougir et sentit qu'elle souffrait de n'avoir ni époux ni famille. Qui l'aurait deviné, à son attitude placide et à la manière posée, pleine de bon sens, dont elle parlait ? Elle avait un physique quelconque, qu'il ne pouvait toutefois qualifier d'ingrat. Sa maudite femme, elle, était jolie, et elle en avait usé pour obtenir ce qu'elle voulait dans la vie. Il s'était lassé des stupidités de Betsy, mais au moins lui avait-elle donné un fils. Elle ne savait pas se distraire et se plaignait amèrement de l'existence terne qu'ils menaient, des longues heures durant lesquelles il travaillait dans le dépôt de bois que lui avait transmis son père.

Alors qu'il était sur le point d'allumer sa bougie et de monter se coucher, Miss McBride arriva dans le couloir.

— Avez-vous la photographie sur vous ?

— En permanence.

Il sortit le cliché de la poche intérieure de sa veste et le tira de l'enveloppe qui le protégeait.

— Venez dans la cuisine. Nous avons des lampes à huile là-bas et je verrai mieux.

Il la suivit au fond de la maison, où une petite bonne finissait le rangement dans l'arrière-cuisine contiguë.

— Vous pouvez aller au lit maintenant, Linny. Vous avez travaillé dur aujourd'hui.

— Merci, mademoiselle.

Mitchell s'approcha de la lampe et tint le portrait de façon à ce que les deux personnes fussent bien visibles. Il savait que c'était une illusion, mais Christopher semblait le regarder droit dans les yeux.

— Votre épouse est jolie, déclara Miss McBride.

— J'ai fini par comprendre la signification du vieux proverbe « Beauté sans bonté est comme vin éventé », répondit-il, percevant le ton acerbe de sa voix.

Mais comment ne pas l'être, quand votre femme s'était enfuie avec un autre homme ?

— Et votre fils est un charmant petit garçon. Il ne me semble pas inconnu…, dit-elle en fronçant les sourcils.

Mitchell l'observa, incrédule. Jouait-elle la comédie ?

— Par quel prodige pourriez-vous donc vous souvenir d'un visage aperçu il y a des mois ?

Elle le regarda calmement, sans se froisser.

— Je sais que je l'ai vu, mais je ne me rappelle pas la situation. Si j'essaie de retrouver à quel moment ou à quel endroit, rien ne me reviendra. Il vaut mieux que je laisse passer la nuit et que je regarde à nouveau le portrait demain.

— En êtes-vous certaine ?

— Je suis certaine de l'avoir vu, répliqua-t-elle en braquant sur lui l'un de ses regards francs. Je vous l'ai dit, j'ai une excellente mémoire des visages, et notre ville n'est pas grande, après tout. Il n'y a que trois mille habitants à Fremantle et aux alentours, à peine plus à Perth même.

Il n'osait pas espérer, mais il résolut de lui offrir l'occasion de prouver ce qu'elle affirmait.

— Ma gratitude serait immense si vous pouviez vous rappeler des détails, aussi infimes soient-ils.

— Je ferai de mon mieux. Et Dougal vous aidera beaucoup dans votre recherche, j'en suis sûre. Mon frère connaît presque tout le monde dans le milieu de la marine. Nous nous reparlerons demain matin, alors, monsieur Nash.

— Oui. Merci.

Il regagna sa chambre, s'attendant à une nouvelle nuit agitée, mais à sa surprise il dormit sereinement.

Peut-être que, quand une suprême lassitude vous envahissait, le corps primait-il sur l'esprit et insistait-il pour avoir du repos ?

Ou bien c'était le minuscule espoir que Miss McBride avait suscité. Il était persuadé qu'elle n'aurait rien dit à la légère.

Était-il possible qu'elle eût aperçu Christopher ? Oh, plût au ciel que ce le fût !

Une fois que le frère et la sœur furent seuls, Dougal demanda à brûle-pourpoint :

— Que penses-tu de notre pensionnaire ?

— Mr Nash ? Je pense que c'est un homme très malheureux, et qui pourrait le lui reprocher ? Il semble aimer tendrement son fils, n'est-ce pas ?

— Oui. Quel acte terrible de la part d'une épouse.

— Il m'a montré un portrait d'eux. Il a touché le visage de son fils du bout du doigt et dit que Christopher avait su garder une immobilité parfaite pendant plus d'une minute, le temps de prendre la photographie.

— Les as-tu reconnus ?

— Je pense avoir déjà vu l'enfant, mais la femme ne m'évoque rien.

Il leva sur elle des yeux étonnés.

— En es-tu certaine ? Ce n'est pas récent.

— Tu sais que je n'oublie jamais un visage. Le souvenir va se préciser.

— Comment les choses se sont-elles passées ?

— Mère est très contente du retour de son enfant préféré, soupira-t-elle. Elle sera peut-être de meilleure humeur désormais.

— A-t-elle été difficile ?

— Très. Plus que d'habitude.

— De meilleure humeur, je ne sais pas. Elle m'a déjà pressé de trouver « une gentille fille à épouser ». Elle veut absolument nous marier.

— Te marier, tu veux dire. Elle a cessé d'espérer pour moi.

— As-tu cessé d'espérer, Flora ?

— Oui, lui répondit-elle avant de changer de sujet. Voir la photographie de Mr Nash m'a fait penser que nous devrions trouver quelqu'un pour réaliser un portrait de famille. Nous ne rajeunissons pas, tous autant que nous sommes.

— Si tu penses à mère, elle vivra jusqu'à quatre-vingt-dix ans et, couchée sur son lit de mort, elle continuera de nous harceler.

À ces mots, elle frémit, et cette remarque désinvolte la persuada encore davantage qu'elle devait couper les ponts sans tarder. L'idée de passer trente ans supplémentaires sous l'inflexible autorité maternelle était insupportable. Que Dougal prît d'autres dispositions pour s'occuper de la vieille dame. Il s'absentait assez souvent pour la voir principalement comme une figure amusante.

En revanche, Flora avait depuis longtemps perdu sa capacité à rire des façons de sa mère.

Lorsque Bram et Isabella remontèrent dans leur chambre, il la prit dans ses bras dès l'instant où la porte se fut refermée.

— Je n'ai cessé de me remémorer notre dernier baiser et de vouloir le renouveler.

Elle n'opposa aucune résistance, car elle y avait pensé sans cesse elle aussi. C'était, au fond, ce à quoi visait le mariage : unir un homme et une femme, faire des enfants. Puisqu'elle aimait autant ses caresses, pourquoi se faisait-elle une telle montagne du reste ?

Le baiser fut d'une douceur aussi enchanteresse que le précédent.

— Je ne savais pas qu'un baiser pouvait provoquer de telles sensations, murmura-t-elle lorsque, à son grand regret, il écarta la tête.

— Je ne crois pas que ce soit toujours le cas, mais il semble que nous soyons assez doués en la matière.

Il suivit du doigt la courbe de sa joue, lui souleva le menton et lui donna un nouveau baiser. Le monde se brouilla, se réduisit à Bram et elle, à eux deux seulement, uniquement…

Éberluée, elle se retrouva allongée sur le lit, sans savoir du tout comment elle était arrivée là.

— Ne parlez pas, murmura-t-il. Laissez-moi vous aimer. Nous irons doucement et je ne ferai rien qui vous déplaira.

Sa voix semblait plus irlandaise que d'habitude, douce et chantante, s'enroulant autour d'elle comme un soyeux ruban sonore.

Il parut deviner qu'elle était d'accord, souffla les bougies et, revenu près du lit, l'aida à se dévêtir dans le confort de l'obscurité. C'était comme s'ils étaient seuls au monde, comme si tout ce qu'ils avaient dit et fait jusqu'alors avait conduit à ce moment.

Il était impossible de craindre un homme aussi doux, même si elle fut stupéfiée et saisie par la manière dont il la touchait – et par ses propres réactions à ce contact. Puis elle perdit l'aptitude à penser tandis qu'elle s'abandonnait entièrement…

Plus tard, alors qu'ils demeuraient enlacés, il laissa échapper un petit rire.

— Nous ne nous en sommes pas mal sortis pour un couple de débutants inexpérimentés, n'est-ce pas ?

— Pas mal du tout. Je suis… étonnée.

— Pourquoi ?

— J'avais entendu dire que c'était douloureux la première fois.

— Pas nécessairement.

— Était-ce vraiment la première fois pour vous ?

— Oh, oui ! Mais j'ai écouté d'autres hommes en parler et je me suis rappelé ce qui, selon eux, plaisait le plus aux femmes, dit-il, puis il remonta les couvertures et la serra contre lui. Restons ainsi. Endormons-nous ensemble.

— Mais nous sommes toujours nus !

Il laissa échapper un second petit rire.

— Eh oui. Charmant, n'est-ce pas ?

Elle ne voulait pas gâcher ce moment avec des complications et, de toute façon, qu'importait sa chemise de nuit, après ce qu'ils venaient de faire ? Elle avait toujours cru qu'elle préférait dormir seule, mais elle avait appris à aimer se blottir contre la chaleur d'un autre corps.

Bram ne tarda pas à respirer profondément et régulièrement, et elle trouva réconfortant que ses bras fussent toujours autour d'elle. Elle commençait à éprouver une grande affection pour lui, en outre, pour cet homme qui était son époux, et elle ne s'y attendait pas. Mais c'était… très agréable…

9

Le lendemain matin, Flora s'occupa de la table du petit-déjeuner, car sa mère avait mal dormi et décidé de rester au lit une ou deux heures de plus. Dougal avait mangé et rejoint son navire à l'aube.

— C'était un excellent petit-déjeuner. Merci, dit Bram après avoir avalé une quantité de nourriture impressionnante. Maintenant, j'ai besoin d'écrire à Conn, il faut donc que je sorte acheter une plume et des feuilles, si vous pouvez m'indiquer où l'on en vend.

— J'ai du papier à lettres quelque part dans mes bagages, dit Isabella. Je croyais avoir mémorisé où était chaque chose, mais ce n'est pas le cas.

— Il y en a dans le tiroir du secrétaire là-bas, dit Flora, montrant les sièges et le meuble au fond de la salle à manger. Vous pouvez vous servir.

— Merci. Vous êtes très gentille, dit Bram, puis s'adressant à son épouse : Voulez-vous m'aider à rédiger la lettre ?

Flora les regarda échanger un sourire et s'asseoir ensemble. Ils semblaient plus à l'aise l'un avec l'autre ce matin. La veille, ils étaient sans doute fatigués. Elle chassa un sentiment d'envie et se tourna vers Mr Nash, s'apprêtant à lui dire qu'elle ne s'était pas remémoré l'endroit où elle avait vu son fils. À cet instant, il leva le menton et la fixa des yeux comme s'il s'attendait au pire… et tout resurgit en un éclair : un petit garçon courant dans les rues, un homme furibond à ses trousses.

Bien sûr, l'homme avait rattrapé l'enfant. Le garçon avait pointé le menton, lèvres pincées, et l'avait regardé exactement comme Mitchell la regardait maintenant. L'homme lui avait envoyé une claque retentissante sur l'oreille. Le souffle coupé, elle se rappela combien la détestation entre eux était évidente.

Elle avait plaint l'enfant, que l'homme avait de nouveau frappé tandis qu'ils s'éloignaient, sans se soucier de l'humiliation qu'il lui causait en public. Le garçon n'avait pas pleuré, malgré son jeune âge, et avait continué de fixer son bourreau d'un air de défi.

Flora ferma les yeux une seconde puis regarda Mr Nash.

— Je me suis souvenue. Nous pourrions aller dans un lieu tranquille pour que je vous raconte. Venez au salon.

Il demeura silencieux pendant qu'elle relatait ce qu'elle avait vu, mais son expression s'assombrit encore.

— Quand je les trouverai, je dissuaderai ce type de brutaliser mon fils.

— Dougal a dit qu'il rentrerait en milieu de matinée pour vous aider.

— C'est très généreux à lui.

— Je vais vous montrer où j'ai vu l'enfant, si vous voulez, et nous marcherons dans la direction qu'ils ont prise. Si nous passons devant des pensions de famille, nous interrogerons les personnes. Un garçon aussi mignon que votre fils ne s'oublie pas facilement.

— Je les ai déjà toutes visitées. Chacune des pensions de Fremantle et de Perth, de la première à la dernière.

Elle eut une moue et réfléchit un moment.

— Votre épouse savait-elle que vous les pourchasseriez ?

— Oh, oui.

— Alors ils ont dû essayer d'effacer la moindre trace de leur passage. Les gens me parleront peut-être plus qu'à vous, en tout cas ceux qui me connaissent.

La morosité de son visage s'atténua très légèrement.

— Vous êtes vraiment gentille.

Elle jeta un coup d'œil à la pendule. Sa mère descendrait sous peu.

— Allons-y vite, de manière à être de retour d'ici au milieu de la matinée.

Mr Nash lui offrit le bras et elle eut une impression étrange, à sortir ainsi accompagnée. En général, elle se déplaçait seule dans la ville, et il était rare qu'elle eût un homme près d'elle, hormis Dougal.

Elle lui indiqua où l'incident s'était produit, puis ils continuèrent dans la direction suivie par l'homme. Elle savait quelles pensions accueillaient des gens ordinaires et lesquelles recevaient une clientèle plus aisée.

Ils frappèrent à deux portes de la seconde catégorie et eurent pour seule réponse :

— Je vous l'ai dit l'autre fois, monsieur. Je ne les ai pas vus.

Ils arrivèrent à une troisième pension.

— Je connais la femme qui habite ici, dit-elle en toquant à la porte. Bonjour, madame Kennedy. Puis-je vous demander quelque chose ?

Mais Mrs Kennedy regarda l'homme à côté d'elle et recula.

— Je ne sais rien.

Flora toucha le bras de Mr Nash.

— Voudriez-vous m'attendre plus loin dans la rue, s'il vous plaît ?

Après une brève hésitation, il s'éloigna, lançant un regard inquiet par-dessus son épaule.

Lorsque Flora se retourna, Mrs Kennedy était sur le point de refermer la porte.

— Vous les avez vues, n'est-ce pas ? Les personnes dont il vous a montré le portrait ?

— Non. Non, je n'ai pas vu ces gens. Mon mari le lui a déjà dit. Je ne sais pas pourquoi il est revenu.

— Parce que c'est un homme qui a été privé de son fils, un homme honnête qui souffre d'être séparé de son enfant. Et parce que j'ai vu l'autre homme frapper le garçonnet.

— Callie ! Cesse de commérer à la porte, cria une voix à l'intérieur de la maison.

— Je dois y aller. Mon mari a besoin de moi.

Flora l'empêcha de fermer la porte quelques secondes encore, chuchotant :

— Vous savez où j'habite. Sondez votre cœur, madame Kennedy.

Elle rejoignit Mr Nash dans la rue et lui dit que son épouse et son fils avaient probablement logé là.

— Il faut que j'y retourne, alors, que je la convainque de me renseigner sur eux.

— Non. Elle a pour mari un méchant homme. Il ne vous laissera pas la voir et lui-même ne vous révélera rien. Si nous procédons à ma façon, il y a une chance pour qu'elle vienne me parler sans qu'il s'en doute.

Je l'ai aidée plusieurs fois à porter ses courses quand elle rentrait du marché. Je pense qu'elle a confiance en moi.

Mais Mrs Kennedy ne se montra pas pendant que Flora conversait avec Mr Nash en attendant l'arrivée de son frère. Elle savait combien sa révélation l'avait bouleversé. Ce souvenir la bouleversait aussi. Elle avait horreur de voir des enfants subir des sévices.

Bram et son épouse s'avancèrent dans la rue avec lenteur.

— Ce beau temps est réjouissant, n'est-ce pas ?

— Délicieux.

Il n'ajouta rien, se contenta de sourire. Mais elle rougit, sachant à quoi il pensait.

Ils s'arrêtèrent pour envoyer la lettre à Conn. Le bureau de poste leur parut minuscule, plus conforme à un village qu'à un port.

Comme ils arrivaient à une papeterie, Bram fit une nouvelle halte.

— Achèterions-nous de quoi écrire ? Nous en aurons besoin pour dresser des listes. Nous ne pouvons pas continuer à prendre le papier des McBride.

Ils trouvèrent non seulement du papier, mais des crayons et même une gomme.

— L'instituteur du village parlait de gomme élastique, dit Bram lorsqu'ils reprirent leur chemin. Il en avait une pour ses propres dessins ; cet homme adorait dessiner et il était doué. Mais il ne nous laissait pas nous en servir, nous les élèves, parce qu'il lui avait fallu débourser trois shillings pour ce petit carré de caoutchouc, d'un centimètre et demi de côté à peine. Les gommes sont beaucoup moins coûteuses aujourd'hui.

— Mon grand-père racontait que, jadis, on utilisait de la mie de pain pour effacer les marques de crayon, mais que c'était nettement moins efficace. Ah, nous y sommes.

Après avoir examiné de l'extérieur l'écurie et la maisonnette, ils allèrent saluer Lester, qui nettoyait une nouvelle stalle. Il travaillait si dur qu'il ne les entendit pas entrer.

Isabella patienta pendant que Bram bavardait avec lui, puis ils se dirigèrent vers la maisonnette afin de se livrer à une inspection complète pour voir exactement quel mobilier était nécessaire.

— Cela fait longtemps que je n'ai pas eu une maison, sourit-elle. Pourrons-nous bientôt emménager ?

— Dès que nous aurons assez de meubles.

Ils parcoururent les pièces et s'appliquaient encore à établir leur liste quand quelqu'un frappa à la porte.

Bram alla ouvrir : c'était Dougal.

— Je pensais bien vous trouver ici. Voulez-vous me montrer la maison ?

La visite terminée, il déclara :

— Bon, il ne vous faudra pas beaucoup de meubles, mais à mon avis cette maisonnette ne pourra pas vous servir de magasin. Les pièces sont trop exiguës. Qu'y a-t-il dans ce grand hangar en haut de la pente ?

Sur place, ils découvrirent un bâtiment beaucoup plus vaste qu'ils ne l'avaient cru. La structure basse, irrégulière, semblait avoir été construite en phases successives.

— Des travaux assez importants s'imposent, affirma Dougal. Et si je sollicitais le charpentier du navire, qui nous garantirait que le bâtiment est étanche et ne menace pas de s'effondrer ? Même si l'ossature est sans doute plus solide qu'on le craindrait de dehors.

— Nous ne pouvons rien faire tant que nous n'avons pas de nouvelles de Conn, assurément. Et nous ne pouvons pas te laisser…

— Il sera d'accord, j'en suis certain.

Dougal les regarda tous deux et continua d'un ton moins péremptoire :

— Je ne vous fais pas l'aumône. Vous payerez les matériaux qu'il emploiera, je paierai ses heures de travail. Une fois que le bâtiment sera renforcé, je vous verserai une somme contre l'emmagasinage de mes marchandises. Vous me prendrez sûrement moins que ce propriétaire d'entrepôt.

Bram hésita, puis se décida.

— J'accepterai ton offre, je m'y engage. Mais demande à ton charpentier de navire d'éviter toute sophistication. Il nous reste peu d'argent.

— Bien, dit Dougal en sortant sa montre à gousset. Il vaudrait mieux que je rentre et que je voie comment aider Mr Nash.

Il se dirigea vers la porte, claqua des doigts alors qu'il se rappelait quelque chose et fit volte-face.

— Écoutez, nous avons un certain nombre de meubles dans le grenier. Des vieilleries que nous allions mettre au rebut, cassées pour la plupart, et que nous avons gardées sans que je sache pourquoi. N'hésitez pas à prendre tout ce que vous pourrez réparer. Vous nous épargnerez la peine de nous en débarrasser. Ma mère n'a pas son pareil pour accumuler.

Lorsque Dougal fut parti, Isabella regarda Bram, les yeux pleins de larmes.

— Tout le monde est tellement gentil.

Elle avait l'air si tendre et émue qu'il dut l'étreindre et lui donner un baiser en prime. Oh, c'était bon d'avoir quelqu'un à aimer, quelqu'un qui était maintenant de sa famille. Vivre seul ne lui convenait pas. Si son père avait été froid avec eux, sa mère avait été affectueuse, et lui et ses frères et sœurs avaient hérité d'elle. Certes, ils se disputaient parfois, mais dès qu'un tiers s'attaquait à l'un d'eux ils s'unissaient pour le défendre. Il espérait à toute force que certains le rejoindraient un jour en Australie. Néanmoins, il ne pensait pas que ses parents accepteraient facilement de s'exiler, en particulier son père.

Il s'aperçut qu'Isabella était très raide dans ses bras et devina qu'elle n'avait pas l'habitude des embrassades spontanées ; il s'obligea donc à s'écarter.

Elle était aussi nerveuse qu'une jument dont il avait eu à s'occuper jadis en Irlande. *Le secret, c'est la douceur*, se dit-il. *Vas-y lentement et apprivoise-la, comme tu l'as réussi avec cette jument.*

Il voulait tant la rendre heureuse. Il voulait tant qu'ils eussent un bon mariage. Il voulait tant de choses ces jours-ci. En demandait-il trop au destin ? Il était prêt à travailler dur, chaque heure où il tiendrait debout si nécessaire. Et il partagerait toute bonne fortune avec ceux qui étaient dans le besoin.

Mitchell jetait des coups d'œil incessants à la pendule de la salle à manger, car le capitaine était plus long à rentrer que prévu. Incapable de rester tranquille, il se mit à arpenter la pièce.

Flora revint, portant un plateau chargé d'une grosse théière et d'autres pièces de vaisselle. Il se précipita pour le lui prendre et le poser à l'endroit qu'elle lui indiqua.

— Mon frère ne va pas tarder, dit-elle, apaisante.

— Je sais. Mais je ne peux m'empêcher d'être impatient. Il y a si longtemps que je cherche. Imaginons que d'autres refusent de parler, comme cette Mrs Kennedy…

— Dans ce cas, nous recourrons à un autre moyen pour trouver votre fils. Tenez. Vous n'avez presque rien mangé au petit-déjeuner.

Elle lui tendit une tasse de thé puis lui coupa une grosse part de cake.

La porte d'entrée claqua.

— C'est mon frère. Il ne sait pas entrer discrètement quelque part, dit-elle, puis elle haussa la voix : Nous sommes ici, Dougal. Voudrais-tu du thé ?

Il arriva à grandes enjambées, un large sourire aux lèvres.

— Oh, oui ! Et un morceau de cake.

Mitchell essaya d'attendre calmement pendant que Dougal engloutissait d'énormes bouchées de gâteau.

— Mets fin au supplice de ce pauvre monsieur, dit soudain Flora.

Dougal leur sourit, vida sa tasse d'un trait et la tendit pour être resservi.

— Je connais le capitaine du vapeur côtier qui a touché le port ce matin. Nous irons le voir plus tard dans la journée ; il vaut mieux lui laisser le temps de débarquer ses passagers et leurs bagages.

— Nous avons des nouvelles aussi, dit sa sœur. Je me suis rappelé l'endroit où j'ai vu le fils de Mr Nash et nous sommes passés dans plusieurs pensions du quartier. Je crois que les Kennedy savent quelque chose, mais Callie était trop terrifiée pour l'avouer.

Le sourire de Dougal s'évanouit.

— Où est-elle en ce moment ? Je devrais peut-être aller interroger son mari. Je connais l'homme pour lequel il travaille.

— Accordons-lui quelques heures. J'ai suggéré qu'elle vienne m'en parler à la dérobée. Il est préférable que son mari n'en sache rien ; il risque de la battre.

Flora se tourna vers Mitchell.

— Je suis navrée que vous soyez obligé d'attendre continuellement. Ce doit être atroce.

— J'attends depuis près d'un an, dit-il en haussant les épaules. Je m'y suis habitué. Au moins, à présent, je sais avec certitude que Christopher était en vie il y a quelques mois encore.

Mais il détestait cette situation. Et maintenant, au lieu de craindre que son fils l'eût oublié et qu'il appelât un autre homme « père », il redoutait que son fils subît de mauvais traitements.

À quoi ressemblait Christopher aujourd'hui ? Avait-il beaucoup grandi ? Tant de questions pour si peu de réponses…

Lorsque Bram et Isabella revinrent chez les McBride, Dougal avait déjà regagné sa goélette. Ils expliquèrent donc à Flora ce qu'il leur avait proposé.

— Ce ne sont que des antiquailles, répondit-elle dubitative, mais mère exige de les garder « au cas où ». Débarrasser le grenier aurait pourtant du bon. Avez-vous le temps de voir cela maintenant ? Très bien, alors. Je vais vous accompagner là-haut puis vous laisser fouiller. Si vous voulez quelque chose, prenez-le. Je jetterai sans doute le reste. Nous n'en avons absolument pas l'usage.

Bram exprima la pensée d'Isabella.

— Nous pouvons prendre l'ensemble, si vous le souhaitez, et le vendre pour vous. Nous vous verserons les sommes obtenues, en prélevant un pourcentage.

Flora le dévisagea, bouche bée, avant de déclarer :

— Voyez d'abord les affaires. Elles sont vieilles, cassées pour certaines. Elles ne doivent pas avoir grande valeur.

— J'ai vécu dans une misère trop noire pour jeter la moindre chose qui pourrait rapporter un ou deux pennies, dit-il d'un ton lugubre. Chaque penny est précieux, et je ne serai jamais négligent avec l'argent.

— J'ai appris à être tout aussi parcimonieuse au cours des dernières années, ajouta Isabella.

Elle et son époux échangèrent des sourires d'approbation mutuelle.

Le grenier froid sentait le renfermé. Seule une petite fenêtre s'ouvrait à chaque extrémité.

— Nous avons besoin de lampes à huile, dit vivement Flora. J'avais oublié la pénombre qui règne ici. Pourriez-vous m'aider à monter quelques lampes, monsieur Deagan ?

Demeurée seule, Isabella commença d'examiner les objets. Il y avait des chaises avec un pied ou un barreau cassé. N'était-il pas possible de recoller ces morceaux de bois ? Il y avait de vieux rideaux poussiéreux, des vases, des bibelots, des vêtements usagés, toutes sortes de choses.

Des bruits de pas et une lueur dans l'escalier annonçant le retour de Bram et Flora, Isabella se tourna pour attendre qu'ils suspendissent les lampes à des crochets aux murs.

— C'est mieux, dit-elle. En fait, nous avons besoin de quelqu'un qui sache réparer les objets.

— Nous pouvons en réparer nous-mêmes, dit Bram. Et nous chercherons de l'aide si nécessaire.

— Vous pensez… que nous pourrions tirer de l'argent de tout ceci ?

La voix de Flora tremblait un petit peu, et ils la dévisagèrent, interloqués, se demandant ce qui la bouleversait.

— Oui. Assurément.

Elle avala sa salive avec difficulté et parut au bord des larmes.

— Alors soustrayez le coût des réparations et donnez-moi la moitié de ce que vous obtiendrez. J'économise afin d'ouvrir ma propre pension, voyez-vous ; mais n'en parlez pas à mère, elle aurait une crise de nerfs.

Isabella ne pouvait qu'être sensible à cela.

— Nous n'en soufflerons mot à personne, pas même à votre frère. Croyez-moi, je comprends vos sentiments. Ce n'est pas facile de vivre dans la maison de quelqu'un d'autre, même quelqu'un qui vous veut du bien.

— Je ne sais pas pourquoi je vous ai révélé mes projets, dit Flora en s'essuyant les yeux. Je n'en ai parlé qu'à une seule amie.

— Nous en sommes honorés, dit Isabella. Et si nous pouvons vous aider en quoi que ce soit, nous le ferons.

Lorsque Flora fut redescendue, Isabella s'approcha pour prendre Bram par le bras et lui dire :

— Je ne sais pas si vous mesurez combien la vie peut être dure pour une femme seule, quand elle n'a pas d'argent – qu'elle soit ou non une dame par la naissance. Si vous habitez chez un membre de votre famille, vous êtes un « parent pauvre » et vous devez obéir au doigt et à l'œil.

— Oh, je le mesure parfaitement, murmura-t-il. J'ai vu ce que c'était, et dans des masures minuscules, de surcroît. Là, c'est encore plus difficile.

Elle appuya un instant la tête contre son épaule, puis se redressa, prête à travailler.

— Voici une occasion pour nous de gagner un petit peu plus d'argent, dit-il avec un certain plaisir.

— Mais quel genre de magasin cela sera-t-il, où objets de seconde main et marchandises neuves se mêleront ? Une telle disparité semblera... étrange.

Il lui adressa un grand sourire.

— L'idée m'est venue dès que nous avons pénétré ici. Ce ne sera pas un magasin, plutôt un... le nom m'échappe : un endroit où les gens peuvent laisser des choses à vendre, un endroit où l'on peut trouver toutes sortes d'articles dépareillés, comme un petit marché. C'est un mot oriental. Je l'ai sur le bout de la langue.

— Voulez-vous dire un bazar ?

— C'est ça. Le Bazar Deagan.

Il déposa un baiser sur l'une de ses joues veloutées, ne put se résoudre à négliger l'autre, après quoi il se força à revenir aux détails pratiques.

— Bien. D'autres listes à dresser. Où est notre crayon ?

— Avons-nous besoin de dresser des listes ? Ne suffit-il pas de faire réparer ce vieux hangar puis d'y emporter tout ce dont les McBride ne veulent pas ? Nous trierons les objets une fois qu'ils seront là-bas et que nous aurons de la place pour les étaler. Autrement, nous ferons le travail deux fois.

— Vous avez raison, procédons ainsi. Oh, Isabella, je vous promets que vous serez fière de moi. Vous n'aurez pas toujours à travailler aussi dur.

Elle le regarda, surprise.

— Que ferais-je de moi si je n'avais pas de travail pour m'occuper ?

— Je ne sais pas. Ce que font les autres dames. De la broderie.

Elle éclata de rire.

— Je ne suis pas une dame oisive, je n'ai aucune envie d'en être une. Et j'ai toujours détesté la broderie.

Mais il voulait décrocher la lune pour elle. Un jour, il réussirait.

10

Flora alla s'asseoir dans le petit salon et entreprit de raccommoder un jupon déchiré, certaine que Bram et Isabella étaient plus à l'aise seuls pour fouiller dans le grenier. Sa mère rendait visite à une amie, par conséquent elle pouvait, pour une fois, travailler en paix.

Juste avant deux heures, Linny entra.

— Une femme vous demande, mademoiselle. Elle est dans la cuisine et elle a l'air fébrile. Elle a refusé de me donner son nom, mais je suis sûre de l'avoir déjà vue au marché.

— Je vais aller lui parler. Si Mr Nash est dans la maison, priez-le d'attendre dans le couloir et d'écouter derrière la porte ce que nous disons, mais enjoignez-le de ne pas intervenir. Quant à vous, demeurez éloignée de la cuisine tant que notre visiteuse sera là.

Linny parut étonnée mais sortit en hâte.

Flora entra dans la cuisine.

— Callie, je suis vraiment contente que vous soyez venue.

La visiteuse regarda par-dessus son épaule comme si elle craignait d'être poursuivie.

— Je ne peux pas rester et je veux que vous me promettiez de ne parler à personne de ma venue. Si mon mari le découvrait… Mais je ne peux pas souffrir de voir des gens maltraiter des enfants ; c'est pour cela que je suis venue.

— Vous avez vu le garçon de la photographie, n'est-ce pas ?

— Oui. Et sa mère. La famille a logé chez nous. Ils se sont présentés comme les Barwell, mais il y avait un « N » brodé sur plusieurs vêtements de la femme. J'ai pensé que ce devait être un remariage et que l'enfant était sans doute du premier époux. Je ne suis pas indiscrète, il n'empêche que certaines choses vous sautent aux yeux. Ils appelaient le garçon Charlie. Ils nous ont versé de l'argent pour que nous ne révélions pas qu'ils avaient séjourné à Fremantle si quelqu'un les cherchait, ils ont exigé que mon mari le jure sur la Bible. Mais je n'ai rien juré, et puis… c'était un charmant garçon, ce petit, qui ne méritait pas de recevoir des coups. Je n'ai jamais oublié son courage, ses efforts pour ne pas pleurer.

— Ils ont embarqué sur le vapeur… oh, il y a six mois maintenant, je pense, murmura Flora d'un ton encourageant.

— Je les ai entendus parler de Sydney. C'est tout ce que je peux vous dire. Je dois me sauver avant que mon mari rentre.

La pauvre femme était dans une telle nervosité que Flora n'essaya pas de la retenir ; elle la raccompagna, puis alla trouver Mr Nash. Il attendait dans le couloir près de la cuisine, aussi raide qu'une sentinelle à son poste.

— Vous avez entendu ?

— Oui, dit-il en la regardant, tourmenté. Elle a dit qu'ils le battaient régulièrement et vous avez vu vous-même cet homme frapper Christopher. Il faut que je retrouve mon fils aussi vite que possible. Et si les violences sont graves, je ne réponds pas de ce que je ferai à ce Mr Humphrey Gresham, maudit soit-il.

À son retour, Dougal trouva Nash en train de faire les cent pas dans la salle à manger. Flora les rejoignit et, une fois qu'ils eurent expliqué ce qu'ils avaient appris, il déclara :

— Je m'en occupe.

— Mais ne voulez-vous pas que j'aille voir le capitaine avec vous ? dit Mitchell.

— Pas cette fois. Confiez-moi le portrait. Je vous promets d'en prendre grand soin.

Il partit sans délai.

Il revint au tout début du dîner familial avec les pensionnaires. Dès qu'il pénétra dans la pièce, sa mère grimaça.

— Tu as encore bu. J'en suis fâchée.

— Rien de tel qu'un petit verre pour délier les langues ! s'écria-t-il en souriant. Et j'ai délié la langue d'un certain capitaine avec profit cet après-midi. Monsieur Nash, les personnes que vous cherchez ont en effet embarqué sur ce navire et sont allées à Sydney. La dame a été malade pendant presque toute la traversée ; elle a gardé le garçon avec elle dans la cabine.

Mitchell le dévisagea, osant à peine croire que sa quête dans la colonie de Swan Hill était enfin fructueuse.

— Le capitaine est certain qu'il s'agissait des personnes que je recherche ?

— Absolument certain. Il l'a juré sur sa vie, dit Dougal en lui rendant le bristol. Je vous ai réservé une place sur le vapeur. Il prendra le large après-demain. Vous serez à Sydney dans deux semaines.

Mitchell se leva et alla serrer la main de son hôte, puis quitta la pièce en hâte, l'air bouleversé.

Flora raconta brièvement à sa mère ce qui se passait et Dougal s'attabla.

– Ce pauvre homme, s'écria Mrs McBride, les yeux pleins de larmes faciles, comme je compatis à sa douleur ! Bon, puis-je vous resservir, monsieur Deagan ?

Flora regretta le départ de Mr Nash, qui avait été d'une compagnie plus agréable qu'un grand nombre de leurs pensionnaires.

Lorsque les Deagan eurent choisi les meubles destinés à la maisonnette, elle se plongea dans le tri des affaires entassées au grenier, promettant de réserver pour leur magasin tout ce qu'elle ne voudrait pas. Il y avait en réalité beaucoup de matériel dont elle aurait l'usage dans sa future pension de famille ; elle économiserait ainsi de grosses sommes.

Elle eut des difficultés à éloigner sa mère. Heureusement, une dame âgée vint demander une chambre pour quelques jours et les deux femmes s'entendirent si bien que Mrs McBride passa le plus clair de son temps libre avec sa nouvelle invitée.

Flora se procura l'aide d'un jeune garçon du voisinage pour déplacer le mobilier volumineux, en échange d'un bon repas de midi et d'un shilling. Comme l'avait dit Bram, chaque penny comptait quand on avait peu d'argent.

Ce qu'elle découvrait dans le grenier ne cessait de l'étonner : des choses parfaitement utilisables que sa mère avait remisées pour l'unique raison qu'elles étaient légèrement défraîchies.

Dougal monta un jour alors qu'elle était en train de tirer une petite table de son côté.

— Laisse-moi te prêter main forte, dit-il en considérant la pile d'objets. Que comptes-tu en faire ? Jamais nous ne les utiliserons. Tu sais que mère déteste les meubles et les tissus ternis. Je croyais que nous devions les donner aux Deagan.

Elle eut une hésitation qui la trahit.

Il chantonna comme quand ils étaient enfants :

— Que me caches-tu là, Flora McDora ?

Elle était incapable de lui mentir.

— Je ne veux pas passer ma vie au service de mère et cela m'ennuie de dépendre de toi. Par conséquent… je vais ouvrir ma propre pension de famille.

— Je te donne l'impression que tu es une charge pour moi ? Tu n'es pas un fardeau et tu ne pourras jamais en être un.

Il semblait tellement offensé qu'elle lui prit la main.

— Non, bien sûr que tu ne me donnes pas cette impression. Mais je suis en permanence aux ordres de mère et elle a un caractère difficile. Je ne peux pas continuer ainsi. Elle est trop exigeante. Je n'ai aucune vie à moi. Elle est différente durant tes absences, Dougal, elle se montre parfois odieuse.

Il la regarda avec désolation.

— Je n'ai plus guère de chance de me marier, à mon âge, mais ne puis-je pas avoir mon indépendance, vivre une existence que j'ai choisie ? Le monde change et les dames font quantité de choses qu'elles n'ont jamais faites auparavant, surtout dans les colonies, où elles ont dû effectuer les tâches subalternes à cause du manque de domestiques.

Il observa un très long silence. Elle tremblait de l'avoir fâché, tremblait qu'il ne s'opposât à son projet.

— Pauvre Flora, dit-il enfin. Je n'y avais pas réfléchi ; mais je te comprends, crois-moi.

— Tu devrais penser à ton avenir toi aussi. Ton épouse ne voudra pas que mère habite ici, je te le garantis.

— Oh, je ne vais pas me marier tout de suite. Quand aurais-je le loisir de rencontrer des femmes qui pourraient convenir ?

— Mère serait ravie de te trouver quelqu'un.

— Vu les hommes qu'elle t'a présentés, grimaça-t-il, je ne compte pas la laisser s'en mêler quand je commencerai à chercher une épouse. Je me félicite que tu aies eu le bon sens de refuser ces individus assommants.

— Tu as l'intention de te marier, néanmoins.

— Bien sûr. Dans un an ou deux, peut-être, avant qu'il ne soit trop tard pour profiter de mes enfants. Mais revenons à toi. Je t'aiderai autant que je le pourrai à monter ta pension de famille. En effet, si mes voyages se poursuivent avec succès, j'aurai les moyens de t'acheter une maison. Tu me verserais un loyer ; je sais que tu ne déménagerais pas à la cloche de bois, ce serait donc un bon investissement pour moi.

— Oh, Dougal ! s'écria-t-elle en se jetant dans les bras de son grand frère comme elle ne l'avait pas fait depuis des années. J'avais si peur de te dévoiler mes projets.

— Ne crains jamais de me parler, Flora, dit-il en la serrant contre lui. En revanche, je suis d'accord avec toi pour ne rien dire à mère. Elle ne peut pas s'empêcher de s'immiscer dans les affaires des gens. J'avais déjà résolu de lui procurer une petite maison une fois que je serais marié.

Flora le regarda, effondrée.

— Dans ce cas, elle exigera que j'aille vivre avec elle. C'est ce que l'on attend des filles célibataires.

— Nous publierons une annonce dans le journal pour lui trouver une dame de compagnie, dit-il, puis, devant l'air sceptique de Flora, il ajouta : Campe sur tes positions quant à ton indépendance ; je promets de te soutenir.

Elle reprit son tri dans le grenier avec une énergie et une espérance renouvelées – un espoir si neuf et tendre qu'elle s'inonda de larmes ce soir-là. Elle ne savait pas pourquoi elle pleurait, mais elle avait tellement attendu et réprimé ses émotions… Elle ne pouvait que leur laisser libre cours à présent.

Comme la goélette nécessitait peu de travail cette fois-ci, le charpentier du navire s'activait dans le vieux hangar branlant lorsque les premiers objets en provenance du grenier des McBride arrivèrent. Il indiqua à Bram quelle partie du bâtiment était la plus étanche, et les affaires commencèrent de s'y entasser.

Bram et Isabella étaient maintenant en mesure de s'installer dans la maisonnette. Ils engagèrent pour trois jours par semaine une femme de ménage que Flora leur trouva. Mrs McBride était horrifiée par leur décision de se passer d'une bonne, mais il y avait peu de bonnes disponibles dans la colonie et, de toute façon, ils ne voulaient partager la maison avec personne.

Le jour où ils emménagèrent, Isabella versa des larmes de joie tandis qu'ils refermaient la porte sur le monde extérieur.

Bram l'enlaça, aussi ému qu'elle, mais les hommes n'étaient pas censés pleurer. Lui non plus n'avait encore jamais eu de véritable chez-soi.

Lorsque les pleurs d'Isabella s'apaisèrent, il lui sécha les yeux avec son mouchoir et fit semblant de lui polir le nez ensuite.

— Bien. Rangeons nos vêtements, puis nous irons nous approvisionner en nourriture.

— Ce n'est pas un travail d'homme.

— Et qui portera vos paniers ?

— Un livreur se chargera de ces nombreuses marchandises, j'en suis sûre. Allez plutôt vous occuper du tri dans le hangar ! ordonna-t-elle avec une fausse férocité. Je vous rejoindrai une fois les courses terminées.

Elle fit la connaissance d'un épicier, du boulanger voisin, et on lui parla d'un maraîcher qui venait vendre ses fruits et légumes frais en ville le mardi et le vendredi.

Ce fut un bonheur absolu pour eux d'aller au lit ensemble ce soir-là, leur propre lit, dans leur propre maison, sans qui que ce fût pour les entendre.

Bram était si aimant avec elle qu'elle se surprenait à attendre les nuits avec impatience.

En fait, tout était merveilleux. À telle enseigne qu'elle redoutait que quelque chose pût gâcher cette félicité.

Quelques jours plus tard, Conn arriva à la pension pour chevaux, menant un jeune étalon qu'il avait acheté à Perth. Il s'immobilisa, stupéfié par ce qu'il découvrait. Le bâtiment, devenu presque pimpant, respirait la prospérité au lieu du déclin.

Alors qu'il mettait pied à terre, un homme sortit en hâte.

— Que puis-je pour vous, monsieur ? Oh ! Excusez-moi, monsieur Largan, je ne vous avais pas reconnu, avec le soleil derrière vous.

— Bonjour. Comment vont les affaires ?

Lester, qui était métamorphosé depuis que Conn l'avait laissé à la tête de l'écurie, lui adressa un sourire joyeux.

— Elles marchent vraiment bien, monsieur. Nous sommes complets certains soirs. Mais Mr Deagan vous en parlera, dit-il en regardant l'étalon. Voilà un beau jeune mâle, n'est-ce pas ?

— Oui. Cela faisait longtemps que j'essayais d'en acheter un dc cette lignée.

Conn ne précisa pas que la reconnaissance de l'injustice de sa condamnation et le soutien du gouverneur avaient tout changé ; dès lors, le propriétaire de l'animal avait accepté de négocier avec lui.

— Vous veillerez bien sur ce trésor.

— Je n'y manquerai pas, monsieur. Ce sera un vrai plaisir.

— Où puis-je trouver Mr Deagan ?

— Il a emménagé dans la maisonnette. Je l'ai vu passer il y a quelques minutes pour aller boire le thé avec son épouse. Dois-je emmener vos chevaux ?

— Oui, s'il vous plaît. Je viendrai chercher mes sacoches plus tard.

— Je les mettrai à l'abri dans la sellerie, monsieur.

Conn s'approcha de la maisonnette, qui avait elle aussi subi une transformation considérable, et agita le heurtoir en cuivre rutilant.

La porte s'ouvrit. Ce fut au tour de Bram de lui adresser un large sourire.

— Conn ! Entre, je vais te présenter mon épouse. Tu prendras le thé avec nous ?

Conn s'assit donc et bavarda avec eux. La jeune Mrs Deagan lui parut être une dame très agréable. Au bout d'un moment, il jeta un coup d'œil à la pendule sur la tablette de la cheminée.

— Il faut que je voie si les McBride ont une chambre pour moi.

Les époux se regardèrent et Isabella proposa :

— Si vous souhaitez loger ici, monsieur Largan, nous avons une chambre supplémentaire équipée d'un lit, quoique son confort se borne à peu près à cela. Après tout, les lieux vous appartiennent.

— Si vous êtes certaine que ce n'est pas trop de dérangement… J'aimerais ne pas m'éloigner de cet étalon. Il est très précieux. Et appelez-moi Conn, je vous en prie.

— Alors appelez-moi Isabella.

Il se retourna vers Bram.

— Nous devons établir un contrat au sujet de la propriété et du négoce. Tu as besoin de savoir exactement dans quoi tu t'engages. C'est toi qui fournis les marchandises et qui assures le dur travail quotidien, ne l'oublions pas.

Il se tut et leur sourit.

— Ai-je fait le bon choix en achetant ce bien, Bram ?

— Oui, le meilleur des choix. Tu sais, en plus des marchandises que nous avons apportées de Singapour, nous avons même acquis du stock. Veux-tu visiter le hangar ? S'il nous sert de magasin, nous pourrons maintenir l'activité de la pension pour chevaux, qui demeurera une source de revenus. Isabella, vous viendrez avec nous, n'est-ce pas ?

Conn eut l'air étonné.

— Mon épouse est une véritable associée ; je voudrais que cela aussi figure dans le contrat. Elle connaît beaucoup mieux que moi l'achat et la vente, c'est une certitude.

— Dans ce cas, elle doit assurément nous accompagner.

Tout en discutant de leurs projets, ils montèrent la pente douce jusqu'au hangar, où Conn approuva les travaux effectués.

— C'est une contribution que nous devrons également mentionner dans notre contrat.

— Je te remercie mille fois pour ton soutien.

— Oh, je pense que tu vas gagner beaucoup d'argent pour moi, dit Conn en souriant. Sinon, je ne l'aurais pas envisagé.

— Vraiment ? s'exclama Bram en le regardant fixement.

— Oui. J'ai une confiance absolue en toi. Tu sais t'y prendre avec les gens, vois-tu. Et maintenant que tu as une épouse comme Isabella, je suis encore plus persuadé de ta réussite. Certaines personnes réalisent de gros profits dans la colonie et nous allons être parmi elles. La prochaine fois que je viendrai, ajouta-t-il, j'essaierai d'amener ma femme. Il est temps que Maia sorte un peu plus.

11

Sydney

Mitchell était content d'arriver à Sydney. Il avait éprouvé une nervosité constante durant la traversée, osant à peine espérer que, cette fois, il trouverait son fils.

Il demanda au capitaine où il valait mieux commencer sa quête.

— Essayez au bureau de poste. Il est installé provisoirement Wynyard Street. Votre homme vient peut-être chercher son courrier là, sinon ils sauront peut-être où il habite. Si ce n'est pas le cas, explorez le genre de quartiers où un homme de son rang social pourrait habiter. Là-dessus, je ne peux pas vous conseiller.

Mitchell quitta donc le vapeur et se plongea dans l'agitation de Sydney. Il fut consterné de voir que la ville était beaucoup plus vaste que Fremantle ou Perth, qu'il y avait une foule de passants dans les rues, sans parler des véhicules, des charrettes et des voitures hippomobiles, même des chars à bœufs, qui n'avaient assurément pas leur place en plein cœur d'une cité. Comment réussirait-il à trouver quelqu'un ici, alors qu'il ne disposait d'aucun indice pour orienter sa quête ?

Si l'homme utilisait encore un pseudonyme, l'entreprise était vouée à l'échec.

Mitchell s'arrêta pour soulever son sac en tapisserie de son autre main. Le bagage contenait tout ce qu'il avait apporté ; il avait en effet laissé le reste de ses affaires à Fremantle dans le grenier des McBride, espérant qu'il pourrait retourner là-bas s'il trouvait… non, quand il aurait trouvé son fils.

Un conducteur de fiacre s'arrêta à sa hauteur.

— Je vous emmène quelque part, monsieur ?

— Oui. Je cherche une pension où loger pendant quelques jours, voire une à deux semaines. Un établissement convenable, avec une chambre pour moi seul.

Il avait découvert à ses dépens, durant l'année écoulée, qu'il devait spécifier ses exigences en la matière.

— Je connais l'endroit qu'il vous faut, monsieur.

— Est-ce central ?

— Oui, monsieur. Il n'existe pas plus commode. C'est une de mes cousines qui s'en occupe.

Le conducteur attendit qu'il s'installât dans le fiacre, puis ordonna à son cheval de repartir. Il se faufila dans la circulation dense avec l'aisance d'un cocher expérimenté.

La pension était dans une maison mitoyenne de deux étages, la chambre petite mais propre, la logeuse une femme austère. En guise de bienvenue, elle lui tendit un règlement manuscrit collé sur un carton.

— Comme vous n'êtes pas un habitué, monsieur, je vous serai reconnaissante de vous adapter aux autres. Tout est écrit là.

— Bien sûr.

Il demanda à prendre le petit-déjeuner et le repas du soir, paya un acompte pour deux jours, puis s'enquit du trajet jusqu'au bureau de poste.

Il se mit en route, heureux de se dégourdir les jambes, intéressé par ce qu'il voyait. Lorsqu'il atteignit George Street, il ralentit pour éviter les colporteurs, les gens faisant leurs courses, les couples se promenant bras dessus bras dessous sans se soucier des autres piétons, et les dames en immenses crinolines, à coup sûr le vêtement le plus ridicule que l'on eût jamais inventé.

À l'intérieur du bureau de poste, il fit comme s'il essayait de retrouver un ami ayant changé de domicile, mais le guichetier refusa de révéler l'adresse de Gresham, même s'il admit que plusieurs hommes portant ce patronyme venaient chercher leur courrier ici.

Tandis que Mitchell s'éloignait lentement du guichet, un vieil homme qui balayait le sol arriva près de lui et chuchota au passage :

— Je pourrais peut-être vous obtenir des renseignements, monsieur.

— Je vous paierai volontiers pour votre peine. Je suis à la recherche d'un homme qui s'appelle Gresham. Je crois qu'il se prénomme Humphrey.

L'homme s'immobilisa et sortit un mouchoir pour s'essuyer le front.

— Une idée de l'endroit où il habite, monsieur ?

— Non, excepté qu'il doit s'agir d'un bon quartier. Il occupe des emplois de bureau, en général.

— Revenez dans deux jours vers six heures, monsieur. Je vais tâcher d'apprendre quelque chose. Nous nous verrons dehors.

Il continua de balayer, puis s'arrêta pour bavarder avec un autre client avant de finir son travail.

Mitchell décida de déambuler dans les rues du centre. Une faible odeur de brûlé le conduisit à un endroit où un immense édifice s'était effondré. Un passant lui expliqua qu'il s'agissait de la cathédrale St Mary, récemment détruite par un incendie. Il regarda, horrifié par les dégâts que le feu pouvait causer.

Lorsqu'il regagna la pension, il était épuisé et ne s'attarda pas au salon pour bavarder après le dîner. De retour dans sa chambre, il consulta le règlement pour voir à quelle heure le petit-déjeuner était servi et quand l'eau chaude arrivait pour le rasage.

Tandis qu'il se glissait dans le lit, il se prépara au sommeil. Mais son esprit refusait de s'apaiser. Les questions et les inquiétudes le maintenaient éveillé. Les espoirs aussi. Nul doute qu'il retrouverait son fils dans cette ville. Nul doute que le destin les réunirait bientôt.

Alice revint lentement du marché, tenant sa petite fille par la main. Son panier était plus léger qu'elle ne l'eût souhaité, car elle n'avait pu se permettre d'acheter qu'un pain de quatre livres, un chou et quelques minces tranches de jambon. Elle détestait vivre ainsi au jour le jour, et en avait assez de manger du pain sec, du chou et des pommes de terre à l'eau sans même un morceau de beurre dessus. Elle rêvait de légumes frais, de fruits et d'un rôti de bœuf juteux.

Un homme de haute taille qui traversait la rue attira son regard et, pendant une seconde, elle crut que c'était Renington. Elle s'engouffra dans une ruelle proche et risqua un coup d'œil : elle se sentit bête quand elle constata que ce n'était pas lui. Pourquoi aurait-il été à Sydney, pour l'amour du ciel ?

Jadis, elle aurait fondu en pleurs à son retour devant la triste maison misérable. Un étage, deux pièces à chaque niveau, une arrière-cuisine dans le fond au rez-de-chaussée. Il y avait contre la façade une galerie étroite surmontée d'un balcon exigu. Mais le balcon était dangereux, le bois pourri par endroits, si bien qu'elle n'osait pas s'y installer.

Elle ne pleurait plus là-dessus, ayant appris l'inutilité des larmes. Celles-ci ne faisaient que la rendre laide et affoler son enfant.

Lorsque Parker rentra, elle lui demanda :

— As-tu gagné un peu d'argent aujourd'hui ?

— J'ai fait deux portraits au fusain. Il y a un nouvel employé au magasin, il a dit qu'il pourrait me trouver d'autres gens qui veulent un portrait de leurs enfants. Tiens. J'ai dû racheter de la peinture pour mon vrai travail, mais il me reste de l'argent pour toi.

— Tu as acheté de la peinture alors que ta fille a faim ? s'indigna-t-elle.

— Je n'ai pas tout dépensé, dit-il en rougissant.

— Donne-moi ce qu'il te reste.

Il retourna ses poches et lui remit presque deux guinées. Pourtant, il gagnait d'habitude cinq guinées par portrait. Elle sentit l'alcool dans son haleine mais ne dit rien. À quoi bon ? Il ne saurait jamais utiliser l'argent avec discernement.

À une époque, elle aussi avait été insensée avec l'argent. Mais c'était impossible quand vous n'en aviez pas, quand votre ventre criait famine. La seule chose qu'elle veillait à toujours pouvoir acheter était le cordial de Godfrey, qu'elle administrait à Louisa. Cette potion était une bénédiction pour de nombreux parents : elle rendait calme et somnolent n'importe quel mioche fatigant et endiablé. Alice appelait le flacon sa « bonne d'enfant ».

Parker refusant de s'en charger, elle écrivit à ses parents et les implora d'envoyer une petite somme chaque trimestre pour la fillette. Elle préconisa que le notaire lui confiât directement l'argent afin qu'elle pût nourrir et vêtir leur petite-fille. Ils ne demeureraient pas insensibles, tout de même, quand ils sauraient dans quelle situation déplorable elle était.

Elle avait donné des bouts de bois à Louisa pour jouer pendant qu'elle écrivait la lettre, mais l'enfant s'était endormie. Le cordial avait cet effet sur la petite.

Elle revint à sa lettre. Elle la laisserait à l'étude du notaire le lendemain, parce qu'elle n'avait pas de quoi payer les frais de port pour l'Angleterre. Le notaire pourrait vérifier la véracité de ses déclarations puisque, à leur arrivée à Sydney, Parker lui avait montré leur certificat de mariage ; il transmettrait certainement une lettre adressée à ses clients.

Elle décida alors de suivre l'exemple de sa fillette et se reposer. Elle se sentait exténuée. Comme ils ne pouvaient pas s'offrir les services d'une bonne, elle devait presque tout faire elle-même, excepté laver les draps et autres grandes pièces de linge.

Parker avait suggéré un jour qu'elle pourrait ranger son « atelier », nom prétentieux qu'il donnait au grenier. S'il voulait que la pièce fût nettoyée, avait-elle rétorqué, il devait trouver de quoi payer quelqu'un. Elle consacrait tout l'argent à la nourriture et à l'habillement, et n'avait plus d'énergie après avoir fait le ménage dans le reste de la maison.

Il n'en avait jamais reparlé.

De temps en temps, par pure nécessité, elle montait chercher les tasses et les assiettes qu'il avait prises et oublié de redescendre, ou jeter des choses qui sentaient mauvais, qu'elle emportait au bout de l'allée derrière la petite rangée de maisons où les gens déposaient leurs détritus et les laissaient en tas jusqu'à ce que les autorités vinssent les enlever.

Elle soupira. Elle ne savait pas ce qu'elle ferait si la famille de Parker refusait d'aider son enfant. Et elle-même. Ses vêtements étaient presque réduits à des loques et Louisa n'arrêtait pas de grandir.

La voisine d'Alice, Betsy, s'inquiétait elle aussi ce soir-là. Son mari se conduisait de façon étrange depuis quelque temps déjà, mais durant les deux derniers jours, ç'avait été pire que jamais.

Si elle avait eu un endroit où se réfugier, elle serait partie. Malheureusement, elle ne connaissait personne à Sydney ; il n'aimait pas qu'elle nouât des amitiés, ou même qu'elle parlât aux voisins.

Elle regrettait de s'être laissé persuader de quitter Mitchell et de venir en Australie. Il valait mieux éprouver de l'ennui qu'une terreur pareille. Humphrey était bel homme, certes, mais il était cruel et violent.

Le plus terrible, c'était l'aversion qu'il s'était mis à ressentir pour son fils. Au début, il avait été gentil avec Christopher, et elle ne comprenait pas pourquoi il avait changé d'attitude. Christopher était un enfant modèle, qui ne se plaignait jamais, en dépit de l'existence épouvantable qu'il avait maintenant.

Elle regrettait de l'avoir emmené lorsqu'elle s'était enfuie. Elle n'avait pas voulu l'abandonner, mais elle se rendait compte à présent avec une clarté douloureuse qu'il aurait fallu le laisser à son père. Il n'aurait rien eu à craindre avec lui.

Cela ne pouvait pas continuer. Il devait y avoir un moyen d'arrêter Humphrey. Mais si elle intervenait pendant les volées de coups, c'était elle qu'il frappait au lieu de l'enfant. Cela s'était produit plus d'une fois, et il l'avait tant molestée lors de la dernière rixe qu'elle avait dû garder le lit plusieurs jours parce que ses côtes lui faisaient atrocement mal quand elle bougeait.

Il avait dit qu'il était désolé, qu'il ne savait pas ce qui lui avait pris, mais elle avait vu son visage pendant qu'il la battait. Il s'en délectait. C'était la même chose quand il brutalisait son fils.

Si Mitchell avait été un homme bougon et pingre, il n'avait jamais levé la main sur elle, ni sur leur fils.

Elle craignait désormais pour la vie de son fils. Et pour la sienne.

Mitchell passa la journée à parcourir Sydney, dévisageant tous ceux qu'il croisait. À un moment, il aperçut une pancarte pour la North Shore Ferry Company et, sur un coup de tête, effectua la traversée jusqu'à la rive nord. L'homme à côté duquel il se tenait contre la rambarde lui dit que ce service de bac existait depuis 1861 seulement et qu'il était d'une immense utilité.

C'était un site magnifique pour une ville, se dit Mitchell alors qu'il débarquait après un trajet de retour également agréable, mais quelle contrainte de devoir traverser la baie tous les jours pour se rendre au travail quand on habitait en face !

Il trouva un magasin qui vendait des plans de la ville et en acheta un. Il écrirait dessus et visiterait chaque maison si nécessaire. Rien ni personne ne l'empêcherait de secourir son fils.

Le lendemain soir, il alla au bureau de poste pour six heures. Le vieil homme qu'il avait vu auparavant s'approcha et lui murmura :

— Suivez-moi.

Une fois qu'ils eurent tourné au coin de la rue, son compagnon s'arrêta et lui sourit.

— J'ai trouvé deux Gresham dans des quartiers respectables. Je n'ai pas réussi à voir leurs prénoms sur les listes, il fallait que je fasse vite.

Il lui tendit un morceau de papier sale.

Mitchell fouilla dans sa poche et en sortit cinq shillings, ce qui sembla satisfaire le bonhomme, à en juger par l'étincelle dans ses yeux.

Après qu'il se fut éloigné, Mitchell jeta un nouveau regard sur le papier, mémorisant les adresses au cas où il le perdrait.

Il commençait à faire sombre. L'hiver en juillet, c'était tellement bizarre. S'arrêtant à un kiosque, il s'offrit l'un des exemplaires restants du journal *Sydney Morning Herald* et regagna la pension. Il espérait que la nourriture serait moins bourrative que la veille, mais ne se sentait guère optimiste.

« Substantiel » était le qualificatif qui convenait pour la soupe servie avec de gros bouts de pain, les nombreuses pommes de terre à l'eau avec quelques cuillerées de ragoût de bœuf et de la sauce au jus de viande, puis le gâteau roulé à la confiture accompagné d'une crème liquide trop peu sucrée. Il soupira en se remémorant les repas dans la maison McBride.

Mais peu importait. Le lendemain, il pourrait continuer sa quête, et c'était le principal.

Mitchell partit de bonne heure, se dirigeant vers la première adresse. Des gens passaient en hâte, sans doute sur le chemin de leur travail. Lorsqu'il trouva un petit marché, il s'arrêta pour prendre un thé à un étal. La boisson était très chaude et parfumée, bien meilleure qu'à la pension de famille, et il put vérifier avec le marchand qu'il ne s'était pas trompé de direction.

Alors qu'il buvait à petites gorgées, il vit une femme qui faisait le tour du marché avec une petite fille, examinait les denrées sur chacune des tables. Ayant terminé sa tasse de thé, il suivit l'exemple de la femme, dans l'idée de s'acheter deux ou trois fruits. Il la regarda toucher les fruits et les légumes, les choisir avec une grande minutie. Elle manquait d'argent, devina-t-il, même si sa manière de parler semblait indiquer un rang social élevé.

Lorsqu'il repartit, il l'aperçut devant lui. Elle marchait avec lenteur, à cause de l'enfant.

Un homme sortit soudain d'une ruelle et l'empoigna, cherchant à lui arracher sa bourse, suspendue sous sa jupe. Comme elle hurlait et résistait, la fillette se mit à pleurer et l'homme l'écarta d'un coup de pied.

Mitchell se précipita et les rattrapa sans que le voleur s'en rendît compte. Personne d'autre sur le marché n'avait essayé d'intervenir.

L'homme recula le bras pour lancer un coup de poing et Mitchell faillit éclater de rire devant l'amateurisme de sa technique. Il esquiva facilement son attaque puis le frappa à la mâchoire.

Le voleur tituba en arrière, l'observa un instant… et prit la fuite.

Mitchell se tourna vers la femme pour voir si elle avait besoin d'aide. Elle s'efforçait de consoler la fillette, qui avait dû pâtir du violent coup de pied. Les fruits et légumes étaient éparpillés, Mitchell les rassembla donc et les remit dans le panier.

Il le lui tendit.

— Je pense avoir tout ramassé, madame.

— Merci de m'avoir secourue. Je ne sais pas ce que j'aurais fait s'il m'avait extorqué ma bourse.

L'enfant continuait de sangloter et la femme paraissait si frêle qu'il ne put s'empêcher de lui proposer :

— Puis-je la porter jusqu'à votre maison ? Elle est un peu lourde pour vous.

Elle le considéra, incertaine, puis hocha la tête.

— Merci. Vous êtes très gentil. Je suis madame Beaufort.

— Mitchell Nash, de passage à Sydney. Je suis arrivé il y a quelques jours.

— Je voudrais qu'il y ait plus de nouveaux venus comme vous, alors. La ruée vers l'or a attiré beaucoup de gens indésirables ; réduits à la dernière extrémité, ils attaquent parfois en plein jour.

— La police ne peut-elle rien faire ?

— Je n'ai ni le temps ni l'énergie d'aller dans le centre pour le signaler, dit-elle en haussant les épaules. De toute façon, le voleur s'est enfui depuis longtemps.

Ils arrivèrent à un croisement et elle sourit à la fillette.

— Il faut que tu descendes et que tu marches à présent, Louisa. Dis merci au gentil monsieur qui t'a portée.

Mais la petite se contenta de le regarder, puis bâilla et mit son pouce dans sa bouche. Il la posa avec douceur. Elle ne semblait pas souffrir de graves blessures, uniquement de contusions, la pauvrette.

— Madame Beaufort, je cherche Aswin Street. Je crois que c'est dans les environs. Pourriez-vous m'indiquer le chemin ?

— Oh, oui. Ce n'est pas compliqué.

En effet. Il n'eut qu'à suivre ses indications au pied de la lettre ; mais lorsqu'il frappa à la porte de la maison, le vieil homme qui ouvrit se révéla être un Mr Robert Gresham. Il n'avait pas de famille dans la ville. À ce point de leur échange, il fut assez désagréable pour lui refermer la porte à la figure sans même le saluer.

Une nouvelle impasse, pensa Mitchell. Combien y en aurait-il encore ?

Il devait espérer que la deuxième adresse le mènerait à l'homme recherché, sinon il aurait gaspillé cinq shillings.

Une brusque averse lui rappela qu'il n'avait pas de parapluie. L'eau ne tarda pas à ruisseler du bord de son chapeau. Le temps de trouver une boutique et de s'équiper, il était mouillé jusqu'aux os et frissonnant. Peut-être n'avait-on pas besoin de manteau pour affronter l'hiver australien, mais une protection contre la pluie était indispensable.

Comme le déluge continuait, il décida de rentrer à la pension et de se plonger dans la lecture d'un journal. S'il négligeait sa propre santé et mourait de pneumonie, il ne serait d'aucune utilité à son fils.

Il aurait aimé prendre un bon bain chaud, mais lorsqu'il en fit la demande à sa logeuse, celle-ci refusa catégoriquement. Elle lui apporta néanmoins une bouillotte et un tissu de flanelle décoloré dans lequel l'envelopper, ce qui lui procura un léger réconfort.

Les autres pensionnaires étaient des gens taciturnes, qui ne manifestaient aucun intérêt pour lui ou pour la conversation. Par conséquent, il regagna sa chambre. Le reste de la journée lui parut interminable.

Il pleuvait des hallebardes. Betsy regarda par la fenêtre, adjurant les trombes d'eau de s'arrêter. Humphrey ressemblait à un chat, il avait horreur de se faire mouiller, et ce temps ne pourrait que le mettre de mauvaise humeur. Elle frémit à cette pensée.

Elle se tourna vers le fourneau, remua le ragoût. Elle devait se concentrer quand elle cuisinait et ne pas faire brûler de nouveau le dîner. Humphrey entrait dans une rage folle quand cela se produisait. Mais le fourneau à bois de cette maison était très difficile à maîtriser : il s'éteignait parfois sans raison ou, au contraire, chauffait soudain inexplicablement. Elle avait supplié Humphrey de se plaindre au propriétaire et de lui demander de le réparer ; en vain. Il avait affirmé que c'était sa faute, qu'elle n'était même pas capable de préparer un repas correct.

Cette semaine, Humphrey n'était pas parti travailler aussi tôt que d'habitude, pour un motif qui lui échappait. Plusieurs soirs, à sa grande surprise, il était rentré tôt. Il avait dit qu'il avait terminé tout son travail si vite qu'ils avaient été contents de lui et l'avaient libéré. Il devait faire merveille, mais alors pourquoi paraissait-il tout le temps furieux ? Pourquoi ne cessait-il de dire des méchancetés sur ses employeurs et le chef de bureau ?

Elle avait renoncé à essayer de le comprendre.

Avec un soupir, elle jeta un coup d'œil à la pendule. Il n'allait pas tarder. Elle devait tout nettoyer et ranger.

Mais, bien sûr, pendant qu'elle s'occupait du rangement, le ragoût brûla. Elle s'effondra sur une chaise, pleurant de frayeur.

Christopher était dans sa chambre, parce qu'Humphrey n'aimait pas qu'il jouât dehors ; il valait mieux surveiller un garçon de cet âge, prétendait-il. Le pauvre petit passait des heures derrière la fenêtre, à regarder d'un air mélancolique les autres enfants s'amuser dans la rue. Oh, ciel, elle s'était encore trompée, l'avait appelé par son vrai prénom. « Charles », marmonna-t-elle. Elle devait l'appeler Charles.

La porte s'ouvrit brusquement et Humphrey lança :

— Me voici.

Il s'avança dans la cuisine et fixa les yeux sur le fourneau. Il fronça le nez, renifla.

— Tu as encore fait brûler le repas.

— Je suis désolée. Le bois était humide, et puis il a dû s'enflammer subitement. Ce fourneau fonctionne très mal, je t'assure.

Il la gifla avec une telle violence qu'il l'envoya rouler à travers la pièce et, tandis qu'il se rapprochait, elle se mit à hurler, terrifiée par l'expression de son visage. Il la frappa, la frappa, jusqu'au moment où elle n'eut plus la force de hurler. Le monde devint noir.

Lorsqu'ils entendirent les hurlements commencer chez les voisins, Alice alla trouver Parker.

— Qu'est-ce qu'il lui fait, à ton avis ?

— Il la bat encore, je suppose, dit-il en secouant la tête.

— Elle n'a jamais hurlé de cette façon jusqu'à présent. Ne pouvons-nous pas intervenir ?

— Comment pourrions-nous nous interposer ? La loi autorise un homme à punir sa femme.

— Ce n'est pas une punition, ce sont des sévices. Écoute, ajouta-t-elle d'un ton dédaigneux, si jamais tu oses lever la main sur moi, je ne m'en tiendrai pas à hurler, je te le promets.

— Comme si c'était plausible.

Il essaya de l'attirer à elle pour un câlin ; sachant où cela conduisait, elle s'écarta.

— Arrête. Tu sais bien que nous ne pouvons pas nous permettre d'avoir un autre enfant, Parker.

— Tu es mon épouse.

— Et en bas, il y a ta fille, qui attend qu'on lui donne à manger.

Elle ignora sa mine boudeuse.

Mais, quelques minutes plus tard, elle aperçut le garçon des voisins, terrorisé, se glisser de nouveau dans leur cour et se cacher derrière le tas de bois, malgré les torrents de pluie qui se déversaient sur lui. Elle ne supporta pas ses frissons pitoyables. Surveillant la maison voisine, elle ouvrit la porte du fond et lui fit signe d'entrer.

Il la dévisagea, frissonnant si fort que tout son corps tremblait.

Elle insista et, après un bref regard vers chez lui, il se précipita.

— Tu seras en sécurité ici. Tu pourras rester cette nuit, si tu veux.

Elle referma la porte derrière lui et tourna la clé dans la serrure. Elle fut médusée lorsqu'elle vit de près son visage tuméfié. Cette brute ne s'acharnerait plus sur ce garçon aujourd'hui, elle se le jurait. En général, l'agressivité du voisin semblait se calmer le lendemain d'une volée de coups, comme s'il avait déchargé sa bile pour quelque temps. Que la mère qui ne pouvait pas protéger son enfant subisse cette fois l'essentiel de la fureur de son mari !

Des gouttes d'eau tombaient sur le sol.

— Quitte ces vêtements, Charles. Tu vas tomber malade si tu les gardes. Je vais te chercher une couverture dans laquelle t'envelopper.

Il se mit à déboutonner une veste beaucoup trop petite pour lui. Elle courut au grenier.

— Parker, j'ai laissé entrer le garçon d'à côté. Il était trempé jusqu'aux os et il est terrifié.

— Pauvre mioche.

— Ne t'avise pas de le renvoyer.

— Pourquoi ferais-je cela ? Regarde, Alice, ne crois-tu pas que cette toile se présente bien ?

Elle ne se donna même pas la peine de regarder le tableau, qui était comme les autres, trop mauvais pour être vendu. Elle empoigna une serviette et une couverture, dévala l'escalier et trouva le garçon toujours près de la porte, à moitié dévêtu et frissonnant. Effarée par le nombre de contusions désormais visibles sur ses bras et son torse, elle lui tendit la couverture sans faire de commentaires.

— Donne-moi tes habits, je les mettrai à sécher sur le pare-étincelles.

Il obéit, puis l'observa d'un œil méfiant depuis sa place près de la porte.

— Viens près du feu et réchauffe-toi. Voudrais-tu un bol de soupe ?

— Oui, s'il vous plaît, madame, dit-il en hochant la tête.

Lorsque Parker descendit, elle servit le repas. Précautionneux, l'enfant mangea d'abord convenablement, mais oublia ensuite ses bonnes manières, la faim prenant le dessus.

Soudain, on frappa à la porte d'entrée. Une voix d'homme vociféra :

— Charles ! Je sais que tu es là. Rentre sur-le-champ à la maison.

Alice regarda Parker.

— Je te défends de laisser cet homme l'emmener.

— Mais c'est son père.

— Beau-père, rectifia le garçon. Il veut encore me battre. Il a blessé ma mère aujourd'hui, parce qu'elle a fait brûler le ragoût. Je crois que c'est grave et qu'elle s'est évanouie, parce qu'elle a subitement arrêté de hurler.

— Qu'as-tu fait pour qu'il te corrige, toi ? demanda Parker.

— Je ne sais pas. Je ne sais jamais pourquoi.

Alice baissa un coin de la couverture.

— Regarde, Parker.

Les contusions parlaient d'elles-mêmes.

Parker les considéra, éberlué. Comme on frappait de nouveau, il se leva et sortit de la pièce.

Le garçon lâcha sa cuillère dans la soupe et se mit à pleurer en silence, ses larmes coulant sur la table. Il avait l'air épouvanté.

Alice entendit la porte s'ouvrir.

La voix de Mr Gresham leur parvint, tonitruante :

— Vous le cachez ici. Je le sais.

— Qui ? demanda Parker.

— Mon fils.

— S'est-il sauvé ? Pourquoi s'enfuirait-il ?

Alice prit la main maigre du garçon ; elle avait l'espoir que, pour une fois, Parker se montrerait à la hauteur de la situation.

— Êtes-vous sûr de ne pas l'avoir vu ?

— Certain. Il a dû filer par l'allée de derrière.

— Hum. Bon, si jamais vous le voyez, dites-lui de rentrer immédiatement.

Parker referma la porte et Alice l'entendit donner un tour de clé, ce qu'il oubliait toujours de faire d'habitude. Elle s'adressa au garçon :

— Tu es à l'abri chez nous et tu vas rester cette nuit.

Il laissa échapper des sanglots de soulagement étranglés, au point qu'elle dut le prendre dans ses bras et le tenir serré contre elle jusqu'à ce qu'il s'apaisât.

Bien plus tard seulement, après que le garçon fut monté se coucher sur une paillasse dans la chambre de Louisa, Parker murmura :

— Cet homme, Gresham… Il avait du sang sur lui.

Alice le regarda, horrifiée.

— Du sang ?

— Oui. Indéniablement. Des traces fraîches, en plus. Je ne sais pas quoi faire.

— Je ne crois pas que nous puissions faire quelque chose, si ce n'est protéger le garçon.

12

Le lendemain matin, Mitchell reprit sa quête. Il avait mieux dormi cette nuit et se sentait plus en forme. Néanmoins, il ne voulait pas nourrir un espoir démesuré à propos de ce second Mr Gresham ; il avait déjà connu de trop nombreuses déceptions.

La seconde adresse était à deux pas de l'endroit où il avait dit au revoir à Mrs Beaufort la veille, découvrit-il, irrité. Aurait-il su que c'était aussi près, il aurait bravé la forte pluie et continué sa recherche. Aujourd'hui, le vent soufflait et de petites ondées se produisaient de temps en temps, durant lesquelles il ne manquait pas d'ouvrir son parapluie neuf.

Lorsqu'il trouva la maison, il frappa à la porte d'entrée mais n'obtint aucune réponse. Quelqu'un regarda par une fenêtre de la maison voisine, puis un homme sortit sur le seuil. Étonné, Mitchell aperçut derrière lui la femme qu'il avait secourue la veille.

Par politesse élémentaire, il alla la saluer et lui demander comment elle se portait. Elle le présenta à son mari, qui semblait être un gars plutôt agréable.

— Nous vous avons vu frapper à côté. Cherchez-vous Mr Gresham ? demanda-t-elle.

— Je cherche un Mr Gresham, mais j'ignore si celui-ci est le bon. Je suis à la recherche d'Humphrey Gresham.

— Notre voisin se nomme ainsi.

Mr Beaufort le décrivit.

L'enthousiasme s'empara de Mitchell. Il semblait que… était-ce possible, après de si longs mois ?

— J'ai l'impression qu'il s'agit bien de lui. Je vais réessayer de frapper.

Mais il n'y eut toujours pas de réponse.

— Voudriez-vous entrer et attendre ? proposa Mrs Beaufort. Boire un thé, peut-être ?

— C'est très aimable à vous. La pluie menace de nouveau.

La maison puait la misère soucieuse de sauver les apparences et Mrs Beaufort en avait manifestement une conscience aiguë, à l'inverse de son époux. Mitchell commença à le considérer comme un brave imbécile.

— Un instant ! s'écria Beaufort, qui monta l'escalier quatre à quatre et revint une minute plus tard avec une feuille de papier et du fusain.

— Comment va l'enfant ? demanda Mrs Beaufort à son mari.

— Il est caché sous notre lit, terrorisé. Il a cru que c'était son père qui venait le chercher.

— Laissons-le tranquille.

Elle se retourna vers leur invité, mais n'éclaircit pas cette conversation bizarre.

Par courtoisie, Mitchell ne posa pas de question.

— Je peux vous dessiner le visage de notre voisin, dit Mr Beaufort. Je suis artiste et je fais d'assez bons portraits.

En quelques traits rapides, il donna vie à Humphrey Gresham.

Pendant un moment, Mitchell ne put prononcer un mot : la vue de l'homme qui lui avait volé son épouse et son enfant le mettait dans une colère noire. Puis il se rendit compte que les Beaufort l'observaient et s'obligea à parler calmement.

— C'est le Gresham que je cherche. Je le traque depuis l'Angleterre. Il est parti avec ma femme et, même si je ne veux plus d'elle, ils ont emmené mon fils.

Mrs Beaufort parut ébahie.

— Charles est votre fils ?

— Oui. Son vrai prénom est Christopher. L'avez-vous vu ? Est-il indemne ?

Elle n'eut pas le temps de répondre. La porte d'entrée s'ouvrit à toute volée et quelqu'un fit irruption dans la maison.

C'était Gresham, mais il avait l'air si étrange et hagard qu'ils restèrent paralysés de stupeur.

— Vous l'avez ici. Je sais que vous le cachez, dit-il, puis il sortit un couteau et le brandit vers eux. Rendez-le-moi ou vous le regretterez.

Mrs Beaufort poussa un hurlement. Son mari se plaça aussitôt devant elle.

Puis le regard de Gresham se fixa sur Mitchell.

— Vous ! Je savais que vous nous suiviez. Mais vous ne reprendrez pas Betsy. J'y ai veillé. Personne ne peut me l'enlever maintenant.

Mitchell empoigna une chaise, au cas où il en aurait besoin pour se défendre, parce qu'il était certain que l'homme avait sombré dans la folie et qu'il y avait du sang séché sur son couteau.

Sans prévenir, Gresham se précipita avec le couteau et Mitchell se servit de la chaise pour le tenir à distance.

— Sortez de chez moi ! cria Beaufort.

Gresham se tourna vers lui et brandit de nouveau le couteau, qui avait une mince lame affûtée – un couteau pour désosser la viande, sans doute.

— Taisez-vous, sinon vous serez le prochain.

Mitchell tenta de l'atteindre avec la chaise pendant qu'il regardait ailleurs, afin de lui faire lâcher son arme. Gresham s'écarta, et se trouva ainsi plus près de Beaufort, qui tendit le bras pour essayer de le désarmer.

— Restez en retrait ! cria Mitchell, sûr que c'était le bon moyen pour recevoir un coup.

Avec un rire dément, Gresham tonna : « Je vous avais averti ! » et planta son couteau dans la poitrine de Beaufort.

Mrs Beaufort hurla et voulut tirer son mari en arrière, mais il s'affaissait déjà, les yeux révulsés.

Gardant la chaise devant lui, Mitchell s'efforça de s'approcher du fou par le côté, car il craignait maintenant pour la vie de Mrs Beaufort.

Toujours riant, Gresham arracha le couteau de la poitrine de Beaufort et tourna la lame dégoulinante vers son autre adversaire.

Du coin de l'œil, Mitchell vit Mrs Beaufort pousser sa fillette sous la table et s'accroupir devant elle, mais elle n'eut pas la présence d'esprit d'attraper une chaise pour se protéger.

Néanmoins, ses mouvements détournèrent l'attention de Gresham et, avant qu'il ne pût porter une nouvelle attaque, Mitchell projeta la chaise de toutes ses forces, tâchant de faire sauter le couteau des mains du fou. Il n'y parvint pas, mais il réussit à déséquilibrer l'homme et en profita pour l'attraper par-derrière.

Alors que tous deux se disputaient le couteau, le pied de Gresham glissa dans la flaque de sang sur le sol. Avec un hurlement, il s'effondra, entraînant sur lui Mitchell, qui n'osait pas le lâcher.

Durant un moment, ce fut le silence. Mitchell se cramponnait, redoutant que Gresham n'attaquât de nouveau. Puis, tandis que le tic-tac de la pendule demeurait le seul son dans la pièce, il se rendit compte que l'autre n'avait pas bougé depuis sa chute. Faisait-il semblant d'être blessé, attendait-il l'occasion de frapper à nouveau ?

D'une voix hésitante, Mrs Beaufort dit alors :

— Il est tombé sur le couteau. Le manche pointe de sa poitrine.

Très vite, prêt à se défendre, Mitchell se redressa et recula. Gresham ne remuait toujours pas.

Du pied, Mitchell retourna le fou : même s'il vit une pulsation dans sa gorge, ses yeux ne s'ouvraient pas et il gisait là, dans le sang, le couteau dépassant de sa poitrine.

— Trouvez des voisins. Demandez-leur d'appeler la police ! ordonna Mitchell sans quitter Gresham du regard.

— Mon mari…

— Je suis navré. On ne peut plus rien pour lui.

Impossible de ne pas reconnaître le masque de la mort sur le visage de Beaufort.

Son épouse s'éloigna de lui, sanglotante.

— Reste sous la table, Louisa. Joue à cache-cache.

— Je veillerai sur votre enfant, dit Mitchell.

Il s'attendait presque à ce que Mrs Beaufort eût une crise de nerfs mais, en dépit de son visage blanc comme un linge et de ses vêtements tachés du sang de son mari, elle se dirigea, vacillante, vers la porte.

Mitchell demeura avec le mort et le probable mourant. La fillette jouait sous la table avec une poupée de chiffons ; elle ne semblait pas consciente des horreurs autour d'elle. Et le tic-tac sonore de la maudite pendule continuait.

Un flot de bile lui monta dans la gorge, mais il le réprima, comme il réprima son envie de quitter la pièce qui empestait le sang. Il resta où il était, parce que quelqu'un devait surveiller Gresham et l'enfant.

Mrs Beaufort revint seule et s'adossa au mur, comme si elle avait du mal à tenir debout.

— Un voisin est parti chercher du secours.

— Il vaudrait mieux que vous attendiez ailleurs. Vous ne pouvez rien faire ici. Ce n'est pas un spectacle pour une dame.

Elle ne bougea pas.

— C'est le Gresham que vous traquiez ?

— Oui.

— Alors je crois que nous avons votre fils à l'étage. Il se cache de ce… de ce…

Il n'était pas difficile de lui souffler le mot juste.

— Ce fou.

— Oui. Ce fou. Je n'ai jamais été aussi épouvantée de ma vie.

Elle ferma les yeux et se tassa plus encore.

— Ne vous évanouissez pas ! dit-il, impérieux. Pensez à votre fille.

— Oui. Oui, je dois penser à mon enfant, admit-elle, regardant, vers le fond de la pièce, l'endroit où la petite fille était blottie sous la table. Viens voir maman, Louisa. Nous allons chercher ton ballon.

L'enfant sortit à pas vacillants. Elle sembla ne pas remarquer ou, du moins, ne pas comprendre qu'elle passait près du cadavre de son père.

Mrs Beaufort la prit dans ses bras et la cajola durant quelques secondes, puis elle dit d'une voix plus assurée :

— Je vais rester à l'étage avec votre fils jusqu'à ce que du secours arrive. Je ne veux pas qu'il voie ça.

Lorsqu'elle fut partie, quelqu'un frappa à la porte.

— Entrez ! cria Mitchell.

Un homme apparut sur le seuil.

— Nom de Dieu ! Que s'est-il passé ?

— Gresham est devenu fou. Il a poignardé Mr Beaufort puis il m'a attaqué. Nous nous sommes battus et il est tombé sur le couteau. Je crois qu'il est encore vivant.

— Et Beaufort ?

— Tué sur le coup.

Mitchell regarda l'homme se pencher pour vérifier.

— Oui, il est bel et bien mort. C'est tragique, dit-il, puis il examina Gresham. Celui-là est mort aussi. Une pendaison de moins, n'est-ce pas ?

— Nous ferions mieux de nous éloigner des corps, pour ne pas perturber le travail de la police.

Il réprima une nouvelle nausée. Il ne s'approcha pas de Gresham, car la seule idée de le toucher l'écœurait.

L'autre homme se tourna vers Beaufort.

— Pauvre gars, dit-il d'une voix adoucie. C'était un imbécile, mais un gentil bonhomme. Il ne méritait pas de périr ainsi.

Selon la pendule sur la tablette de la cheminée, vingt-six longues et lentes minutes s'écoulèrent avant l'arrivée des policiers. Ils étaient deux et ils ne parurent pas ébranlés par les morts et le sang.

Mitchell expliqua de nouveau ce qui s'était passé, puis il lui vint soudain à l'esprit qu'ils avaient oublié quelque chose.

— Les Gresham habitent à côté. On m'a dit que personne n'avait vu son épouse depuis hier.

— Mrs Beaufort nous accompagnerait-elle dans la maison, au cas où il y aurait des ennuis, croyez-vous ? La présence d'une femme peut être très réconfortante pour une autre femme.

— Je me garderais de la solliciter. Elle vient d'avoir un choc terrible, son mari a été tué sous ses yeux. De toute façon, elle s'occupe de deux enfants, qui ont vraiment besoin d'elle. En outre… (Il dut respirer à pleins poumons pour pouvoir continuer, sa voix trembla.) La dame d'à côté n'est pas réellement l'épouse de Gresham. C'est la mienne. Il y a près d'un an que je la cherche, depuis qu'elle s'est enfuie avec lui. Je l'ai suivie depuis l'Angleterre afin de retrouver mon fils.

— Ah.

— Donc je la reconnaîtrai, et elle me connaît.

Betsy était-elle enfermée, ou d'autres horreurs se révéleraient-elles ? Après ce à quoi il avait assisté, il penchait pour la seconde hypothèse. Il n'avait pas envie d'y aller, pas envie de découvrir un nouveau cadavre, surtout celui de sa femme, mais demeurer dans l'incertitude était insoutenable.

— Je reste ici ; va voir avec lui, dit l'aîné des policiers à son collègue.

Mitchell marcha jusqu'à la maison voisine avec le plus jeune des policiers.

— Il vaut mieux que je vous précède, dit celui-ci.

La porte était entrouverte ; le policier la poussa davantage du pied en appelant :

— Ohé ! Madame Gresham ? Êtes-vous là ?

Ils attendirent mais il n'y eut pas de réponse, absolument aucun bruit.

Le policier entra le premier.

Lorsque le salon apparut vide et parfaitement bien rangé, Mitchell se permit d'espérer. Mais il s'arrêta net sur le seuil de la cuisine, tout espoir anéanti. Betsy gisait sur le sol, son visage atrocement abîmé, des éclaboussures de sang partout.

Le policier se courba sur elle.

— Elle est morte depuis quelque temps.

— Il a dû la tuer hier. Le sang est sec.

Soudain, Mitchell n'y tint plus et se précipita dehors pour vomir dans le caniveau. Quelles qu'eussent été ses fautes, Betsy n'avait pas mérité un sort aussi affreux.

Il s'aperçut que le policier se tenait à son côté, une expression compatissante sur le visage. Des voisins commençaient à s'attrouper, demandaient ce qui se passait.

Le policier s'exprima d'une voix puissante :

— Quelqu'un peut-il porter un message pour moi au commissariat ? Dites que nous avons trois personnes défuntes et que nous avons besoin de renfort.

— J'y vais ! s'empressa de répondre un garçon.

— Très bien, partez, alors. N'oubliez pas d'indiquer cette adresse, de préciser qu'il y a trois morts, dont deux assassinés, et qu'il faut envoyer du secours et le fourgon mortuaire.

Mitchell se souvint soudain que son fils l'attendait à côté et pénétra dans la maison, les jambes flageolantes. Le plus âgé des policiers était toujours en faction près des cadavres.

— Mrs Beaufort est-elle encore à l'étage ?

— Oui. Pouvez-vous juste nous dire…

— Non, l'interrompit Mitchell. Je suis privé de mon fils depuis un an. Je veux le voir avant de parler à qui que ce soit.

La pensée de Christopher lui donna la force de monter l'escalier. En haut des marches, il appela :

— Madame Beaufort ?

— Je suis là.

Il se tourna vers la première chambre et la trouva assise sur le lit, un garçon immobile près d'elle et, de l'autre côté, sa petite fille endormie.

— Christopher ! s'écria-t-il et, comme le garçon le regardait, incrédule, il répéta, plus fort : Christopher ! Je t'ai cherché pendant des mois. Ne reconnais-tu pas ton père ?

Avec un sanglot, il s'avança vers son fils, qui demeurait figé comme une statue, puis la statue sembla fondre et Christopher se jeta dans les bras paternels, pleurant bruyamment.

En larmes, Mitchell donna un baiser à son fils et le serra contre lui, tandis que le garçon continuait de pleurer et de s'accrocher à lui. Ils ne s'apaisèrent qu'au bout d'un long moment.

Christopher n'avait pas prononcé un mot, mais il se cramponnait à son père.

— Il n'a pas été bien traité, dit Mrs Beaufort.

Du regard, elle dissuada Mitchell de s'exclamer ou de s'emporter au sujet des contusions.

— Il sera bien traité et aimé dorénavant, je vous le promets, affirma-t-il, puis il s'adressa à son fils : Je prendrai soin de toi, Christopher. Plus personne ne te malmènera.

Le garçon ne sortit pas de son mutisme, cependant il se blottit plus près de lui encore.

— Comment se fait-il qu'il soit chez vous ?

— Il fuyait son beau-père. Nous l'avons accueilli hier, nous ne supportions pas de le voir brutalisé une nouvelle fois. Comment va sa mère ? Est-elle grièvement blessée ?

Des lèvres, il forma les mots « morte » puis « chut », jetant un regard éloquent vers l'enfant. Il ne voulait pas l'accabler d'un fardeau de tristesse supplémentaire pour le moment. Elle riva sur lui des yeux pleins d'effroi mais ne dit rien, Dieu merci. Il étreignit Christopher, tirant un réconfort du seul événement heureux de cette funeste journée.

Il avait retrouvé son fils !

Bientôt la police les réclama, mais l'homme qui vint les interroger était plus vieux, un brigadier qui les traita avec une courtoisie pleine de douceur. Après avoir noté les faits et circonstances, il demanda :

— Où allez-vous loger ce soir, madame, monsieur ? Nous aurons peut-être besoin de vous reparler.

— Je n'ai nulle part où aller, dit Mrs Beaufort en promenant un regard abattu autour d'elle. Il faudra que je reste ici.

— Et vous, monsieur ?

Mitchell, qui la regardait, lisait sur son visage les horreurs de la journée. Il se demanda si elle avait un peu d'argent, ce qu'elle allait faire maintenant qu'elle avait perdu son soutien de famille. Il lui devait beaucoup : il était presque certain que, sans son aide, Christopher aurait aussi été tué.

— Souhaitez-vous que je reste ici avec vous cette nuit ? proposa-t-il. Je vais tâcher de trouver quelqu'un pour nettoyer la cuisine et je le rétribuerai. Je peux m'installer dans votre salon, si Christopher dort à l'étage.

Il ne voulait pas payer une chambre pour eux dans une pension de famille. Il avait consacré de grosses sommes à sa quête et devait désormais réduire ses dépenses.

Elle fondit en larmes, bredouillant des phrases hachées où s'entendaient les mots « merci » et « peur ». Il échangea un regard avec le brigadier, au regret qu'il n'y eût pas de femme pour s'occuper d'elle. Bon, il ferait de son mieux.

Lorsqu'elle se fut calmée, le brigadier déclara :

— Je pense que c'est une bonne idée, monsieur : que vous restiez, je veux dire. J'ai toutes les informations qu'il me faut. Dois-je demander dehors si quelqu'un est disposé à nettoyer ici ?

— Nous vous en serions reconnaissants, merci. Je ne peux pas laisser Mrs Beaufort seule avec ça. Elle a sauvé la vie de mon fils.

— La connaissez-vous ?

— Non. Je ne l'avais jamais vue avant de venir à Sydney.

Elle berçait maintenant la petite fille avec des murmures apaisants et ne semblait percevoir leurs propos qu'à demi. Christopher, muet, n'avait pas lâché son père ; celui-ci gardait donc un bras autour des épaules de son fils. C'était ce dont le garçon paraissait avoir besoin.

— Nous vous ferons savoir quand vous pourrez enterrer votre épouse, monsieur, dit le brigadier.

Mitchell le regarda, interloqué.

— Je ne veux plus m'approcher d'elle. Je suis navré qu'elle soit morte, et d'une manière aussi terrible, mais rien ni personne ne m'a causé de plus grandes souffrances qu'elle. Durant une année entière, je n'ai même pas su si mon fils était vivant.

— Je peux trouver un entrepreneur de pompes funèbres et vous l'envoyer.

— Merci, mais je n'en ai pas les moyens. Je ne la considère plus comme une véritable épouse depuis qu'elle s'est enfuie avec Gresham. Qu'elle ait un enterrement de pauvre.

— En êtes-vous sûr, monsieur ?

— Oui. Sûr et certain.

Même si le brigadier le considéra d'un air désapprobateur, il ne changea pas d'avis. Il préférait consacrer l'argent qui lui restait à des vivants, comme son fils, pour lequel il devait construire une nouvelle vie – une vie heureuse, espérait-il.

Mais il se demandait combien de temps serait nécessaire pour effacer de son esprit le souvenir de cette journée. Ou les atrocités auxquelles son fils avait été exposé.

Le garçon n'avait toujours pas prononcé un mot.

13

Mitchell dormit mal. Il était déjà réveillé lorsque l'aube transforma la fenêtre en carré gris dans les ténèbres de la pièce. Des bruits proches venus de la rue étroite témoignaient que des gens vaquaient à leurs occupations. Il entendit des portes et des fenêtres s'ouvrir, des voisins se saluer, leurs paroles s'élevant avec netteté dans l'air humide.

Cette normalité parfaite le réconforta. Encore quelques jours à passer et il mènerait lui aussi une vic normale.

Il s'attarda, couché sur le sol dur, peu désireux d'affronter une nouvelle journée pénible, pourtant il le fallait. Grimaçant, il remua son corps raide et douloureux. À côté de lui, son fils continuait de dormir à poings fermés. Christopher avait refusé d'aller à l'étage, s'était agrippé obstinément à lui.

Chaque fois qu'il le regardait, il se sentait révolté à la vue des contusions. Elles disparaîtraient bientôt, mais son amour de père finirait-il par effacer les souvenirs effroyables que l'enfant devait avoir ? Il ne savait pas si quelque chose réussirait un jour à effacer son propre sentiment de culpabilité à ce sujet.

Sur la pointe des pieds, il contourna le garçon endormi et entra dans la cuisine. Il avait une impression de saleté et regrettait de ne pas avoir de vêtements propres à mettre. Non sans difficulté, il ralluma le fourneau et posa la bouilloire sur le trou circulaire par lequel les flammes apportaient de la chaleur. Il ne laissa pas son regard s'arrêter sur les zones nettoyées, encore imprégnées d'eau, où le sang avait formé des flaques la veille. Était-ce la veille seulement ?

Des pas s'approchèrent, et il fit volte-face.

— Ah. Bonjour, madame Beaufort.

— Je vous ai entendu marcher, alors je suis descendue. J'ai faim et soif. Je crois que je n'ai rien mangé depuis le petit-déjeuner hier matin.

— Y a-t-il des provisions dans la maison ?

Elle rougit et se mordit la lèvre, puis avoua :

— Un bout de pain rassis et quelques pommes de terre. C'est tout.

— Je pourrais aller dans une boulangerie quand les magasins ouvriront et acheter quelque chose pour nous tous.

— Oh, ce serait si gentil à vous. Il y a un boulanger à deux rues d'ici. Il doit déjà vendre son pain. Et, dans la même rue, il y a une boutique où vous trouverez du lait. Je… manque d'argent, je suis désolée.

— J'ai ce qu'il faut.

Un sanglot lui échappa et elle s'essuya les yeux avec un coin de son tablier froissé.

— Je ne peux pas promettre de vous rembourser.

— Vous n'avez pas à le faire. Vous avez sauvé la vie de mon fils. Je ne partirai pas avant que nous ayons imaginé un moyen de vous construire un avenir.

Son visage s'éclaira un peu.

— Vous m'aiderez ?

— Pour le bien des enfants.

Elle ne devait pas croire qu'il s'intéressait à elle personnellement.

D'un coup d'œil dans le salon, il constata que Christopher dormait toujours et quitta donc la maison sans bruit. C'était agréable de respirer l'air frais. Il tourna dans la direction que Mrs Beaufort avait indiquée et parvint à la boulangerie en se fiant à son odorat. Il acheta deux miches et de petits pains aux raisins. Existait-il un parfum plus merveilleux que celui du pain frais ? Il en eut l'eau à la bouche, et ne put s'empêcher de casser un morceau de croûte et de le croquer.

Plus loin dans la rue, il trouva la boutique et acheta du beurre, de la confiture et des œufs. Il demanda aussi du lait, mais s'aperçut alors qu'il n'avait pas de récipient où le verser.

— Êtes-vous le monsieur dont la femme a été tuée ? demanda le commerçant, fixant des yeux fascinés sur le sang séché qui maculait ses vêtements.

Mitchell hocha la tête.

— Je vais vous prêter un pot, alors. Il faut s'entraider, être de bons samaritains, n'est-ce pas ? Mais n'oubliez pas de me le rapporter. Il vaudrait mieux que je vous prête aussi un filet à provisions, sinon vous risquez de faire tomber quelque chose.

Mrs Beaufort aurait dû y penser, malheureusement elle ne semblait guère avoir de sens pratique.

Une fois revenu, Mitchell lui confia la nourriture et se rendit au salon. Christopher sortait à peine du sommeil. Dès qu'il fut réveillé, il dressa la tête pour observer autour de lui avec méfiance, puis il vit son père et parut se rappeler les événements de la veille. Il laissa sa tête retomber sur l'oreiller avec un soupir de soulagement, paupières closes.

— Tout va bien, mon fils. Personne ne te fera de mal. Tu es juste à l'heure pour le petit-déjeuner. As-tu faim ? Moi, oui.

Christopher rouvrit les yeux et murmura :

— Mère.

Mitchell hésita, mais s'il ne le lui disait pas, quelqu'un d'autre le lui révélerait.

— Elle est morte, hélas, chuchota-t-il. Ce fou l'a tuée, comme il a tué Mr Beaufort. Mais Gresham est mort à présent, par conséquent il ne peut plus te martyriser. Et je ne laisserai personne d'autre te persécuter.

Christopher ne dit rien de plus, le regarda seulement, les yeux écarquillés dans ce pâle visage contusionné qui le bouleversait.

— Viens, mon petit. Nous allons manger, tu te sentiras mieux après. J'ai acheté du pain frais.

Le garçon ne se levait pas. Mitchell s'approcha, se pencha vers lui. Suivant son instinct, il enlaça l'enfant avec affection et le mit debout.

— Tu vas vivre avec moi dorénavant, comme par le passé.

Même cette phrase ne sembla produire aucun effet. Il répéta donc :

— Personne ne te frappera ni ne te fera de mal.

Il examina sa tenue et celle de son fils.

— Nous sommes tous les deux dans un triste état, hein ? Il nous faut des vêtements propres. En as-tu dans la maison à côté ?

— Je crois que tous ses vêtements sont trop petits pour lui maintenant, répondit Mrs Beaufort, derrière lui.

— Alors nous en achèterons de nouveaux ce matin. Peut-être que Mrs Beaufort nous aidera.

Christopher les considéra tour à tour puis adressa un minuscule signe approbateur de la tête.

— Bien, le petit-déjeuner, dit Mitchell d'un ton ferme.

Nul ne pouvait réfléchir correctement tenaillé par la faim.

De toute façon, la vie continuait, quoi qu'il vous arrivât. Parfois cela faisait mal, mais d'autres fois, comme à présent, c'était une grande consolation de s'attacher aux détails du quotidien.

Au moins son fils prit-il un bon petit-déjeuner, même s'il ne consentit pas à prononcer un mot.

Le repas terminé, Alice débarrassa la table, puis regarda Mitchell d'un air hésitant.

— Il faut que nous discutions, dit celui-ci. Pourquoi ne pas vous asseoir ?

Elle obéit, les épaules tombantes. Il s'apprêtait à parler, mais elle le devança.

— Je ne peux même pas faire enterrer Parker, monsieur Nash. Je n'ai pas d'argent.

— Comment en gagnait-il ? Vendait-il ses toiles ?

Il avait vu l'atelier dans le grenier et elles lui avaient paru médiocres.

— Non. Personne ne voulait acheter ses tableaux. Il n'était pas très doué, n'est-ce pas ? Il avait plus de talent pour le dessin, mais il en avait horreur, il disait que ça le rabaissait.

— De quoi viviez-vous, alors ?

— Parker était un résident étranger entretenu. Sa famille lui envoyait de l'argent d'Angleterre à condition qu'il reste en Australie. Le notaire lui remettait une allocation tous les trimestres, mais Parker la dépensait toujours en totalité avant l'arrivée de la suivante.

— Ah, votre mari avait donc un notaire.

— Oui.

— Nous irons le voir ce matin, alors, et nous lui demanderons de payer l'enterrement.

Cette proposition sembla la contrarier.

— Qu'est-ce qui vous ennuie ?

— Maître Sherwood n'est pas très serviable. Il a dit qu'il écrirait aux parents de Parker quand nous nous sommes mariés, mais ils ont répondu qu'ils ne verseraient pas un shilling de plus, alors à quoi bon ? Et puis… je ne sais pas s'ils m'enverront encore de l'argent. Ils ne laisseraient pas son enfant mourir de faim, tout de même ?

Ses yeux se portèrent sur la petite fille, qui jouait en silence avec une poupée de chiffons sale.

Il réprima un soupir d'impatience alors que Mrs Beaufort s'abandonnait aux larmes. Elle gardait un joli visage malgré ses pleurs, mais il n'était attiré en rien par une femme stupide comme elle. Il en avait assez des femmes stupides.

— J'ai de quoi acheter à manger pour quelques jours, c'est tout. Que vais-je devenir ?

Mitchell se refusait à décrier les morts, il devinait néanmoins que Parker Beaufort avait dû commettre un acte très répréhensible pour que sa famille l'exilât en Australie – une faute plus grave que des dépenses inconsidérées. Betsy s'était montrée incapable de gérer l'argent elle aussi, ce qui avait causé de nombreuses querelles entre eux deux. Il jeta un regard vers son fils. Christopher écoutait avec attention. Il n'avait pas quitté son père depuis son réveil, allant même attendre devant les cabinets lorsque le besoin y avait conduit Mitchell.

À regret, Mitchell se détourna de lui.

– Combien vous reste-t-il exactement, madame Beaufort ?

– Quelques pièces, moins de deux guinées. Parker avait fait quelques croquis, par malheur il a dépensé une partie de son salaire en peinture et en boisson. Il traçait de bons portraits au fusain quand il était sobre.

– Je l'ai vu de mes yeux. À propos, j'ai brûlé le croquis qu'il a fait du fou. J'espère que vous n'en serez pas fâchée.

Elle secoua la tête, et il poursuivit :

– Lorsque nous aurons trouvé une solution pour vous, je rentrerai dans la colonie de Swan Hill. L'endroit me plaît et plus rien ne m'attend en Angleterre. Où viviez-vous avant de vous installer à Sydney ?

Il crut un instant qu'elle n'avait pas entendu sa question, puis elle chuchota, le regard brouillé par les larmes :

– Singapour. C'est là que j'ai rencontré Parker. Je vivais avec mon oncle, ma tante et ma cousine. Mais mon oncle est mort et, dès lors, notre vie a été horrible. Je suppose que ma tante et ma cousine habitent toujours là-bas. Je ne leur ai pas écrit après m'être enfuie. J'avais trop honte.

Peut-être qu'elles l'accueilleraient. Le notaire pourrait certainement lui procurer l'argent nécessaire à sa traversée.

– Durant mon séjour à Fremantle, j'ai fait la connaissance d'un couple ; la femme venait de Singapour. Qui sait si elle ne connaîtrait pas votre cousine ? Elle s'appelle Isabella Deagan. Elle est…

— Isabella ?

— Oui. Elle a épousé Bram récemment. Elle vivait dans une famille chinoise à Singapour, elle travaillait pour eux.

— Il ne peut pas y avoir beaucoup d'Isabella à Singapour. Elle n'a pas une chevelure rousse, si ?

— Si. Et elle est plutôt grande. Une femme très saisissante.

Mrs Beaufort battit des mains dans un geste théâtral.

— Ce doit être elle ! Il n'y avait aucune autre femme rousse prénommée Isabella à Singapour. Et elle est mariée ! Oh, je voudrais la rejoindre. Elle savait toujours ce qu'il fallait faire. Elle prendrait soin de moi.

Et elle fondit une nouvelle fois en larmes. S'il la plaignait, Mitchell commençait à se lasser de ses pleurs continuels et de son impuissance à s'assumer. Il s'arma pourtant de patience, tout en sentant la main de son fils se glisser dans la sienne et la presser.

— Je suis… d-désolée. Je ne p-peux pas m'arrêter de p-pleurer.

Elle se sécha les yeux, mais une autre larme coula presque immédiatement.

— Comment se porte Isabella ?

— Bien. Elle et son mari vont ouvrir une boutique à Fremantle.

L'évidence semblait telle que, Mrs Beaufort ne la formulant pas, Mitchell affirma :

— Si elle est la seule parente qu'il vous reste, vous devriez vous adresser à elle. Elle vous aidera le temps que vous vous releviez. Vous pourriez peut-être trouver un poste de gouvernante, ou une place dans ce genre ?

— Comment pourrais-je me rendre à Fremantle ? Je n'ai rien pour payer le vapeur.

Elle fixa sur lui un regard plein d'espoir.

Il ne proposa ni de lui payer les billets ni même de lui prêter la somme correspondante.

— Nous irons voir le notaire de votre mari et lui expliquerons la situation. Je suis sûr que nous le convaincrons de vous donner l'argent pour la traversée jusqu'à la colonie de Swan Hill pour vous et votre fille.

— Le pensez-vous vraiment ?

— Oui, j'en suis persuadé, répondit-il d'un ton résolu.

Quelle petite nature elle était.

Il demanda à un voisin d'indiquer aux policiers où ils étaient si nécessaire, puis partit avec Mrs Beaufort. Ils se dirigèrent d'abord vers la pension de famille, car il voulait se changer. En chemin, ils passèrent devant un magasin de nouveautés qui vendait des vêtements d'enfants, il poussa donc la porte pour voir s'il y avait quelque chose de la taille de son fils, dont les habits loqueteux étaient une honte.

À son soulagement, il y avait des articles disponibles et, lorsque le jeune homme qui le servait observa les taches de sang sur eux, il dit avec sécheresse :

— Sa mère a été tuée dans un accident hier. Mon fils a besoin d'une nouvelle garde-robe.

— Oui monsieur, dit le jeune homme, qui devint très enthousiaste. Il vous faudra des chemises, des maillots de corps, des caleçons, des chemises de nuit, une casquette, tout.

— Oui. Et je vous saurai gré de jeter ce qu'il porte en ce moment.

— Très bien, monsieur.

Une fois que Christopher eut une apparence plus respectable, ils convinrent d'une livraison ultérieure des autres vêtements et continuèrent leur route jusqu'à la chambre de Mitchell.

La logeuse le salua avec une extrême froideur, observant d'un œil méfiant Mrs Beaufort et les deux enfants.

— Vous n'êtes pas rentré hier au soir, monsieur Nash.

Lorsqu'il s'en expliqua, elle leva les bras au ciel, horrifiée.

— Je suis désolée, mais je ne peux pas tolérer un tel scandale dans ma maison. Vous voudrez bien faire votre valise et quitter les lieux.

Il regarda son visage étroit, empli de méchanceté.

— Je ne partirai pas avant d'avoir fait ma toilette et de m'être rasé. Vous devez en outre me rendre l'argent pour la journée que je vous ai payée d'avance. Qui plus est, comme vous êtes une bonne chrétienne, je vous prie d'offrir à Mrs Beaufort un endroit où s'asseoir et m'attendre avec sa petite fille. Condamneriez-vous une veuve et son enfant à rester debout sous la pluie ?

Mrs Beaufort exhiba un mouchoir et sanglota.

— Mon fils m'accompagnera dans la chambre, ajouta-t-il.

La logeuse hésita, puis haussa les épaules et dit :

— Je vais chercher votre argent, monsieur. S'il vous plaît, hâtez-vous de monter, afin que je puisse nettoyer cette chambre. Vous pouvez attendre dans le vestibule, madame…

— Beaufort.

Elle se détourna.

— N'oubliez pas l'eau chaude, lui rappela-t-il. Je dois absolument me raser.

Tandis qu'ils marchaient en direction de l'étude du notaire, il dit à Mrs Beaufort :

— J'aimerais beaucoup que vous nous autorisiez à dormir dans votre salon, Christopher et moi, le temps d'organiser notre départ de Sydney. Il y a peut-être des matelas propres dans la maison voisine.

— Oh, oui. Je vous en supplie, restez. Je ne sais pas ce que je ferais sans vous.

Le clerc de notaire les accueillit avec dédain, mais lorsqu'il sut que le client de son patron avait été assassiné, il leur demanda à voix basse de bien vouloir prendre un siège.

Dès que maître Sherwood fut libre, le clerc les introduisit.

Une nouvelle fois, Louisa joua par terre en silence et Christopher se tint immobile à côté de son père. Mitchell attendait que Mrs Beaufort parlât, mais elle se tourna vers lui ; avec un soupir, il retraça donc les faits.

Les nouvelles médusèrent le notaire. Il ouvrit et ferma plusieurs fois la bouche avant de réussir à trouver ses mots.

— Horrible ! Abominable ! Je paierai l'enterrement, bien sûr. Je suis certain que mes clients voudront que j'agisse ainsi pour leur fils. En revanche, je n'ai pas reçu d'instructions quant à son épouse. Mes clients ne l'ont pas mentionnée dans leurs réponses à mes lettres, même si je les ai avisés de son mariage.

— Il y a aussi sa fille. N'oubliez pas l'enfant. Les parents de Mr Beaufort se soucieront sûrement du bien-être de leur petite-fille. Je n'ai pas l'obligation de veiller sur elle, par conséquent, à moins que vous ne trouviez l'argent nécessaire pour lui permettre de rejoindre la famille qu'elle a encore, je vais devoir laisser Mrs Beaufort ici avec vous aujourd'hui.

Elle éclata en bruyants sanglots et le notaire la regarda avec irritation.

Mitchell attendit mais, comme maître Sherwood ne proposait rien, il ajouta :

— Je suis prêt à les accompagner, elle et sa fille, jusqu'à la colonie de Swan Hill, puisque c'est ma destination. Je sais où vit sa parente, mais je n'ai pas les moyens de payer leurs billets.

— Il faudra que je le fasse, semble-t-il, soupira le notaire. Comme vous le dites, l'enfant est la petite-fille de mes clients. Je vais demander à mon clerc de leur réserver des places sur le prochain vapeur.

— Demandez-lui de réserver en même temps une cabine pour mon fils et moi. J'irai ensuite régler à la compagnie maritime le prix de la cabine que nous utiliserons.

— Où logez-vous ?

Il hésita ; il ne pouvait pas avouer qu'il venait d'être chassé de la pension de famille, ni qu'il logeait chez Mrs Beaufort, car ce serait jugé blâmable.

— Dans la maison de ma défunte épouse, qui est voisine du domicile de Mrs Beaufort. Je dois nettoyer les lieux et m'occuper de l'enterrement.

Tout en le disant, il décida soudain que, si c'était possible, il dormirait là en effet la nuit suivante. Il ne voulait pas que quelqu'un pût penser qu'il abusait de la veuve.

— Une très triste histoire, monsieur. Toutes mes condoléances. Hum, avez-vous une adresse en Australie-Occidentale ?

— Je peux vous donner l'adresse des amis qui m'hébergeront. Lui est capitaine de navire.

— Ce serait une aide si Mrs Beaufort avait un notaire sur là-bas. En connaîtriez-vous un ?

— Non. L'un de vos collègues pourra peut-être vous indiquer quelqu'un avec qui traiter, puisque vous ne semblez pas souhaiter avoir affaire directement à la veuve.

— Je crains que la famille Beaufort ne veuille avoir affaire qu'à un notaire.

— Eh bien, s'ils sont disposés à soutenir l'épouse de leur fils, je suis certain qu'ils trouveront un moyen de lui expédier l'argent là-bas. Il existe des banques dans la colonie.

À leur retour dans le quartier, Mitchell rassembla son courage pour pénétrer dans l'ancienne maison de sa femme. Un homme maussade coiffé d'une casquette était occupé à en faire le tour.

— Qui êtes-vous ? lui demanda Mitchell.

— Le propriétaire. J'ai appris ce qui s'est passé et je suis venu vérifier l'état de mon bien. C'est une histoire affreuse, mais qui va ranger ce fouillis ?

— Il faudra que vous payiez quelqu'un pour récurer ; néanmoins, je trierai les affaires de ma femme et jetterai ce dont je n'ai pas l'usage.

— Vous pouvez payer aussi pour le nettoyage, alors.

Il en avait assez de payer à cause des erreurs et des problèmes des autres ; sa priorité était désormais Christopher.

— Non. Je n'habitais pas ici, je n'ai pas loué cette maison. La responsabilité vous en incombe. Si vous ne la faites pas décaper, la tache risque de devenir ineffaçable. Mon épouse m'a quitté pour l'homme qui est devenu fou, alors vous devriez vous estimer heureux que je propose de trier ses affaires.

— Je veux que les lieux soient vidés d'ici à la tombée de la nuit.

— Ils le seront d'ici à la fin de la semaine. Je suis certain que le loyer a été payé jusqu'à cette date.

À la moue de son interlocuteur, il sut qu'il ne se trompait pas.

— Cet enfant a besoin de dormir dans un cadre familier après ce qu'il a vécu.

Il braqua ses yeux sur l'homme, qui finit par capituler.

— Bon, entendu. Pour l'enfant. Mais je passerai tous les jours pour m'assurer que vous n'abîmez rien.

— Naturellement.

Une fois le propriétaire parti, Mitchell commença d'explorer la maison. Il frémit devant la flaque de sang séché brun sombre dans la cuisine et la chaise cassée renversée dans le coin. Un coup à la porte interrompit ses pensées moroses et, soupirant, il alla ouvrir.

C'était la femme qui avait nettoyé la maison de Mrs Beaufort.

— Je suis Janey Thorpe, monsieur. J'ai nettoyé la maison d'à côté hier. Je me demandais si vous voudriez que je nettoie ici aussi. Je serais contente de gagner un peu plus d'argent, parce que mon mari est malade.

— Je me réjouis que vous soyez venue. Entrez ! Non seulement vous pouvez récurer la cuisine pour le propriétaire, mais vous pouvez m'aider à débarrasser les affaires de ma femme et prendre tout ce que je ne pourrai pas vendre. Les affaires de Gresham aussi. Vous pouvez en disposer. Je ne veux pas y toucher.

Elle le regarda comme s'il était soudain paré d'une auréole.

— Oh, monsieur ! Vous me rendriez un immense service.

Il alla informer Mrs Beaufort et lui suggérer de se mettre aux bagages.

— Emballez les affaires de votre fille et les vôtres.

— Et celles de Parker ?

— Nous pouvons les vendre à un magasin d'occasion.

Comme elle grimaçait, il ajouta d'un ton sec :

— Vous aurez besoin du moindre penny, nous vendrons donc tout ce que nous pourrons dans votre maison et la mienne.

— Vous avez le cœur dur.

— J'ai le sens pratique. Je vous recommande d'examiner tout ce qu'il y a dans cette maison et de voir ce qui est vendable. Ne traînez pas.

Il n'attendit pas sa réponse. Il emmena Christopher à côté, touché que le garçon lui prît la main lorsqu'ils entrèrent de nouveau dans la maison. Il aurait aimé que l'enfant parlât, mais il avait décidé de ne pas le presser.

— Voudrais-tu monter dans ta chambre et trier tes vieux vêtements, Christopher ? Tu m'aiderais beaucoup. Empile par terre tous ceux qui sont trop petits pour toi ; Mrs Thorpe les emportera.

Le garçon hésita.

— Je ne m'éloignerai pas sans toi, je te le promets.

Son fils le dévisagea, sembla trouver quelque chose de rassurant dans ce qu'il vit et courut à l'étage.

Mitchell respira à pleine poitrine et le suivit. D'abord, il inspecta les affaires dans la chambre de son épouse défunte. Elle n'avait pas beaucoup d'habits et rien de neuf, à ce qu'il constata, les maniant avec répugnance. Quant aux affaires de Gresham, il s'en tint à fouiller les poches. Il n'hésita pas une seconde à garder les quelques pièces qu'il y découvrit. Ensuite, il lâcha les vêtements sur le sol.

Alors qu'il terminait, Mrs Thorpe monta du rez-de-chaussée pour lui dire :

— J'ai fini de récurer la cuisine, monsieur, elle est en train de sécher. Allez-vous dormir ici cette nuit ?

— Oui. Le lit est intact, après tout.

— Alors je vais mettre des draps propres, n'est-ce pas ?

— Très bien. J'ai entassé les vêtements de Gresham près de la porte. Vous pouvez les prendre. Vendez-les, faites-en ce que vous voulez. Et tout ce que je laisserai ici vous appartiendra, si vous acceptez de venir cuisiner pour nous et d'effectuer les tâches ménagères jusqu'à notre départ.

Il commençait à réviser son idée de tout jeter. Les casseroles n'étaient pas intéressantes, mais le linge de lit, de bonne qualité, occuperait peu de place. Il avait d'ailleurs aperçu une malle dans le grenier. Le linge de table vaudrait sans doute la peine d'être emporté aussi. À bien y réfléchir, Mitchell aurait une maison à équiper en Australie-Occidentale, outre une nouvelle activité professionnelle à établir.

Il dormit bien cette nuit-là, couché dans le lit de Gresham avec Christopher auprès de lui. À son réveil, il sourit en voyant le paisible visage endormi de son fils.

Les choses iraient mieux dorénavant, c'était certain.

Mitchell considéra le tas de bagages qu'Alice avait préparés.

— Tonnerre, quel est ce monceau de paquets ?

— Vous avez dit que je pouvais prendre ce dont j'avais besoin.

— Si vous en prenez autant, nous devrons payer un supplément pour l'expédition. Je vous l'ai déjà expliqué.

— C'est tout ce que j'ai au monde, et il y a aussi les affaires de Louisa.

Elle fondit – à nouveau – en pleurs et il serra les dents, car il avait remarqué que, s'il haussait le ton, elle pleurait plus bruyamment.

— Comment pouvez-vous exiger de moi que je jette quelque chose ? Et comment saurais-je ce qu'il me faudra dans la colonie de Swan Hill ?

— Avez-vous de quoi payer un supplément de bagages ? Moi, non.

Elle se tut, le fusillant du regard comme une enfant désobéissante qui a essuyé une réprimande. Puis elle s'égaya.

— Puisqu'il a un magasin, le mari d'Isabella sera en mesure de vous rembourser si vous me prêtez l'argent.

— Ah, non. Il s'installe tout juste.

Mitchell décida de passer au crible le contenu de ses bagages, mais la perspective de devoir sélectionner parmi ses sous-vêtements le gêna.

— Restez ici et veillez sur Christopher.

Son fils l'implora du regard.

— Pas cette fois, mon fils. Je dois me dépêcher.

Il sortit et se hâta jusqu'à la maison de Mrs Thorpe.

— J'ai besoin de votre aide pour trier les bagages de Mrs Beaufort. Nous devrons peut-être travailler la nuit entière, mais je vous paierai six pence de l'heure.

Son visage s'illumina et elle se tourna vers sa fille aînée, une môme raisonnable qui lui ressemblait fortement.

— Couche les petits et prends soin de ton père. Je reviendrai sûrement très tard.

Comme ils remontaient la rue, il précisa :

— Mrs Beaufort ne peut emporter qu'une malle et deux valises sur le vapeur, sinon elle devra régler un supplément. Il me faut une femme pour retenir ce qui est valable parmi ses affaires. Vous pourrez prendre tout ce que nous aurons écarté. Je compte sur vous pour qu'elle conserve le meilleur de ce qu'elle possède.

Elle le regarda d'un air grave.

— Merci, monsieur Nash. Vous avez été bon envers moi et je n'essaierai pas de vous duper.

— Nous devrons nous montrer très stricts avec elle, dit-il, puis les mots lui échappèrent avant qu'il ne pût les retenir : C'est une telle idiote.

Mrs Thorpe eut un sourire entendu, même si elle s'abstint de tout commentaire.

Quatre heures furent nécessaires pour examiner les bagages d'Alice et il fut stupéfié par les loques qu'ils contenaient. Ne s'y trouvait, en revanche, aucune œuvre de son époux. Il monta au grenier et observa minutieusement les tableaux. Ils étaient très médiocres en effet, à l'exception d'un seul. Il y avait en outre deux excellents croquis de la petite Louisa, et un d'Alice qui la saisissait dans toute sa joliesse stupide.

Il avait dit au notaire d'envoyer quelqu'un chercher les productions artistiques de Parker Beaufort au cas où sa famille en voudrait, mais il retira les trois dessins et la toile, qu'il descendit au rez-de-chaussée.

— Je n'emporterai aucun de ses croquis ou tableaux, dit Mrs Beaufort en fronçant les sourcils. Ce sont eux qui nous ont entraînés dans la misère.

— Et si ses parents rendent un jour visite à leur petite-fille, comment expliquerez-vous qu'elle n'a rien venant de lui ? Comment lui expliquerez-vous, quand elle grandira, que vous n'avez rien gardé de son père pour elle ?

Elle fixa ses yeux sur lui, se mordant la lèvre.

— Mais je vais devoir abandonner d'autres habits encore pour leur trouver une place.

— Eh bien abandonnez-les. C'est important.

Derrière elle, Mrs Thorpe secoua la tête et continua son examen des vêtements, du linge de lit et autres effets. Alice avait d'abord tenté de s'y opposer, mais à présent elle demeurait là, immobile, renfrognée, refusant de « jeter des choses » et laissant Mrs Thorpe et Mitchell refaire la totalité de ses bagages.

Dieu du ciel, comment réussirait-il donc à tenir sa langue pendant deux, voire trois semaines encore ?

14

Bram et Isabella consacrèrent beaucoup de temps à la rédaction de leur première annonce, qu'ils prévoyaient de faire paraître dans la *Perth Gazette* et le *Western Australian Times* le deuxième vendredi du mois de septembre. Ils débattirent, discutèrent et griffonnèrent maintes et maintes idées, jusqu'au moment où ils convinrent tous deux qu'ils ne trouvaient plus de moyen d'améliorer le texte.

Ils travaillèrent dur à la préparation de la boutique elle-même, débattant à ce sujet aussi, le plus souvent cordialement.

— Il faut que nous posions un plancher dans le hangar, insista Isabella. Les dames ne voudront pas marcher sur le sol nu, en particulier quand il pleut, et cela ne fera pas bonne impression sur les clients les plus aisés, ceux qui auront le plus d'argent à dépenser.

— Ne pouvons-nous pas commencer dans l'état actuel des lieux et remettre le plancher à plus tard ? protesta Bram. Nos économies diminuent à une vitesse folle et les locaux ne nous appartiennent même pas. Ils sont la propriété de Conn.

— Il habite trop loin pour que nous le consultions à propos des détails. De plus, il a déclaré qu'il avait une absolue confiance en toi.

— Si seulement j'avais autant confiance en moi ! dit-il en promenant son regard autour de lui. Tant de choses dépendent de ce projet, Isabella. Je me réveille quelquefois la nuit, rongé par l'inquiétude. Et le coût d'ensemble est supérieur à ce que je pensais.

— Qui a eu l'idée d'ouvrir un bazar ?

Il haussa les épaules.

— Toi. Et c'est une excellente idée !

Debout face à lui, elle lui prit les mains avec un petit sourire.

— J'ai toute confiance en toi, Bram.

Il lui serra convulsivement les doigts.

— Je ne supporterais pas de te décevoir. Tu mérites une vie meilleure et…

— En sommes-nous revenus à moi qui suis une dame et toi qui es un paysan ? dit-elle en dégageant ses mains pour les mettre sur ses hanches.

— Mais c'est la vérité, répondit-il en rougissant.

— Nous sommes mari et femme, associés en tout, n'est-ce pas ce que tu as affirmé à Conn lors de sa dernière visite ? Parlais-tu à la légère ?

— Bien sûr que non.

— Alors cesse de répéter que je suis une dame. Nous devons travailler ensemble, nous combler l'un l'autre. Je t'ai regardé négocier avec les gens qui ont des choses à vendre. Tu t'y prends à merveille, alors que certains ont des idées ridicules sur la valeur de leurs biens. Je t'ai vu présenter des propositions pour la conception du bazar, aussi, des solutions ingénieuses, des choses auxquelles je n'avais pas pensé. Et je te verrai devenir riche un jour, j'en suis persuadée.

— Oh, tu es sincèrement adorable.

Il l'enlaça et lui donna un long baiser langoureux, puis l'écarta de lui et soupira.

— Il faudra que cette étreinte me suffise jusqu'à ce soir.

Elle s'empourpra et essaya d'ordonner ses pensées.

— Oui, en effet. Bien… ce plancher, disions-nous donc. Il est important de faire bonne impression d'emblée. Xiu Mei passait beaucoup de temps à arranger et à réarranger ses pièces de soie, afin d'attirer le regard, et je suis sûre que la beauté de ses étalages incitait les gens à entrer dans le magasin.

— Même si nous voulions installer un plancher, le charpentier de navire ne peut pas nous aider en ce moment, dit-il en levant les mains. Dougal a différé son départ, mais il s'en ira dans un jour ou deux. Il y a un manque d'artisans dans la colonie. Qui nous fabriquera un plancher ? Je ne possède pas ce savoir-faire.

— Nous trouverons quelqu'un.

— En attendant, Dieu merci, nous avons la pension pour chevaux ! marmonna-t-il. Et ta parcimonie. Nous vivons de ce que la pension rapporte, même avec une partie de l'argent conservée pour Conn. Nous ferions donc mieux de…

On frappa à la porte d'entrée.

— Je vais voir, dit-il. Mets de l'eau à chauffer. J'ai impérativement besoin d'une tasse de thé.

— Quel incroyable buveur de thé tu es !

Elle se dirigea vers la cuisine minuscule dans l'intention d'attiser le feu pour la bouilloire, mais fit volte-face lorsque Bram cria :

— Isabella ! Viens !

Elle accourut, puis s'arrêta net en voyant qui se tenait là.

— Alice ! Alice, tu es vivante !

Elle fondit en larmes, et sa cousine l'imita. La petite fille qui serrait la main d'Alice se mit à sangloter de frayeur.

Elles ne se calmèrent qu'au bout de plusieurs minutes et, entre-temps, Bram les avait conduites dans le salon, avec leurs compagnons de voyage. Sa mère continuant à pleurer, il souleva la petite fille, l'apaisa et la berça, et elle lui adressa bientôt un sourire timide.

Lorsque Isabella se fut un peu ressaisie, elle remarqua l'homme et le garçon debout derrière son mari.

— Je suis désolée de vous avoir ignoré, monsieur Nash. Je m'inquiétais tellement pour ma cousine.

— C'est compréhensible.

— Alice, voici mon mari, Bram.

— Je suis enchantée de vous connaître. Je ne vous ai pas présenté ma fille, Louisa. Chérie, c'est ta tantine Isabella et ton oncle Bram.

Alice le regarda, sourcils froncés.

— En général, elle fuit les personnes qu'elle ne connaît pas.

— J'ai des frères et sœurs plus jeunes, et toute une série de neveux et de nièces ; j'ai l'habitude des enfants, dit Bram en souriant. Veuillez vous asseoir, monsieur Nash. Et si nous prenions tous le thé ? Je vais m'occuper de la bouilloire.

Il rendit la fillette à sa mère, qui la posa immédiatement sur le sol et lui ordonna d'être sage. Avant d'aller à la cuisine, il se tourna vers Mitchell.

— Inutile de vous demander qui est ce beau petit garçon : il a vos yeux. Vous avez donc retrouvé votre fils.

— En effet, dit Mitchell en souriant à Christopher.

— Vous paraissez tous fatigués.

— La traversée a été… éprouvante.

Le regard qu'il jeta à Alice poussa Bram à la considérer d'un œil sévère.

— Je vais vite mettre l'eau à chauffer, ensuite vous me raconterez comment il se fait que vous ayez trouvé la cousine d'Isabella.

Il répéta sa demande lorsqu'il revint.

— C'est une longue et sombre histoire, je le crains, dit Mitchell.

— Racontez-la néanmoins, l'invita fermement Isabella.

Elle écouta, horrifiée, et elle prit la main d'Alice pendant qu'il expliquait ce qui s'était passé.

— Eh bien, nous vous sommes reconnaissants de nous avoir amené Mrs Beaufort, déclara Bram. Je vais voir où en est l'eau.

— Je vous accompagne, dit Mitchell.

C'était étrange de laisser deux hommes préparer le thé, mais Isabella essayait toujours de réconforter sa cousine, qui pleurait délicatement dans un mouchoir trempé. Néanmoins, la cuisine était assez proche pour qu'elle entendît la plupart des propos qu'ils échangeaient.

D'une voix empreinte de contrariété, Mitchell dit à Bram :

— Cette femme pleure pour un oui ou pour non et elle n'a pas une once de sens pratique. Je suis navré de vous amener ce boulet au moment même où vous vous installez.

Alice avait entendu aussi, de toute évidence ; elle se redressa brusquement.

— Cet homme n'a aucune compassion pour le malheur des autres, absolument aucune.

— Écoute, tu es ici à présent, alors ça n'a pas d'importance, répondit Isabella consolatrice.

Lorsque les hommes apportèrent le plateau de thé, Alice s'égaya enfin. Elle attendit que sa cousine la servît et ne remua pas le petit doigt pour aider sa fille. Ce fut Bram qui prit la fillette sur ses genoux et lui donna un peu de lait.

Après s'être assuré que son fils avait quelque chose à boire, Mitchell retourna s'asseoir à l'extrémité du canapé, ses longues jambes étendues sur le tapis.

— Nous espérons que les parents de Mr Beaufort enverront de l'argent pour soutenir son épouse et sa fille. J'ai donné au notaire l'adresse des McBride, parce que je ne connais pas d'autre endroit ici, mais nous ne saurons rien avant des mois, et en attendant…

— En attendant je suis sans le sou ! Une indigente ! s'exclama Alice, qui se remit à pleurer. Oh, Isabella, si vous ne nous accueillez pas, nous serons envoyées à l'hospice.

— Bien sûr que nous allons vous accueillir. Même si Louisa et toi devrez partager une chambre minuscule. Nous n'avons pas plus grand.

— Avant, c'est avec toi que je partageais une chambre.

Remarque typique d'Alice.

— Je suis une femme mariée désormais, donc ce partage-là est impossible.

Isabella regarda son époux et lui adressa un sourire en coin. Elle avait su sans le demander qu'il laisserait Alice rester. Il croyait très fort à l'entraide familiale.

Alice renifla.

— Je vous suis reconnaissante de nous secourir, monsieur Deagan, moi et ma pauvre enfant sans père.

— Cousin Bram, rectifia Isabella.

Mitchell n'en pouvait plus de voir cette sotte s'apitoyer sur elle-même. Il se leva.

— Bien, si la question est réglée, deux garçons attendent dehors avec une charrette contenant les bagages de Mrs Beaufort. Devons-nous les rentrer ?

Bram sortit avec lui, mais lorsqu'il aperçut la malle volumineuse et les grosses valises, il secoua la tête.

— Il n'y a pas de place pour cette malle dans notre maison. Toutes les pièces sont exiguës. Nous allons devoir entreposer les bagages dans la sellerie et apporter seulement ce dont elle aura besoin au jour le jour.

— Elle va pousser les hauts cris ou recommencer à verser des flots de larmes.

— Oui, j'ai constaté que c'était une pleurarde.

— Je ne vous envie pas.

— Oh, nous nous en tirerons sans doute, dit Bram en souriant. Il y a pire que des femmes larmoyantes.

— C'est ce que je pensais. Je n'en suis plus aussi certain maintenant. Quoi qu'il en soit, il faut que nous allions chez les McBride demander s'il y a une chambre pour Christopher et moi.

— Ah. Je sais que leur maison est pleine en ce moment. Flora est venue boire le thé avec Isabella hier et nous a expliqué qu'elles recevaient une très nombreuse famille.

— Oh ciel. Mon fils et moi allons être obligés de trouver un autre lieu, alors.

— Vous pouvez coucher dans l'écurie, si vous le souhaitez. Ce n'est pas aussi déplaisant que ça le paraît. Il y a des espaces à l'étage destinés aux palefreniers de passage.

— Et c'est moins cher qu'une chambre dans une pension de famille, je présume, dit Mitchell.

— Nous ne ferons pas payer un ami qui a aidé la famille. Venez jeter un coup d'œil avant de décider.

Christopher les suivit et Mitchell dit en hâte :

— Il n'aime pas être séparé de moi.

Des cloisons rudimentaires délimitaient les espaces à l'étage de l'écurie, près du fenil. Ils étaient maintenant aussi propres que le reste des lieux, grâce aux efforts de Lester.

— Nous pouvons vous fournir des balles de paille sur lesquelles dormir, mais si vous voulez de véritables lits vous devrez vous en procurer, et je ne peux pas me permettre de payer des portes, parce que j'ai un peu trop de dépenses en ce moment. Il faut que j'achète du bois adéquat et que je trouve quelqu'un pour poser un plancher dans le magasin.

Le visage de Mitchell s'éclaira.

— Eh bien nous pouvons peut-être nous aider mutuellement. J'ai des compétences dans le domaine du bois et il faut que je commence à gagner de l'argent. Je pourrais vous fabriquer ce plancher.

— Vous connaissez la menuiserie ?

— Oui. Mon père possédait un dépôt de bois et j'en ai hérité à sa mort. J'ai dû le vendre pour payer mon voyage jusqu'en Australie, mais j'ai appris à connaître le bois dès mon jeune âge, non seulement comment l'acheter et le vendre, mais comment le travailler, grâce à mon grand-père qui était un excellent menuisier. Je n'ai pas été officiellement son apprenti, mais c'était tout comme. Il m'a enseigné tout ce qu'il savait, ce qui m'a beaucoup aidé quand je tenais le dépôt.

Bram le considéra avec surprise.

— Vous fabriquerez le plancher pour nous ?

— Oui. Et ce sera du travail bien fait, je vous le promets.

— Vraiment, vous êtes l'envoyé du ciel. Nous ne trouvons personne digne de confiance en la matière et Isabella ne me laissera pas ouvrir le bazar tant qu'il ne sera pas équipé d'un plancher et n'aura pas bel aspect, dit-il en haussant les épaules. Elle en sait plus que moi sur le commerce, mais ça me tracasse de garder le stock empilé sans pouvoir le vendre alors que les gens d'ici réclament des marchandises. En outre, il y a une pénurie d'artisans dans la colonie, vous savez.

— Alors j'ai peut-être pris la bonne décision en revenant. Je compte m'installer définitivement ici, voyez-vous. Je veux essayer de construire une nouvelle vie pour Christopher et moi, loin du scandale que j'ai vécu lorsque Betsy m'a quitté et loin de Sydney où nous avons, lui comme moi, de mauvais souvenirs.

Il lança un regard inquiet vers son fils.

— Marché conclu, alors, dit Bram en lui tendant la main. Nous vous hébergerons tous les deux aussi longtemps que vous en aurez besoin si vous fabriquez le plancher. Et je vous paierai un juste salaire.

Les deux hommes échangèrent une poignée de main solennelle, puis Bram appela Lester et lui demanda d'apporter quelques balles de paille pour le confort nocturne de leurs visiteurs.

Lorsqu'ils revinrent dans la maison, Alice était tranquillement assise pendant qu'Isabella s'empressait autour d'elle et que Louisa dormait sur le tapis. Plissant les yeux, Bram observa sa nouvelle cousine. Elle ne lui semblait pas du tout exténuée. Pourquoi son épouse, zélée travailleuse, était-elle aux petits soins pour elle ?

— Vous avez été plus longs que je le pensais. Avez-vous trouvé un endroit pour les affaires d'Alice ?

— Comment ? Oh, ses bagages. Oui, ils peuvent aller dans la sellerie.

— Mais ils empesteront le cheval, dit Alice en le regardant avec indignation.

— Mieux vaut cela que de les laisser dehors sous la pluie, répliqua-t-il joyeusement.

— Ne pourraient-ils pas aller dans le magasin, puisqu'il n'est pas encore ouvert ? suggéra Isabella.

— Hé non. Je viens d'engager un homme pour nous fabriquer le plancher auquel tu tiens tant.

— Alors les espaces pour les palefreniers au-dessus de l'écurie ?

— Ils vont être occupés aussi, dit Bram qui lui adressa un large sourire et indiqua Mitchell d'un grand geste du bras. Je te présente notre nouveau menuisier.

Elle le regarda et dit avec froideur :

— Puis-je vous demander quelle est votre expérience, monsieur Nash ?

Celui-ci fut étonné qu'elle intervînt dans ces préoccupations d'hommes.

— J'ai donné toute satisfaction là-dessus à votre mari.

— Vous n'avez jamais dit que vous étiez menuisier, lança Alice d'un ton condescendant.

— Ah bon ? s'étonna-t-il, puis, ignorant sa remarque, il se tourna vers Bram : Je vais monter nos affaires ; en même temps, je m'occuperai des bagages de Mrs Beaufort. Christopher, j'ai besoin de ton aide.

L'enfant avait dû flairer les sentiments de son père, car il foudroya Alice du regard avant de partir.

Isabella considéra son mari d'un air désapprobateur.

— Es-tu certain de ta décision ?

— Oui. Je te préciserai les détails plus tard.

À ce qu'il connaissait des femmes larmoyantes comme sa nouvelle cousine, Bram soupçonnait que la moindre parole qu'ils prononceraient devant Alice aurait tôt fait de sortir de la maison.

Isabella hésita, puis hocha la tête.

— Viens à l'étage, Alice, et nous ferons le lit.

— Une minute, dit Bram. Vous êtes la bienvenue sous notre toit, cousine Alice, mais je tiens à spécifier dès le début que vous devrez être responsable de vous et de votre fille, de votre linge, du ménage de votre chambre, de toutes ces tâches. Certes, Isabella ne l'a encore révélé à personne, mais elle attend un enfant et je ne veux pas qu'elle se fatigue trop.

Sa femme le regarda, rougissante.

— Tu as deviné ?

— Ma maman a mis neuf enfants au monde et je suis l'aîné de cette fratrie, dit-il en souriant. Je sais ce que ça signifie quand les femmes sont malades le matin.

— Tu as tout, hein, Bella ? dit Alice avec aigreur. Un mari, une maison, un commerce, et bientôt un bébé, tandis que moi, j'ai tout perdu.

— Il vous reste votre petite fille, lui rappela Bram aussi doucement qu'il le put.

— Et nous sommes là, ajouta Isabella.

Des yeux, elle le dissuada d'insister.

Il la regarda emmener sa cousine à l'étage. On aurait pensé que la femme était une grande infirme, à la manière dont elle soupirait et se courbait, non pas une femme florissante de trente ans à peine. Elle lui avait fortement déplu, et la perspective de partager leur petite maison avec elle le contrariait. Ç'avait été merveilleux d'avoir Isabella pour lui seul. Dorénavant, cette femme serait présente à chaque instant et, s'il ne se trompait pas, constituerait un fardeau pour eux.

Il ne croyait pas se tromper. Il s'enorgueillissait d'être bon juge en ce qui concernait le caractère.

Mais il ne pouvait refuser de l'héberger. Elle était de la famille.

Parfois, néanmoins, la famille pouvait être exécrable.

Mitchell demanda aux garçons à la charrette de l'aider à monter ses malles et divers paquets. Le logement, certes humble, conviendrait dans l'immédiat. L'important, c'était qu'il s'apprêtait à gagner de l'argent au lieu de ne faire qu'en dépenser.

Par ailleurs, s'il ne s'abusait pas, il avait trouvé un ami en Bram Deagan. Une vie sans amis était très morne, comme il l'avait découvert durant l'année écoulée.

Il parla beaucoup à Christopher tandis qu'ils s'employaient à organiser les deux espaces de nuit exigus.

— Tu auras ta chambrette à toi, lui dit-il.

L'enfant parut malheureux.

— Ces pièces sont minuscules, elles ne peuvent contenir qu'un seul lit étroit. Mais je serai tellement près que tu m'entendras ronfler, et je t'entendrai aussi.

Le garçon sourit.

Il y eut des pas dans l'escalier et Lester les rejoignit.

— Puis-je vous apporter quelque chose, monsieur ?

— Je m'appelle Mitchell.

Lester lui adressa un large sourire.

— J'ai travaillé pour des gentlemen pendant la majeure partie de mon existence et je sais les reconnaître – monsieur.

— Je ne suis pas un gentleman à présent. Je suis un menuisier embauché ici pour fabriquer le plancher du futur magasin.

— Étiez-vous menuisier en Angleterre, si vous m'autorisez à vous poser cette question ?

— Non. J'étais propriétaire d'un dépôt de bois, modeste mais source de revenu régulier. J'espère en ouvrir un ici. Dans l'intervalle, j'ai besoin de gagner notre pain et d'avoir un toit au-dessus de la tête.

— Il y en a un à vendre non loin d'ici.

— Ah oui ? J'ai vu un dépôt de bois, mais il n'y avait pas de pancarte.

— Elle a dû tomber. Le gars est négligent.

— Il faudra que vous m'en disiez plus. Pour l'instant, nous devons nous installer. Christopher et moi sommes tous deux fatigués.

— Fremantle te plaît, petit ?

Christopher le regarda mais ne répondit pas.

— Il a eu des expériences effrayantes à Sydney et il est très silencieux en ce moment, se hâta de l'informer Mitchell.

— Bien, dans ce cas, je vais vous montrer la cuisine, que vous partagerez avec moi. Êtes-vous bon cuisinier ?

— Non. Je ne sais rien préparer, sauf du jambon et des œufs sur le plat.

— Je pourrai vous donner quelques recettes. Je suis devenu assez bon en cuisine.

Mitchell le regarda d'un air interrogateur.

— Je paierai les provisions pour nous trois si vous les cuisinez.

Lester lui tendit la main.

— La nourriture simple ne vous dérange pas ? Alors c'est entendu.

Quelqu'un appela au rez-de-chaussée et il dévala l'escalier, criant :

— J'arrive, monsieur.

Mitchell écouta Lester se mettre d'accord avec un gentleman de la campagne pour s'occuper de son cheval. Une fois le marché conclu, il emmena son fils dans l'escalier en bois grossier.

— Si d'autres peuvent apprendre à cuisiner, pourquoi pas moi ? dit-il lorsque Lester réapparut. Je m'efforcerai de réussir là où ma femme échouait.

— Votre femme est morte ?

— Oui.

Mitchell jeta un coup d'œil à Christopher et secoua légèrement la tête, heureux que Lester eût l'intelligence de ne pas s'appesantir.

Maintenant qu'ils avaient cessé de voyager, le garçon allait se réaccoutumer, recommencer à parler, voire à jouer avec d'autres enfants, n'est-ce pas ?

Dans l'après-midi, Flora se présenta pour convier les Deagan à un dîner d'adieu avec son frère le lendemain.

Alice était à l'étage, censée ranger ses affaires dans un coffre en bois qu'Isabella lui avait déniché pour servir de commode. Il semblait cependant plus probable qu'elle faisait la sieste, car aucun bruit ne venait de la petite chambre. Chère Alice, pensa Isabella. Elle avait toujours été un peu indolente, mais elle était si gentille et gracieuse que l'on ne pouvait s'empêcher de l'aimer.

Elle devrait néanmoins trouver une façon pour sa cousine de contribuer à leur ménage. Elle avait été surprise par l'expression inflexible sur le visage de Bram quand il avait affirmé qu'il ne voulait pas que leur visiteuse fît peser un poids sur on épouse. Et en effet, Isabella se sentait moins remplie d'énergie que d'habitude.

— Avez-vous le temps de boire un thé ? demanda-t-elle à Flora.

Celle-ci accepta et l'accompagna dans la cuisine, lui prêtant une oreille attentive pendant qu'elle racontait l'histoire de sa cousine.

— Il faudra que vous lui proposiez de prendre le thé chez nous plus tard, une fois qu'elle sera installée. Je ne la prie pas de venir demain, puisqu'il s'agira aussi d'une réunion d'affaires, comme nous en sommes convenus.

— Avez-vous décidé d'investir une partie de votre argent dans des marchandises au côté de votre frère ?

Flora frémit.

— Non. Je n'ose pas courir un tel risque. Il m'a été très difficile d'économiser cette somme. J'espère trouver bientôt une maison où mon amie Jeanie et moi pourrons accueillir des pensionnaires. Je déménagerai lorsque Dougal rentrera de sa prochaine traversée. Cela me laissera le temps de réunir ce dont j'ai besoin.

— En avez-vous parlé à votre mère ?

— Non, pas encore. Elle aura une crise de nerfs et tentera de me dissuader.

— Vous ne réussirez pas à le lui cacher si vous achetez des objets pour votre maison.

— Elle ne remarquera rien, dit Flora en haussant les épaules. Elle est trop occupée à jouer la charmante dame avec nos pensionnaires et à me charger du travail. Je serai moins prodigue qu'elle avec la clientèle, je vous l'assure, et j'en tirerai plus d'argent.

Il y avait tant d'amertume dans sa voix qu'Isabella lui lança un regard compatissant, mais ne dit rien. Elle plaignait Flora.

Lorsque Bram rentra pour le repas du soir, il fronça les sourcils en voyant que son épouse était seule pour tout faire.

— Où est ta cousine ? Pourquoi ne t'aide-t-elle pas ?

— Elle est très fatiguée.

— Fatiguée ! Elle a laissé les autres la servir pendant la totalité du voyage. Quelle raison aurait-elle d'être fatiguée ?

— Accorde-lui le temps de s'installer, Bram. Elle vient de perdre son mari.

— Est-ce qu'elle le pleure ? Elle ne me fait pas l'effet d'une veuve éplorée, et elle porte une robe aux couleurs bien vives.

— Elle n'a pas les moyens de s'acheter des vêtements de deuil.

— Ah. Elle n'a pas d'argent du tout ?

— Non.

Il observa un silence.

— Je regrette qu'elle n'ait pas trouvé un autre parent vers lequel se tourner, alors, surtout en ce moment.

— Il n'y a personne d'autre que moi. Bram, l'autoriseras-tu à rester ?

— Je ne chasserai pas un membre de la famille, mais elle devra apporter son concours, Isabella. Et si tu ne la disciplines pas, j'y veillerai, dit-il, puis il l'embrassa. Tu te sens beaucoup plus fatiguée que d'ordinaire, dis-moi ?

Elle soupira et s'appuya contre lui.

— Beaucoup plus.

— Assieds-toi et repose-toi.

Elle le regarda, étonnée.

— J'ai un dîner à préparer.

— Monte d'abord réveiller ta cousine. Elle peut s'occuper du repas. Est-elle bonne cuisinière ? Nous pourrions la mettre aux fourneaux ; ce serait une aide considérable.

— Elle cuisinait horriblement mal et laissait tout brûler.

— Bon, il faudra que nous nous habituions à la nourriture brûlée en attendant qu'elle apprenne à faire mieux. Et elle apprendra. Tu auras suffisamment de travail avec le magasin. Je ne manquerai pas de le lui rappeler.

Qu'Isabella n'eût pas répliqué en disait long sur sa fatigue, pensa-t-il. Il décida que, dorénavant, il devrait être très vigilant avec elle. Certaines femmes s'épanouissaient quand elles attendaient un bébé, pour d'autres c'était une montagne à gravir. Il avait espéré qu'il n'y aurait pas d'enfant tout de suite, mais voilà. C'était la malédiction des Deagan de donner naissance à un grand nombre d'enfants. Et il voulait bel et bien en avoir.

Cependant, quoi qu'en dît l'église, il serait plus précautionneux à l'avenir sur la manière dont il répandait sa semence. Il avait entendu d'autres hommes en parler. Il existait des moyens d'éviter les grossesses, méthodes qui n'étaient pas infaillibles, mais tout de même, des moyens pour que les grossesses fussent moins fréquentes.

Il distingua des murmures à l'étage. Au bout d'un long moment, les deux femmes descendirent. Isabella continuait d'entourer de prévenances sa maudite cousine et celle-ci en jouait.

— Nous allons vous expliquer comment marche ce fourneau, dit-il à Alice d'un ton jovial, afin que vous déchargiez Isabella de la cuisine. Il y a une astuce pour qu'il chauffe avec régularité.

— Je ne sais pas m'y prendre avec ces fourneaux australiens, répondit-elle, boudeuse. Ils s'éteignent entre mes mains. Ce sera mieux qu'une autre personne fasse la cuisine.

— Il n'y a personne d'autre. Isabella et moi sommes occupés par le magasin. Si vous voulez manger, vous devrez apprendre à cuisiner. Et si le fourneau s'éteint, vous pourrez toujours le rallumer, n'est-ce pas ? Inutile de vous tracasser. Je vais vous montrer moi-même, puis vous vous entraînerez.

Isabella ouvrit la bouche comme pour protester, mais Bram lui lança un regard qui l'engagea à se taire avant de se retourner vers Alice.

— Nous devons dorloter Isabella, je suis sûr que vous en conviendrez. Je ne veux ni qu'elle perde le bébé ni qu'elle tombe malade.

Alice pinça les lèvres et émit un son qui pouvait signifier l'assentiment.

— Alors, notre fourneau.

Lorsqu'ils furent montés se coucher, Isabella et lui eurent une brève dispute à voix basse.

— Oh, arrêtons, mon amour. Nous ne nous sommes jamais querellés jusqu'à aujourd'hui, dit-il soudain dans l'obscurité, en tendant la main vers elle. Cela me rend triste, mais je ne baisserai pas les bras avec ta cousine. Tu n'as pas encore vu à quel point je peux m'obstiner, mais je crois que c'est pour bientôt. Je veux des enfants avec toi, j'y tiens, mais je veux surtout te garder en vie et en bonne santé. Tu passes avant les enfants, quoi que la religion prescrive à ce sujet. Et je ne laisserai pas ta cousine abuser de ta bienveillance et t'obliger à être sa domestique. Elle est paresseuse comme une couleuvre. Je le vois déjà.

Isabella ne le contredisant pas, il sut qu'il avait raison. Si elle avait eu son énergie habituelle, elle aurait continué de s'opposer à lui ; il devina donc qu'elle se sentait encore plus faible qu'elle ne l'avouait.

— Ne sois pas trop dur avec elle, finit-elle par dire.

— M'as-tu déjà vu manquer de gentillesse ?

— Non. (Silence, puis :) Je suis heureuse de notre bébé. Toi aussi ? J'avais l'intention de t'en parler quand nous serions seuls.

— Comme si je n'allais pas le remarquer. Je n'ai pas de mots pour exprimer mon bonheur.

Il l'étreignit et lui couvrit le visage de baisers.

— Nous aurons une famille à nous, des enfants à aimer, mais tu n'en porteras pas un trop grand nombre, pas autant que ma mère. Les grossesses épuisent les femmes. Je t'aime, Isabella Deagan. Je sais que nous nous sommes mariés pour des raisons pratiques, mais je t'aime véritablement.

Seul le silence lui répondit. À sa respiration profonde, il sut qu'elle s'était endormie. Lui aurait-elle déclaré qu'elle l'aimait en retour si elle avait été réveillée ? Avait-elle même entendu ce qu'il avait dit ? Il soupira et se blottit tout contre elle.

15

Le lendemain, Bram alla avec Mitchell acheter des planches et se renseigner sur le dépôt de bois dont Lester, qui entendait toujours les rumeurs en premier, disait qu'il était à vendre. Bram regarda son compagnon écarter sur-le-champ certains morceaux, hésiter sur d'autres et, progressivement, empiler sur le côté les planches qu'il considérait comme satisfaisantes.

Le propriétaire du dépôt de bois se renfrogna.

— Vous vous réservez mes meilleures planches. Il faudra que vous en preniez aussi de moins bonnes.

— Je n'en ai pas besoin. Je suis étonné que vous ayez pu acheter cette camelote, répliqua Mitchell en montrant les morceaux qu'il avait rejetés.

— Il y a une pénurie de bois dégrossi dans la colonie. Nous devons prendre ce que nous pouvons obtenir. Les bons arbres sont vendus à l'étranger, parce que c'est plus lucratif.

— Comment trouvez-vous votre bois ?

— Les gens me l'apportent. Les hommes scient leur propre bois pendant qu'ils défrichent puis ils le vendent afin de gagner de l'argent supplémentaire pour leurs fermes.

— Vous ne vous déplacez pas pour chercher du bois à acheter ? Visiter des scieries ?

— Je n'ai pas le temps. Et qui s'occuperait du dépôt si je m'absentais ? Vous êtes nouveau dans la colonie. Vous constaterez sous peu que ce n'est pas comme en Angleterre. Il n'y a pas moyen d'embaucher des ouvriers, les routes sont mauvaises, quand elles existent, et les hameaux de taille correcte à l'extérieur de Perth se comptent sur les doigts de la main.

Il promena un regard hostile autour de lui.

— J'aurais voulu ne jamais venir ici, mais la bourgeoise tenait à rejoindre son frère. En ce moment elle vit avec lui dans la campagne, et dans l'aisance en plus de ça, tandis que j'essaie de vendre ce dépôt. Mais personne ne veut l'acheter.

— Il n'y a pas d'écriteau *À vendre*.

— Il est tombé.

— Hum. Auriez-vous une charrette à me prêter pour transporter le bois ? s'enquit Mitchell. Je paierai un supplément, ajouta-t-il, car l'homme s'apprêtait à dire non.

— Je vais demander à mon fils de mettre le harnais au cheval.

Bram vit, écœuré, un gamin sortir un pauvre hongre exténué et l'atteler à une charrette.

— Ce cheval se porterait mieux s'il était nourri comme il se doit.

Le gamin haussa les épaules et s'appuya contre la charrette. Il observa Bram et Mitchell qui chargeaient les planches dessus, sans proposer de les aider.

— Assez de bois pour ce voyage ! annonça Bram.

— Il peut en tirer plus que ça, protesta le gamin.

— Il n'en tirera pas plus pour moi. Je refuse de maltraiter les animaux.

Alors qu'ils revenaient chercher le reste du bois et que Bram se penchait pour empoigner une planche, Mitchell lança :

— Attendez !

— Qu'est-ce qui ne va pas ?

— Ce type a remplacé certaines planches.

Il s'éloigna à grandes enjambées puis traîna le propriétaire, qui se récriait vigoureusement, hors de la cabane où il menait ses activités.

— Je ne vous ai pas payé pour cette pacotille. Imaginiez-vous que je ne remarquerais pas la substitution ? J'appelle ça du vol. Où avez-vous mis mon bois ? Si vous ne me le rendez pas, j'irai vous dénoncer à la police pour escroquerie.

Lorsque le deuxième chargement fut prêt, l'homme grommela :

— Essayez donc de gagner votre vie avec le bois.

— C'est ce que j'ai fait toute mon existence, rétorqua Mitchell.

— Non, pas en Australie.

Comme ils regardaient la charrette s'en aller après le dernier trajet, Bram dit quelque chose à Mitchell mais n'eut pas de réponse. Il s'aperçut que son compagnon, les yeux perdus dans le vide, réfléchissait intensément.

— À quoi pensez-vous ?

— Comment ? Oh, pardon. Je me disais juste que c'était une façon lamentable de diriger une affaire. Il y a des quantités de bois dans la colonie, n'est-ce pas ? J'ai vu des arbres partout quand je cherchais mon fils.

— Une multitude d'arbres, oui, mais du bois équarri, je n'en suis pas certain. Je sais qu'il arrive à Dougal de transporter une cargaison de santal, mais il s'agit des branches et des rameaux comme ils ont été ramassés. Les arbustes poussent à l'état sauvage ici, voyez-vous.

— Hum. Eh bien, je devrais commencer à poser votre plancher.

— À quel rythme pouvez-vous travailler ?

— J'avancerais deux fois plus vite si j'avais un manœuvre pour m'aider.

— Nous mettrons une pancarte *Recherche manœuvre* et ils feront la queue. Je paierai son salaire.

Mitchell s'entretint avec les premiers qui se présentèrent et les renvoya tous. Ils étaient trop frêles, pour la plupart, et deux lui parurent demeurés. Où étaient les manœuvres robustes tels que ceux qui avaient travaillé pour lui en Angleterre ?

Comme il allait arrêter pour la journée, un homme se présenta.

— Cherchez-vous toujours un manœuvre ?

— Oui. En connaissez-vous un ?

— Non. Mais je suis prêt à travailler pour ma pitance et un salaire de manœuvre.

— Pourquoi feriez-vous cela ?

— J'étais en prison, dit l'homme en haussant les épaules. Ce n'est pas facile de trouver du travail, même après avoir purgé sa peine. Si je travaillais pour vous quelque temps, vous pourriez peut-être me faire un papier disant que j'ai du cœur à l'ouvrage. Car c'est la vérité.

— Connaissez-vous le travail du bois ?

— Non, monsieur. Mais les manœuvres n'y connaissent rien non plus. Et vous ne trouverez pas plus désireux d'apprendre que moi. Je vous en supplie, monsieur. Accordez-moi une chance.

— Pourquoi avez-vous été transporté ?

— Pour vol.

Il savait qu'il y avait des raisons variées pour commettre ce délit.

— Qu'avez-vous volé ?

— Je volais tout ce que je pouvais vendre en échange de nourriture. Je ne supportais pas de voir mes enfants affamés.

Mitchell hésita.

— Je ne vous déroberai rien, monsieur. Je n'ai plus d'enfants sur qui veiller. Si vous me donnez ma pitance et quelques pennies, je trouverai toujours un coin où dormir.

— Avez-vous eu des nouvelles de votre famille depuis votre arrivée ici ?

— Non, monsieur. Ma femme ne sait pas écrire et, même si elle savait, qui a de quoi payer l'expédition d'une lettre à l'autre bout du monde ? Je bénéficie d'une libération conditionnelle provisoire, par conséquent je dois rester près de Fremantle et me présenter au magistrat tous les mois.

— Bien. Je vous mettrai à l'essai demain. Venez ici à huit heures. Comment vous appelez-vous ?

Le visage de l'homme s'éclaira.

— Tommy Hawton, monsieur.

Lester, qui avait écouté leur conversation à quelque distance, les rejoignit et demanda :

— Avez-vous faim ?

Tommy hocha la tête.

— Vous pouvez partager mon repas ce soir. J'ai largement assez.

Des larmes roulèrent sur les joues de l'homme et Lester regarda Mitchell, secouant la tête avec commisération tandis qu'il chuchotait :

— Ils brisent les hommes dans ces endroits, ils brisent leur esprit et leur corps. Je suis bien placé pour le savoir, dit-il en passant un bras autour des épaules du nouveau venu. Suivez-moi, mon brave Tommy. Nous allons vous trouver un morceau à manger et un coin où dormir.

Mitchell fut ému par la bonté de celui qui avait si peu envers celui qui n'avait rien.

Son fils, toujours à son côté quand il le pouvait, déclara soudain :

— Cet homme était affamé. Moi aussi j'ai été affamé, mais je ne le suis plus depuis que tu es venu me chercher.

À entendre la voix de son fils, Mitchell eut envie de crier de joie. Néanmoins, il ne voulait pas bouleverser l'enfant ; il se contenta donc de dire :

— Et si je peux agir à ma guise, tu ne souffriras plus jamais de la faim.

Ni lui, ni aucun de ceux qu'il aurait l'occasion d'aider en chemin.

Le lendemain du dîner d'adieu, Mrs McBride, en larmes, dit une dernière fois au revoir à son fils, puis raccompagna ses récents invités, qui s'en allaient eux aussi. Plus tard dans la journée, elle se mit à la recherche de sa fille, restée invisible depuis le départ de Dougal. Elle finit par entendre un bruit venant du haut de la maison : haletante, elle gravit l'escalier du grenier et s'appuya d'une main au cadre de la porte alors qu'elle reprenait son souffle. Elle regarda, stupéfaite, les meubles soigneusement mis de côté : une commode penchant vers la gauche en raison d'un pied cassé, deux chevets de lit et leurs cadres, sur lesquels reposaient les matelas. La toile des cadres était déchirée, le bois éraflé.

Flora, occupée à cirer une petite table qui avait pour seul défaut d'être défraîchie, se redressa.

— Cherches-tu quelque chose, mère ?

— C'est toi que je cherche. Je ne savais pas où tu étais passée. Que fais-tu ? Je croyais que nous avions décidé de nous débarrasser de tout ce fatras.

— Voulais-tu quelque chose ?

— C'est toi que je voulais, je te le répète. Tu aurais dû être présente tout à l'heure pour saluer nos invités. Quelles manières déplorables. Que vont-ils penser ?

— Tu étais là, mère. Nous n'avions pas besoin d'être deux pour les reconduire. De plus, ils n'étaient pas des invités, mais des pensionnaires, qui payaient pour séjourner chez nous.

— Je tiens un établissement distingué et je traite les personnes qui séjournent ici comme mes invités ; tu feras de même tant que tu seras sous mon toit.

Soudain, le ressentiment de Flora, accumulé pendant des années, déborda. Maintenant que Dougal était reparti au loin, sa mère lui imposait de nouveau caprices et brimades. Cet incident était caractéristique. Dès l'instant où Flora essayait de prendre un moment pour elle, sa mère venait la chercher, exigeait de l'aide pour les tâches les plus ridicules et refusait d'écouter quelque raison que ce fût, d'accepter qu'elle eût d'autres priorités.

— C'est le toit de Dougal, en vérité. Et j'avais à faire.

— Je ne vois pas pourquoi tu bricoles ces vieilleries. Elles ne font qu'encombrer le grenier. Je vais commander aujourd'hui même une charrette pour les évacuer.

– Si tu essaies de faire emporter ces meubles, je partirai avec eux, affirma Flora d'un ton sec.

– Comment oses-tu me parler ainsi ? répliqua Mrs McBride interloquée. À quoi pourraient bien te servir ces bouts de meubles cassés ?

Trop furieuse pour se taire sur ses projets, Flora déclara avec audace :

– Quand Dougal reviendra, je déménagerai et j'ouvrirai ma propre pension de famille, par conséquent j'aurai besoin de ce mobilier pour m'établir.

Il y eut un silence de mort, puis sa mère rétorqua :

– Tu ne feras rien de pareil, ma fille ! Ton frère ne le permettra pas et je ne t'y autoriserai pas non plus, parce que j'ai besoin de toi ici.

– Il le sait déjà et il approuve mes projets. Tu ne pourras pas m'en empêcher, mère. Cesse de me considérer comme une gamine. Je suis une femme, j'ai trente ans, pour l'amour du ciel !

– Tu n'es pas mariée, cependant, et une dame qui n'est pas mariée ne peut vivre seule, à moins de vouloir attirer sur elle les commérages. Quant à l'accueil de pensionnaires, cela signifierait que des hommes inconnus dormiraient dans ta maison. Ce n'est pas respectable.

– Je ne vivrai pas seule. Une amie habitera avec moi. Nous nous partagerons les tâches et nous tiendrons compagnie.

Mrs McBride fondit en larmes sur-le-champ, mais Flora n'était plus dupe de cette comédie. Sa mère savait pleurer aussi facilement que d'autres ouvraient un robinet. Elle reprit le cirage de la table et laissa sa mère sangloter avec affectation près de la porte.

Comme elle l'ignorait, sa mère se sécha bientôt les yeux et, chancelante, descendit l'escalier en marmonnant :

— Me parler comme cela… Pour qui se prend-elle ? Je ne le tolérerai pas !

Lorsqu'elle rentra des courses le lendemain, Flora trouva une charrette devant la porte et constata que le transport de ses précieux meubles hors du grenier avait commencé. Elle s'approcha des hommes qui s'en occupaient et leur dit :

— Ce mobilier m'appartient. Si vous l'emportez, ce sera du vol.

Ils la dévisagèrent durant un instant, bouche bée, puis l'un d'eux objecta :

— Mais la vieille dame nous a dit…

— Elle perd un peu la mémoire, dit Flora en se tapotant le front d'un air évocateur. Mais personne ne me volera mes affaires.

Ils se mirent aussitôt à décharger la charrette. Toutefois, ils refusèrent de ramener les meubles à l'intérieur : ils les laissèrent là et s'éloignèrent.

Par chance, Mr Nash passa à ce moment-là. Flora l'appela, soulagée.

— Excusez-moi de vous importuner, mais pourriez-vous m'aider ?

Elle lui expliqua ce que sa mère avait entrepris.

— À mon avis, elle réessaiera dès que vous vous absenterez.

— Vous avez raison, dit Flora, qui réfléchit avec acharnement. Pensez-vous que Bram accepterait d'abriter ces meubles le temps que je trouve une maison à louer ?

— J'en suis certain. Voulez-vous que j'aille lui poser la question pendant que vous montez la garde ?

Elle hocha la tête, la gorge nouée. Elle avait maintes fois imaginé de défier sa mère, mais lui désobéir réellement était une autre affaire.

Bram et Mr Nash arrivèrent au bout de quelques minutes, bientôt suivis d'un homme avec une charrette.

— Je suis désolé que vous ayez des ennuis, mademoiselle McBride, dit Bram. Tous vos meubles sont-ils ici ?

— Non, il y en a encore au grenier.

— Nous allons transporter ceux-ci, puis nous reviendrons chercher le reste.

Elle attendit de nouveau. Elle vit les rideaux remuer, mais sa mère ne sortit pas.

Lorsque les deux hommes reparurent, elle ouvrit la porte d'entrée. Mrs McBride se tenait dans le vestibule.

— Veuillez ne pas mettre les pieds chez moi, monsieur Nash ! s'écria-t-elle.

— C'est la maison de mon frère. Je vous en prie, entrez, riposta Flora.

Néanmoins, elle fut obligée d'écarter physiquement sa mère du passage. Lorsque Mrs McBride piqua une violente crise de nerfs, elle retira la clé de la serrure et la glissa dans sa poche. Bram et Mr Nash attendaient ses indications.

— Ne vous tracassez pas pour ma mère. Elle est excellente comédienne. Prenez l'escalier tout droit jusqu'au grenier, je vous rejoindrai dans un instant.

Elle s'immobilisa sur les marches : dès que les témoins eurent disparu, Mrs McBride ne poussa plus que de rares sanglots, accompagnés du maniement théâtral de son mouchoir. Les deux femmes se dévisagèrent.

— Pourquoi te comportes-tu ainsi, mère ?

— C'est toi qui crées des difficultés. Tu le regretteras, misérable ingrate !

Avec un soupir, Flora monta l'escalier à son tour. Elle était soulagée de quitter la maison, à dire vrai, car elle était à bout de patience avec sa mère.

Une fois que tout le mobilier fut en bas, Mrs McBride sortit de son salon, regarda sa fille à l'autre extrémité du couloir et lança d'une voix glaciale :

— Tu devrais préparer une valise de vêtements aussi, n'est-ce pas ? À moins que tu ne souhaites changer d'avis ? Non ? Eh bien, je refuse que tu demeures sous mon toit alors que tu me désobéis de cette façon. Peut-être qu'une période sans feu ni lieu t'apprendra la valeur d'un bon chez-soi.

Bram, qui était resté sur le seuil, laissa échapper une respiration furieuse, puis chuchota :

— Faites vos bagages, Flora. Nous serons de retour sous peu.

— Je n'ai nulle part où aller ce soir. Je comptais chercher une chambre demain.

— Isabella et moi vous trouverons un endroit où dormir, ne serait-ce que notre canapé, jusqu'à ce que vous ayez un domicile.

Flora entendit avec angoisse la porte se refermer derrière lui.

— Tu le regretteras, répéta sa mère d'un ton dur.

Flora ne tenta même pas de répondre. Elle continua d'un pas ferme dans l'escalier, dissimulant à quel point elle était bouleversée. Elle n'avait pas prévu que sa mère adopterait une attitude extrême, mais elle ne l'avait pas bravée aussi ouvertement jusqu'alors. Elle avait toujours préféré ne pas la brusquer et s'accommoder de ce qu'elle ne pouvait changer. Elle n'aimait pas les querelles et l'agitation.

Impossible, cependant, de laisser sa mère mettre ses meubles au rebut. La conséquence était qu'elle pourrait commencer plus tôt une vie indépendante. Mais réussirait-elle à gagner sa vie ? Elle pouvait essayer. Faire de son mieux était l'unique méthode lorsqu'on s'engageait dans une voie nouvelle.

Elle se précipita au grenier, empoigna une grande valise et y jeta des affaires pêle-mêle.

Lorsque les deux hommes revinrent, elle leur demanda de lui descendre une malle. Elle y plaça le contenu de son armoire et, pour terminer, fit un ballot de ses draps et couvertures.

Bram et Mitchell patientèrent à l'extérieur de sa chambre, puis transportèrent silencieusement le tout dehors. Comme elle s'apprêtait à les suivre, sa mère, qui n'avait pas bougé du couloir, déclara :

— Tu reviendras. Le monde n'est pas aussi favorable que tu sembles le croire, surtout pour une femme non mariée. Mais tu me présenteras tes excuses à genoux avant d'entrer à nouveau dans cette maison.

Flora se détourna. Soudain, elle sentit un coup violent dans son dos et trébucha sur le seuil, puis la porte claqua derrière elle. Elle serait tombée si Mr Nash ne l'avait pas rattrapée.

— Est-ce que tout va bien, mademoiselle McBride ? demanda-t-il avec douceur.

Elle s'accorda un instant pour se ressaisir, prit une inspiration profonde.

— Ça va aller.

À leur arrivée, Bram ouvrit la porte et dit à Flora :

— J'ai expliqué à Isabella ce qui se passait lorsque nous avons apporté vos autres affaires.

— Je ne vous dérangerai pas longtemps. Je vous suis très reconnaissante de votre bonté.

— Des gens ont été bons envers moi par le passé, vous savez.

Il s'immobilisa dans l'entrée à cause d'une forte odeur de brûlé.

— Attendez ici !

La laissant dehors, il s'avança et trouva Isabella dans la cuisine, en train de détacher des tas noircis d'une plaque de four.

— Où est ta cousine ? Je croyais qu'elle était chargée de cuisiner.

— Alice est montée s'allonger. Elle s'est un peu fâchée quand elle a fait brûler les biscuits.

Il lui prit le plateau des mains et le posa avec fracas sur la table.

— C'est moi qui vais me fâcher si elle n'apprend pas à nettoyer ses saletés.

— Ce n'est pas grave.

— C'est grave à mes yeux.

Comme Isabella le regardait avec stupeur, il murmura :

— Je ne parle jamais à la légère, et ceci est très important pour moi. Tu es la maîtresse de maison et ta cousine loge provisoirement chez nous. Tu n'es pas ici pour la servir. Si elle continue à faire brûler les plats, nous achèterons du pain et du beurre, et nous nous en contenterons jusqu'à ce qu'elle sache cuisiner. Elle ne doit pas espérer que les autres, surtout mon épouse, feront le travail à sa place.

— Alice n'a guère de sens pratique.

— Elle est parvenue à survivre plusieurs années sans toi, et elle devait prendre soin de son mari et de sa fille. Je suppose qu'elle cuisinait, à cette époque. C'est une vraie paresseuse, voilà tout, dit-il, puis sa voix s'adoucit : Ma chérie, cette question est très importante et je ne changerai pas d'avis.

Il lui enlaça les épaules et la conduisit dans la pièce de devant.

— Bon, maintenant, voyons comment aider la pauvre Flora McBride. Sa mère l'a jetée dehors. Qui aurait pensé que cette femme se révélerait aussi odieuse ? Le problème est que je ne sais pas où emmener Flora. Elle doit trouver une maison à louer si elle veut ouvrir sa propre pension, et cela n'est pas toujours facile. Ensuite, elle devra faire fonctionner sa pension, ce qui sera encore plus compliqué. Alors, mon amour, que pouvons-nous lui proposer ?

— Tu es un homme adorable.

Elle réfléchit intensément durant une minute, puis répondit :

— Je crois qu'il est exclu de la loger dans la maisonnette ; Alice nous suffit. Mais qu'en est-il de la petite pièce dans le bâtiment de l'écurie, attenante à la sellerie ? Je sais que Lester y dort en ce moment, toutefois je suis sûre qu'il accepterait de s'installer à l'étage, près de Mitchell et Christopher, de façon temporaire. Si nous équipons la porte d'une serrure, les clients qui viennent avec leurs chevaux ne pourront pas entrer. Il y a même un coin pour cuisiner, Flora sera donc indépendante.

— Je peux toujours compter sur toi pour trouver des solutions, dit-il en lui adressant un sourire radieux. Allons lui expliquer ce que nous avons à offrir. Et, ma chérie… elle est vraiment bouleversée.

— Je n'en doute pas. Néanmoins, nous ne pourrons plus accueillir d'autres gens après Flora, l'avertit-elle. Même s'ils sont dans le besoin. C'est réellement le dernier endroit qu'il nous reste.

— Non, pas s'ils sont dans une situation désespérée. Il y a encore le fenil, tu sais, ajouta-t-il en souriant.

Isabella ne protesta pas. Elle découvrait cet aspect du caractère de Bram et l'admirait.

— Où as-tu entreposé ses meubles ?

— Dans l'appentis à côté du bazar. Il faudra que nous fixions une serrure sur cette porte-là aussi.

— Ils ne pourront pas y rester longtemps. Le bois est pourri. N'importe qui réussirait à s'introduire.

— Nous l'aiderons à trouver un lieu satisfaisant où habiter, j'espère. Si tu avais vu l'expression hargneuse de Mrs McBride et entendu la méchanceté de ses paroles… Comment aurais-je pu laisser Flora subir cela ? Elle m'a dit que sa mère n'était jamais aussi agressive quand Dougal était là ou devant leurs pensionnaires.

— Elle se montre peut-être sous son plus mauvais jour pendant qu'il voyage.

— C'est fort possible. Et certaines personnes s'aigrissent avec l'âge. Bien, va sommer ta cousine de réparer les dommages dans la cuisine, puis viens réconforter Flora. Ses ennuis comptent beaucoup plus qu'une poignée de biscuits brûlés.

Lorsqu'il ressortit, Flora se tenait immobile près de la charrette, les épaules courbées, le visage blême et angoissé.

— Nous vous avons trouvé un endroit où demeurer quelques jours. Rien de luxueux, mais vous serez à l'abri de la pluie. Isabella arrivera dans un instant et veillera à votre installation. Il faut que j'aille voir Lester, dit-il, puis il hésita : Est-ce que tout ira bien ?

— Oui, lui assura-t-elle en hochant la tête. Et je vous remercie.

Comme prévu, Lester fut heureux de rendre service, Bram l'aida donc à transporter ses quelques affaires et les couvertures à l'étage.

— Cette première nuit, vous devrez coucher sur la paille, je le crains.

Lester haussa les épaules.

— J'ai connu des lits plus durs. Pauvre Miss McBride. C'est une dame très agréable, qui a toujours un mot gentil.

Mitchell apparut.

— Puis-je vous prêter main-forte ?

— Non. Tout est en ordre à présent. Allez-vous dehors ?

— Oui.

— Il va pleuvoir.

— J'ai ce qu'il me faut, répondit Mitchell en brandissant son parapluie avant de se tourner vers son fils : Alors, nous sommes convenus que tu resterais une heure ou deux avec Lester.

Christopher le regarda, l'implorant en silence de l'emmener.

— J'ai des choses à faire seul. Tu sais que je reviendrai. J'ai voyagé jusqu'en Australie pour te retrouver, alors je ne vais pas t'abandonner maintenant.

Lester s'avança et posa une main sur l'épaule du garçon.

— J'espère qu'il voudra m'aider à ranger ma nouvelle chambre.

Bram descendit l'étroit escalier de bois en souriant. Il était ravi de voir que Lester se comportait aussi bien. Quand vous donniez sa chance à quelqu'un, en général il vous récompensait. Et si ce n'était pas le cas, au moins aviez-vous essayé, n'est-ce pas ?

En outre, la manière dont Lester prenait soin de Tommy l'avait touché ; il fermait par conséquent les yeux sur le fait que celui-ci dormait toujours dans un coin de l'écurie.

Ils auraient peut-être d'autres tâches à confier au pauvre homme quand leur activité s'accroîtrait.

16

Lorsque Bram fut ressorti, Isabella se cuirassa pour monter à l'étage et affronter Alice. Elle trouva sa cousine étendue sur le lit, endormie, la petite dormant à côté d'elle. Un flot d'indignation l'envahit. Certes, Alice avait été contrariée, mais lui laisser le nettoyage et faire la sieste ! Par ailleurs, elle s'était contentée d'entasser son linge sale dans un coin, sans même mettre les vêtements de la fillette à tremper. Qui était censé s'en occuper ?

Bram avait raison. Isabella devait dès maintenant se montrer ferme avec sa cousine. Par le passé, sa mère et elle avaient été trop indulgentes, elles l'avaient prise en pitié parce qu'elle avait perdu ses deux parents du jour au lendemain. Mais à l'époque, les tâches ménagères incombaient toujours à des domestiques indigènes. Ici, en revanche, il n'y avait qu'Isabella, dont la priorité était Bram et leur enfant à naître.

Elle secoua sa cousine par l'épaule.

— Réveille-toi !

Alice sortit brusquement du sommeil et cligna des paupières.

— Oh. Pourquoi m'as-tu réveillée ? Je suis fatiguée, Louisa l'est aussi.

— Laisse-la dormir, alors ; quant à toi, tu dois nettoyer tes tas de charbon dans la cuisine et confectionner de nouveaux biscuits.

Alice s'assit sur son séant, l'air ébahie :

— Mais j'ai fait brûler la dernière fournée. Tu vois bien que je suis incapable de cuisiner. Tu les prépareras en un clin d'œil.

— J'ai d'autres chats à fouetter. Tant que tu n'auras pas appris à réaliser des choses simples, nous devrons nous accommoder de plats brûlés, n'est-ce pas ? Ici, chacun doit faire sa part de travail. Bram et moi n'avons pas d'argent pour des domestiques, dit-elle, obligeant Alice à se lever. Dépêche-toi. Il faut que je sorte.

— Où vas-tu ? Ne peux-tu pas rester et me montrer comment les préparer ?

— Inutile d'être deux pour préparer quelques biscuits. Et tu connais très bien la recette. J'ai une amie qui a été jetée dehors et qui a absolument besoin de mon aide.

— En tout cas, nous ne pouvons pas installer quelqu'un d'autre dans ma chambre !

Isabella la dévisagea, outrée.

— Ce ne sont pas ta chambre et ta maison, mais les nôtres. Nous pourrions mettre une paillasse sur le sol si c'était indispensable, et tu n'aurais pas ton mot à dire.

Elle s'adoucit, sentant qu'Alice avait eu assez de secousses pour une journée.

— En l'occurrence, ce ne sera pas nécessaire. Viens. Je n'ai pas de temps à perdre.

— Tu es devenue dure, Isabella Saunders.

— Je suis désormais Isabella Deagan. Et j'ai eu une vie difficile depuis que tu t'es enfuie de notre maison et que mère est morte.

— Tu as un mari, néanmoins. Le mien est mort. Que vais-je faire à présent ? Comment vais-je subvenir aux besoins de ma pauvre fille privée de père sans soutien de famille ?

— Nous trouverons un moyen pour toi de gagner ta vie et…

— Gagner ma vie ? Mais je…

Isabella quitta la pièce, craignant de céder. Sa cousine disait vrai : à supposer qu'elle l'eût fait elle-même, elle aurait déjà terminé la préparation des biscuits.

Cependant, la question n'était pas là. Bram voyait juste, leur invitée ne devait pas se muer en fardeau. Isabella s'arrêta sur cette pensée et sourit. Elle se tournait de plus en plus vers lui, comptait sur sa force et sa foncière droiture. Par ses belles actions, il était le plus bel homme du monde.

À l'extérieur, Isabella trouva Flora si blême et bouleversée qu'elle eut un élan de compassion.

— Bram m'a expliqué ce qui s'est passé. Je suis navrée de vous avoir fait attendre. Nous avons eu un petit problème à la cuisine.

— Je suis désolée de solliciter votre aide. (La voix de Flora trembla et elle retint une larme.) Je ne devrais pas vous troubler avec mes ennuis. Je sais que vous êtes occupée et que vous avez aussi votre cousine, mais j'étais aux abois, je n'avais nulle part où aller.

Sa mère avait compté là-dessus, elle en était persuadée.

— Il est naturel que les amis s'entraident et je suis heureuse que Bram vous amène chez nous. Je vais vous montrer ce que nous pouvons vous offrir en guise de logement. Je regrette de ne pas avoir mieux, néanmoins cela conviendra peut-être durant quelques jours, le temps que vous résolviez vos problèmes. (Elle la conduisit vers la petite pièce que Lester venait de libérer.) Il vous a laissé le cadre de lit, mais il vous faut un matelas.

— Je n'en ai pas, dit Flora d'une voix de nouveau tremblante.

— J'ai de la toile, que nous pourrons remplir de paille. Nous n'en manquons pas. Et il y a toute la place pour entreposer vos affaires dans l'appentis. Cette pièce-ci ne contiendra pas grand-chose ; gardez-y seulement vos effets les plus précieux.

Arrivée sur le seuil, Isabella s'effaça et, d'un geste, invita sa compagne à entrer. Elle attendit que Flora eût inspecté l'espace minuscule, qui ne devait pas mesurer plus de deux mètres cinquante par trois.

— Êtes-vous certaine de votre décision ?

Flora redressa les épaules.

— Oui, sûre et certaine. Jamais je ne retournerai vivre sous l'autorité de ma mère. Pourtant, j'aurais aimé partir d'une façon moins… perturbante. Mais elle a été ignoble. Les choses qu'elle m'a dites… Non, tout ira bien pour moi. Tout ira bien.

— Alors je vais vous chercher cette toile.

À cet instant, Bram descendit l'escalier.

— Nous pouvons vous apporter vos affaires sans plus tarder, Flora, et vous laisser ensuite vous installer comme il vous siéra. Dites-nous ce dont vous avez besoin ici et ce que nous entasserons dans l'appentis.

Une fois qu'elle eut tout rangé, Flora cousit la toile pour fabriquer un matelas, se piquant les doigts jusqu'au sang. Et si des larmes tombèrent sur le tissu grossier, à tout le moins, nul autre qu'elle ne les vit.

Avec l'aide de Lester, elle bourra de paille l'enveloppe de toile, puis sortit acheter du pain et du fromage pour se préparer un dîner frugal. Elle était déterminée à ne pas constituer un poids pour les Deagan.

Après avoir mangé, elle veilla seule dans la pièce encombrée. Enfin, elle souffla la bougie et se coucha. Étendue sur le matelas rugueux, elle ne put réprimer de nouvelles larmes, mais prit garde à pleurer en silence.

Ce qu'elle faisait pousserait certaines personnes à la rejeter ouvertement, parce que sa mère révélerait à coup sûr la fâcheuse discorde et noircirait le tableau. Mais les gens qui la connaissaient depuis des années comprendraient son choix, n'est-ce pas ?

Elle doutait même que Jeanie se joignît à elle maintenant pour ouvrir une pension de famille, or elle savait qu'elle ne pouvait pas financer son projet seule. Jeanie était assez timide et sa tante une amie proche de la mère de Flora.

Ce n'était pas facile de braver celle qui avait régenté sa vie durant trente années, mais Flora avait la conviction qu'elle devait persévérer. Elle n'aurait jamais eu la moindre chance d'être heureuse en restant, elle aurait toujours été une domestique non rémunérée, tancée et harcelée, sans une minute de tranquillité.

Même si, dorénavant, elle ne menait pas une existence de dame, elle survivrait. Elle était forte physiquement et capable, elle le savait.

Elle se frotta les yeux sur le drap, résolue. Elle n'était pas dans la misère. Quantité de gens s'en sortaient alors qu'ils avaient beaucoup moins qu'elle. Elle trouverait un moyen de gagner sa vie, c'était une simple question de temps. Il n'y avait pas assez de domestiques dans la colonie : au pire, elle irait travailler à la campagne pendant un ou deux ans, mettrait de l'argent de côté.

Elle ne s'autoriserait plus à verser de larmes. Elle allait mener sa nouvelle vie, quel qu'en fût le contenu.

En outre, lorsqu'il rentrerait, Dougal lui prêterait assistance. Il s'était montré compréhensif quand elle lui avait révélé ses projets. Il ne croirait assurément pas aux fables de leur mère sans écouter la version de sa sœur.

Non, seul le désespoir le plus absolu la forcerait à retourner vivre chez sa mère.

Mitchell marchait à grandes enjambées. Même si les nuages s'amoncelaient, il n'avait pas encore besoin d'ouvrir son parapluie. Il s'arrêta devant le dépôt de bois où il s'était approvisionné pour le plancher de Bram. L'endroit semblait désert, mais un ruban de fumée s'échappait de la cheminée d'une petite cabane sur le côté.

Au lieu de tirer sur le cordon de la cloche rouillée près du portillon latéral, il se mit à explorer le dépôt, indigné par le chaos qu'il découvrait. Le bois avait été déchargé dans le plus grand désordre, aucun effort n'avait été fait pour le ranger ou l'empiler au-dessus du sol afin qu'il continuât de sécher.

Lorsqu'il eut terminé, il revint près du portillon et sonna. Il dut agiter la cloche une seconde fois pour que la porte de la cabane s'ouvrît. Orrin, le propriétaire, en sortit et s'approcha d'un pas traînant. Son fils était invisible.

— Oh, c'est encore vous. Il vous faut plus de bois ? dit-il, et il fit un grand geste du bras. Servez-vous et sonnez quand vous voudrez payer.

Son haleine était chargée d'alcool. Mitchell s'écarta d'un pas, dégoûté.

— Je ne suis pas ici pour du bois. Vous avez dit que vous cherchiez à vendre votre dépôt. Je pourrais être intéressé. Combien en demandez-vous ?

Orrin braqua sur lui un regard de stupeur. Il lui fallut une minute pour se ressaisir et avancer un chiffre.

Mitchell éclata de rire.

— Si vous ne proposez pas un prix raisonnable, je trouverai à m'installer ailleurs. Commençons à la moitié du montant que vous suggérez. Ce sera plus proche de la valeur réelle du bien.

— N'oubliez pas qu'il y a aussi la maison, le stock et le hangar pour le cheval et la charrette.

— Nous savons tous les deux que votre stock est en grande partie de la camelote, que votre charrette a besoin d'être réparée, que votre hangar tombe presque en ruine et que votre pauvre bête rendra bientôt l'âme. Il faudra que je constitue une réserve complète de bonne qualité. Montrez-moi la maison. Si la construction est saine, je ferai peut-être une offre plus élevée.

L'homme hésita.

— Elle est un peu en désordre en ce moment.

— Le dépôt est en désordre aussi. C'est la maison que je veux voir ; je me fiche de vos bibelots.

Il suivit Orrin à l'intérieur, sans commenter l'odeur détestable et la saleté. La maison, minuscule, se composait de deux chambres et d'une pièce à vivre qui servait aussi de cuisine. Il n'y avait pas même de véritable arrière-cuisine.

— Retournons dehors, on y respire mieux. Pouvons-nous visiter le hangar ?

Sans mot dire, Orrin le conduisit jusqu'au hangar, qui avait des lattes manquantes sur les côtés et paraissait prêt à s'effondrer au prochain coup de vent. Il contenait des outils en mauvais état de conservation et une stalle répugnante depuis laquelle le hongre tourna vers lui un œil terne. Mitchell fut indigné de voir des lames en train de rouiller, des scies à même le sol.

— Je pourrais vous vendre aussi mes outils, déclara Orrin.

Mitchell en ramassa quelques-uns et les examina.

— Ils ne valent pas grand-chose, mais je vous paierai dix livres pour l'ensemble.

Après avoir marchandé, ils convinrent d'un prix. Le visage potelé d'Orrin s'éclaira.

— Je vais demander à un notaire d'établir un contrat, annonça Mitchell.

Le sourire de l'autre s'évanouit.

— J'ai l'habitude de conclure une affaire par une poignée de main.

— Ce n'est pas mon habitude. Je vais d'abord vérifier que vous êtes bien le propriétaire, puis je m'adresserai à un notaire qui rédigera l'acte de vente.

— Vous êtes dur.

— Non, seulement prudent. J'ai inspecté le dépôt avant de vous parler, alors n'essayez pas de subtiliser une partie du bois. Vous devez cesser votre activité dès à présent. Nous dresserons une liste des outils que vous signerez comme élément de notre accord.

Il les utiliserait dans un premier temps et les remplacerait peu à peu par de meilleurs.

Il espérait qu'il prenait la bonne décision. Le dépôt était délabré, et il restait encore à trouver des scieries hors de la ville, des établissements qui lui fourniraient du bois satisfaisant. Néanmoins, la situation semblait favorable, au cœur d'une ville en expansion où les bâtiments de bois étaient nombreux.

Non seulement il se rendrait dans des scieries campagnardes, mais il essayerait aussi d'établir des relations avec des propriétaires fonciers disposés à vendre de très gros arbres ici et là, à lui céder de grosses pièces qu'il pourrait mettre à sécher, puis vendre séparément. Il aurait beaucoup à faire.

À condition qu'Orrin fût bien le propriétaire officiel, son principal problème était maintenant de savoir que faire de Christopher, qui continuait d'être chagriné s'il le laissait, même durant une heure ou deux. Il avait besoin de parcourir la campagne pour chercher des fournisseurs et s'absenterait plusieurs jours de suite. Il ne pouvait emmener le garçon dans ces déplacements. Christopher était trop petit pour supporter des voyages aussi rudes.

La vie obligeait à des choix difficiles…

Désormais impatient de commencer, Mitchell se hâta de retourner poser le plancher du bazar. En outre, il avertit Bram qu'il irait le lendemain matin à Perth, afin d'effectuer les vérifications au sujet de la propriété qu'il comptait acheter.

Une semaine plus tard, Bram inspecta le plancher neuf, maintenant verni. Mitchell avait expliqué que les lames étaient faites d'un bois dur appelé jarrah, essence qu'ils ne connaissaient ni l'un ni l'autre avant d'arriver en Australie. Il ressemblait un peu à l'acajou, était d'un beau rouge sombre une fois verni et devrait résister à l'usure.

— Nous ferions mieux de brûler ces chutes dans notre fourneau, dit Bram à Mitchell.

— Certaines valent mieux que cela. Laissez-moi m'en occuper. Je les emporterai et vous donnerai la moitié de la somme que j'en tirerai… si vous pouvez me les garder quelques jours, le temps que je reprenne le dépôt de bois. Je paierai Tommy pour m'aider à les empiler dans un coin où elles ne vous gêneront pas.

— À quoi peuvent servir des morceaux aussi petits ?

Mitchell sourit.

— Les gens recherchent des bouts de bois pour toutes sortes d'usages domestiques et je ne dédaigne jamais quelques pennies supplémentaires.

— Vous êtes un homme selon mon cœur. (Bram arpenta le bazar, admirant le plancher.) Vous avez fait du bon travail.

— J'aime travailler le bois.

— Eh bien, nous pouvons maintenant nous préparer à ouvrir le magasin, ou plutôt nous le pourrons dès que nous y aurons disposé la marchandise. Nous sommes en train d'examiner tous nos articles et de prévoir la manière dont nous les présenterons. Lorsque nous serons prêts, il faudra que je publie une nouvelle annonce dans le journal.

Mitchell hésita.

— Puis-je émettre une suggestion ?

— Oui, bien sûr.

— Ne vous contentez pas d'une simple ouverture ; faites une cérémonie, avec quelqu'un qui coupera un ruban à l'entrée.

Bram le regarda, bouche bée, puis un lent sourire se dessina sur son visage.

— Pourquoi nous arrêter là ? Je vais engager une fanfare, qui défilera dans la ville avec une banderole. Les gens adorent les spectacles.

Ils échangèrent un large sourire.

— Je me demande ce qu'en dira Isabella.

— Elle fera tout ce que vous voudrez.

— Non, pas mon Isabella. Elle a son indépendance d'esprit.

Sauf en ce qui concernait son idiote de cousine.

— Accueillerez-vous des productions locales ?

— Je crois. J'ai eu plusieurs requêtes de gens qui souhaitent que je vende leurs marchandises, divers artisans, des femmes qui cousent pendant leur loisir. Je laisse le côté féminin à Isabella. En tout cas, nous n'accepterons que des objets bien réalisés. Pas d'articles médiocres dans notre bazar.

— Les tables à tréteaux sont toutes terminées. Tommy vient de cirer le bois.

— Je suis content que vous ayez proposé de les fabriquer. Tant que nous ne saurons pas quel succès aura notre commerce, nous pourrons les déplacer facilement.

Bram lui dit au revoir et partit chercher Isabella. Il avait besoin d'elle pour discuter des comptoirs, pour l'aider à décider de ce qui était nécessaire et à fixer la date d'ouverture.

Mitchell, lui, alla demander à Tommy s'il voulait bien récurer la petite maison puante d'Orrin. Le visage de l'homme s'illumina à la perspective d'un nouveau travail. C'était touchant de voir son aspect s'améliorer de jour en jour : il se tenait plus droit, ses joues reprenaient des couleurs.

Il avait affirmé avoir du cœur à l'ouvrage – la pure vérité. Il serait peut-être utile dans le dépôt de bois. Il y aurait les soins à donner au pauvre cheval et d'autres besognes variées.

Isabella savait que Flora était allée rendre visite à son amie Jeanie afin de discuter de leur future pension de famille. Lorsqu'elle la vit revenir, elle sortit de la maisonnette pour savoir si leur rencontre avait été fructueuse. Elle frappa à la porte, mais n'obtint pas de réponse. Elle se tourna pour partir, puis se ravisa et décida de jeter un coup d'œil à l'intérieur. Ce silence était inquiétant.

Assise sur le lit, Flora fixait le mur d'un regard vide. Elle ne semblait pas l'avoir remarquée.

— Que se passe-t-il ? J'ai frappé en vain.

— Oh, désolée ! Je ne vous ai pas entendue.

— Quelque chose ne va pas.

Flora finit par secouer la tête.

— Jeanie ne veut plus ouvrir une pension de famille avec moi.

— J'en suis navrée.

— Ma mère a parlé à sa tante et dit des horreurs, de toute évidence. Elle m'a accusée d'être immorale, elle a pleuré, elle a déclaré qu'elle s'était efforcée de me maintenir dans le droit chemin.

— Comment ose-t-elle répandre des propos pareils ?

— La famille de Jeanie en a fait toute une histoire, a menacé de la déshériter si elle continuait de me fréquenter. Elle n'a pas eu la hardiesse de s'opposer à la volonté des siens. Dorénavant, elle refuse de me parler. (Flora cligna des paupières, mais une larme s'échappa.) Pourquoi ma mère me fait-elle cela ?

— Pour essayer de vous ramener à elle, bien sûr.

— Elle ne m'incite qu'à fuir davantage. J'ai assez d'argent pour tenir jusqu'au retour de Dougal. Du moins, tant que vous me permettrez de rester ici. Il m'aidera, je le sais, et assurera aux gens que ma mère ment.

— Vous pouvez rester ici, cela va sans dire, quoique ce ne soit pas un lieu d'habitation très agréable.

— C'est merveilleusement tranquille, néanmoins. (À cet instant, un cheval hennit avec force dans l'écurie voisine et Flora sourit.) Ce genre de bruit ne me dérange pas. Quelqu'un qui jacasse à longueur de journée m'importune, en revanche.

— Et votre recherche d'une maison à louer ?

— Je pensais que ce serait facile, et plusieurs sont proposées à la location, malheureusement je suis une femme seule, non mariée, pas même veuve : les gens ne me font pas confiance pour payer le loyer. Il faut que je trouve un homme pour me servir de caution, dit-elle en soupirant. Je vais regarder dans le journal. Peut-être qu'il y aura une place de gouvernante, ou un autre emploi que je pourrai occuper en attendant que mon frère revienne. J'aime les enfants.

Isabella ne sut que répondre et le silence s'installa. Puis Flora le rompit :

— Je vous retarde dans votre travail. Tout ira bien pour moi, je vous le promets.

Isabella savait pourtant que son amie n'allait pas bien.

Mitchell n'avait pas l'intention d'écouter la conversation privée des deux femmes, mais il passa devant la petite pièce alors qu'il rentrait et ne put éviter d'entendre ce qu'elles disaient. Comme l'escalier craquait, il attendit qu'elles eussent terminé pour monter. Il savait pourquoi Flora logeait ici et la plaignait. Mrs McBride était le genre de femme qu'il détestait, à se montrer empressée auprès de vous et pourtant d'une hypocrisie complète.

Aucune personne convenable ne traiterait sa fille ainsi. Raconter que Flora était immorale ! Il suffisait de la regarder pour savoir qu'elle était loyale et honnête.

Il continua de monter l'escalier, souriant lorsqu'il distingua la voix de son fils au loin. Christopher passait beaucoup de temps avec Lester et les chevaux, et il avait commencé à parler aux animaux, tout comme à Lester.

En haut, Mitchell s'arrêta net, une idée surgissant à son esprit. Il se tourna, vit Mrs Deagan s'en aller et redescendit donc pour frapper à la porte entrebâillée.

Flora apparut sur le seuil.

— Pardon, j'ai entendu malgré moi ce que vous disiez lorsque je passais et… (Il ne trouva pas de façon délicate de le formuler.) Je sais que vous cherchez un endroit où habiter et que vous voulez ouvrir une pension de famille, mais je me demandais si, dans l'intervalle, vous accepteriez de travailler pour moi, provisoirement.

Elle le dévisagea pendant quelques secondes d'un air interdit, puis plaqua une main tremblante sur sa bouche, comme pour contenir ses émotions. Elle ne réussit à parler qu'au bout d'une minute.

— Vous me proposez un emploi ?

— Oui.

Il jeta un coup d'œil vers l'étage.

— Pourrais-je entrer dans votre chambre, afin que l'on ne nous entende pas d'en haut ? Les voix retentissent bien trop distinctement dans cette cage d'escalier.

C'était une pièce exiguë et elle n'avait pas de chaise à lui offrir, rien qu'un vieux lit grinçant.

— Je resterai debout ici près de la porte. Installez-vous sur le lit, mademoiselle McBride.

Il la regarda s'asseoir. Elle paraissait lasse, avait le visage blême et les yeux cernés. Une mèche de cheveux s'était échappée de son chignon bas.

— Quel est cet emploi ?

— Je ne sais pas comment le dénommer. J'ai absolument besoin d'aide pour Christopher et il faut que ce soit une personne disposée à se montrer patiente avec lui. Je crois que vous comprenez déjà en partie ce qu'il a subi durant l'année écoulée ; vous savez aussi combien il est silencieux.

— Oui. Mais, depuis votre récent retour ici, il a meilleure mine et s'est remis à parler. Je n'ai jamais été gouvernante, je suis néanmoins prête à essayer.

— J'aimerais que vous le fassiez un peu lire et écrire, mais la priorité serait de vous occuper de lui et de jouer le rôle de mère pendant que je m'absenterai.

Il lui expliqua qu'il venait de racheter le dépôt de bois.

— Je dois rechercher des fournisseurs à la campagne, ce qui nécessitera sans doute une semaine de voyage, voire plus. Il me sera impossible d'emmener un garçon aussi jeune que Christopher. Quoique l'idée de le laisser me déplaise, il faut que je commence à gagner de l'argent, et s'il est avec quelqu'un en qui j'ai confiance, je crois que tout se passera bien.

— Vous me feriez confiance pour prendre soin de votre fils ?

— Oui, entièrement.

— Vous me connaissez à peine.

— J'estime en connaître assez, et vous êtes une amie des Deagan, ce qui compte beaucoup. J'ai un grand respect pour Bram. Je pense leur demander de surveiller le dépôt et de vous aider si nécessaire.

— Christopher logera-t-il dans la chambrette de l'écurie ?

— Non. Je veux qu'il ait la sensation d'être chez lui, je souhaiterais donc emménager dans la maison du dépôt de bois avant mon départ. Il y régnait un désordre terrible, mais j'ai payé Tommy pour qu'il la range et récure les murs et les planchers. Orrin est allé rejoindre sa femme à la campagne dès la vente terminée. Une fois que nous aurons des meubles, nous pourrons nous installer. Alors… je me demande si vous pourriez envisager d'habiter dans la maison avec Christopher pendant mon voyage ? Vous auriez le vivre et le couvert, et je vous verserais un salaire.

Elle ne répondit rien, le regarda seulement de ses calmes yeux gris, avec une expression songeuse.

— Vous pourriez rester ensuite et tenir la maison en attendant de trouver mieux. Je me rends compte que c'est un emploi très subalterne, mais vous auriez votre propre chambre à coucher, naturellement. Je vous promets que vous seriez traitée avec considération et que Christopher et moi n'entrerions jamais dans votre chambre.

— Vous savez que ma mère propage des ragots sur ma moralité ?

— Oui, mais je ne croirai jamais cela de vous, dit-il en lui adressant un sourire ironique. Vous avez un visage empreint d'honnêteté.

— Je vous remercie pour votre confiance. J'accepterai volontiers cet emploi, à une condition.

— Laquelle ?

— Que Christopher soit d'accord pour rester avec moi. Après tout, il m'a peut-être prise en grippe.

— J'en doute. Mais je peux lui poser la question. Il est auprès des chevaux avec Lester en ce moment.

— Combien me paieriez-vous ?

— Je ne sais pas. (Il sourit subitement devant son incapacité à répondre.) Je viens d'avoir l'idée de vous offrir cet emploi, je n'ai donc pas réfléchi à la rémunération.

— Dix shillings par semaine seraient satisfaisants, me semble-t-il.

— Est-ce suffisant ? Je paierai une femme de ménage, bien sûr. Je ne vous imposerai pas des tâches aussi ingrates. Ou plutôt, Tommy pourra s'en charger, si cela ne vous ennuie pas. Il est en quête du moindre travail qui se présente.

Ils se regardèrent et il fut le premier à parler :

— Alors, marché conclu, mademoiselle McBride ?

— Oui, marché conclu.

Il lui tendit la main, sentant qu'il fallait un geste pour sceller leur accord, et elle la lui serra.

— S'il vous plaît, appelez-moi Flora. Le nom de McBride me répugne à l'heure qu'il est. Si Christopher est d'accord, pourriez-vous m'emmener voir la maison ? J'ai des meubles susceptibles de convenir pour ma chambre.

Elle avait un air malheureux, son ancienne vivacité disparue. Il avait horreur de voir des familles se déchirer. C'était si douloureux quand les personnes censées vous aimer et vous protéger agissaient de façon déraisonnable et malveillante.

— Je vais interroger Christopher, mais je suis sûr qu'il sera content de mes projets. Ensuite, nous vous emmènerons visiter la maison.

Le garçon, sale mais rayonnant, aidait Lester à nettoyer l'une des stalles. Lorsque son père l'appela, Christopher accourut.

— J'ai aidé à nourrir la jument grise, papa. Lester m'a dit ce qu'il fallait lui donner et je me suis occupé d'elle tout seul.

— C'est très bien. Mais si tu as fini, il va falloir faire ta toilette : je veux te montrer notre nouvelle maison.

Un peu de la gaieté de l'enfant s'évanouit.

— Nous partons d'ici ?

— Oh, nous n'irons pas loin, la maison est à quelques rues seulement. Tu pourras revenir voir Lester et les chevaux.

Mitchell conduisit son fils à l'étage pour le laver et le changer, puis ils descendirent frapper à la porte de Flora.

Elle était prête à sortir, la tête couverte d'une coiffe ordinaire qui ne l'avantageait pas. Aucun de ses vêtements ne la mettait en valeur, s'aperçut-il. Était-ce là son propre choix ou la préférence de sa mère ?

— Je lui parlerai de mon voyage quand nous serons dans la maison, lui chuchota-t-il alors qu'ils quittaient le bâtiment.

Flora appréciait la promenade, se réjouissait de voir le visage enthousiaste de Christopher tandis qu'il regardait autour de lui.

Mais ils se trouvèrent soudain nez à nez avec sa mère et une amie. L'étroitesse du trottoir les empêchait de se croiser.

Mrs McBride, qui s'était arrêtée net, sortit aussitôt son mouchoir et se mit à parler d'une voix forte des enfants ingrats et de la douleur d'être une mère.

L'amie l'entoura du bras et darda un regard furieux à Flora. Les deux femmes continuaient de leur barrer le passage.

Flora semblait incapable de bouger tant elle était humiliée. Mitchell lui prit alors le bras.

— Laissez-moi vous aider à franchir cet obstacle, mademoiselle McBride. Christopher, viens par ici.

Il passa sur la chaussée et l'entraîna au-delà des deux vieilles, sans prêter attention aux commentaires qui se poursuivaient derrière eux.

Une fois qu'ils eurent tourné au coin de la rue, Flora dit :

— Merci.

— Comment vous sentez-vous ?

— La stupeur m'a brouillé les idées. Je ne pensais pas que ma mère serait aussi désobligeante en public. Je réagirai mieux la prochaine fois, je vous le promets.

— J'en suis convaincu. Bon, nous sommes presque arrivés. Je t'avais dit que ce n'était pas loin, Christopher.

Le garçon se rangea à côté d'eux, jetant des coups d'œil intrigués à Flora.

Celle-ci estima qu'il était assez grand pour connaître la vérité. En outre, ils risquaient de faire de nouvelles rencontres du même genre si elle s'occupait de lui.

— Christopher, la vieille dame était ma mère. Elle ne m'aime pas.

— Oh.

Dans un murmure, il ajouta :

— Mon beau-père ne m'aimait pas. Il me battait. Est-ce qu'elle vous bat ?

— Non. Mais elle dit des méchancetés.

Il hocha la tête, l'air d'accepter cette explication, et ne posa pas d'autres questions.

À l'entrée du dépôt, Mitchell décadenassa le portillon.

— Tout est très délabré, mais je vais y remédier. Il faut d'abord que j'acquière du bois de bonne qualité. La marchandise en réserve ici ne vaut rien, dans sa majeure partie.

Il ouvrit le portillon puis précéda Flora et Christopher jusqu'à la maisonnette.

L'intérieur était indubitablement propre, mais encore mouillé après le récurage.

— Vous devriez allumer un feu pour que tout sèche.

— Je ne veux pas laisser un feu brûler sans surveillance.

— Pour le prix d'un ou deux repas, Tommy acceptera de s'en occuper, j'en suis certaine, dit-elle d'une voix douce. Il est indispensable que cette humidité s'évapore. Il a été excessif dans son utilisation de l'eau.

— Je vais arranger ça, dit-il en tendant le bras. Votre chambre serait celle-ci.

Les deux chambres donnaient sur la pièce à vivre, et il désignait la plus petite.

Elle s'avança sur le seuil pour jeter un coup d'œil, puis entra. La pièce n'était pas beaucoup plus vaste que sa chambrette actuelle dans le bâtiment de l'écurie, en revanche il y avait une vraie fenêtre et de meilleures finitions.

— Elle est minuscule, je sais, mais Christopher et moi devrons partager la plus grande.

Flora considéra l'enfant, puis Mitchell.

— Pourquoi ne feriez-vous pas le tour du dépôt avec Christopher pendant que je réfléchis au mobilier ?

Lorsqu'ils furent sortis, elle soupira. Habiter ici ne manquerait pas d'alimenter les ragots, mais elle devrait les affronter. De toute façon, il n'y aurait guère de gens pour s'intéresser à ses faits et gestes une fois que l'esclandre lié à son départ se serait tassé.

Elle se félicitait de cet emploi, qui lui permettrait de gagner sa vie jusqu'au retour de Dougal. Elle pourrait même économiser. C'était ce qui importait le plus, avoir de l'argent pour répondre à ses besoins. Ouvrir une pension de famille nécessiterait de grosses dépenses.

Elle devrait se montrer d'une extrême frugalité désormais.

Mitchell se dirigea vers le hangar branlant et annonça de manière abrupte :

— Je dois partir quelques jours, fiston, et je ne pourrai pas t'emmener.

Voyant que le garçon avait repris son expression figée, il l'enlaça.

— Ce ne sera pas long. Miss McBride est prête à s'occuper de toi pendant mon absence, pourvu que tu sois d'accord.

— Je pourrais rester avec Lester.

— J'aimerais que nous nous installions dans notre nouvelle maison. Et la mère de Miss McBride l'a chassée, elle n'a pas d'autre endroit où aller.

— Oh.

Il attendit une minute, puis demanda :

— Alors, resteras-tu ici avec elle, Christopher ? Il faut que je monte mon commerce de bois.

Le garçon haussa les épaules.

— Tu es gentil.

Il étreignit son fils, puis se tourna pour regagner la maisonnette.

À cet instant, un homme passa le portillon.

— Avez-vous vu Orrin ? J'ai besoin de planches brutes pour une palissade.

— Je suis le nouveau propriétaire. Le dépôt n'est pas vraiment ouvert en ce moment mais, si vous faites vite, je vous vendrai à un bon prix la marchandise dont vous avez besoin. Je veux me débarrasser de cette camelote et constituer une réserve de bois d'une qualité supérieure.

— Vous avez raison sur la qualité. Je n'achète ici que du bois de chauffage et de clôture.

— Revenez dans deux ou trois semaines. Je crois que vous serez agréablement surpris.

Après une brève discussion, les hommes s'entendirent sur un prix, que Mitchell fixa à dessein un peu en dessous de ce qu'il avait vu ailleurs. Il aida l'homme à charger le bois sur une charrette, puis le regarda s'éloigner. Les clients satisfaits étaient la clé de la réussite. Il espérait que l'homme reviendrait en effet, ne fût-ce que par curiosité.

— Nous accrocherons une enseigne, dit-il à Christopher. Dépôt de bois Nash. Non, Nash et fils. Un jour, tu pourras travailler ici avec moi, comme je le faisais avec mon père en Angleterre.

Christopher hocha la tête, mais la nouvelle du voyage de son père l'avait ramené à des monosyllabes. Maudit Gresham. Mitchell lui souhaitait de subir les tortures de l'enfer.

17

Bram et Isabella entreprirent la tâche exaltante de disposer les marchandises dans le bazar, laissant de la place pour les personnes qui avaient répondu à leur première annonce et souhaitaient vendre des articles à elles. Ils s'étaient accordés sur la règle suivante : tout ce qu'ils accepteraient de présenter devrait être de grande qualité, que les objets fussent gros ou petits, ou même d'occasion, comme les meubles.

— De choix et au juste prix, déclara fermement Bram. Nous ne voulons pas que notre magasin paraisse minable.

Il embrassa de l'œil le hangar réaménagé.

— Je ne me souvenais pas que nous avions acquis autant de choses.

Il aurait aimé que les membres de sa famille vissent les piles déjà prêtes et les boîtes attendant d'être ouvertes. Ils l'auraient cru riche. Il se tourna pour regarder son épouse. Il était bel et bien riche, de la manière qui lui importait le plus.

Isabella sourit et le prit par le bras.

— Nous devons apporter nos malles de la maison et enfermer les pièces de soie dedans, pour les protéger des fuites d'eau et des souris, des araignées ou de tout animal qui essaiera de s'introduire dans le hangar. J'adore le parfum du placage en santal.

— Il est censé éloigner les insectes. Penses-tu qu'il soit efficace ?

— Je l'espère. Par la suite, nous créerons un espace séparé pour les soies. Je suis sûre qu'elles auront un grand succès.

Il ne tarda pas à constater qu'elle avait un sens inné de l'agencement et lui donna carte blanche quant à l'organisation du magasin, ce pour quoi elle résolut de tracer un plan.

Au terme de la première journée, une Alice boudeuse leur servit un nouveau plat excessivement cuit pour leur repas du soir et gratifia Isabella du morceau de viande le plus brûlé.

Furieux, Bram échangea les assiettes.

— Vous l'avez laissé calciner, vous le mangerez.

Alice fondit en larmes et voulut se précipiter hors de la pièce, mais Bram l'empoigna par l'épaule.

— Asseyez-vous ! lui commanda-t-il de sa voix la plus forte.

Elle le regarda, médusée par son geste.

— Vous n'êtes pas une enfant. Admettez votre échec et appliquez-vous à mieux faire.

La petite Louisa les observa tour à tour, se recroquevillant aux éclats de voix, mais elle ne pleura pas comme il s'y attendait. Il se demanda combien de fois elle avait vu sa mère se disputer durant sa courte vie, combien de cris elle avait entendus malgré elle.

Il s'inquiétait qu'Isabella ne mangeât pas beaucoup, mais c'était à elle qu'il appartenait de décider. L'une de ses sœurs avait souffert de terribles nausées pendant qu'elle était enceinte et il se désolait qu'il en fût manifestement de même pour Isabella. Il s'efforça d'avaler le morceau d'agneau peu appétissant et mangea la totalité des pommes de terre à l'eau qui l'accompagnaient, puis alla dans la cuisine se couper une tranche de pain qu'il tartina de confiture.

Après le repas, comme Alice restait assise à soupirer et à tripoter une baleine de son corset, il lui dit d'un ton sec :

— Vous pouvez maintenant débarrasser la table et faire la vaisselle. J'ai vérifié que la bouilloire était sur le fourneau quand je suis allé à la cuisine, l'eau chaude devrait donc être prête.

Alice supplia Isabella du regard, mais sa cousine demeura de marbre, alors elle obéit. Elle cassa deux assiettes en lavant la vaisselle.

Bram arriva comme un ouragan dans la cuisine.

— Je vais noter ce que vous nous devez pour tous les objets que vous cassez. Si cela devient une habitude, vous serez forcée de vendre une partie de vos affaires pour racheter de la vaisselle.

— Isabella ne me traitera pas aussi mal.

— Ce n'est pas Isabella qui décidera. Je suis maître chez moi et, puisque j'ai la certitude que vous avez délibérément brisé ces assiettes, je prends des mesures pour empêcher qu'un tel incident se reproduise. Est-ce juste envers votre cousine, de fracasser sa vaisselle ? Mérite-t-elle cela ?

Alice rougit et détourna les yeux.

— C'était involontaire, marmonna-t-elle. Vous êtes cruel avec moi !

— Ce n'était pas involontaire et je ne suis pas cruel. Je ne supporte pas les paresseux qui considèrent les autres comme leurs domestiques. Et je ne tolérerai pas que mon épouse, qui attend un enfant et travaille dur pour monter notre bazar, soit à votre service.

Alice se mit à sangloter. Elle se serait précipitée dans l'escalier s'il ne lui avait pas barré le chemin.

— Ne viens-je pas de vous dire que vous devez cesser de fuir quand je vous admoneste ? Finissez de nettoyer et assurez-vous que tout est en ordre, ajouta-t-il après un silence, d'un ton moins sévère.

— Je dois coucher Louisa.

— Rien ne presse.

Lorsqu'il retourna dans la salle de séjour, il trouva la fillette pelotonnée sur le tapis devant le feu et Isabella assise sur le canapé. Elle le regarda avec admiration.

— Je ne t'avais jamais vu comme ça, Bram. Je ne savais pas que tu pouvais manifester une telle… une telle autorité.

— Je ferai tout ce qui s'impose pour protéger mon épouse et mon foyer.

Elle tendit le bras vers lui et, durant un instant, ils se sourirent sans avoir besoin de mots. Puis elle retira sa main.

— Il faut que je me penche sur le plan du bazar. J'ai réfléchi à la manière générale dont nous devrions utiliser l'espace, mais les détails nécessitent à présent notre attention.

Il s'assit en face d'elle. Après avoir feuilleté le journal, il demanda :

— Penses-tu que tout se passera bien ?

— J'en suis sûre, répondit-elle, le regardant avec surprise. Tes doutes persistent-ils ?

— Pas le matin quand le soleil brille, mais parfois la nuit quand l'anxiété me tient éveillé. Tout dépend de ce magasin, vois-tu, et c'est le projet le plus audacieux que j'aie jamais entrepris ; même dans mes rêves les plus fous, je n'avais jamais espéré une réalisation de cette ampleur, dit-il, lui offrant l'un de ses doux sourires. Et tu es la meilleure part de l'aventure. Ce que je fais là, c'est pour toi et notre enfant, encore plus que pour moi.

Dans la cuisine, Alice entendit chacune de leurs paroles et ses yeux s'emplirent de larmes. Pourquoi n'avait-elle pu trouver un mari comme Bram Deagan ? Elle était plus jolie qu'Isabella. Ce n'était pas juste.

Mais elle n'osa pas casser une nouvelle pièce de vaisselle.

Tandis qu'il montait en direction du bazar le lendemain matin, avant même le petit-déjeuner, Bram vit des empreintes dans la terre humide. Il fronça les sourcils. Elles recouvraient celles qu'il avait laissées la veille au soir lorsqu'il était allé fermer le hangar à clé pour la nuit. Le talon de l'une de ses bottes avait une petite écornure, ses empreintes étaient donc faciles à reconnaître. La personne qui avait fait ces marques avait des pieds plus grands et portait de lourdes bottes. Ni lui, ni Lester ni Tommy n'en avaient de semblables, alors de qui s'agissait-il ?

Arrivé à la porte, il constata qu'elle avait été ouverte de force, le fermoir du cadenas arraché du cadre. Étonnant qu'il n'eût pas entendu de bruit. Quand l'effraction avait-elle eu lieu ? Pendant qu'il semonçait Alice ? Pourquoi Lester n'avait-il rien entendu non plus ? Ce devait être trop loin de l'endroit où ils dormaient, l'un comme l'autre, c'était la seule explication possible.

Plein d'appréhension, il pénétra dans le bazar, redoutant que l'on eût ruiné son beau plancher neuf ou les tables à tréteaux. Mais il n'y avait que des traces boueuses en tous sens. Les marchandises, si elles avaient été déplacées, n'étaient néanmoins pas abîmées. Il n'avait pas l'impression non plus qu'il en manquât. Il se souvenait bien des piles et des boîtes.

Quelqu'un était-il entré uniquement pour regarder ? Mais alors à quelle fin ?

Il descendit à l'écurie et trouva Lester déjà debout, en plein travail.

— Êtes-vous allé dans le hangar durant la soirée d'hier ?

— Non, monsieur. J'avais assez à faire ici, avec les deux chevaux qui sont arrivés tard.

Tommy les rejoignit et Bram répéta sa question.

— Non, monsieur.

— Il pleuvait hier au soir, alors je l'ai laissé dormir dans un coin, dit Lester, ses yeux implorant l'indulgence.

— Ce n'est pas gênant. Il peut dormir ici quand il veut.

— Quelqu'un est-il monté jusqu'au bazar ? demanda Lester.

— Oui. Et il a brisé le cadenas. Je ne crois pas qu'il ait volé quelque chose, mais il a tout exploré. Il pourrait revenir et ne pas repartir les mains vides, cette fois. Je compte donc mettre de meilleures serrures. Mr Nash est-il levé ?

— Lui et son fils sont déjà sortis, monsieur. Ils aménagent leur maison ; ils installent des étagères aujourd'hui, me semble-t-il.

— Pourriez-vous lui porter un message, Tommy ? Informez-le de l'intrusion et demandez-lui s'il veut bien m'aider à rendre le local plus sûr. Je sais qu'il est occupé, mais nous ne voulons pas que des gens pénètrent dans le bazar quand ça leur chante ; c'est un travail urgent.

Mitchell arriva dans la demi-heure et examina les doubles panneaux qui constituaient l'entrée principale.

— Mieux vaudrait appeler un serrurier, dit-il, puis il entra pour inspecter les autres portes donnant accès aux différentes parties du bazar. Il faudrait poser de gros verrous à l'intérieur de ces portes, en haut et en bas, peut-être même au milieu. Toutes sont solides, sauf celle-ci, qui serait à changer. Un coup de pied pourrait l'enfoncer tant elle est frêle. Une fois ces travaux réalisés, vous veilleriez chaque soir à pousser l'ensemble des verrous, après quoi la porte principale serait la seule qu'il vous resterait à fermer à clé en sortant. Bien sûr, il y aura toujours les fenêtres. Quelqu'un pourrait les casser.

— Certes, mais briser une vitre est plus bruyant. En réalité, continua Bram soucieux, j'aurais besoin d'un gardien de nuit. Tommy pourrait peut-être occuper ce poste.

— Ah…, murmura Mitchell. Je lui ai déjà proposé un emploi dans mon dépôt de bois et un coin de mon hangar pour y loger. J'espère que vous n'y verrez pas d'inconvénient. Je pense lui enseigner la menuiserie.

Jamais Bram n'aurait fait obstacle à un homme en train d'améliorer sa condition.

— Je suis heureux pour lui. Je trouverai quelqu'un d'autre.

— Demandez à Lester. Il a de nombreux amis depuis qu'il s'est établi. Il saura vous indiquer des gens.

— Quand Miss McBride et vous-même emménagerez-vous ?

— Dès que j'aurai de quoi meubler la maison.

— Il se trouve que j'ai du mobilier d'occasion à céder..., dit Bram en souriant jusqu'aux oreilles.

Il rentra pour le petit-déjeuner, enchanté d'avoir déjà vendu plusieurs meubles. Mitchell n'avait pas hésité : il avait sélectionné deux lits, une commode, une table et quatre chaises qui feraient l'affaire malgré leur disparité.

— Et Flora viendra en choisir quelques autres, expliqua Bram à son épouse, si elle le juge nécessaire. Lester connaît un charretier qui pourra tout leur livrer aujourd'hui.

Alice posa sans ménagement une assiette au centre de la table et retourna comme une furie dans la cuisine.

Bram regarda le contenu de l'assiette.

— Ces œufs sont trop cuits. Par bonheur, nous achetons notre pain chez le boulanger !

— Chut.

Alice réapparut avec le beurrier, une miche sur une planche et le couteau à pain. Louisa s'accrochait à ses jupes. Elle la souleva de terre et l'assit brutalement sur une chaise.

— Reste là, veux-tu !

La fillette se mit à pleurer et Alice hurla :

— Tais-toi !

— Sers-toi, murmura Bram à son épouse.

— Non, merci.

— Tu n'aimes pas les œufs au plat ?

Elle le regarda d'un air contrit puis jeta un coup d'œil vers sa cousine.

— Je n'aime pas les œufs trop cuits moi non plus, dit-il.

Lui et Alice s'observèrent avec une hostilité réciproque.

Il s'obligea à manger un œuf, mais ne put en avaler un deuxième.

— Il faut que je vous achète un sablier. Ce que j'aime vraiment au petit-déjeuner, ce sont des œufs à la coque. Je vous apprendrai à les préparer. Dites-moi, où est la confiture ?

— Dans la cuisine.

— Eh bien allez la chercher, s'il vous plaît. Vous auriez dû la mettre sur la table dès le début.

Elle respira profondément, se leva et revint avec un pot de confiture, qu'elle flanqua devant lui.

— Je suis sûr que cela agrémentera ton petit-déjeuner, dit-il en le tendant à Isabella. Nous allons devoir constituer une réserve de confiture. Nous en aurons besoin, c'est évident.

Alice commençant à pleurer, il haussa la voix pour parler du bazar avec Isabella. Il continua de s'entretenir de ce sujet avec elle tant que leur invitée n'eût pas cessé sa comédie. Alors seulement il se tourna vers elle.

— Alice, lorsque vous aurez fait les commissions, vous pourrez monter nous aider à déballer nos marchandises dans le bazar.

— D'habitude, les femmes ne travaillent que dans les boutiques de vêtements pour dames, rétorqua-t-elle, maussade.

— Elles travaillent partout sur les marchés, or notre bazar sera un marché de qualité.

Isabella, qui étalait de la confiture sur une tranche de pain, se hâta de préciser :

— Je travaillerai aussi dans le magasin, Alice. Je pensais que tu voudrais nous aider. Tu auras l'occasion de rencontrer des gens et je suis sûre que Louisa jouera tranquillement dans un coin pendant ce temps. Elle n'est pas une enfant pénible.

Comme sa cousine ne répondait rien, elle dit avec une légère tension dans la voix :

— Si le bazar ne réussit pas, nous ne serons plus en mesure de te soutenir.

Bram était content de voir Isabella prendre modèle sur lui et se montrer plus stricte avec sa cousine. Il regarda celle-ci plisser le front : signe qu'elle réfléchissait, espéra-t-il. C'était sans doute le cas puisque, au bout de quelques instants, elle annonça d'un ton radouci qu'elle les rejoindrait plus tard.

Isabella eut un hoquet et plaqua une main sur sa bouche.

— Te sens-tu à nouveau nauséeuse ? lui demanda Bram.

— Un peu. Ça passera.

Elle ne se plaignait jamais, néanmoins il veillerait à ce qu'elle ne se surmenât pas.

— Je vais donner le restant de ces œufs à Tommy et Lester, alors, n'est-ce pas ? Alice, n'en préparez que pour moi la prochaine fois. Deux, à la coque. Et un pour vous, si vous les aimez.

Elle renifla et demeura silencieuse, tartinant son pain avec profusion comme si la confiture ne coûtait rien.

Quelle cruche ! pensa Bram. Infliger aux personnes qui la logeaient et la nourrissaient de tels accès d'humeur et de paresse… Si elle ne changeait pas d'attitude, il ne pourrait sans doute plus la supporter longtemps dans sa maison.

Ayant fini de manger, il s'approcha de son épouse et lui donna un baiser sur la joue.

— Je serai au bazar. Attends de te sentir mieux pour venir.

Lorsqu'il fut parti, Isabella se tourna vers sa cousine.

— Alice, tu me fais honte. Pourquoi es-tu si peu disposée à nous aider ?

— Je ne sais pas, se lamenta Alice. Ce n'est pas intentionnel, mais quand je vous vois aussi heureux ensemble, Bram et toi, quand je vois tout ce que vous avez, ça me contrarie.

— Tu as été mariée. N'étais-tu pas heureuse ?

— Le bonheur n'a pas duré. Je suis tombée enceinte immédiatement, et ce n'est pas agréable, comme tu le découvriras. Les nausées matinales ne sont que le début. Quand ton ventre s'arrondira, tu auras mal au dos, et puis tu grossiras tellement que tu auras l'impression d'être sur le point d'éclater. J'ai détesté cette période. En plus… Parker était incapable de soutenir une famille. Nous nous disputions souvent à propos de l'argent. Si ses parents ne lui en avaient pas envoyé chaque trimestre, nous serions morts de faim. Je ne le savais pas quand je l'ai épousé, mais je l'aurais épousé de toute façon, pour échapper à… à la situation dans laquelle je me trouvais.

— Pourquoi ne me l'as-tu pas dit ?

— Parce que j'étais honteuse. D'abord, je me suis enfuie avec cet horrible Renington, j'ai cru à ses mensonges. Ensuite j'ai épousé un imbécile. Toi, au contraire… tu t'es mariée à un homme intelligent, qui gagnera sans doute une fortune pour toi, même s'il n'est pas un gentleman.

— Il t'en fera bénéficier. Il est généreux à l'excès, mon bien-aimé Bram. Contribue à la réussite de notre bazar, Alice. Aide-nous autant que tu le pourras, et nous aurons soin que tu ne manques de rien.

Alice pleura encore une fois, puis débarrassa la table et lava la vaisselle sans qu'il fût nécessaire de l'en prier. Lorsqu'elle revint pour demander quelles provisions elle devait acheter, Isabella se sentait beaucoup mieux. Il semblait qu'elle avait besoin de se reposer le matin, d'éviter de commencer à travailler tôt, après quoi les nausées ne l'importunaient plus de la journée.

Toute autre femme que sa cousine aurait pris la cuisine en charge et organisé les achats elle-même, sans avoir à s'enquérir des moindres détails. Pas Alice, pensa Isabella avec un soupir. Elle paraissait inapte à organiser quoi que ce fût, pour elle-même comme pour la maison.

Isabella lui souhaita de trouver un nouveau mari, un homme assez riche pour engager des domestiques chargés de s'occuper d'elle. Il y avait pénurie de femmes dans la colonie, disait-on, par conséquent les hommes d'ici ne se montreraient peut-être pas trop difficiles. Et Alice demeurait jolie, pourvu qu'elle n'eût plus les yeux rouges de larmes et qu'elle fît plus d'efforts.

Isabella but à petites gorgées lentes une dernière tasse de thé léger, puis se prépara pour monter au bazar. Ni sa cousine ni sa nièce n'étant dans la cuisine, elle se rendit à l'étage. Elle surprit Alice en train de donner à Louisa une cuillerée de liquide tiré d'une petite bouteille bleue.

— Que fais-tu ?

Alice sursauta comme si un coup de feu avait éclaté.

— Regarde ce que tu m'as fait faire ! Je l'ai renversé, il n'en reste presque plus.

— De quoi s'agit-il ?

— D'un médicament.

— Contre quoi ?

Elle examina la bouteille. Elle en avait déjà vu de semblables quand sa mère était malade. La potion atténuait la douleur.

— C'est du cordial de Godfrey, n'est-ce pas ?

Alice s'empourpra.

— Pourquoi administres-tu du laudanum à ta fille ? Il est à base d'opium.

Elle abhorrait cette substance, dont son père était devenu dépendant.

— Pour qu'elle se tienne tranquille. Les enfants peuvent faire tant de bruit que l'on en a mal à la tête.

Isabella la regarda, horrifiée.

— Voilà pourquoi elle mange aussi peu et est aussi léthargique. Alice, tu as tort de lui donner ce cordial, affreusement tort.

— Tout le monde s'en sert.

— Jamais je n'y recourrais. Et tout le monde ne s'en sert pas.

— Beaucoup de gens. Plusieurs de mes voisins à Sydney l'utilisaient. C'est comme cela que je l'ai découvert. Qu'y connais-tu, de toute façon ? maugréa-t-elle.

— Un homme a voulu persuader Bram de vendre une potion semblable au cordial de Godfrey dans le bazar, une mixture qu'il avait fabriquée lui-même. Mais Bram savait ce qu'elle contenait et a refusé net. J'étais d'accord avec lui.

— Oh, c'est facile pour toi de parler. Tu as un mari qui t'aide. Je dois faire taire Louisa, sinon je souffre d'épouvantables maux de tête.

Elle inclina la bouteille et remplit de nouveau la cuillère.

D'une tape, Isabella fit voler l'ustensile. Le liquide poisseux éclaboussa le couvre-lit. Elle arracha la bouteille à sa cousine.

— Tu n'utiliseras pas cette horrible potion sous mon toit.

— Rends-la-moi immédiatement.

— Non.

— Tu as changé, par la faute de ton redoutable mari ! Tu n'as jamais été ainsi dans le passé.

— Ma mère et moi étions trop indulgentes avec toi. N'essaie pas de rapporter cet infâme cordial dans ma maison.

Elle attendit, mais Alice n'ajouta rien. Il y avait néanmoins dans ses yeux une expression de gamine rebelle. Si la petite Louisa continuait d'être engourdie, elle demanderait à Bram de fouiller les affaires de sa cousine.

Elle allait même lui en parler dès qu'elle irait au magasin. Cette pauvre enfant ! Quelle vie atroce elle menait. Comment devait-elle se sentir, droguée en permanence ? Il n'était pas étonnant qu'elle fût silencieuse à ce point.

Mitchell enduisit de savon l'extrémité de la vis et l'enfonça lentement avec son tournevis. En raison de la dureté du bois, il avait d'abord dû employer un foret pour percer un trou. Mais un tel bois résisterait au temps, il en était certain, et les étagères qu'il avait fabriquées supporteraient le poids de la vaisselle et des provisions.

Il se retourna lorsque quelqu'un entra et sourit en voyant Flora qui se tenait là, Christopher à son côté.

— Ils arriveront bientôt avec mes meubles, dit-elle. Nous sommes venus en avance pour nous assurer que tout était prêt.

— Autant que faire se peut pour le moment. (Il promena un regard autour de lui.) Ce n'est pas ce dont vous avez l'habitude.

— L'exiguïté des lieux ne me gêne pas. Je serai en mesure de faire comme je l'entends et d'avoir du calme quand je le souhaiterai.

— Avec ce petit bonhomme dans les parages ? dit-il en souriant et en ébouriffant son fils.

Christopher se balança d'un pied sur l'autre, mais un sourire se dessina sur ses lèvres, ce qui accentua sa ressemblance avec son père.

— Je me demandais…, commença Flora, hésitante.

— Oui ?

— Si Christopher aimerait aller à l'école. Il se ferait des amis de son âge.

Mitchell regarda son fils.

— Veux-tu aller à l'école ?

Le garçon haussa les épaules.

— Tu lis et tu écris bien, dit Flora. J'ai été étonnée de voir que tu étais déjà aussi instruit.

Il ne put cacher une expression de fierté.

— Mère m'enseignait… pendant qu'il n'était pas là.

— Elle a fait du très bon travail, dans ce cas.

Christopher hocha la tête.

Mitchell laissa le silence flotter autour d'eux durant une minute, puis demanda :

— Y a-t-il une école à proximité d'ici, Flora ?

— Il y a l'école de garçons de Fremantle, mais je pensais à un établissement plus petit pour des enfants plus jeunes, dirigé par une dame que je connais un peu. Christopher n'est pas habitué au tumulte d'une école de garçons. Il y aurait des frais de scolarité, mais cette dame sait s'y prendre avec les enfants et si je lui explique… Souhaitez-vous que je lui amène Christopher ?

Le père et le fils approuvèrent en chœur, puis les hommes se présentèrent avec le mobilier de Flora.

Après leur départ, elle se mit à trier ses affaires les moins volumineuses. Mitchell s'adressa à son fils :

— N'oublie pas que cette pièce est la chambre personnelle de Miss McBride. Tu ne dois pas y entrer, et je n'y entrerai pas non plus.

L'enfant acquiesça.

Flora apparut sur le seuil, souriante.

— J'ai trouvé ceci et j'ai pensé que Christopher aimerait le regarder. C'est un livre que je lisais quand j'étais petite.

Le garçon l'accepta, l'air ravi, et murmura :

— Merci.

Le lendemain, elle partit avec un Christopher débordant d'enthousiasme, qui tantôt marchait, tantôt sautillait, tantôt gambadait à côté d'elle. Il avait prononcé plusieurs phrases ce matin-là, ce dont elle et Mitchell s'étaient discrètement réjouis.

Elle avait veillé à ce qu'il fût très bien vêtu, ses cheveux indisciplinés lissés avec de l'eau. Ils s'arrêtèrent devant la maison qui servait de petite école, écoutèrent un moment les voix des enfants en train de réciter, puis elle frappa à la porte.

Une jeune fille leur ouvrit et, lorsque Flora demanda à voir Miss Marley, elle les conduisit dans le couloir et les pria d'attendre.

Miss Marley s'avança par la porte du fond, poussa une exclamation étouffée en apercevant sa visiteuse et devint rouge comme une pivoine tout en reculant d'un pas involontaire.

Flora la regarda avec surprise.

— Je vous amène Christopher Nash. Il arrive de Sydney et il a besoin d'aller à l'école.

— Je… nous… n'avons pas de place.

Miss Marley ne semblait pas disposée à se rapprocher d'eux.

Flora savait que c'était faux : elle avait entendu l'enseignante déclarer plus d'une fois qu'il lui était toujours possible de prendre un nouvel élève. Elle faillit se détourner et partir, mais elle se ressaisit. Il était temps qu'elle se défendît.

— Pourquoi ?

Miss Marley hésita, puis suggéra :

— Le garçon pourrait-il attendre dehors ?

Lorsque Christopher se fut éloigné, Flora dit d'un ton ferme :

— Expliquez-moi ce qui ne va pas. Je croyais que nous étions en bons termes.

Il y eut un silence de mort.

— Vous ne viviez pas avec Mr Nash à l'époque, finit par répondre Miss Marley.

— Je suis uniquement sa gouvernante. Je m'occupe de Christopher pendant que son père est contraint de s'absenter pour le travail. L'enfant vient de perdre sa mère, voyez-vous.

Miss Marley la dévisagea. Elle paraissait très émue.

— Elle est morte récemment ?

— Oui. Il y a un mois environ.

— Je suis navrée d'apprendre cela, mais… je ne peux toujours pas l'accueillir.

— Qui répand ces mensonges sur moi ? D'autres femmes remplissent la fonction de gouvernante. Les gens ne les rejettent pas.

— C'est… votre mère.

Durant un instant, Flora demeura muette de stupeur. Puis elle s'écria :

— Comment pouvez-vous croire cela de moi ? Comment ? Vous me connaissez depuis des années !

Miss Marley courba la tête une seconde, puis releva les yeux et dit tout bas :

— Je n'y crois pas. Mais il semble que d'autres y croient, du fait que votre propre mère l'affirme, comprenez-vous, et mon école courrait à la ruine si j'inscrivais le garçon. Des parents pourraient retirer, non, retireraient à coup sûr leurs enfants. Je suis sincèrement désolée.

— Ce n'est pas suffisant. Vous vous prétendez chrétienne ! rétorqua Flora avec mépris. Eh bien, la prochaine fois que vous partagerez des ragots, dites aux gens que j'ai juré sur la Bible ! (Elle frappa du plat de la main la grosse bible posée sur la table du couloir, et sa propriétaire sursauta.) Je jure par Dieu tout-puissant que je suis uniquement la gouvernante de Mr Nash.

Sans attendre de réponse, elle quitta les lieux.

— Pourquoi ne voulait-elle pas de moi dans son école ? demanda Christopher tandis qu'ils s'éloignaient.

— Parce que ma mère propage des mensonges sur moi. Elle raconte que je… ne suis pas une personne comme il faut.

— Oh ! s'étonna-t-il, jetant un regard de regret vers l'école, puis il chuchota d'une voix si basse qu'elle l'entendit à peine : Mr Gresham disait ça de moi quand il me battait.

— Il avait tort. Je pense que tu es très gentil et bien élevé.

Elle lui passa un bras autour des épaules, l'esprit bouillonnant de colère, furieuse non seulement contre sa mère, mais contre l'homme qui avait fait tant de mal à ce petit garçon.

Sur le chemin du retour, elle trouva une nouvelle raison de s'inquiéter. Des gens qu'elle avait toujours connus détournaient les yeux et omettaient de la saluer lorsqu'ils la croisaient. Certains traversaient même la rue pour l'éviter. Lors du trajet en direction de l'école, elle avait cru que quelqu'un ne l'avait pas vue, simplement, mais à présent elle devait se rendre à l'évidence : les gens la fuyaient.

Elle garda la tête haute jusqu'à l'entrée du dépôt de bois, puis ne réussit plus à retenir ses larmes.

Mitchell les vit revenir et, lorsqu'ils se rapprochèrent, lâcha le morceau de bois qu'il examinait et accourut.

— Qu'y a-t-il ? Vous a-t-on fait de la peine ?

Elle laissa échapper un son inarticulé et se précipita vers la maison. Il lui emboîta le pas. Une fois à l'intérieur, elle enfouit son visage dans ses mains et sanglota.

— Qu'est-ce qui ne va pas ? dit-il, essayant de la prendre dans ses bras mais elle le repoussa.

— Ne me touchez pas ! Surtout ne me touchez pas.

Elle lui tourna le dos, les épaules tremblantes.

Il regarda Christopher, qui les avait suivis à l'intérieur et paraissait chagriné lui aussi.

— Que s'est-il passé, mon fils ?

— La dame a dit que je ne pouvais pas aller dans son école. Miss McBride m'a expliqué que sa mère racontait des mensonges sur elle.

Il y eut un silence lourd de sens, puis Mitchell dit durement :

— Je suis désolé, Flora. Je ne pensais pas, je ne voulais pas… mais il semble que j'ai ruiné votre réputation.

Au prix d'un énorme effort, Flora se sécha les yeux et serra dans sa main son mouchoir humide roulé en boule.

— Vous n'avez rien fait de mal. C'est ma mère qui m'a calomniée.

— Mais habiter ici jette de l'huile sur le feu. Je n'aurais pas dû vous le demander.

— D'autres gouvernantes habitent chez leur employeur. Ce sont ses mensonges qui ont fait pencher la balance. Elle veut que je redevienne sa domestique corvéable à merci, que je n'ose plus jamais repartir. Je sais comment son esprit fonctionne. Mais après cela, j'aimerais mieux mourir que retourner auprès d'elle. Excusez-moi. J'ai besoin d'être seule un moment.

Elle entra dans sa chambre et referma doucement la porte, puis s'assit sur le lit, accablée.

Christopher fronçait les sourcils.

— Papa, pourquoi est-ce que les gens évitaient Miss McBride dans la rue ?

— C'est l'attitude qu'ils ont eue ? demanda Mitchell atterré.

— Oui. Elle a fait semblant de ne pas le remarquer, mais je les ai vus. Deux vieilles dames ont même changé de trottoir.

Il comprit que l'affaire était encore plus grave qu'il ne l'avait pensé. Cette Mrs McBride ne valait pas la corde pour la pendre et, lorsque le capitaine reviendrait, Mitchell comptait avoir une sérieuse discussion avec lui. Mais la *Bonny Mary* n'accosterait que dans une quinzaine de jours.

Entre-temps, le mal était fait et il n'y avait pas moyen d'y remédier, donc si Flora y consentait, il effectuerait comme prévu son premier déplacement. Néanmoins, il ne s'absenterait pas plus d'une semaine, puis il attendrait le retour de Dougal McBride et exigerait de lui qu'il contrecarrât la malveillance de leur mère.

Il commença de dresser une liste. Alors seulement il prit conscience que Christopher parlait davantage. Au moins cela était-il une bonne nouvelle.

Un moment après, Flora sortit de sa chambre pour préparer leur repas du soir. Elle était calme mais livide.

Mitchell montra la maison autour d'eux.

— Si vous pouvez vous accommoder des lieux tels qu'ils sont, je partirai après-demain. J'ai besoin d'acheter d'importantes réserves de bois et de trouver des fournisseurs réguliers. Je n'ai plus beaucoup d'argent maintenant que j'ai acquis cette propriété, il faut que j'en gagne le plus vite possible.

— Ne vous inquiétez pas, dit-elle en hochant la tête. Je tiendrai bon. Ma mère ne saurait me nuire plus encore, n'est-ce pas ?

— Votre frère arrangera la situation lorsqu'il reviendra.

— Les calomnies sont tenaces, dit-elle avec lassitude.

Malheureusement, elle avait raison. Il décida de parler à Bram et Isabella avant son départ. Des amis devaient veiller sur elle.

18

Après avoir dit qu'il saurait peut-être où trouver un gardien de nuit pour Mr Deagan, Lester revint à la pension pour chevaux, très fier de pouvoir apporter son aide. Il monta en hâte vers le vieux hangar. Non, le bazar. Il devait se souvenir de l'appeler ainsi. Il s'arrêta sur le seuil, stupéfait de découvrir les lieux métamorphosés.

Bram, qui disposait des faïences bleues et blanches, leva la tête.

— M'avez-vous trouvé quelqu'un ?

— Oui, monsieur. Il arrivera dans une heure, pour que vous fassiez sa connaissance et que vous voyiez s'il est à votre gré. Il s'appelle Sim Hollins. Il était soldat sur le navire de prisonniers pour l'Australie. Quelqu'un de bien, contrairement à d'autres. Il a dit qu'il n'était pas gros dormeur, donc que le poste lui conviendrait.

— Merci, Lester. Comment ferais-je sans vous ?

Lester sentit une chaleur rayonner en lui. C'était merveilleux de se sentir utile, d'avoir un emploi stable et de l'espoir pour l'avenir. Il faillit conclure ici la conversation, ne voulant pas gâter l'humeur joyeuse, mais sa conscience le tirailla.

— Monsieur…

— Oui ?

— J'ai vu Miss McBride. Je crois qu'elle a essayé d'inscrire Christopher dans la petite école de Miss Marley, mais elle paraissait bouleversée quand elle est rentrée. Au bord des larmes, monsieur. Et…

— Dites-moi.

— Les gens l'évitaient, ne lui disaient pas bonjour, des gens qui devaient la connaître parce que, lorsqu'ils l'apercevaient, ils traversaient la rue.

— Pourquoi se comportaient-ils ainsi ? s'indigna Bram.

— C'est sa vieille chouette de mère, je vous demande pardon, monsieur, mais elle n'est qu'une vieille chouette. Elle propage des rumeurs sur Miss McBride et Mr Nash, des rumeurs outrageantes sur eux deux. Je les ai entendues moi aussi.

— Maudite femme !

— Nous n'y pouvons rien, monsieur. Il est trop tard. Personne ne peut arrêter une rumeur une fois qu'elle est lancée.

Lester se tut, secouant la tête en songeant aux réactions de la classe aisée. Comme si une dame respectable et droite telle que Miss McBride pouvait avoir une conduite immorale ! Il n'était certes qu'un ancien détenu, pas même capable de lire correctement, mais il savait discerner une dame quand il en rencontrait une et il savait aussi reconnaître une femme facile.

Cette pensée lui évoqua une image de Mrs Beaufort, que Mr et Mrs Deagan hébergeaient. Si les rumeurs avaient couru sur elle, il les aurait sans doute crues, à cause de sa façon de regarder les hommes quand elle faisait les courses en ville et de ce qu'un ami à lui appelait des yeux d'aguicheuse.

Il était navré de penser cela d'une parente de Mrs Deagan, mais il avait vu par lui-même comment Mrs Beaufort se conduisait.

Après sa conversation avec Lester, Bram reprit le travail avec Isabella dans le bazar. À l'heure qu'il était, des gens l'arrêtaient dans la rue pour s'enquérir de la date d'ouverture. Eh bien, l'annonce paraîtrait sous peu dans le journal, et la grande enseigne qui surmonterait l'entrée serait prête le lendemain.

Des vendeurs se présentaient, les uns avec des objets qu'il refusait délicatement, les autres avec des articles attrayants qu'il était content de prendre en dépôt. Il prélèverait un dixième du prix auquel il vendrait leurs marchandises. Cela semblait juste. Il n'était pas certain de ce qui aurait du succès. Si leurs objets ne se vendaient pas, au bout d'une certaine durée il suggérerait aux gens d'essayer un autre lieu, mais au moins ils n'auraient pas payé de frais d'étalage. Il connaissait la pauvreté, oh diable, il ne la connaissait que trop, la nécessité de racler les fonds de tiroirs, en dépit de toute la respectabilité que l'on pouvait avoir.

Il salua une femme qui disposait sa marchandise dans un angle. Elle avait fabriqué d'adorables tabliers, des manchettes et des collerettes bordées de dentelle, des mouchoirs aux coins brodés, quantité de petits articles féminins. Isabella l'aidait à écrire les prix sur des morceaux de carton. Elles bavardaient à voix basse tout en travaillant.

L'humble femme paraissait fatiguée et tourmentée par la faim. Une veuve, supposait-il, qui avait du mal à joindre les deux bouts. Un petit enfant se tenait près d'elle, pouce dans la bouche. Il n'arrivait pas à déterminer si c'était un garçon ou une fille, en revanche la pâleur de son visage sautait aux yeux. Il connaissait ce teint de papier mâché, signe d'un manque de nourriture, fréquent au village là-bas en Irlande. « Assez pour tenir mais pas assez pour s'épanouir », disait-on. Il espérait sincèrement que les travaux d'aiguille de la femme se vendraient.

Il ne parlerait des ennuis de Flora à Isabella qu'au moment où ils rentreraient chez eux pour la soirée. Ils réussiraient peut-être à trouver un moyen de l'aider.

Un peu plus loin, un homme tirait d'une brouette des objets en bois : des plats et des bols façonnés au tour, des cuillères. Ce qui les rendait remarquables était les sculptures qui les ornaient, réalisées par le père du vendeur, un infirme.

Il existait un nombre incroyable de gens habiles, si l'on y prêtait attention.

Lorsqu'il se tourna, Bram vit Mundy se découper dans l'encadrement de la porte et regretta qu'il fût encore à Fremantle.

— Je viens voir ce que vous faites, dit Mundy en guise de bonjour.

Bram ne voulait pas qu'il rôdât ici. L'ancien propriétaire avait un aspect plus débraillé que jamais, une aigre odeur de crasse flottait autour de lui, à quoi s'ajoutaient des relents d'alcool – et midi n'avait pas sonné ! On n'aurait pas pensé une seconde qu'il avait obtenu une honnête somme de la vente de son bien.

— Notre bazar n'est pas encore ouvert, répondit Bram.

— Vous ouvrirez bientôt. Vous avez un emploi à offrir ?

— Pourquoi auriez-vous besoin d'un emploi ? Vous avez dit que vous rentriez en Angleterre.

— J'ai changé d'avis. Pas envie de retrouver la neige et le froid.

— Écoutez, je suis désolé, mais mon épouse et moi nous occuperons de la vente.

— J'ai entendu dire que vous cherchiez un gardien de nuit.

— J'ai déjà engagé quelqu'un.

Ce n'était pas vrai, mais il aurait préféré faire le guet lui-même plutôt que d'employer un tel individu.

Mundy ne bougea pas.

— Je vous raccompagne, dit Bram d'un ton ferme.

Après un instant d'hésitation, Mundy le suivit, mains enfoncées dans les poches, renfrogné. Il s'éloigna sans le saluer, grommelant entre ses dents.

Bram ne le quitta pas des yeux tant qu'il n'eut pas disparu, puis il alla demander à Lester :

— Mundy a-t-il traîné par ici ?

— Je l'ai vu plusieurs fois en face, qui regardait, mais il n'était encore jamais entré, du moins pas que je sache.

— Ne le laissez pas pénétrer dans l'écurie. Appelez-moi s'il refuse de partir. Je ne veux pas qu'il mette les pieds chez moi.

— J'ouvrirai l'œil, monsieur. Ah, voici l'homme dont je vous ai parlé. Sim, je vous présente Mr Deagan. Monsieur Deagan, je vous présente Sim Hollins.

Bram observa le nouveau venu : robuste, les cheveux gris, un visage à l'expression joviale. Il lui posa quelques questions puis lui fit visiter le bazar.

Sim examina tout avec soin, se renseigna sur tel et tel point, approuva de la tête.

— Vous avez transformé ce vieux hangar en un endroit exceptionnel, monsieur.

— Oui, je l'espère.

— Une chose, monsieur. Vous n'avez rien pour sonner l'alarme, une grosse cloche ou un triangle en métal.

— Pensez-vous que ce soit nécessaire ? Je croyais que la seule présence d'un veilleur aurait, vous savez, un effet dissuasif.

— Pas toujours. Mon frère aîné faisait ce travail en Angleterre et il a eu plusieurs grosses difficultés avec des intrus. Voilà pourquoi je sais qu'il faut pouvoir appeler à l'aide. Justement, qui viendrait en renfort s'il y avait des problèmes ?

Il dressa la tête, attendant une réponse.

— Moi. Et Lester.

— Il vaudrait mieux avertir aussi le guet municipal, et la police. Les voisins également.

— Je n'y manquerai pas.

Bram était déjà certain que l'homme serait un bon employé : il ne manifestait aucune servilité, avait au contraire de l'assurance et une attitude courtoise.

— Eh bien, je vous embauche volontiers si vous acceptez le poste.

Il sourit, tendant la main.

Après la lui avoir serrée, Hollins promena un regard à la ronde.

— Si votre bonne épouse a besoin d'aide dans le magasin, ma femme est une personne raisonnable qui serait contente de gagner quelques shillings. Elle sait manier les chiffres. Aucune raison de craindre qu'elle se trompe en rendant la monnaie ou en calculant un total.

— Qu'elle vienne parler à Mrs Deagan. Je ne peux rien vous promettre, mais si tout se passe comme nous le souhaitons, il y a de grandes chances pour que nous recrutions du personnel.

— Très bien. Voulez-vous que je commence ce soir ?

— Oui. Entre-temps, je me procurerai un objet avec lequel donner l'alarme.

— J'apporterai mon clairon, en tous les cas. Je pense néanmoins qu'une cloche serait le mieux, suspendue aux chevrons par exemple – si vous pouvez en trouver une, monsieur.

— Je vous en fournirai une.

Les deux hommes conclurent l'affaire par une nouvelle poignée de main.

Alors qu'il reconduisait Sim, Bram se dit que deux hommes travaillaient maintenant pour lui. Cette pensée lui coupa le souffle. Mais ils avaient bon cœur et seraient faciles à diriger. Il ne les traiterait pas comme il avait été traité lui-même en Irlande. Jamais il ne traiterait quelqu'un aussi mal.

Ayant laissé Sim au portail, Bram se rendit compte qu'Alice n'était pas apparue depuis un moment. Elle était pourtant censée les aider au bazar. Il la trouva assise dans la maison, une théière posée devant elle sur la table – une grosse théière, encore à moitié pleine mais froide, constata-t-il. Quel gaspillage de préparer autant de thé pour elle seule ! Ne lui avait-on jamais appris à être économe ?

Il empoigna la théière et en vida le contenu dans une casserole qu'il mit sur la plaque chauffante. Autant boire une tasse en vitesse avant de repartir. Il se retourna.

— Que faites-vous, assise les bras ballants, Alice ?

— Je me reposais un peu. Je n'ai pas l'habitude de travailler aussi dur.

— Aussi dur ! Nous avons une femme de ménage qui vient deux fois par semaine et beaucoup de linge sale est confié à la blanchisserie, alors ne me dites pas que les tâches domestiques vous exténuent. Je sais que vous avez terminé les commissions il y a un bout de temps parce que je vous ai vue rentrer avec le panier. Isabella a besoin de vous au bazar. Allez-y immédiatement et ne vous occupez pas de la cuisine ce soir. Nous achèterons une tourte chez le boulanger.

En outre, il enverrait Lester l'acheter. Celui-ci irait quatre fois plus vite qu'Alice.

Il ignora le regard mauvais qu'elle lui darda et attendit.

— Eh bien ?

Elle poussa un soupir et se leva avec nonchalance.

— Louisa ne fera que nous gêner là-haut. Ce n'est pas un endroit pour une petite enfant.

— C'est l'une des enfants les plus tranquilles que j'aie jamais vues, même maintenant que vous avez cessé de lui administrer cette fichue potion. Et elle ne semble jamais avoir vraiment faim.

Il braqua ses yeux sur Alice. Se trompait-il ou avait-elle une mine un peu honteuse ? Elle ne pouvait tout de même pas continuer à donner du cordial de Godfrey à la petite !

— Dépêchez-vous. Nous avons beaucoup à faire. Je vous rejoindrai dès que j'aurai bu mon thé.

Après son départ, il hésita, en proie à des scrupules. Il monta néanmoins dans la chambre qu'elle partageait avec la fillette et se livra à une exploration méticuleuse. Il ne vit aucune bouteille bleue.

Mais, comme il s'apprêtait à ressortir, un rayon de soleil brilla sur quelque chose, jetant un bref éclat coloré. Bram se retourna, se déplaça lentement, et l'éclat se reproduisit : il venait du sommet de la poutre dans la partie supérieure du mur. Il leva le bras et ses doigts rencontrèrent une petite bouteille. Il se sentit révolté qu'Alice persistât à empoisonner sa propre fille.

Que faire ? Il ne voulait pas qu'elle provoquât un scandale juste avant l'ouverture du bazar. Puis il sourit. Emportant la bouteille au rez-de-chaussée, il la rinça, la remplit d'un mélange d'eau et de mélasse jusqu'à obtenir la bonne couleur, et pour finir la remit où il l'avait trouvée.

Il but sa tasse de thé d'un trait et regagna le bazar. Alice se tenait vers le milieu du magasin, dos à l'entrée, en pleine conversation avec Isabella. La fillette était assise dans un coin, l'air somnolente.

— Vous n'avez pas commencé à travailler, Alice ? lança-t-il d'une voix forte.

Elle sursauta de frayeur et se retourna pour le foudroyer du regard.

— Ne puis-je même plus bavarder avec ma cousine ?

— Pas quand j'ai besoin que vous travailliez, rétorqua-t-il d'un ton ferme.

Il lui ordonna aussitôt d'enduire de cire d'abeille les étagères qui bordaient maintenant l'un des murs.

— Faites attention. Vous payerez le moindre objet que vous casserez, la prévint-il.

Elle souffla bruyamment mais ne répliqua pas.

Il alla poursuivre le déballage des marchandises de Singapour. Il sortit les bols à thé et les contempla. Il était résolu à en garder quelques-uns pour son propre usage, il appela donc sa femme.

– Lesquels nous réserverons-nous, Isabella ? J'aimerais parfois boire le thé comme Mr Lee et ses proches.

Elle tendit la main pour caresser l'un des bols.

– Ils rappellent des souvenirs, n'est-ce pas ? Xiu Mei et Mr Lee me manquent, et même Ah Yee avec ses injonctions.

Elle souleva le bol, l'examina, regarda les autres, puis se décida pour des bleus et blancs.

– Pourrais-je prendre aussi deux ou trois plats ? Nous n'avons pas beaucoup de vaisselle.

– D'autant moins qu'il y a eu de la casse.

Isabella eut un petit rire.

– Alice te redoute. Il faudrait que tu voies avec quelles précautions elle lave la vaisselle désormais.

– Très bien. Elle a tout lieu de me craindre.

Isabella se pencha pour lui chuchoter :

– Nous savons, toi comme moi, que tu ne ferais pas de mal à une mouche.

– Ne le lui dis pas, sinon je ne pourrai plus la discipliner. Quant aux plats, prends ce qu'il te faut, bien sûr.

Il ne put s'empêcher de lui enlacer la taille et de l'étreindre. Il redressa la tête à temps pour saisir une expression mélancolique sur le visage d'Alice, qui les observait. Il comprit soudain que cette jeune femme avait besoin d'un homme pour l'aiguiller et la rendre heureuse. Elle n'était pas faite pour vivre seule, voilà tout. Et il vaudrait mieux que cet homme eût de quoi payer des domestiques, car elle était une paresseuse incorrigible.

Quand elle était silencieuse, elle avait un air extrêmement triste. Quoiqu'elle fût un fléau, il n'aimait voir une telle tristesse chez personne. Mais comment fallait-il procéder pour trouver un mari à quelqu'un ? Il allait devoir y réfléchir très sérieusement. S'il ne réussissait pas à la faire épouser, elle continuerait de l'encombrer et, outre qu'elle était une inutile, il voulait sa femme pour lui seul. La voix d'Isabella le ramena au moment présent.

— À quoi pensais-tu, Bram ? Tu avais soudain l'air très sévère.

— Je pensais à ta maudite cousine.

— Je suis désolée. Mais je ne pouvais pas la renvoyer.

— Ce n'est pas ta faute. Toutes les familles ont leurs brebis galeuses. Maintenant, mets la vaisselle qui te plaît dans ce panier et je le descendrai jusque chez nous.

Il arriva devant leur maison à l'instant précis où un homme amenait une jument. Très bien. Les recettes de la pension pour chevaux ne suffisaient vraiment pas pour assurer leur subsistance, avec la charge supplémentaire que constituaient Alice et son enfant, et la part de Conn à préserver ; tout client était donc précieux.

L'homme ressortit, jetant un coup d'œil vers le nouveau chemin et le hangar rénové au sommet de la pente.

— Que préparez-vous là-haut ? demanda-t-il à Bram, qui le lui expliqua.

— Mais le bazar n'est pas encore ouvert. Revenez samedi pour l'inauguration et vous pourrez acheter toutes sortes de choses originales et intéressantes.

— C'est sans doute ce que je ferai. Ma sœur va se marier, il faut que je lui trouve un cadeau.

— D'habitude, ce sont les épouses qui choisissent les cadeaux de noces.

— J'étais trop occupé à bâtir ma fortune pour me marier. Avez-vous une dame là-haut pour me conseiller ?

Bram prit une décision soudaine.

— Oui. Mon épouse et sa cousine sont en train de disposer les marchandises. Écoutez, si vous avez cinq minutes, je vais vous faire visiter le bazar. Nous apprécierons un regard extérieur sur notre travail et, s'il y a quelque chose que vous voulez acheter, vous pourrez le prendre tout de suite. Laissez-moi simplement déposer ce panier dans la maison. Au fait, je suis Bram Deagan, le propriétaire.

— Leonard Chawton. Je possède une ferme près de York.

— Dans la campagne à l'est de Perth, n'est-ce pas ?

— C'est exact. Les terres y sont meilleures qu'ici.

Ils montèrent ensemble vers le bazar et Bram nota qu'Alice s'animait en voyant un homme entrer, puis il fronça les sourcils devant le genre de regard qu'elle lançait du côté de celui-ci. S'il interprétait bien l'expression nouvelle qui se peignait sur son visage, elle avait besoin d'un homme encore plus urgemment qu'il l'avait cru.

Il s'arrêta non loin de l'endroit où elle cirait les étagères, faisant comme s'il admirait la vaisselle exposée. Le nouveau venu et elle se regardèrent.

C'est la méthode, pensa-t-il. *Je lui présenterai chacun des hommes que je rencontre, qu'il soit jeune ou vieux, à commencer par celui-ci. Elle s'emploiera à le séduire. L'un d'eux voudra d'elle, à coup sûr. Elle est plutôt jolie.*

Tout haut, il déclara :

— Voici la cousine de mon épouse, Mrs Beaufort. Elle est veuve. Et sa petite fille est là-bas.

— Nous commençons à mettre les objets en place, monsieur Chawton, dit Alice, rivant des yeux langoureux sur le nouveau venu.

Bram se sentit dégoûté par son air d'invitation flagrant. Se comportait-elle ainsi face à n'importe quel inconnu mariable ?

Après avoir visité le bazar, Chawton promit de revenir et d'acheter le cadeau de noces de sa sœur quand tous les étalages seraient prêts, si Alice voulait bien l'aider. Bram le raccompagna ensuite jusqu'au portail.

— J'espère que vous trouverez ce que vous désirez, lui dit-il poliment.

— Je vais vous parler sans détours. Je suis surtout ici pour trouver une épouse, de préférence une bonne génitrice. Il n'y a pas beaucoup de femmes parmi lesquelles choisir dans la colonie, encore moins de dames, et persuader ma famille d'en envoyer une depuis l'Angleterre serait trop long, sans garantie sur son physique et son caractère. Mrs Beaufort est-elle une veuve endeuillée ?

— Très peu. Son mari était un homme assez faible, un piètre soutien de famille.

Chawton le regarda dans les yeux.

— J'ai deux autres dames à rencontrer, des amies de mon futur beau-frère. Mais votre cousine me plaît.

— Vraiment ? s'exclama Bram en clignant des paupières, interloqué.

— Oui. Je suis un homme qui aime des partenaires chaleureuses et sensuelles.

Bram émit un murmure évasif et regarda Chawton s'éloigner d'un pas flâneur, en sifflotant. S'il ne l'avait pas entendu de ses propres oreilles, il ne l'aurait jamais cru. Il y avait dix hommes pour une femme dans la colonie, d'où cette franchise quant à la recherche d'une épouse, supposa-t-il.

De l'écurie s'échappait un léger bruit de voix : Lester parlait à la nouvelle jument. Les chevaux étaient pour lui de véritables animaux de compagnie.

Dans la maisonnette, Bram sortit en vitesse les bols et les plats du panier, puis il remonta le chemin couvert de gravier. La priorité était l'inauguration du bazar ; il fallait que l'événement incitât les gens à venir par pure curiosité. Il avait hâte que la grande enseigne fût installée.

Il espérait que Dougal rentrerait bientôt avec quantité de marchandises. Il en avait commandé d'autres, mais moins qu'il l'aurait souhaité car lui et Isabella manqueraient d'argent tant que la vente ne commencerait pas. Raison de plus pour se délivrer du fardeau d'Alice.

Ils se préparaient pour le coucher lorsque Bram pensa soudain à mentionner les ennuis de Flora.

Isabella cessa de se dévêtir pour le regarder, horrifiée.

— C'est monstrueux ! Comment une mère peut-elle faire cela à sa propre fille ?

— Je ne sais pas. Cette vieille toupie est d'un égoïsme sans nom. Elle s'imagine peut-être que si Flora perd sa réputation elle n'osera plus s'éloigner de la maison et lui obéira indéfiniment.

— Que pouvons-nous faire pour l'aider ?

— Pas grand-chose tant que Dougal est au loin. Combattre les rumeurs, affirmer que nous n'y croyons pas.

— Les gens se fieront-ils à nous ?

— Je n'en sais rien, dit-il en haussant les épaules. Une partie d'entre eux. Nous n'accomplirons pas de miracles.

Il s'étira et bâilla.

— Tu as l'air fatigué, dit-elle. Tu travailles trop.

— Cela ira mieux après l'ouverture du bazar. Tu ne ménages pas ta peine non plus.

Ses bâillements étaient contagieux, et elle l'imita bientôt.

— Je me fatigue plus vite que d'habitude en ce moment.

— Alors viens t'allonger. Nous bavarderons paisiblement jusqu'à ce que tu t'endormes.

Mais elle céda au sommeil au bout d'une minute. Il la contempla dans le clair de lune, souriant de voir sa main glissée sous sa joue. Travailler dur ne l'effrayait pas. Il voulait construire une bonne vie pour Isabella et leurs enfants.

La fortune semblait le favoriser. Il ne tiendrait cependant pas la réussite pour certaine. Il accompagnerait la chance par son labeur acharné.

19

La cloche du bazar sonna l'alarme au milieu de la nuit, notes distinctes dans l'air immobile. Bram se réveilla en sursaut. Il ne lui fallut qu'une poignée de secondes pour comprendre ce que c'était. Il sortit du lit, s'enveloppa dans sa robe de chambre et enfonça ses pieds nus dans ses bottes. Sans prendre le temps d'éclairer une lanterne, il se précipita jusqu'au bazar, ses semelles crissant sur le chemin dont la couleur pâle le guidait dans la pénombre.

Il dut tambouriner contre la porte d'entrée, car il avait oublié sa clé. Sim, une lanterne à la main, lui ouvrit presque immédiatement.

— Que s'est-il passé ?

Sim s'écarta pour lui livrer passage et se saisit d'un gourdin appuyé contre le mur.

— Quelqu'un a lancé une grosse pierre par l'une des fenêtres de derrière.

Bram referma la porte à clé et ils se hâtèrent au fond du magasin où, à la lueur de la lanterne, apparut un monceau de verre brisé.

— J'ai vu quelqu'un dehors, un grand homme large. Mais la lune n'était pas encore levée, je n'ai pas pu discerner son visage.

— Allumez une autre lanterne. Je vais aller vérifier que tout est en ordre.

— Prenez mon gourdin, monsieur. Je me servirai de l'une de ces cannes si quelqu'un essaie de s'introduire pendant votre absence. Elles ont une poignée bien solide, avec ces sculptures.

Bram hésita. Il détestait les armes quelles qu'elles fussent, mais il n'était pas de forte carrure et avoir quelque chose pour se défendre serait sans doute plus prudent.

Il longea le hangar, éclairant le sol devant lui et veillant à ne pas marcher sur les empreintes bien marquées dans la terre sablonneuse humide. Quelqu'un avait suivi un côté du bâtiment puis s'était arrêté, à en juger par la manière dont les empreintes se recouvraient. L'intrus avait dû piétiner de long en large pendant qu'il attendait. Ces traces étaient identiques aux précédentes, laissées par de lourdes bottes.

Bram supposa que l'homme s'était d'abord dirigé vers la porte principale, avait aperçu Sim à l'intérieur puis contourné le bâtiment sans bruit. Il se dit alors que, s'il existait un sentier en gravillon ou en calcaire concassé tout autour du hangar, nul ne pourrait s'en approcher silencieusement.

Pourquoi l'intrus était-il revenu ? Que cherchait-il, lui qui n'avait rien volé la fois précédente ? Pourquoi avait-il décidé d'endommager le magasin ?

Les environs étant déserts, Bram regagna le bazar pour aider Sim à nettoyer les débris. Il sortit des planches de l'appentis délabré à l'arrière du bâtiment, où il n'entreposait que des objets sans valeur. Ensemble, lui et Sim clouèrent les planches sur la fenêtre cassée.

Pendant ce temps, il ne cessait de ruminer le problème. Qui lui causait des ennuis ? Qui lui voulait du mal ? Le seul homme auquel il pouvait penser était Mundy.

— Excusez-moi, monsieur. Je viens de trouver ça. L'intrus a dû le lancer avec la pierre.

Sim lui tendait un bout de papier froissé. Il le prit, le déplia. En lettres majuscules, grossièrement écrits avec ce qui semblait être un crayon gras d'enfant, figuraient les mots :

PAYÉ MOI 100 LIVRES
ET VOTRE BOUTIQUE SERA SAUVÉ
LE BOIS BRULE FACILEMANT

Bram éprouva une sensation de malaise en lisant cette menace, et une colère telle que sa vue se brouilla durant quelques secondes. De l'argent. C'était ce que l'individu voulait. Il vit Sim le regarder avec inquiétude.

— Vous avez bien agi, vous l'avez empêché d'entrer.

— Je ne l'ai pas empêché de casser la fenêtre.

— Nous la réparerons.

— Le verre est cher et difficile à trouver.

— J'ai des vitres. Je comptais les vendre, mais en définitive j'en garderai quelques-unes.

— Il vaudrait mieux mettre un grillage contre l'extérieur, monsieur Deagan, au cas où il essaierait de jeter d'autres pierres.

— Bonne idée.

Redescendant vers la maison, Bram vit Lester en faction sur le seuil de l'écurie, une fourche à la main. Il avait reçu l'ordre de rester là et d'épier, sauf s'ils l'appelaient au secours, et avait respecté ces instructions, heureusement. Il ne fallait pas que l'écurie, où séjournaient les chevaux des clients, fût ouverte aux voleurs. Maintenant que Tommy dormait dans le dépôt de bois, il n'y avait plus que Lester, qui, par chance, avait le sommeil léger.

— Que s'est-il passé, monsieur ?

— Quelqu'un a jeté une pierre par une fenêtre, avec ce papier enveloppé autour, répondit Bram en le lui tendant.

— Je ne sais pas bien lire. Qu'est-ce qu'il dit ?

Bram lui lut le message et Lester prit un air pensif.

— Nous pourrions peut-être placer un ou deux pièges ?

— Je vais y réfléchir. Et je signalerai l'intrusion aux policiers, bien sûr.

— Peuh ! répondit dédaigneusement son employé. Ils sont trop occupés à des bavardages. Jamais là quand on a besoin d'eux. Et myopes comme des taupes. Nous devons compter sur nous-mêmes, monsieur. Nous seuls.

— Il est un peu compliqué de nous défendre alors que nous ne savons pas qui nous attaque.

Lester hésita, ouvrit la bouche, la referma.

— Pensez-vous au même homme que moi ? Mundy ?

— J'ai appris que son amie était partie en lui dérobant presque tout son argent, qu'elle avait embarqué sur le vapeur pour Sydney. C'est un imbécile, ce gars.

— Sim a dit que l'intrus était un grand homme large, ce qui pourrait lui correspondre. Tendez l'oreille et alertez-moi si vous entendez autre chose.

Bram tergiversa, parce que la perspective d'une nouvelle dépense le contrariait, mais il voyait bien que cette mesure s'imposait :

— Je vais demander à Sim s'il aurait un ami susceptible de venir en renfort jusqu'à l'inauguration. Je ne voudrais pas qu'un événement fâcheux la perturbe.

— Il vaudrait mieux préparer aussi des seaux d'eau et de sable, en cas de nécessité.

Bram se promit d'acheter des seaux puis rentra se coucher. Il expliqua à Isabella ce qui s'était produit. Elle ne tarda pas à se rendormir tandis qu'il demeurait éveillé, fébrile. Il ne cessait de penser à l'incident, tâchant d'imaginer une façon de protéger sa propriété. Personne ne réduirait son rêve à néant.

Il somnola par intermittence mais ne réussit pas vraiment à dormir. Dès que l'aube commença d'éclairer la chambre, il se leva, laissant Isabella jouir d'un sommeil paisible.

À la porte, il se retourna pour la regarder avec tendresse. Elle n'était pas seulement son soutien dans cette aventure, elle était son inspiratrice.

Flora décida de ne pas être lâche. Elle n'allait pas se tapir dans la maisonnette du dépôt de bois par peur de l'ostracisme. Néanmoins, ne voulant pas que Christopher fût de nouveau bouleversé, elle le confia à Tommy. Tous deux paraissaient bien s'entendre. Tommy avait bien meilleure mine depuis qu'il mangeait à sa faim, et manifestait une ardeur touchante à les contenter et à garder son emploi.

— Ne le perdez pas de vue, lui recommanda-t-elle à voix basse. Et ne retirez pas les chaînes du portillon. Évitons que quelqu'un tente de voler le bois de Mr Nash.

— Je serai vigilant. Est-ce que tout ira bien pour vous, mademoiselle ?

Elle lut la pitié dans son regard et sentit qu'il comprenait. Elle redressa les épaules.

— Oui, tout ira bien. Je refuse de céder à cette diffamation.

Mais il était difficile de conserver une expression sereine quand des gens que vous connaissiez depuis des années passaient près de vous comme si vous n'existiez pas. Très difficile.

Elle s'engagea dans la grand-rue, la peur au ventre, certaine qu'elle allait essuyer plus de rejets encore sur cette voie commerçante animée. Elle aperçut presque immédiatement un confrère de Dougal, capitaine de navire, accompagné de son épouse. Pleine d'appréhension, elle les regarda s'approcher, s'attendit à les voir passer avec indifférence… Mais non ! Ils s'arrêtèrent et lui sourirent.

— Comment vous portez-vous, mademoiselle McBride ? demanda le capitaine.

La femme hésitait ; son mari la poussa du coude et elle dit :

— Bonjour, mademoiselle McBride. Comment allez-vous ?

Elle donnait toutefois l'impression de réciter un texte, tant sa voix était blanche.

Flora opta pour la sincérité complète.

— Je traverse une période pénible. Quelqu'un propage des rumeurs sur moi, des rumeurs fausses, et je suis en butte à l'exclusion.

Comme la femme rougissait, elle ajouta :

— Je vois qu'elles sont arrivées à vos oreilles.

Le capitaine reprit la parole.

— Je dois reconnaître que j'ai été… étonné. Savez-vous qui est à l'origine de ces bruits ? Votre mère dit qu'elle n'en a aucune idée mais…

— Mais quoi ?

— Elle a confirmé que vous aviez quitté la maison pour vivre avec un homme.

Flora décida de dénoncer sa mère.

— Je sais pertinemment que c'est elle qui a lancé la rumeur.

Ils écarquillèrent les yeux de stupeur, mais elle continua sans se démonter :

— Je voulais ouvrir une pension de famille avec une amie. Ma mère ne pouvait pas tolérer de ne plus avoir une domestique à son entière disposition. Dougal, qui est favorable à mon projet, navigue en ce moment, et lorsqu'une dispute a éclaté, ma mère m'a chassée. Mr et Mrs Deagan m'ont hébergée dans un premier temps, puis j'ai accepté une place de gouvernante afin d'avoir un toit au-dessus de ma tête. Ce n'est pas la même chose que quitter la maison pour vivre avec un homme.

— Oh, murmura la femme, qui se détendit un peu.

— Persistez à faire ce que vous avez décidé, mademoiselle McBride, l'encouragea le capitaine en lui souriant. Ma cousine souffre un véritable martyre avec sa très vieille mère. Elle a une vie atroce que je ne souhaiterais à personne. En outre, votre mère n'est pas si âgée et elle n'est assurément pas infirme.

Alors qu'ils s'éloignaient, leurs voix demeurèrent audibles et Flora entendit le capitaine déclarer à sa femme :

— Je te l'avais bien dit.

— La crois-tu ?

— Oui, je la crois. Sans l'ombre d'un doute. Pas toi ?

— Si, je pense. Elle n'a jamais été du genre frivole.

Flora s'efforça de retrouver son calme ; ce soutien et cette gentillesse inattendus étaient en effet aussi difficiles à supporter que la malveillance avait pu l'être. Un peu plus loin, elle vit Alice Beaufort avancer vers elle et s'arrêta pour lui dire :

— Bonjour, madame Beaufort.

Alice ralentit un instant puis continua son chemin.

L'indignation s'empara de Flora. Elle avait assemblé suffisamment de bribes de conversation saisies quand elle logeait dans l'écurie pour savoir qu'Alice Beaufort s'était jadis enfuie avec un homme auquel elle n'était même pas mariée. Elle pivota brusquement sur ses talons et se hâta de la rattraper.

— Ne vous avisez pas de me traiter de cette façon, madame Beaufort, ou je révélerai votre passé aux gens. Et ce que je connais de vous est la vérité. Les rumeurs sur moi ne sont que des mensonges.

Alice demeura bouche bée. Elle jeta des coups d'œil en tous sens.

— J'étais… perdue dans mes pensées. Je ne cherchais pas à vous éviter.

— Il vaudrait mieux pour vous.

Flora effectua ses commissions, puis revint à pas lents au dépôt de bois. Elle se sentait lasse maintenant, fatiguée de lutter contre des fantômes.

Appuyé contre le portillon, Christopher guettait son retour pendant que Tommy passait en revue les morceaux de l'un des nombreux amoncellements de bois scié et les organisait en piles méticuleuses.

— Pouvons-nous aller voir le bazar à présent, mademoiselle McBride ? Vous aviez promis, la supplia le garçon.

— Laisse-moi une minute pour ranger mes courses et boire une tasse de thé. Nous irons ensuite. Vous avez bien avancé dans le tri du bois, Tommy.

— Mr Nash m'a donné la permission d'utiliser certaines des planches gauchies pour colmater les trous dans ma cabane. Le vent tourbillonne autour de ce pauvre vieux cheval et moi, quelque chose de terrible.

— Bonne idée, même s'il fait beaucoup plus doux. Le printemps arrivera bientôt, nous aurons moins de pluie. Et l'été est notre saison sèche. Aimez-vous travailler ici ?

— Oh, oui, dit-il en lui adressant un sourire rayonnant. Mr Nash m'a dit qu'il m'enseignerait la menuiserie si j'étais travailleur.

— Nul n'en connaît autant que lui sur le bois. Vous ne pourriez pas trouver meilleur professeur.

Elle était surprise que Mitchell eût fait cette proposition. Mais elle avait aussi été surprise de voir Bram tirer le maximum de Lester ; celui-ci ne ressemblait plus du tout à l'homme hagard qui se cachait dans l'écurie.

Peut-être que Bram et Mitchell savaient deviner un potentiel. Ou alors la simple gentillesse réussissait à merveille chez des hommes qui n'avaient pas l'habitude d'être traités avec douceur.

Elle appréciait et respectait Bram et Mitchell, mais ni l'un ni l'autre n'éveillaient de sentiment tendre en elle. Aucun homme n'en avait suscité depuis ses dix-neuf ans. Elle chassa résolument ce souvenir de sa tête. Sa mère avait coupé court à l'histoire d'amour naissante et Flora avait pleuré tous les soirs dans son lit durant des semaines. L'aurait-il demandée en mariage, elle aurait bravé sa mère et se serait enfuie avec lui.

Elle s'aperçut que Tommy la regardait avec l'air d'attendre une réponse.

— Oh, pardon. Que disiez-vous ?

— Il faut que j'aille me présenter au magistrat aujourd'hui, mademoiselle. Je sortirai au moment qui vous conviendra le mieux.

— Pourquoi ne pas y aller maintenant ? Je resterai ici jusqu'à votre retour, puis Christopher et moi ferons notre petite sortie.

Elle avait besoin d'une pause avant de rassembler son courage pour affronter de nouveau le monde extérieur.

Tommy la salua et se mit en route immédiatement, criant par-dessus son épaule :

— Je ferai le plus vite possible, mademoiselle.

Isabella examina les tables à tréteaux et les étagères neuves qui tapissaient le mur, désormais garnies de toutes sortes d'articles. Elle en était vraiment contente, comme de tout ce que Bram et elle faisaient, en réalité.

Elle jeta un coup d'œil à l'autre bout de la pièce et vit sa cousine bayer aux corneilles au lieu de travailler.

— Alice ! N'as-tu toujours pas fini ce cirage ?

— Tu deviens aussi méchante que lui, dit sa cousine en lui lançant un regard furieux. Tu me harcèles.

— Qu'espères-tu de nous ? Du luxe ? Du loisir ? Nous n'en avons pas les moyens.

Elle chercha Louisa des yeux et constata que la fillette s'était de nouveau pelotonnée sur un tas de toiles.

— Je descends préparer le déjeuner. J'emmène Louisa, pour que tu n'aies pas à te soucier d'elle et que tu puisses progresser dans ton travail.

Alice haussa les épaules.

Isabella réveilla doucement la petite et la conduisit jusqu'à la maisonnette, s'interrogeant sur cette somnolence permanente.

Bram entra pendant qu'elle s'activait dans la cuisine.

— Bonjour, ma chérie, dit-il en lui déposant un gros baiser sur la joue. Je suis allé signaler l'intrusion aux policiers. Y a-t-il à manger pour moi ? J'ai l'estomac dans les talons.

— Comme toujours ! Tu as un appétit d'ogre.

Elle disposa du pain, du beurre et du fromage, mais elle dut asseoir à la table la fillette engourdie. Puis elle mit du thé à infuser.

— Louisa m'inquiète. Elle ne sort pas de sa torpeur.

— Ce n'est pas étonnant.

Bram s'approcha pour lui chuchoter qu'il avait découvert d'autres bouteilles de cordial dans la chambre d'Alice.

— Oh non ! Quel désastre. Bram, qu'allons-nous faire de ma cousine ? Je me suis tourmentée pour elle durant des années, mais aujourd'hui… elle m'exaspère. Elle a tellement changé.

— Ah, oublie-la une minute. Prenons notre repas ensemble. Nous lui apporterons quelque chose plus tard. Et donnons à manger à la petite.

— Si elle garde les yeux ouverts assez longtemps.

— Penses-tu que nous devrions consulter un médecin ?

— Attendons un peu. Alice doit avoir une petite réserve d'argent puisqu'elle continue d'acheter cet horrible cordial de Godfrey. Jamais je n'en administrerai à nos enfants.

Elle posa une main sur son ventre et Bram la recouvrit de la sienne.

— Je me demande si c'est une fille ou un garçon.
— Une fille, répondit-elle aussitôt.
— Et moi qui imaginais un garçon, dit-il en souriant. Comment l'appellerons-nous ?

Ils parlèrent des prénoms pendant qu'ils mangeaient et persuadaient Louisa d'avaler quelques bouchées. Tous deux savourèrent ce moment d'intimité.

Des pas crissèrent sur le chemin et Alice se leva d'un bond, quittant le tas de toiles où elle se reposait. L'idée de l'intrusion nocturne lui fit soudain regretter l'absence de Bram et d'Isabella.

Un homme s'arrêta sur le seuil, un grand homme de forte carrure, qui se découpait dans le contre-jour. Qui était-ce ? Alice sentit l'effroi l'envahir.

Le nouveau venu s'avança et, lorsqu'elle put distinguer son visage, elle reconnut, soulagée, Mr Chawton. Il avait une apparence très masculine et robuste. Il portait une tenue élégante, sans être à la mode, et avait son chapeau dans la main depuis qu'il était entré. Du savoir-vivre, nota Alice. Il n'était pas beau, mais n'était pas laid non plus.

De toute façon, Renington et Parker avaient charmante figure l'un comme l'autre, et quel avantage en avait-elle tiré ? Elle aurait mieux fait de chercher un homme solide comme celui-ci, un homme capable de s'occuper d'elle. Si elle se remariait un jour, c'était ce qu'elle ferait.

Son cœur battit plus fort tandis qu'il se rapprochait. Il y avait longtemps qu'un homme ne l'avait pas touchée et ce contact lui manquait. Il s'arrêta à faible distance pour l'observer des pieds à la tête, souriant comme si ce qu'il avait devant les yeux lui plaisait.

Elle tapota sa chevelure, espérant que c'était le cas. Trouver un mari était le seul moyen qu'elle voyait pour sortir de cet asservissement.

– Mr Deagan est-il ici ? demanda Mr Chawton.

Elle lissa ses jupes, bougeant d'une manière qui mettait en valeur sa silhouette, dont elle demeurait fière quoiqu'elle eût enfanté.

– Il reviendra bientôt, si cela ne vous ennuie pas d'attendre.

– Je me réjouirais d'attendre en si agréable compagnie. Voudriez-vous faire le tour du magasin avec moi ? Je cherche un cadeau de noces pour ma sœur.

Elle hésita, incapable de réprimer un regard hostile sur le bazar.

– Je ne suis pas la personne la mieux placée, monsieur Chawton.

– Oh ? Pourquoi donc ?

Il lui offrit son bras et elle le prit, heureuse de cet appui ferme.

– Je ne crois pas être une commerçante dans l'âme.

– Qu'êtes-vous au fond de votre âme ?

– Une épouse.

– Pas une mère ?

Elle ne lui avoua pas qu'elle trouvait assommant d'être mère. Elle sourit et répondit :

– L'un ne découle-t-il pas de l'autre ? J'ai une petite fille. Louisa est dans la maison avec ma cousine Isabella, mais elles ne tarderont pas à remonter ici.

Il effleura la main qu'elle avait posée sur son bras.

– Parcourons les étalages ensemble, alors, et au lieu d'essayer de me vendre un article, faites comme si vous effectuiez des achats. Vous me montrerez ce qui, à vos yeux, constituerait un bon cadeau de mariage pour ma sœur.

Elle s'arrêta près de la malle des soies, toute proche.

— Il y a de magnifiques rouleaux de soie dans ce coffre, raison pour laquelle il est fermé à clé. Je regrette, je n'ai rien pour l'ouvrir. Ma cousine Isabella a rapporté ces étoffes de Singapour. Je suis sûre que votre sœur aimerait beaucoup une pièce de soie pour une robe. N'importe quelle femme en rêverait. A-t-elle le même teint que vous ?

— Des cheveux bruns ? Oui. Mais je préfère les cheveux blond vénitien, comme les vôtres, dit-il en tendant le bras pour les toucher du bout du doigt.

Elle le regarda, saisie. La manière dont il lui souriait suscitait en elle une chaleur secrète. Était-ce possible ? Pouvait-il s'intéresser à elle ? Il avait dit qu'il habitait dans la campagne. Séjournerait-il assez longtemps pour leur permettre d'apprendre à se connaître ?

Elle continua de marcher à côté de lui, le laissant commenter les diverses marchandises en vente, exprimant son accord par de fréquents murmures, désignant parfois un objet qu'elle estimait joli. Mais il semblait tourner ses regards autant vers elle que vers les articles exposés, et elle rougissait qu'il l'observât ainsi. Ces regards-là avaient un langage à eux, différent des paroles qu'il prononçait.

Lorsque Isabella et Bram revinrent, tenant Louisa par la main, elle ne sut pas si elle devait s'en féliciter ou s'en désoler.

— Ah, vous voici. Mr Chawton est venu choisir un cadeau pour sa sœur et je…

Elle essaya de se dégager, mais il lui empoigna la main pour l'en empêcher et elle le considéra avec surprise.

— Mrs Beaufort a la gentillesse de me montrer les étalages. Néanmoins, nous n'avons pas encore trouvé de cadeau approprié. Nous pourrions peut-être continuer, puis vous rejoindre pour discuter de… ce que nous aurons retenu ?

Alice vit Isabella jeter un regard interrogateur à Bram. Elle sentit le feu de ses joues s'intensifier, elle évita donc les yeux de sa cousine.

Bram sourit et répondit :

— Prenez votre temps. Isabella et moi avons plusieurs questions à examiner. Nous veillerons aussi sur Louisa.

Ils s'éloignèrent.

— Vous devriez peut-être consulter Bram pour le cadeau, murmura Alice à son compagnon.

— Mais j'apprécie la conversation avec vous.

— Vraiment ?

— Dans le cas contraire, je ne serais pas resté ici. Je suis un homme très occupé.

— Que faites-vous exactement, monsieur Chawton ?

— J'ai une propriété près de York. Un domaine agricole, pourrait-on dire. Les vaches et les moutons vous importent-ils ?

Elle sourit et fit non de la tête.

— J'ai une vaste maison, des domestiques et un homme qui s'occupe de la ferme. Ma sœur a tenu mon ménage au cours des trois dernières années, mais comme elle se mariera sous peu, je suis venu en ville pour trouver…

Il s'interrompit un instant, puis termina :

— Un cadeau pour elle et une épouse pour moi.

— Oh. Alors il faut absolument que nous vous trouvions ce… cadeau.

— Oui, je suis à la bonne adresse pour cela. Mais trouver une épouse m'intéresse davantage.

Elle se sentit déçue. Durant quelques instants, elle avait espéré qu'il était attiré par elle. Mais à l'entendre, il semblait avoir déjà une épouse en tête. Il voudrait sans doute qu'elle l'aidât à choisir aussi un cadeau pour sa fiancée. Elle soupira.

Il s'immobilisa.

— Quelque chose ne va pas ?

— Pourquoi cette question ?

— Parce que vous avez poussé un soupir, madame Beaufort. De tristesse, ai-je eu l'impression.

— J'enviais la femme que vous épousez, dit-elle avec franchise.

— N'en faites rien. Il n'y a pas lieu.

Il se remit à marcher, sans expliquer cette remarque. Près de l'entrée, il s'arrêta de nouveau.

— Sortons au soleil, suggéra-t-il.

Elle était perplexe mais ne voulait pas cesser la conversation avec lui. En outre, Bram lui ordonnerait sans doute de nettoyer le sol dès qu'elle serait libre.

À l'extérieur, Mr Chawton l'entraîna sur le côté et l'attira dans ses bras d'un geste vif. Avant qu'elle eût compris ce qui se passait, il avait commencé de lui donner un baiser, étouffant son petit cri de surprise avec la bouche. Il aurait fallu qu'elle s'écartât, mais ses lèvres étaient chaudes et il y avait une éternité qu'un homme ne l'avait pas embrassée. Elle ne bougea pas. Elle avait toujours aimé les baisers.

Plusieurs instants s'écoulèrent ; elle s'aperçut soudain qu'il avait arrêté et qu'il lui souriait.

— Vous… n'auriez pas dû faire cela ! s'exclama-t-elle, essayant de paraître scandalisée – en pure perte.

— De quelle autre façon aurais-je su s'il vous plaisait de m'embrasser ? Ou si vous embrasser me plaisait ? Aimez-vous aussi quand un homme vous prend ?

Elle se sentait hypnotisée par lui, ne pouvait détourner les yeux, ne put que hocher la tête à ce discours outrageux.

— C'est ce que je pensais. Écoutez, madame Beaufort, je serai direct. Je n'ai guère de temps pour trouver une épouse, car je dois rentrer à York. Cherchez-vous un mari ou êtes-vous encore en deuil ?

Son esprit se ranima. Quelques secondes lui suffirent pour décider de la réponse.

— Oui, je cherche un mari. Mais je n'ai pas un sou.

Il agita une main.

— J'ai de l'argent. Acceptez-vous de m'épouser, alors ?

Elle le dévisagea avec stupeur, incapable de prononcer un mot.

— Eh bien ?

— Votre demande est-elle sincère ?

— Oh, oui. Je suis toujours sincère dans mes propos.

— Vivez-vous… dans l'aisance ? Je ne voudrais pas sembler cupide, mais j'ai horreur d'être pauvre.

Il pencha la tête en arrière et s'esclaffa.

— Oui. Je vis très confortablement. Et je suis content que vous ayez le bon sens de me poser la question.

— Alors oui, j'accepte de vous épouser, dit-elle en souriant. Mais à condition que vous oubliiez madame Beaufort et que vous m'appeliez Alice.

— Alice. Quel joli prénom.

Il la prit par le bras et fit volte-face.

— Annonçons la nouvelle à votre famille, ensuite j'irai voir le magistrat de la ville afin d'organiser notre mariage dans les plus brefs délais.

Il baissa les yeux vers elle, les sourcils froncés, cette fois.

— Avez-vous de meilleurs vêtements que ceux-ci ?

— Non, pas vraiment. À peine mieux.

— Dans ce cas, il faut que nous vous en fassions fabriquer d'autres au plus vite. Je veux que mon épouse ait une mise élégante, dit-il en souriant. Vos yeux ont pétillé.

— J'adore les jolis vêtements.

— J'adore les jolies femmes. (Il la poussa légèrement.) Allez parler à votre cousine pendant que je m'entretiens avec Deagan.

La mine empourprée, juvénile et extrêmement jolie, Alice passa près de Bram en disant :

— Mr Chawton souhaite discuter avec vous.

Il se tourna. Chawton, immobile, observait Alice et souriait.

— Votre cousine et moi avons décidé de nous marier.

Bram s'efforça de retrouver sa voix mais resta bouche bée.

— J'ai rencontré les deux autres dames. Des laiderons. Elles n'arrivaient pas à la cheville de votre cousine.

— Mais vous ne la connaissez pas.

Le sourire de Chawton s'élargit.

— Pour ce que je veux d'une femme, je n'ai pas besoin de bien la connaître.

— Elle n'a pas d'argent et elle est mère, je vous le rappelle. Êtes-vous prêt à vous charger de l'enfant ?

— Non, pas immédiatement. Je veux d'abord jouir un peu de ma nouvelle compagne. Je me demandais si vous et votre épouse accepteriez de veiller sur la fillette. Les jeunes mariés doivent profiter d'une période ensemble, ne croyez-vous pas ?

Bram refusait de répondre à la place d'Isabella.

— Il faudra vous adresser à mon épouse au sujet de Louisa. Ce serait surtout elle qui s'occuperait de la petite.

— Je vous rétribuerai largement. Je suis fortuné.

— Ce n'est pas une question de paiement mais de temps et d'énergie.

— Alors, je rémunérerai une bonne qui vous aidera.

— Vous semblez déterminé.

— Je le suis. J'aime avoir une femme dans mon lit et je ne veux pas attendre.

— Comment avez-vous fait jusqu'à aujourd'hui ?

— J'avais trouvé une dame dans le voisinage, répondit Chawton avec un clin d'œil, mais elle s'est remariée. Je ne veux pas recourir à des prostituées. Le risque de maladie est trop grand.

— Ce genre de besoin peut-il fonder un mariage ? demanda Bram, que l'attitude de Chawton rebutait.

— C'est le fondement du mariage pour moi.

— Et les enfants ?

— Votre cousine s'est révélée fertile, ce qui lui donne une longueur d'avance sur une future mariée vierge, ne pensez-vous pas ?

— D'après ce qu'elle a dit, elle a détesté sa grossesse.

— Une fois que nous serons mariés, elle obéira.

— Je ne maltraite ni ne frappe les femmes, dit Bram en le regardant d'un air soupçonneux. En général, j'obtiens ce que je désire par de douces paroles et des cadeaux.

Chawton attendit et, comme Bram ne disait rien, il ajouta :

— Alice n'a pas vraiment besoin de votre autorisation pour m'épouser, mais je préférerais que nous nous mettions d'accord et que vous gardiez l'enfant quelque temps.

— Bon, je vais demander à Isabella si elle veut bien s'occuper de Louisa durant les semaines à venir.

— Merci. Et, comme je l'ai dit, je paierai une bonne.

Lorsque les fiancés furent partis en promenade, Isabella regarda Bram.

— J'ai du mal à croire à ce qui arrive.

— Oui. Et s'il s'agissait de n'importe quelle autre femme, je lui conseillerais d'attendre, mais en toute franchise, mon amour, ta cousine nous rend la vie impossible. De surcroît, elle s'est conduite de cette manière avec ses deux hommes précédents. Elle est impulsive à cet égard. Si ce n'est pas Chawton, ce sera quelqu'un d'autre. J'aimerais mieux qu'elle soit mariée plutôt qu'elle tombe enceinte en n'ayant ni bague au doigt ni soutien de famille.

— Je n'y avais jamais pensé, dit Isabella en frémissant.

— Néanmoins, es-tu certaine à propos de Louisa ?

— Oh, oui. Si Mr Chawton paie une bonne, j'ai même quelqu'un à proposer : Sally, la petite-fille de Sim. Elle a treize ans, habite chez ses grands-parents et aide parfois une voisine avec les enfants. Sim est très vigilant en ce qui la concerne, mais je suis persuadée qu'il ne verra pas d'inconvénient à ce qu'elle travaille ici.

— Alors une fin de semaine bien chargée nous attend. L'inauguration du bazar et un mariage.

20

OUVERTURE PROCHAINE
Bazar oriental Deagan
14 Clover Street
Fremantle

Un choix de marchandises sera bientôt proposé à la vente dans ce nouveau bazar : plus qu'un magasin, un marché miniature regorgeant de remarquables articles neufs, de meubles d'occasion d'excellente qualité et d'autres objets encore.

Les vendeurs peuvent nous laisser des pièces en dépôt ou louer un emplacement pour des étals à l'intérieur de notre bazar.

Les acheteurs perspicaces seront enchantés par nos marchandises orientales raffinées, qui arriveront régulièrement de Singapour. Citons en particulier la vaisselle, les parfums, les courtepointes, le linge de table, ainsi que les soies pour vêtements fournies en exclusivité par Mr Lee.

Le lendemain, Conn arriva à l'improviste.

— J'ai estimé que je devais assister à l'inauguration du bazar, déclara-t-il en descendant de son cheval. Je suis venu avec quelques jours d'avance parce que je voudrais explorer Fremantle, voir s'il pourrait nous plaire d'y habiter une partie de l'année.

— Tu as l'air épanoui, et je suis content que tu sois venu, dit Bram en souriant à son vieil ami. Les lettres ne valent pas la présence. De plus, le bazar est ton investissement aussi.

— Je n'ai apporté que de l'argent. C'est toi qui as travaillé, c'est toi le négociant. Tu as trouvé les marchandises. Non, Bram, tu as contribué beaucoup plus que moi et notre contrat reflétera cette réalité.

— Laisses-tu ton cheval ici ?

— Bien sûr. Et je logerai chez les McBride, comme d'habitude, j'espère.

— Ah.

Conn l'observa en plissant les yeux.

— Que signifie cette réticence ?

— Il y a un problème.

Bram lui expliqua la situation de Flora.

— Dans ce cas, je dormirai ailleurs, affirma Conn sans hésiter. Comme si Flora pouvait se conduire ainsi ! Je n'ai jamais vraiment apprécié sa vieille mère maniérée et je suis toujours bouleversé quand quelqu'un pâtit de fausses accusations.

Ils se turent tous deux durant quelques instants à ce rappel des épreuves qu'avait traversées Conn.

— Heureusement, Dougal rentrera bientôt, dit Bram pour rompre le trop long silence. J'espère qu'il pourra résoudre les ennuis de Flora une bonne fois pour toutes.

— C'est difficile d'arrêter les rumeurs malveillantes. Elles semblent croître d'elles-mêmes, les mensonges s'ajoutent aux mensonges.

— Nous tâchons de résister le plus possible. Écoute, si un logement rudimentaire ne te répugne pas, tu pourrais dormir ici. Lester n'a pas pris la peine de se réinstaller dans la petite pièce à côté de la sellerie. Nous te fournirons des draps et des couvertures, en revanche nous n'aurons qu'une paillasse à t'offrir en guise de matelas, je le crains.

— J'ai connu pire. J'ai le sommeil profond, donc ce sera parfait.

— Tu mangeras avec nous, bien sûr.

— Merci.

— Voudras-tu aussi assister au mariage d'Alice ?

— Alice se remarie ? dit Conn en le regardant, étonné.

— Oui.

Bram lui raconta les derniers événements.

Conn prit un air interrogateur.

— Fichtre, c'est une dame impulsive.

— Très impulsive en effet. Elle s'est déjà enfuie avec deux hommes, deux mauvais choix. Mais nous espérons que la troisième fois sera la bonne. Chawton semble être assez honorable et il a le gousset bien garni. Cependant, il dirige sa vie selon ses besoins physiques. Je ne dirais pas que c'est un mariage d'amour pour lui, plutôt une commodité et un moyen d'avoir des fils. Bah ! assez parlé d'eux. Viens voir notre bazar.

Conn monta la pente et s'arrêta à faible distance des bâtiments.

— Tu as métamorphosé ce fouillis de hangars délabrés. Si c'est là un échantillon de ce que tu peux faire avec presque rien, je pense que tu seras riche un jour.

— Hum, je doute de devenir riche, mais je voudrais bien être dans une situation confortable. Je pourrais alors sortir mes proches d'Irlande et leur donner une chance de mieux vivre en Australie.

— Vous, les Deagan ! dit Conn en souriant. Toujours à vous serrer les coudes, même quand vous étiez petits. Je pourrai demander de leurs nouvelles à mon frère Kieran la prochaine fois que je lui écrirai, si tu veux.

— Je t'en serai reconnaissant. Je m'inquiète pour eux. Je leur ai écrit, mais je n'ai reçu qu'un petit mot froid de ma sœur disant qu'ils se portaient tous bien et qu'ils étaient heureux d'avoir ton frère à la tête de la grande maison.

— L'enseigne est réussie, de bonne taille : Bazar Deagan, dit Conn en levant les yeux.

— Voulais-tu que ton nom figure aussi ? Je peux encore la faire changer si tu le souhaites.

— Ciel, non. Je ne suis qu'un bailleur de fonds dans cette entreprise.

Lorsqu'ils eurent franchi le seuil, Conn demeura immobile de stupeur.

— Le magasin semble prêt à ouvrir ! Ce plancher ciré, ces étagères et ces tables couvertes de marchandises… Comment avez-vous pu vous procurer autant d'articles en un temps aussi court ?

Isabella, qui disposait des objets d'occasion avec l'aide de l'épouse de Sim, dressa la tête et sourit à Conn.

— Étions-nous censés savoir que vous veniez ?

— Non, j'arrive sans crier gare. La lettre de Bram m'a donné envie d'être présent à l'inauguration et Maia m'a dit que je devrais y assister. Elle pense que Karsten est trop jeune pour voyager.

Bram promena un regard à la ronde.

— Où est Alice ?

— Qui sait ? demanda Isabella en se rembrunissant. Je l'ai vue partir avec Mr Chawton et elle n'est pas reparue depuis.

— Elle t'a laissé Louisa, constata Bram, jetant un coup d'œil vers le fond du bazar, où la petite fille s'amusait sur une couverture avec ses quelques jouets. Elle semble avoir un peu plus d'entrain aujourd'hui.

— Elle ne s'endort pas continuellement, en tout cas. Voulez-vous que nous vous guidions dans votre visite, Conn, ou préférez-vous déambuler ?

— J'aimerais que vous me fassiez visiter. Je suis impressionné par le nombre de marchandises que vous avez réunies.

Ils parlèrent commerce, ce qui valait mieux, pensa Bram. C'était très injuste de la part d'Alice de laisser son enfant à Isabella, qui avait un travail considérable.

Plus tard dans l'après-midi, Bram apprit que le navire de Dougal venait de regagner Fremantle. Il alla informer Isabella.

— Penses-tu que Flora sache qu'il est de retour ?

— Je ne crois pas qu'elle sorte beaucoup ; nous ferions donc mieux de nous assurer qu'elle le sait.

Bram réprima un soupir. Il était déjà débordé, avec le mariage le lendemain et l'inauguration deux jours plus tard.

— Si tu peux résoudre les prochaines difficultés qu'Alice nous créera, j'irai avertir Flora en vitesse.

Isabella le retint un instant pour l'embrasser.

— Dis-lui de ne pas hésiter à nous le demander, si nous pouvons l'aider en quelque chose.

— Je lui transmettrai le message. Ne travaille pas trop.

— J'ai une excellente assistante maintenant. Louée soit Mrs Hollins ! Elle m'apporte un renfort précieux.

— Au moins, nous n'avons pas déploré de nouvelles intrusions.

— La présence d'un gardien de nuit a peut-être amené l'indésirable à renoncer.

— Peut-être.

Mais Bram, tourmenté par un pressentiment, avait engagé un ami de Sim pour surveiller aussi les abords du bazar. Il ne prétendait pas avoir le don de voyance, mais il devinait parfois qu'un événement fâcheux allait se produire. Et il avait en ce moment même cette intuition glaçante.

Il se réveillait en sursaut la nuit, guettant le son de la cloche ou des bruits de pas. Il ne savait pas à quoi s'attendre mais, en tout cas, il n'avait absolument aucune intention de céder à un chantage et de verser de l'argent. Les nuits devenaient plus douces avec le début du printemps. Il regrettait le froid et les pluies torrentielles, qui auraient sans doute découragé l'intrus.

Chassant ces pensées de sa tête, il marcha d'un pas vif jusqu'au dépôt de bois. Il fut ravi de voir le travail admirable effectué par Tommy. Les lieux avaient un aspect net et rangé, l'impression sur les passants était bien plus favorable, et il y avait désormais toute la place pour de nouvelles réserves.

Il poussa le portillon, s'avança vers la maisonnette et frappa.

Flora lui ouvrit.

— Bram ! Entrez, je vous en prie.

— Non, ce n'est pas prudent. Les commères se délecteraient si quelqu'un vous voyait accueillir des hommes alors que vous êtes seule. Je voulais vous dire que la goélette de Dougal vient d'arriver.

Elle ferma les yeux et poussa une longue expiration tremblante.

— Le ciel soit loué ! Dougal a-t-il déjà débarqué ?

— Je ne crois pas, mais je n'en suis pas sûr.

— Je vais me rendre sur le quai. Christopher ! Sortons voir les navires. Je crois que mon frère est de retour.

— Pourrai-je monter sur son navire, mademoiselle McBride ?

— Je suis certaine qu'il te laissera monter plus tard, une fois qu'il aura déchargé sa cargaison. Va m'attendre au portillon.

— Il commence à parler normalement, observa Bram.

— Oui. Au moins une chose que je fais bien.

— Vous n'avez rien fait de mal, affirma Bram d'un ton catégorique.

— Je sais, dit-elle en le regardant sans ciller. Mais cela n'empêche pas les gens d'imaginer le pire, si ?

— Pas vos amis, répondit Bram, qui s'écarta. Bon, je vous laisse.

Il la salua et s'éloigna en hâte.

Elle resta figée un instant, le regard perdu, soupira et alla se préparer.

Flora vérifia la tenue de Christopher, puis ils marchèrent ensemble jusqu'au quai. Le garçon lançait une phrase de temps en temps et semblait ravi d'être dehors.

La *Bonny Mary* se trouvait dans Gage Roads, entourée de chalands, dans l'attente du déchargement des marchandises. Il n'y avait peut-être eu aucun passager lors de ce voyage. Dougal n'en prenait jamais qu'une poignée.

Flora s'abrita les yeux et regarda avec attention, mais ne distingua pas son frère sur le pont. Elle s'en voulut de n'avoir pas pensé à écrire un message qu'elle lui eût fait porter, expliquant ce qui s'était passé. Néanmoins, comment coucher sur le papier une telle noirceur ? Sans parler du risque que le mot tombât dans de mauvaises mains.

— Inutile d'attendre ici, dit-elle au petit garçon. Mon frère ne descendra pas à terre avant plusieurs heures.

— Pouvons-nous aller acheter des gâteaux pour le thé ?

— Oui, si tu en as envie.

Une surprise supplémentaire les attendait à la maison. Mitchell venait de rentrer de voyage et s'entretenait avec Tommy.

Il pivota sur ses talons alors que l'enfant hurlait « Papa ! » et se précipitait vers lui. Radieux, il le souleva et le fit tournoyer.

— Tu as bonne mine, fiston ! s'exclama-t-il, puis il regarda Flora par-dessus la tête du garçon et fronça les sourcils : Vous paraissez exténuée. Quelque chose ne va pas.

— Pas maintenant, dit-elle après avoir hésité, avec un coup d'œil éloquent vers Christopher.

Une fois qu'ils eurent bu le thé et que les gâteaux furent réduits à des miettes, Mitchell ordonna à son fils :

— Va jouer dehors maintenant. Il faut que je discute avec Miss McBride. Ne sors pas de la cour.

Le visage déterminé, il se tourna vers Flora.

— Que s'est-il passé ? Y a-t-il quelque chose que j'ignore à propos de Christopher ? Il a l'air bien portant.

— Ce n'est pas lui.

Elle demeura silencieuse quelques secondes, puis se dit que Mitchell découvrirait la vérité dès qu'il commencerait à parler aux gens. Elle lui décrivit donc avec précision les agissements de sa mère.

— Je n'en crois pas mes oreilles ! dit-il en la regardant, atterré. Comment votre propre mère a-t-elle pu détruire ainsi votre réputation ? A-t-elle perdu la tête ?

— Non. Elle est égoïste, elle l'a toujours été ; elle ne se soucie que de ses besoins personnels, ne pense jamais à ce que les autres pourraient vouloir et ne conçoit pas qu'ils pourraient être offensés.

Sa voix se brisa et elle baissa les yeux vers ses mains crispées, luttant contre les larmes.

— Serait-ce profitable si j'allais la voir ?

— J'en doute.

— Je vais bel et bien aller voir votre frère, en revanche.

Il y eut un moment de silence, puis Mitchell dit d'un ton pensif :

— Écoutez, j'ai réfléchi pendant que j'étais au loin. Nous devrions peut-être nous marier, vous et moi. Une union apaiserait à coup sûr les ragots.

— Nous marier ! s'écria-t-elle en le considérant, interloquée.

— Pourquoi pas ? Ma vie serait beaucoup plus facile si j'avais une épouse. Christopher a besoin d'une mère et vous avez besoin d'un logis. En dernière analyse, cela me paraît être une solution très raisonnable.

Flora ne répondit pas, s'efforçant d'y voir clair. Certains mots de Mitchell résonnèrent alors dans son esprit : *une* épouse, *une* mère. Non pas « J'aimerais *vous* épouser », ni même « *Nous* pourrions construire une bonne vie ensemble ». Seulement *raisonnable* de se marier. Or elle en avait assez d'être raisonnable.

En outre, elle n'avait jamais oublié les sensations que vous donnait l'amour d'un homme, son désir de vous et de vous seule. Elle l'avait vécu une fois et elle savait que Joss n'eût jamais cherché simplement une épouse. Elle essaya de refuser avec délicatesse.

— Je vous suis reconnaissante de l'honneur que vous me faites en me proposant le mariage, Mitchell, mais vous ne voulez pas vraiment m'épouser, pas plus que je ne veux vous épouser. Je suis certaine que nous pouvons rester bons amis, néanmoins je ne puis nous imaginer amants. Nous n'éprouvons pas d'attirance l'un pour l'autre, pas cette attirance-là. Sans amour, ce serait une relation vide.

Il posait sur elle un regard empli de gentillesse, mais dépourvu de toute ardeur amoureuse.

— Vous ne pensez pas que nous pourrions mener une existence agréable ensemble ? Vous ne pensez pas que cela suffirait ?

— Non, absolument pas. J'ai aimé un homme jadis et ma mère l'a éloigné, lui a menti, m'a menti aussi. Elle n'a pourtant pas pu effacer mes souvenirs. J'ai connu l'intensité de l'amour ; je ne veux rien de moins.

Il soupira et se tourna une seconde vers la fenêtre, l'air absent.

— Vous avez peut-être raison. Je dois avouer que je n'ai jamais ressenti une telle attirance passionnée pour quelqu'un. Je n'ai peut-être pas cette capacité.

— Je crois que nous l'avons tous en nous, si nous rencontrons la bonne personne.

Le silence s'installa. Elle entendait Christopher rire et crier dehors, entendait le bruit de son propre souffle, et ne savait quelles phrases prononcer pour dissiper la gêne. Alors elle changea totalement de sujet.

— Christopher a fait de gros progrès, il s'est remis à parler et à se comporter comme un petit garçon.

— Oui, dit Mitchell en souriant. Je l'avais remarqué. Merci de vos bons soins pour lui.

— Remerciez aussi Tommy. Il sait s'y prendre avec les enfants.

— Ancien détenu ou non, il est travailleur. Bien, je vais inspecter le dépôt.

— Je ne vous ai pas demandé si votre voyage avait été fructueux.

— Une réussite. Ma première livraison de bois arrivera dans deux jours, Tommy et moi devons donc débarrasser le reste de la camelote.

— Il a trié et rangé avec assiduité.

— C'est ce que j'ai vu. Je n'espérais pas qu'il abattrait autant de besogne.

— Allez-vous le garder ? Il lui tarde terriblement de le savoir.

— Oui, je vais le garder. Je préfère instruire un homme à ma façon plutôt que d'embaucher quelqu'un qui croit tout savoir, dit-il, puis il lui adressa un sourire ironique. Je suis assez pointilleux en ce qui concerne le bois.

Comme il s'apprêtait à partir, elle se rendit compte qu'elle n'avait pas mentionné la fin de la semaine.

— Attendez ! J'ai failli oublier. Nous sommes tous invités à l'inauguration du bazar, qui aura lieu samedi. Et la goélette de mon frère vient d'arriver. Je ne crois pas qu'il ait déjà mis pied à terre, ou du moins, qu'il ait terminé de régler les affaires du navire. Je pense qu'il viendra ici une fois qu'il aura vu ma mère.

— Croira-t-il les rumeurs, à votre avis ?

— Non. Assurément pas. Dougal connaît trop bien ma mère. Et il me connaît, moi.

Modeste, simple Flora. Quel homme pourrait bien vouloir l'entraîner avec lui ?

La soirée était déjà bien entamée lorsque Dougal eut accompli l'ensemble des tâches et des formalités relatives au navire. Il laissa la *Bonny Mary* sous la responsabilité de son second, sachant que le ciel demeurerait sans doute clément et que la goélette serait à l'abri des voleurs, ancrée au large dans Gage Roads et avec un membre de l'équipage posté sur le pont. D'un pas nonchalant, car il était fatigué à cette heure, il suivit les rues jusque chez lui. Il désirait seulement un repas rapide avant de se mettre au lit. Flora comprendrait et tiendrait sa mère à distance. Elle y parvenait toujours.

Néanmoins, dès l'instant où il franchit le seuil, il entendit les pleurs hystériques de sa mère dans les profondeurs de la maison. Pour quelle raison était-elle donc contrariée ? Il resta immobile dans le couloir, espérant que Flora allait la calmer. Il n'avait pas l'habitude d'être accueilli par des larmes.

Mais il ne percevait pas la voix de Flora, rien que les pleurs bruyants de sa mère. Et aucune bonne n'arrivait pour le débarrasser de son manteau ou lui souhaiter la bienvenue. Que s'était-il passé ? Flora avait-elle eu un accident ? Était-elle… Cette pensée lui était insoutenable.

Il posa son sac et se hâta vers le petit salon de sa mère. Par la porte entrebâillée, il la vit allongée, en larmes, sur la méridienne.

— Me voici.

En guise de réponse, elle lui jeta un bref regard puis se cacha le visage dans son mouchoir et poussa une nouvelle plainte.

Il alla s'agenouiller près d'elle.

— Qu'est-ce qui ne va pas ? Mère ? Dis-moi. Flora est-elle blessée ?

— Si seulement ce n'était que cela ! Oh, quelle honte ! Quelle honte ! Je ne peux plus garder la tête haute en public à cause de ta sœur.

— Flora ? Que veux-tu dire ? Où est-elle ?

— Elle est partie ! Elle s'est enfuie avec un homme. Elle vit avec lui dans le péché.

Durant un instant, il eut l'impression que la pièce vacillait autour de lui, après quoi il se ressaisit. Sachant combien sa mère était encline à l'exagération, il prit sa voix de capitaine et lui ordonna d'un ton cassant :

— Redresse-toi ! Et cesse de pleurer. Ensuite, tu me parleras.

Elle s'assit, se moucha, marmonna des bribes de phrases où il distingua des mots tels que « déshonneur » et « consolation ».

Que diable se passait-il ? Il attendait impatiemment qu'elle se calmât. Lorsqu'elle se fut essuyé les yeux une dernière fois, elle le regarda avec hésitation. Il connaissait cet air : il signifiait qu'elle avait fait quelque chose qui allait le mécontenter.

— Explique-toi au sujet de Flora. Où est-elle ?

— Partie. Ta sœur a quitté la maison quelques jours après ton départ. Elle vit avec ce Mr Nash qui a logé chez nous, celui qui cherchait sa femme et qui a embarqué pour Sydney. Il est revenu, à mon grand regret. Flora est seule avec lui maintenant dans cette minuscule cabane ! Jamais je n'aurais cru cela d'elle. Je meurs de honte.

Elle fondit à nouveau en larmes et il ne se retint qu'à grand-peine de la tancer. Mais comme les remontrances se révélaient toujours vaines, il demanda :

— Où est-elle exactement ?

Il dut répéter la question avant d'obtenir une réponse.

— Ce dénommé Nash a acheté le vieux dépôt de bois de Fairley Street et ils habitent ensemble là-bas.

Sa mère elle-même ne pouvait pas avoir inventé cela, n'est-ce pas ?

Flora s'était-elle mariée ? Non, pourtant, puisque sa mère insistait sur la honte.

— Eh bien, je ferais mieux d'aller voir ma sœur, pour comprendre ce qui s'est passé.

— Je t'ai déjà raconté ce qui s'est passé. Elle a quitté la maison, elle m'a laissée et elle s'est installée avec lui. Tu ne devrais plus la fréquenter. Tu ne devrais pas même lui parler.

— Ne sois pas ridicule. C'est ma sœur. L'as-tu revue depuis qu'elle est partie ? Lui as-tu fait des récriminations ?

— Certainement pas ! Je refuse de lui adresser la parole tant qu'elle ne m'aura pas présenté ses excuses à genoux.

— Elle n'en fera rien et je ne l'exigerai pas d'elle. Mais j'ai besoin de savoir exactement de quoi il retourne.

— Tu ne peux pas ressortir ce soir. Il fait nuit et tu es fatigué. Cette affaire peut sûrement attendre demain matin.

— Si ma sœur a des ennuis, cela ne peut absolument pas attendre.

— N'y va pas, Dougal, dit-elle, l'attrapant par le poignet. Elle s'est déjà conduite ainsi et aujourd'hui elle doit recevoir une leçon. Te rappelles-tu cet horrible jeune homme qui essayait de la convaincre de s'enfuir ? Je l'ai sauvée d'elle-même à l'époque, mais cette fois-ci elle n'a pas voulu m'écouter. Je crois qu'elle veut à tout prix un homme, parce qu'elle n'est pas mariée…

Il lui desserra les doigts et se leva, mais elle empoigna le bas de sa veste.

— Dougal, il est trop tard ! Tout le monde connaît sa vie de pécheresse. La seule solution est de l'ignorer.

— L'ignorer ? dit-il en se libérant. Comment peux-tu suggérer une attitude pareille ? Il s'agit de ta fille, de ma sœur. Je ne l'abandonnerai jamais, quoi qu'elle ait fait.

Et il ne croirait pas sa mère sur parole dans une affaire aussi grave. Il se dirigea vers la porte.

— Dougal, reviens ! Dougal, j'ai plus besoin de toi qu'elle. Dougal !

Sans prêter attention à ses hurlements, il sortit et marcha à toute vitesse en direction du dépôt de bois.

Flora avait annoncé qu'elle quitterait la maison, mais comment les choses avaient-elles pu prendre un tour aussi dramatique ? Si elle était allée chez cet homme, le comportement de leur mère avait dû l'y pousser, il en était persuadé.

Cependant, il ne pouvait la laisser vivre dans le péché. Il fallait, à tout le moins, que ce Nash acceptât de l'épouser.

Chawton ne ramena Alice que tard dans la soirée, heure à laquelle Conn était allé se coucher et les Deagan envisageaient de faire pareil.

Alice avait la mine d'une chatte qui a lapé une soucoupe de crème et, aux yeux de Bram, l'air d'une femme venant de s'adonner au plaisir. Tout de même, ils n'avaient pas… Il coupa court à cette réflexion. Au fond, cela ne regardait qu'eux. L'essentiel était qu'elle se mariât et sortît de leur existence.

Elle portait des paquets qu'elle laissa tomber dans l'embrasure de la porte.

— Si tu ne veux pas que quelqu'un marche sur tes affaires, dit Isabella d'un ton acide, il vaudrait mieux les mettre hors du passage.

— Je suis tellement fatiguée, soupira Alice.

Souriant, Chawton déplaça les paquets et salua Bram et Isabella.

— Le mariage sera célébré demain à dix heures à l'église St John. J'ai une autorisation exceptionnelle, dit-il en tapotant sa poche. Avez-vous trouvé une bonne qui vous aidera à veiller sur Louisa ?

— Oui. La jeune Sally commencera le travail demain.

— Combien la paierez-vous ? Tenez…, dit-il en tirant une bourse remplie de pièces et, d'un geste insouciant, fit rouler sur la table un nombre de souverains suffisant pour rémunérer Sally durant des semaines et des semaines. Avertissez-moi quand la somme touchera à sa fin.

Bram rassembla l'argent.

— À ce moment-là, vous souhaiterez reprendre Louisa, n'est-ce pas, Alice ? Et Isabella sera trop près du terme pour s'occuper de votre petite.

De nouveau, ce fut Chawton qui répondit :

— Oh, bien sûr. Où avais-je la tête ? Toutefois, vous aurez aussi besoin de lui acheter des vêtements.

Et cinq souverains s'ajoutèrent aux précédents.

Bram fut révolté de voir sur le visage d'Alice le manque d'intérêt pour sa fille. Se souciait-elle même de Chawton, ou ne s'agissait-il que de son confort à elle ? En tout cas, elle ne semblait pas saisir la détermination absolue de son futur époux. Bram était certain que Chawton ferait en sorte qu'elle lui obéît à la lettre, en particulier au sujet des maternités. Elle aurait sûrement droit à quelques surprises. Eh bien, elle ne l'aurait pas volé !

À l'instant où il raccompagnait Chawton, un coup sourd retentit contre la porte d'entrée. Il l'ouvrit : personne n'était là, mais il y avait une pierre sur le sol et une éraflure dans le bois. Il se baissa pour ramasser le papier qui enveloppait la pierre et lut un message semblable au premier.

LAISSÉ MOI L'ARGENT DERIÈRE L'ÉCURIE.
PAS D'ENTOURLOUPE.
LE BOIS SEC BRULE BIEN.
DERNIÉ AVERTISSEMANT.

— Des ennuis ? demanda Chawton.

Bram lui tendit le papier, lui expliquant ce qui s'était passé et ce qu'ils soupçonnaient.

— Comptez sur moi.

— Pardon ?

— Vous avez dit que vous prévoyiez de tendre un piège. Comptez sur moi.

— Mais vous vous mariez demain.

— Bon sang, oui. Dommage. J'aime presque autant une bonne bagarre qu'une partie de…, dit-il, s'interrompant pour jeter un regard vers les dames, puis il adressa un clin d'œil à Bram. Vous allez tendre un piège quoi qu'il en soit, n'est-ce pas ?

— J'y pense.

Soudain, il renifla.

— Y a-t-il une odeur de brûlé ?

Tous se mirent à humer l'air.

— Morbleu, oui ! s'exclama Chawton. D'où vient-elle ?

Bram regarda en direction du bazar mais ne vit pas la moindre flamme de ce côté-là. Puis une voix jaillit de l'écurie et Lester accourut, en chemise de nuit.

— Au feu ! Au feu ! Ça brûle à l'arrière !

21

Dougal arpenta les rues sombres, partagé entre l'irritation d'être privé du repos dont il avait besoin et l'inquiétude au sujet de sa sœur. Il croisa plusieurs hommes qu'il connaissait et les salua d'un simple signe de tête, trop pressé de régler cette affaire pour s'arrêter. Néanmoins, lorsqu'il passa près d'eux, il ne put s'empêcher de remarquer leur air de méfiance.

La situation était-elle déplorable à ce point ?

Une certitude : Flora devait rentrer immédiatement à la maison avec lui. Cette nuit même. Il veillerait à ce que leur mère la traitât avec respect, mais il ne la laisserait pas rester chez Nash, quoi qu'elle fît là-bas.

À quelque distance du dépôt de bois, il aperçut la maison délabrée. Plutôt une cabane, oui ! pensa-t-il indigné. Pas étonnant qu'il y eût des ragots. La masure était minuscule.

Le portail qui permettait l'entrée des charrettes et le portillon sur le côté, destiné aux piétons, étaient tous deux cadenassés. Il voyait une lanterne briller à l'intérieur de la maison ; quelqu'un était donc encore debout. Il n'y avait aucun moyen discret de faire connaître sa présence. S'il criait ou agitait la cloche, il risquait d'attirer l'attention d'autres personnes ou de provoquer une scène, ce qu'il voulait à tout prix éviter.

Il finit par escalader le portillon, jurant alors que le tissu de son pantalon s'accrochait à quelque chose de pointu et se déchirait. Dès qu'il commença d'avancer vers la maisonnette, un homme surgit de derrière une pile de bois et le jeta à terre tout en appelant :

— Monsieur Nash ! Venez vite ! Nous avons un voleur.

Dougal essaya de se dégager mais son adversaire, quoique maigre, tenait bon.

— Lâchez-moi ! vociféra-t-il. Je ne suis pas un voleur !

Par un effort suprême, il repoussa le type, mais à cet instant, un deuxième homme l'empoigna et lui tordit le bras dans le dos.

— Ne vous débattez pas ou je vous fais mal.

Une troisième personne arriva en courant. Elle portait une lanterne. Il ne distinguait pas son visage, rien qu'une silhouette de femme, mais il devina que c'était Flora.

— Mitchell, libérez-le. C'est mon frère.

L'étreinte se desserra et, d'un geste vif, l'homme l'écarta de lui.

Dougal résista à l'envie de le frapper.

— Je venais seulement voir ma sœur, mais je ne voulais pas attirer l'attention.

— Viens dans la maison, dit Flora d'un ton plein de froideur. Nous ne voulons pas discuter de cela en public.

Il la regarda s'éloigner, interloqué. Quel accueil était-ce là ?

— Vous venez, McBride ? demanda Nash. Vous n'êtes pas blessé, dites-moi ?

— J'ai déchiré mon pantalon sur votre maudit portail, et j'ai été un peu malmené quand cet idiot m'a sauté dessus.

— J'ai cru que c'était un cambrioleur, monsieur, se défendit l'homme.

— Vous avez bien agi. Vous êtes indemne, n'est-ce pas, Tommy ? Parfait, alors retournez au lit. Nous allons nous occuper du capitaine McBride.

Dougal suivit Nash jusqu'à la maisonnette, dont la porte était ouverte afin de leur éclairer le chemin. À l'intérieur, Flora se tenait près de la cheminée, raide et anxieuse, les mains crispées devant la poitrine.

Du côté opposé, un petit garçon était immobile sur le seuil d'une autre pièce.

— J'ai entendu des bruits, papa.

— Le capitaine McBride est tombé dans le noir. Retourne dormir, fiston. Je n'irai pas me coucher avant un bon moment.

Une fois que le garçon eut réintégré la chambre, Dougal déclara :

— Je viens ici pour tenter de comprendre ce qui se passe, dit-il, puis jetant un coup d'œil vers sa sœur, il vit combien elle était affectée, quoiqu'elle s'efforçât de le cacher. Ne veux-tu pas embrasser ton frère, Flora ?

Comme elle hésitait, il s'approcha et la prit dans ses bras.

— Je ne sais pas ce qui est arrivé, mais tu es et tu seras toujours ma sœur.

Elle poussa un sanglot et parut s'effondrer contre lui, pleurant comme si son cœur allait se briser.

Il lui tapota les épaules, murmura des paroles apaisantes, mais elle continua de sangloter.

Nash offrit une chaise.

— Tenez, faites-la asseoir. Je vais nous préparer du thé à tous.

— N'avez-vous rien de plus fort ?

— Non, malheureusement, dit l'autre en lui adressant un sourire navré. Et je suis désolé pour l'œil au beurre noir.

— Oh, sapristi ! s'exclama Dougal, qui installa Flora sur la chaise et se regarda dans le miroir au-dessus de la tablette de la cheminée. Voilà qui va vraiment faire jaser les gens.

— Ils commèrent déjà, dit Flora d'un ton accablé. Ton œil au beurre noir apportera encore de l'eau à leur moulin.

Elle fondit à nouveau en larmes.

— Je n'ai pas pu tirer un mot sensé de ma mère, qui s'est répandue en jérémiades. Elle a affirmé que Flora avait quitté la maison pour vivre avec vous, dit-il à Nash.

Sa sœur se moucha et murmura :

— Ce n'est pas vrai. Comme d'habitude, elle déforme la vérité à sa convenance.

— Alors si tu me racontais ce qui s'est réellement passé ?

Elle hocha la tête et, tandis que Nash préparait le thé dans une atmosphère sonore réconfortante, elle exposa l'essentiel de l'histoire.

— Es-tu certaine de l'ampleur de la catastrophe ?

— Oh, oui. Mère a convaincu toutes ses amies et relations que je vis dans le péché avec Mitchell.

— C'est elle qui a propagé les rumeurs ? Pas possible !

— Qui d'autre alors ?

— Mais pourquoi ferait-elle une chose pareille ?

— Pour que je sois obligée de revenir et de rester à jamais auprès d'elle. Les gens que je connais traversent la rue pour m'éviter, Dougal. Et même si Miss Marley, qui dirige la petite école pour les jeunes enfants, m'a crue lorsque je lui ai assuré que je ne vivais pas dans le péché, elle n'a pas osé accueillir Christopher parmi les élèves. Elle a estimé que des parents s'offusqueraient… parce que j'habite ici.

— Il faudra que nous révélions la vérité aux gens.

Le rire qu'elle essaya de lancer se mua en sanglot.

— Comment, par la reconnaissance des mensonges ? Mère n'admettra jamais qu'elle a menti. Elle restera à pleurer dans son lit, puis elle contera de nouvelles fables.

— Mais les Deagan peuvent témoigner que tu es allée directement chez eux.

— Oui, néanmoins je suis venue ici ensuite… pour m'occuper de Christopher et être la gouvernante de Mitchell, rien de plus, dit-elle, puis elle alla, d'un geste brusque, ouvrir une autre porte. Voici ma chambre. Regarde si tu trouves quelque chose indiquant qu'il la partage avec moi.

Dougal était effaré.

— Tu n'as pas besoin de me le prouver, Flora. Je te crois sur parole. Je t'en prie, rassieds-toi. Nous devons réfléchir à une solution. Euh…, balbutia-t-il, jetant un coup d'œil à Nash. La plus évidente serait que vous vous mariiez.

— Je le lui ai proposé, mais elle a refusé.

Stupéfait, Dougal regarda sa sœur.

— N'est-il pas un honnête homme ? Le mariage résoudrait vos problèmes, à l'un comme à l'autre, et te donnerait un logis.

— Mais je ne l'aime pas.

— Visiblement, vous vous entendez bien, pourtant.

— Je sais ce qu'est l'amour, le genre d'amour qui amène à vouloir se marier et partager un lit. Je l'ai vu récemment chez Bram et Isabella, et je l'ai connu jadis avec Joss. J'étais prête à braver mère et à m'enfuir avec lui, mais elle a intercepté nos lettres et lui a écrit pour dire que je ne voulais plus le voir. Il ne devait pas tenir suffisamment à moi, parce que je n'ai plus jamais entendu parler de lui.

— Une seconde ! s'écria Dougal, troublé. Je me souviens d'elle me disant qu'il te harcelait et que tu ne souhaitais pas l'épouser. Et tu n'as jamais paru triste…

— J'étais trop fière pour montrer mes sentiments. Mais s'il n'avait pas quitté la colonie, ou s'il était revenu un jour, je serais partie avec lui dans l'instant, même si tu n'avais plus voulu m'adresser la parole.

— Pourquoi aurais-je eu cette attitude ? Il m'était sympathique et il semblait te rendre heureuse.

Elle l'observa, déroutée, puis son visage se contracta de nouveau.

— Alors tout n'était que menteries. Elle a prétendu que tu t'opposais à cette fréquentation, que tu ne voudrais avoir affaire ni à lui ni à moi si nous nous mariions. Ensuite tu as navigué durant des semaines, et à ton retour Joss avait quitté Fremantle depuis longtemps.

— Pourquoi donc a-t-elle agi ainsi ? Oh, je vois. Pour te garder à son côté. Fille dévouée, veillant sur sa mère. Épouser un marin risquait de t'entraîner au loin. Elle voulait pour toi un mari qui ne la menaçât en rien, qu'elle pourrait manipuler, ou alors pas de mari du tout.

Il était outré de penser que les manœuvres de leur mère avaient séparé Flora de l'homme qu'elle aimait.

— Je suis désolé. Elle m'a totalement berné.

— Elle berne la majorité des gens.

Mitchell apporta des tasses pleines à ras bord et ils en prirent chacun une, buvant en silence.

— Que veux-tu faire, alors ? demanda Dougal une fois qu'il eut vidé sa tasse.

— Dès que Mitchell et Christopher n'auront plus besoin de moi, je quitterai la colonie et recommencerai à zéro ailleurs.

— Non, ne fais pas ça. Je t'en supplie. Je ne veux pas te perdre.

— Que puis-je faire d'autre ? La diffamation est un poison.

— Nous trouverons un moyen.

Dougal tendit la main à sa sœur et elle la saisit.

— Ton départ me serait intolérable. Les familles doivent rester unies. Je vais trouver un moyen, dit-il, et comme elle gardait un air dubitatif, il l'implora : Essayons au moins.

Elle hocha la tête, mais le froncement de sourcils demeurait, de même que le doute, et la tristesse.

— Allez chercher des couvertures dans la sellerie ! lança Bram. Nous pourrons peut-être étouffer les flammes.

La voix de Conn résonna dans l'obscurité.

— Je m'en occupe.

Bram se mit à courir, toujours criant :

— Des seaux d'eau ! Isabella, apporte le seau de la cuisine.

Alice commença de hurler comme une hystérique.

— Silence ! lui ordonna son fiancé d'un ton sec, et elle se tut immédiatement.

Ils vinrent vite à bout des flammes, car ils ne manquaient pas de bras, entre le nouveau gardien de nuit, Chawton et Conn, mais le sang de Bram se figea à l'idée de ce qui aurait pu se passer si l'incendie avait progressé.

— Je ne céderai pas au chantage de ce type, quoi qu'il entreprenne, affirma-t-il alors qu'ils buvaient ensemble, une fois le feu éteint, le thé qu'Isabella leur avait préparé.

— Mais que vas-tu faire ? demanda Conn.

— Je ne sais pas encore. J'y réfléchirai avant de dormir. Peut-être que je trouverai une solution. Il croit sans doute avoir plus d'influence à l'avant-veille de l'inauguration.

Lorsque chacun alla se coucher, Bram attendit d'être seul avec son épouse pour murmurer :

— Quelle autre attaque va-t-il tramer contre nous ?

— Quoi qu'il tente, nous ferons face.

— Comment te sens-tu ?

— Je me sens bien, Bram chéri, tant que tu es indemne.

Elle se glissa dans ses bras et posa la tête sur son épaule, geste de tendresse qui semblait maintenant le plus naturel du monde. Il lui caressa distraitement les cheveux. Il savait que, si nécessaire, elle aurait été avec lui à transporter les seaux, à combattre les flammes. Grâce à ses amis, il n'avait pas eu besoin qu'elle l'aidât ainsi, néanmoins elle était sortie leur offrir du thé ensuite pour effacer le goût âcre de la fumée et adoucir leurs gorges douloureuses, tandis qu'Alice, elle, ne bougeait pas le petit doigt.

Comment pourraient-ils se rendre au mariage le lendemain et laisser les lieux sans protection ?

Dougal rentra du dépôt de bois, le cœur gros. La pauvre Flora avait assez souffert. Il était temps de mettre un terme à cette situation et, quoiqu'il eût le devoir de subvenir aux besoins de sa mère, toute cette affaire le révoltait. Il ne voulait pas qu'elle continuât d'habiter chez lui, avec les mauvais coups qu'elle manigançait.

Ce qu'il lui fallait réellement, c'était une épouse. Mais il n'avait pas l'intention d'amener une femme à la maison tant que sa mère y vivrait, car le mariage serait voué à l'échec. Et il ne se marierait que s'il rencontrait quelqu'un qui lui plaisait vraiment, comme Isabella plaisait à Bram.

Il s'arrêta pour regarder les étoiles en quête de réconfort, ainsi qu'il le faisait parfois sur le navire. Elles étaient des repères dans son existence ; il aimait leur beauté froide, scintillante, et connaissait telles de vieilles amies toutes les constellations principales. Rien, pourtant, ne pouvait remplacer les gens que l'on aimait.

S'il n'agissait pas promptement, sa sœur quitterait la colonie. Lui et Flora vivaient ensemble depuis trente ans et n'avaient eu que de rares désaccords, encore moins de querelles, même quand ils étaient enfants.

Lorsqu'il regagna la maison, seule une lampe brillait dans le couloir. Un mot était appuyé contre elle, un message de sa mère : *Je suis allée me coucher. J'ai pris un soporifique.* Tant mieux. Il n'était pas encore prêt à lui parler.

Lampe à la main, il se rendit jusqu'à la cuisine. La pénombre régnait dans la pièce, où tout était rangé. Comme il se demandait avec quoi se rassasier, il entendit une porte s'ouvrir et Linny, toujours habillée, sortit de la chambre des bonnes.

— J'ai pensé que vous auriez envie de manger quelque chose, monsieur, alors j'ai dit à Mary d'aller se coucher pendant que je veillais.

— Merci. J'ai une faim de loup. Tout me conviendra, quelque chose de rapide.

Elle s'activa aussitôt, lui proposa de la viande froide, du pain, du beurre, un pot de confiture et une grosse part de gâteau.

— Ce sera très bien. Vous pouvez aller au lit à présent.

Elle le regarda d'un air hésitant, puis demanda :

— Avez-vous vu Miss McBride ?

— Oui.

— Se porte-t-elle bien ?

— Pas vraiment. Vous savez ce qui se passe ?

— Oui, monsieur. J'ai entendu des conversations malgré moi. Miss Flora s'était donné beaucoup de mal pour restaurer ces meubles dans le grenier. C'était injuste de la part de votre mère de s'en débarrasser.

Entre deux bouchées, il l'interrogea et obtint des précisions supplémentaires sur ce qui avait déclenché la dispute. Sa colère contre la dureté de sa mère flamba de nouveau.

— Miss Flora m'a dit qu'elle voulait tenir sa propre pension de famille et j'ai répondu que j'aimerais travailler pour elle.

— Vous ne voudriez pas aller avec ma mère si je lui trouvais une petite maison quelque part ? J'augmenterais votre salaire et j'engagerais une personne pour les plus rudes besognes.

Elle secoua la tête avec vigueur.

— Non, monsieur. Sauf le respect que je vous dois, il est très difficile de travailler pour votre mère sans Miss Flora pour apaiser les tensions et organiser les choses.

— Bon. Il faudra que je trouve quelqu'un d'autre pour s'occuper de ma mère, alors.

— Elle ne partira pas d'ici, monsieur. Elle adore cette maison.

— Elle n'aura pas le choix. Je vais ramener Flora, qui pourra veiller sur mon intérieur jusqu'au jour où je me marierai.

Le visage de Linny s'éclaira.

— Ce sera bien, monsieur. Mais... comment convaincrez-vous les gens que ces histoires n'étaient que des mensonges ? Tous les domestiques de ma connaissance en parlent eux aussi, me posent des questions... Je me contente de dire que jamais Miss Flora ne commettrait une mauvaise action.

— Merci pour votre loyauté. Je déclarerai à tous les gens que je connais qu'elle est innocente, je ne cesserai de le leur répéter jusqu'à ce qu'ils soient forcés de me croire. Tous ceux qui refuseront seront indésirables chez moi. Pourriez-vous faire de même avec les domestiques ?

— Oui, monsieur. Je m'y efforcerai.

Néanmoins, il voyait à son expression qu'elle doutait de l'efficacité de leurs paroles. Mais quel autre moyen d'action avait-il ?

Bram descendit l'escalier à la dérobée et sortit de la maison avant l'aube, bien qu'il n'eût dormi que quelques heures. Il discuta un instant avec le gardien de nuit qui patrouillait la propriété puis monta voir Sim dans le bazar.

— Y a-t-il eu d'autres perturbations ?

— Non. Le reste de la nuit a été d'un calme total.

— Parfait. Voici ce que je veux...

Lorsqu'il revint vers la maison un moment après, il avait le sourire aux lèvres. Dans deux jours aurait lieu l'inauguration et il était déterminé à ce que rien ne gâchât l'événement, quel qu'en fût le coût.

Aujourd'hui, ils assisteraient à un mariage et essaieraient de capturer un voleur.

Pour une fois, Alice n'eut pas besoin qu'on la tirât du sommeil. Elle se réveilla tôt et s'attarda un peu dans le lit, souriant au plafond, heureuse que Louisa fût encore endormie, heureuse de laisser derrière elle tous ses soucis. Elle se sentait légèrement coupable de ne pas emmener la fillette, car elle l'aimait vraiment, mais Leonard avait dit qu'il valait mieux commencer leur mariage à deux, et il avait raison.

Un frisson la parcourut alors qu'elle pensait à la force et à la maîtrise qu'il possédait, à la capacité qu'il avait de combler une femme. Il avait été scandaleux de sa part de louer une chambre en pleine journée et de l'y conduire, mais elle s'en moquait. Elle savait qu'elle avait enfin trouvé un homme qui prendrait soin d'elle et elle était prête à tout pour lui, absolument tout.

Elle se leva et fit une toilette complète à l'eau froide puisqu'il n'y avait nulle part où prendre un bain. Elle s'était lavé les cheveux la veille et les avait admirés dans la glace, fière de leur éclat retrouvé. Quand elle avait manqué de nourriture et de bois pour chauffer l'eau, ils étaient devenus très ternes.

Sa fille remua et elle se raidit, espérant que l'enfant resterait endormie. Mais Louisa ouvrit les yeux.

— Bonjour, ma chérie. Il n'est pas encore l'heure de se lever.

— Je voudrais faire pipi.

Poussant un soupir, Alice s'interrompit pour aider la fillette à utiliser le pot de chambre, puis l'envoya attendre au rez-de-chaussée. Elle n'osa pas donner de cordial à Louisa ce matin-là, de peur que Bram s'en aperçût et se fâchât. Elle ne voulait pas lui fournir un prétexte pour refuser de garder la petite quelque temps.

Entendant quelqu'un bouger dans la chambre voisine, Alice enfila sa robe de chambre et descendit mettre la bouilloire sur le fourneau. Elle avait besoin de boire et de manger quelque chose. Elle préparerait une grosse théière pour eux tous. Cela susciterait la bonne humeur de Bram.

Étrange qu'elle se sentît aussi bien réveillée alors que sept heures n'avaient pas encore sonné ! Mais le mariage était à dix heures et le temps passerait très vite à se préparer, car elle voulait être belle comme le jour. Après la cérémonie, ils iraient à Perth puis, le lendemain, commenceraient leur voyage vers la maison de Leonard. Elle manquerait l'inauguration du bazar, mais peu importait.

Elle était impatiente de voir la capitale de la colonie. Elle n'avait pas quitté Fremantle depuis son arrivée par le navire et n'y avait connu que le travail, le travail continuel. Quel genre de vie était-ce là ? Pas celle qu'elle désirait, en tout cas. Leonard avait expliqué avoir une gouvernante et des domestiques qui accomplissaient le labeur.

— Bonjour. As-tu bien dormi ?

Alice se tourna pour sourire à sa cousine.

— Oh, oui. Une fois l'incendie de l'écurie éteint, je n'ai pas tardé à m'endormir. Où est Bram ?

— Il s'est levé tôt pour effectuer quelques tâches.

— Pense-t-il parfois à autre chose qu'au travail ? Vous deux ne vous distrayez jamais ensemble.

— Nous distraire ? s'étonna Isabella. En quoi cela compte-t-il ? Nous construisons une vie pour nous et nos enfants. C'est ce qui nous donne le plus de satisfaction à l'un comme à l'autre.

Alice ne répliqua pas. Elle ne voulait pas laisser de rancune derrière elle. Elle se rappela soudain les instructions de Leonard.

— Euh, je voudrais vous remercier, toi et Bram, de m'avoir accueillie et d'accepter de vous occuper de Louisa pendant quelque temps. Je vous suis très reconnaissante.

— Il est naturel de chercher refuge auprès de sa famille, dit Isabella, qui hésita : Alice, es-tu certaine de ton choix ? Tu viens tout juste de rencontrer Mr Chawton.

— Conn a dit à Bram qu'il connaissait les Chawton par ouï-dire et que Leonard ne mentait pas sur sa situation, alors quel pourrait être le problème ?

— Mais si la vie avec lui te déplaît ?

Alice éclata de rire.

— Il a une grande maison et des domestiques, il va m'acheter des quantités de vêtements et il est doué pour les relations intimes. Que pourrais-je demander de plus à un époux ?

— Doué pour les relations intimes ! Comment le sais-tu ?

Alice sentit le feu lui monter aux joues.

— Nous… avons loué une chambre hier.

Isabella ouvrit la bouche puis la referma, secouant la tête avec une mine désapprobatrice.

Mieux valait continuer la préparation du thé, se dit Alice. Certaines personnes étaient très collet monté. Or il était important de prendre plaisir à faire l'amour ensemble. Très important. Pour elle, du moins. Pour le cher Leonard aussi. Quel homme merveilleux !

Alice apprêtait sa toilette et sa chevelure avec tant de soin et de coquetterie qu'Isabella se chargea de vêtir Louisa pour le mariage. Trop préoccupée par les menaces qui pesaient sur le bazar, elle n'avait pas remarqué que l'enfant ne possédait pas d'habits du dimanche. De toute façon, la petite avait une mère. Alice n'aurait-elle pas pu s'intéresser à la tenue de sa fille ?

— Je suis prête, annonça-t-elle.

Isabella se retourna, tenant la main de Louisa.

— Tu es magnifique ! J'ignorais que tu avais une robe comme celle-ci.

— Je ne l'ai que depuis hier. Leonard me l'a achetée ; il a payé un supplément pour la faire assembler dans les plus brefs délais. Ils avaient plusieurs jupes et corsages presque terminés, tu sais, dit-elle, puis elle observa sa cousine. Ta robe est magnifique aussi. Je n'avais jamais vu de soie aussi belle.

— Mr Lee et sa famille vendaient des soies et des tissus de toutes sortes. Je pourrai t'en fournir quelques pièces si Mr Chawton est d'accord. Ils m'ont offert cette robe avant mon départ.

— Oh, je suis certaine qu'il sera d'accord, dit-elle, s'approchant pour toucher l'étoffe luxueuse. Ils sont sûrement riches pour offrir de tels cadeaux. Pourquoi n'es-tu pas restée chez eux ? Tu aurais peut-être trouvé un époux qui ne t'obligerait pas à travailler aussi dur.

Inutile de se disputer, pensa Isabella, qui répondit d'un ton paisible :

— Malgré leur richesse, les Lee ne vivaient pas de façon prodigue et recevaient peu d'Européens.

Elle soupira. Ils lui manquaient toujours, en particulier Xiu Mei.

— Louisa n'a rien de mieux à se mettre, je le crains.

Alice regarda sa fille mais n'esquissa pas un geste vers elle.

— En effet. Je l'ai oubliée. Leonard vous a laissé de l'argent pour de nouveaux vêtements. Pourrais-tu lui en faire confectionner ? Elle grandit vite.

— Oui, j'y veillerai.

Il n'y eut pas de réponse : Alice s'était déjà détournée pour se bichonner devant le miroir alors qu'elle se parait d'une petite coiffe serrée à la dernière mode, avec de larges rubans noués sous le menton et des fleurs artificielles contre le bord minuscule. Où l'avait-elle trouvée en si peu de temps avec Mr Chawton ?

Les participants à la cérémonie marchèrent jusqu'à l'église, profitant de la journée printanière ensoleillée. C'était là qu'ils devaient y rejoindre le marié. Isabella tint la main de Louisa car Alice ne voulait pas que l'enfant risquât de lui salir ou de lui froisser sa robe. Lorsque la fillette ne put suivre le rythme, Bram la prit dans ses bras et la porta, la faisant rire. Isabella se rendit compte, atterrée, qu'elle apparaissait pour la première fois comme une petite fille heureuse.

Mr Chawton les attendait devant l'église St John, grand édifice de pierre avec une tour et un dôme.

— Pas mal, pour une église protestante, chuchota Bram à son épouse amusée, mais l'église catholique est plus jolie.

C'était vrai ! Isabella ne pouvait le nier.

Chawton se montra très poli avec chacun, mais la concupiscence des regards qu'il jetait sur Alice était indécente, estima Isabella outrée.

— Regarde-le ! glissa-t-elle à Bram.

— Je ne la lui envie pas, dit-il en faisant un large sourire.

— Je regrette qu'elle l'épouse si c'est tout ce qu'il veut d'elle.

Il cessa de sourire.

— Ne dis pas cela. Je suis ravi que nous soyons débarrassés d'elle. J'en ai assez de devoir la contraindre à nous aider et j'ai hâte de manger à nouveau tes petits plats.

— Nous aurons toujours Louisa.

— Sally te secondera dès aujourd'hui.

— Oui, et elle m'apprendra aussi, dit-elle, le regret se peignant sur son visage. Je n'ai guère l'habitude des bébés et des bambins. Mrs Hollins nous épaulera également.

À cet instant, Chawton lança :

— Tout le monde est prêt ?

Il pénétra aussitôt dans l'édifice à la tête du cortège nuptial. Il salua le pasteur qui les attendait, puis alla se placer près de l'autel.

Bram confia Louisa à son épouse et donna le bras à Alice, qu'il conduisit le long de l'allée centrale, laissant Conn les suivre avec Isabella et la fillette.

Ils étaient les seules personnes dans l'édifice à cette heure de la journée. Isabella en fut un peu attristée mais Alice ne sembla pas y attacher de l'importance. Elle sourit radieusement à Chawton durant toute la cérémonie et parut à peine consciente de la solennité des promesses qu'elle faisait.

Lorsque les mariés s'embrassèrent, le baiser dura si longtemps que le pasteur dut se racler la gorge pour leur rappeler l'endroit où ils se trouvaient.

Alors qu'ils sortaient de l'église, Isabella vit un homme immobile dans l'ombre de l'autre côté de la rue, qui les observait.

— N'est-ce pas Mundy ? demanda-t-elle à Bram.

— C'est lui en effet, dit-il, puis il eut soudain l'air furieux et son accent irlandais s'accentua. J'avais assurément espéré…

Il ne termina pas sa phrase.

Mundy leur décocha un sourire de triomphe et agita la main, puis s'éloigna en sifflotant.

– Qu'avais-tu espéré ?

– Tôt ce matin, j'ai tendu un piège à son intention, combiné un dispositif et posté des hommes. Je croyais qu'il tenterait peut-être quelque chose durant notre absence.

– Oh.

– Maudit soit-il ! Comment l'a-t-il su ? Il n'y avait personne alentour. Il s'est campé ici pour nous narguer. Si j'avais la moindre preuve qu'il était à l'origine de nos ennuis, je le ferais jeter en prison.

Il se tut, pensif.

– Je me demande où il habite. Peut-être que l'un des amis soldats de Sim pourrait le découvrir.

Isabella s'inquiétait des mauvais desseins de Mundy, mais elle s'était engagée à ne pas intervenir s'il leur causait de nouveaux problèmes. Et elle était résolue à tenir parole, car ni elle ni Bram ne voulaient mettre en péril la vie de leur enfant à naître.

Elle s'aperçut que quelqu'un s'était adressé à eux.

– Pardon. Qu'y a-t-il, Alice ?

– Leonard veut que nous rentrions immédiatement nous changer. Un gâteau et une bouteille de vin seront livrés à la maison. Nous pourrons trinquer, ensuite nous devrons vraiment partir.

– Bien sûr. Veux-tu porter Louisa un moment ? Elle ne peut pas marcher très vite.

– Et froisser ma robe neuve ? Non, merci. Elle sait parfaitement marcher quand il le faut.

Bram, le visage crispé, reprit donc la fillette. Avançant derrière les jeunes mariés, il lui parla avec douceur et la fit rire plusieurs fois. Il semblait deviner que son épouse préférait garder le silence.

Isabella était à la fois contente et triste du départ d'Alice. Elle s'était sentie terriblement seule quand elle n'avait eu aucun parent proche vers qui se tourner, et Alice avait été jadis une sœur plutôt qu'une cousine. Elle avait certes oublié à quel point Alice pouvait être irritante et paresseuse. Pourtant, elle déplorait de la perdre à nouveau. Elle aurait aimé qu'elles vécussent plus près l'une de l'autre, du moins à une distance qui lui permît de s'assurer qu'Alice allait bien et de la voir de temps en temps.

Bon, si son vœu se réalisait, elle compenserait ce manque dans sa vie en fondant sa propre famille, en ayant plusieurs enfants. Elle souhaitait qu'il n'y eût plus de menace planant au-dessus d'eux. Elle désirait que l'existence retrouvât son cours normal, voulait des moments où s'asseoir en toute tranquillité avec Bram et goûter le bonheur d'être ensemble.

Lorsqu'ils arrivèrent chez eux, elle s'efforça de dissimuler sa fatigue. La grossesse absorbait une part considérable de son énergie, constatait-elle.

Elle but une minuscule gorgée du vin que Leonard Chawton avait commandé, échangeant son verre presque plein avec celui presque vide de Bram, ce qui le fit sourire.

— C'est un délicieux gâteau, dit-elle à Leonard.

— Vous avez raison. Un autre morceau ?

— Non, merci.

Tandis qu'il se resservait généreusement, elle promit à Alice, qui déplaçait les miettes dans son assiette :

— Je prendrai grand soin de Louisa.

— Je le sais, dit sa cousine, avant d'ajouter dans un rare moment de sincérité : Plus grand soin que je le pourrai jamais. Je n'ai pas… de sens pratique comme toi. Isabella…

— Alice…

Elles parlèrent toutes les deux en même temps, s'interrompirent et se sourirent.

— Merci, dit Alice, qui s'avança pour étreindre Isabella.

— Tu vas me manquer.

— Pas vraiment, dit Alice en secouant la tête. Je ne suis pas très utile et je n'étais qu'un fardeau pour vous. Je me trouverai mieux avec Leonard.

— J'espère que tu seras heureuse.

— Oh, je le serai ! Il a beaucoup d'argent et il est formidable au lit.

— Alice !

— Nous sommes des femmes mariées, toi et moi, dit sa cousine en souriant. Nous savons que cela est capital.

Leonard revint se tenir près de son épouse. Il lança un regard si sagace à Isabella qu'elle eut la certitude qu'il avait épié leur conversation.

— Je veillerai sur elle, déclara-t-il. Et il faudra que vous nous rendiez visite. Nous avons toute la place pour accueillir des visiteurs, ou plus exactement nous en aurons dès qu'Alice aura meublé les pièces vides.

Il passa un bras autour des épaules de sa jeune épouse.

— Il est l'heure de partir, mon amour.

— Oui, Leonard.

Elle se détourna, hésita, puis se retourna pour embrasser une ultime fois sa cousine.

Comme Alice s'éloignait, Bram s'approcha d'Isabella.

— Elle t'aurait rendue folle si elle était restée.

— J'en ai bien conscience, mais… c'est ma cousine… ma seule parente.

— Oh, j'ai des frères et sœurs, sans parler d'une foule de cousins et de cousines. Ils seront les tiens aussi.

Ce n'était pas la même chose, mais elle se garda de le dire.

Ils allèrent jusqu'au portail saluer les jeunes mariés d'un signe de la main. Isabella demeura figée quelques instants après que leur véhicule eut disparu. Alors que les dernières volutes de sable fin glissaient sur ses chaussures, elle s'interdit de broyer du noir et se tourna vers son mari.

— Monte au bazar, mon chéri. Je vais me reposer un petit moment et attendre Sally.

— Es-tu souffrante ?

— Un peu lasse, simplement.

— Dois-je emmener Louisa ?

— Non, elle n'est pas turbulente. Elle jouera tranquillement dans un coin avec la poupée qu'elle adore. De toute façon, Sally arrivera bientôt pour s'occuper d'elle. Je sais déjà que cette jeune fille me sera d'un précieux secours.

Elle le regarda s'en aller, puis rentra s'asseoir avec un soupir de soulagement. Elle se sentait exténuée, sur le plan physique comme sur le plan émotionnel.

Elle était maintenant persuadée qu'Alice serait bien auprès de Mr Chawton. Elle avait seulement besoin d'une demi-heure de repos afin de récupérer ses forces. Bram avait raison, Alice les aurait rendus fous… Cela n'empêchait pas qu'elle était sa seule et unique cousine.

22

Ce même matin, la mère de Dougal lui indiqua de nouveau qu'elle ne se sentait pas bien. Il regarda Linny, qui lui avait transmis le message sur un ton monocorde.

— Avait-elle mauvaise mine ? Dites-moi la vérité.

— Elle avait sa mine florissante habituelle, dit la bonne sans hésiter. Et elle a mangé de bon appétit.

— Remontez et assurez-vous qu'elle est présentable ; j'irai la voir ensuite.

Il attendit devant la porte jusqu'à ce que Linny ressortît et lui adressât un signe de tête affirmatif, puis il entra.

Sa mère poussa une plainte.

— Dougal ! Tu ne devrais pas être ici. Je ne me sens pas bien. J'ai besoin de repos.

— Tu pourras te reposer autant qu'il te plaira après que je t'aurai parlé.

Elle remonta les couvertures à hauteur de son menton et le fixa des yeux tel un animal pris au piège.

— Je suis furieux que tu aies propagé toutes ces rumeurs au sujet de Flora.

— Ce n'est pas moi.

— Ne me mens pas, mère !

Elle se mit à pleurer, mais il l'ignora, s'exprimant avec force et lenteur par-dessus ses sanglots.

— Je vais te chercher une petite maison et te trouver une bonne, puis tu déménageras.

Bouche bée durant un moment, elle ne put que le dévisager comme s'il avait soudain parlé charabia.

— Mais je suis chez moi ici, finit-elle par dire d'une voix rauque.

— Cette maison m'appartient et je n'ai pas l'intention d'y amener une épouse pour qu'elle subisse les affronts que tu as infligés à Flora.

— Une épouse ? Tu vas te marier ?

— Je commence à y songer sérieusement. Je n'ai pas encore rencontré quelqu'un, mais lorsque cela arrivera, nous habiterons ici ensemble et nous ne prendrons plus de pensionnaires. Sauf si elle souhaite en accueillir, précisa-t-il après un silence. J'ai été reconnaissant que toi et Flora apportiez votre contribution financière pendant que je m'établissais, néanmoins je m'interroge depuis quelque temps sur la nécessité de continuer, si ce n'est que tu as affirmé ton goût pour cette activité.

— Je pourrais arrêter. De toute façon, il m'est impossible de tenir une pension sans Flora. Elle a eu tort de m'abandonner. C'était son devoir de rester.

— Flora ne reviendra pas tant que tu n'auras pas quitté les lieux. J'espère que sa présence montrera aux habitants de cette ville que je n'ai pas honte d'elle.

— Elle t'a persuadé de ses mensonges. Tu l'as crue au détriment de ta propre mère !

Sa voix était aiguë et son expression différente, très désagréable. Était-ce le visage qu'elle présentait à Flora et le ton sur lequel elle lui parlait quand il naviguait ?

Il se rappela soudain les querelles qui éclataient autrefois entre son père et elle, les mensonges qu'elle racontait régulièrement à son mari. Jeune garçon, il avait remarqué ces mensonges, bien sûr, mais n'avait pas osé dire quoi que ce fût. Il avait oublié ces faits après la mort de son père, car il avait été extrêmement occupé. À présent, tout lui revenait.

— Je crois Flora parce que je t'ai déjà entendue dire des mensonges.

— Ah bon ?

— Oui. À père.

Elle rougit et grimaça.

— Cet idiot !

— Père n'était pas un idiot, mais un homme doux et gentil qui ne semblait jamais pouvoir te contenter.

— C'était un sot avec l'argent.

— Il m'a laissé une somme suffisante pour acheter mon navire et veiller sur toi, ce qui ne me paraît guère relever de la sottise. Bref, là n'est pas la question. J'ai pris ma décision à propos de ton départ et je ne me raviserai pas. J'assurerai ton confort, mais ailleurs qu'ici.

— Je refuse de partir. Je suis chez moi.

— Tu partiras, dussé-je te traîner dehors.

Elle le regarda, de nouvelles larmes débordant de ses yeux et roulant sur ses joues dodues. Il ne s'attendrit pas. Il y avait trop de colère en lui devant la manière dont elle avait gâché par deux fois la vie de son unique fille.

— Je ne plaisante pas.

Il sortit de la pièce sans prêter attention à ses cris pour le retenir. Il était déterminé à se mettre sur-le-champ en quête d'une maison et d'une bonne, qu'il devrait rétribuer grassement, à n'en pas douter, tant sa mère était insupportable.

Bram pénétra dans l'écurie et paya les hommes qui étaient demeurés cachés là durant la cérémonie à l'église, au cas où un malveillant aurait tenté d'endommager le bazar.

— Aucun signe de lui, ni de quelqu'un d'autre, monsieur, dit l'un d'eux. Personne n'est même passé à proximité.

— Je me demande si vous pourriez découvrir où habite Mundy, dit Bram, étonné.

— Je peux essayer, monsieur.

— Soyez discret dans votre recherche, dit-il, puis il fouilla dans sa poche et lui tendit quelques pièces de monnaie. Vous apprendrez peut-être quelque chose à la taverne.

Lester finissait juste de panser un cheval qu'un client avait amené pendant leur absence.

— La noce s'est-elle bien déroulée, monsieur Deagan ?

— Oui. Une affaire simple et rapide. Il reste du gâteau à la maison. Allez vite le goûter ; je m'occuperai de ce bel animal. Dites à mon épouse que je vous envoie et que vous méritez une part.

Lester lui adressa un large sourire. Il avait toujours le ventre creux, semblait-il, mais n'engraissait jamais. Un peu comme son maître, pensa Bram avec espièglerie.

Lorsqu'il fut seul dans l'écurie, il se plaça près de la porte d'entrée pour examiner les bâtiments d'en face. Principalement des commerces, et pas le genre d'endroit où un déguenillé tel que Mundy serait le bienvenu, en outre.

Il monta dans les espaces de nuit et regarda par les minuscules fenêtres à un battant, d'abord celles qui dominaient la friche sur le côté, laquelle fournissait un accès facile pour un intrus nocturne, mais n'offrait aucun abri le jour. Les autres fenêtres donnaient sur la courte rue à l'arrière de la propriété, où de modestes maisons à bardages alternaient avec de petits emplacements vides. Plusieurs de ces maisons semblaient assez miteuses.

Mundy pouvait-il se tapir dans l'une d'elles ?

Lorsque Lester regagna l'écurie, souriant, quelques miettes sur le menton, Bram le laissa travailler et se dirigea vers le bazar. Il promena un regard plein de fierté sur ce qu'Isabella et lui avaient accompli.

— Pas d'ennuis, madame Hollins ?

— Non, monsieur. Rien à signaler. J'espère que vous n'en serez pas fâché, mais Sim s'accorde une sieste au fond dans la réserve. Il aurait accouru si j'avais eu besoin de lui, parce qu'il a le sommeil léger. La cérémonie s'est-elle bien passée ? J'ai vu le cortège revenir. Elle faisait une mariée charmante.

— Oui, je suppose. La célébration a été rondement menée, en tout cas.

Et Alice était sous la responsabilité d'un autre désormais. Quel soulagement !

— Bon, je vais faire un tour à l'extérieur.

Il suivit sans se presser le sentier en calcaire concassé qui cernait maintenant la construction irrégulière, essayant de réfléchir. Si quelqu'un marchait là, à coup sûr ses pas seraient audibles. Ses bottes à lui produisaient un crissement et la poussière les blanchissait. Il s'efforça de dissimuler l'attention avec laquelle il scrutait les maisons d'en face tandis qu'il longeait le magasin.

Il s'arrêta et fit semblant d'inspecter le cadre d'une vitrine. Les poils se dressèrent sur sa nuque et il eut l'impression marquée qu'on l'observait. Son imagination lui jouait-elle des tours ? Ou quelqu'un l'épiait-il en effet ?

Il retourna dans le bazar et secoua Sim.

— Désolé d'écourter votre sieste, pourriez-vous monter la garde près d'une fenêtre lorsque je serai parti ? Surveillez ces maisons. J'ai eu la sensation d'être observé durant tout le temps où j'étais derrière le bazar.

Sim se leva du lit de toile improvisé et agita la tête comme s'il sortait de l'eau.

— Nous avons eu la même sensation à certains moments pendant que nous patrouillions. Il ne faut pas négliger ce genre d'impression.

— Le problème, c'est que si Mundy espionne de là-bas, il ne ressortira qu'à condition de me voir quitter le bazar et réintégrer la maisonnette. Mais vous pourrez le guetter par l'une des fenêtres du fond. Ne vous approchez pas trop de la vitre, sinon il vous apercevra. Dans le cas où vous auriez à m'informer de quelque chose, envoyez-moi Mrs Hollins.

— Oui, monsieur, dit Sim en souriant.

— Très bien, répondit Bram en le considérant avec gravité. Écoutez, Hollins. Si vous menez votre mission à bonne fin et que vous me restez fidèle, je veillerai à ce que vous ne soyez jamais dans le besoin.

Il savait que les vieux soldats s'inquiétaient parfois à ce sujet quand leurs forces déclinaient.

Il tendit la main et Sim la lui serra.

— Vous pouvez compter sur moi, monsieur. Vous avez été généreux avec moi et Mrs Hollins.

Bram redescendit d'un pas tranquille jusqu'à la maison. Il trouva Isabella occupée avec Sally et Louisa, à discuter des diverses tâches de la jeune fille, il alla donc s'asseoir dans le séjour et se permit une paisible heure de lecture du *Fremantle Herald*, journal qu'il achetait parfois en guise de gâterie.

Comme la situation avait changé ! À l'époque où il était valet d'écurie en Irlande, il n'avait pas l'autorisation de lire les vieux journaux de la famille, alors même que ceux-ci gisaient çà et là et servaient à envelopper des objets. Le seul fait de songer à les lire était jugé inutile et présomptueux de sa part.

Il embrassa du regard la pièce confortable. Nul ne l'en priverait, ni ne porterait atteinte à son épouse ou à leur futur bébé. Il ferait l'impossible pour les protéger.

Mitchell marchait dans la grand-rue, absorbé par ses pensées. Il fut surpris lorsqu'un homme qu'il connaissait seulement de vue l'arrêta.

— Ce n'est pas apprécié, vous savez, Nash.

— Je vous demande pardon ?

— Vous ne vous êtes pas comporté honnêtement avec Miss McBride et ce n'est pas apprécié. Je vous le dis en toute franchise, si vous établissez un commerce de bois dans cette ville, vous devriez avoir soin de ne pas offenser vos clients. Le moins que vous puissiez faire, maintenant que vous avez causé la ruine de Miss McBride, c'est de l'épouser.

L'homme s'apprêtait à poursuivre son chemin, mais Mitchell lui empoigna le bras.

— Je n'ai commis aucun acte qui soit susceptible d'offenser la morale des gens. La dame en question est ma gouvernante et elle s'occupe de mon fils, dont la mère a été tuée récemment. Miss McBride a pris la relève pour veiller sur lui jusqu'à ce que j'organise les choses de manière plus durable, et j'ai beaucoup de gratitude envers elle.

Il laissa ces paroles faire leur effet, puis ajouta :

— Puisque vous n'avez pas mâché vos mots, je ne mâcherai pas les miens. Elle et moi ne couchons pas ensemble et n'avons jamais partagé de lit, il n'y a donc aucune raison que nous nous mariions. En outre, c'est une dame très respectable, et je vous saurai gré de ne pas l'oublier quand vous parlerez d'elle à l'avenir.

— Ce n'est pas ce que sa mère a dit à mon épouse. La pauvre vieille Mrs McBride pleurait à fendre l'âme en le lui expliquant, m'a raconté ma femme. Une mère ne tiendrait pas des propos pareils sur sa propre fille si ce n'était pas vrai.

Cette vieille harpie ! Mitchell espérait ne pas la rencontrer dans la rue, car il ne réussirait pas à rester poli.

— Je vous suggère de parler au capitaine McBride, alors, et de découvrir la vérité de l'affaire. Il est furieux des allégations malveillantes qu'a répandues sa mère ; c'est tout ce qu'elles sont, des allégations malveillantes qu'a propagées Mrs McBride parce que sa fille a osé quitter la maison. Le capitaine est venu nous voir hier au soir et il se félicite que sa sœur soit traitée avec le plus grand respect pendant qu'elle est sous mon toit.

— Ah oui ? répliqua l'homme, les sourcils froncés. Mais tout de même… sa propre mère…

— Lorsqu'elles prennent de l'âge, certaines personnes se mettent à avoir un comportement irrationnel. Je n'en dirai pas davantage là-dessus. Décrier les gens n'est pas dans mes habitudes.

Mitchell recula et livra passage à l'homme qui l'avait interpellé.

Au bout d'une dizaine de mètres, celui-ci s'immobilisa, se retourna et le regarda, puis secoua la tête et repartit.

Mitchell espérait que ses paroles avaient implanté quelques fragments de vérité capables de contrecarrer les rumeurs. Entendre le nom de Miss McBride vilipendé le chagrinait, et il avait maintenant l'inquiétude supplémentaire que ce scandale pût nuire à son commerce.

Mais qu'aurait-il pu faire d'autre qu'engager quelqu'un pour s'occuper de Christopher ? Sans son voyage à la recherche de fournisseurs, il n'aurait pas pu s'établir.

Mrs Hollins descendit à la maisonnette avec un message pour Bram.

— Mon Sim a vu un homme entrer dans la maison sur la droite, monsieur. Quelques minutes plus tard, Mundy est sorti comme un ouragan. Sim a dit qu'il paraissait furibond. L'autre homme semblait respectable et Sim pense qu'il s'agit du propriétaire. Lorsqu'il est ressorti, il s'est campé devant la maison et l'a observée, l'air très contrarié. J'espère de tout cœur qu'il a chassé Mundy. Cet endroit est une honte.

— Je me demande où allait Mundy.

— Nous le saurons bientôt, dit-elle en souriant. Sim a appelé un garçon qui passait. Il lui a promis six pence s'il suivait Mundy et découvrait où il se rendait.

— Votre époux est un trésor, madame Hollins, un véritable trésor.

— C'est un homme bien, monsieur, je le sais, dit-elle en le regardant, radieuse.

Bram fouilla dans sa poche.

— Voici l'argent pour payer le garçon. Quand vous retournerez au bazar, il serait bon que Sally vous accompagne sur une partie du chemin, pour donner l'impression que vous veniez la voir elle, plutôt que moi. Simple précaution au cas où Mundy serait de retour.

— J'aimerais qu'elle m'accompagne, de toute façon, monsieur. Sim et moi l'élevons depuis la mort de notre fille et nous l'aimons comme si nous étions non pas ses grands-parents, mais ses parents.

Bram monta à l'étage, où il entendait la jeune fille parler tout bas à Louisa. Sally leva la tête et mit un doigt sur ses lèvres, indiquant l'autre chambre. Il jeta un coup d'œil à l'intérieur : Isabella dormait profondément sur le lit, sa splendide chevelure étalée sur l'oreiller.

— Emmenez Louisa au rez-de-chaussée, dit-il en faisant signe à la jeune femme. J'ai pensé que vous voudriez bavarder un peu avec votre grand-mère, qui est venue prendre de vos nouvelles. Ensuite, vous pourriez proposer une promenade à la petite. C'est dommage de rester enfermé par une belle journée comme celle-ci.

Certes, le soleil brillait presque toute l'année dans ce pays, mais les gens disaient qu'il était le plus agréable au printemps, avant qu'il ne devînt trop chaud. Bram, qui avait grandi dans la brume et la pluie irlandaises, ne le considérait toujours pas comme une évidence.

Il regarda le trio suivre le chemin, puis Mrs Hollins regagna le bazar et Sally tendit la main à la fillette. Celle-ci la prit avec confiance et toutes deux s'éloignèrent en direction de la grand-rue. Voyant Louisa faire un petit saut de joie pure, il sentit sa gorge se nouer. Cette enfant avait été très négligée, mais ils réussiraient peut-être à atténuer les torts qu'elle avait subis.

Lorsqu'il revint dans la maison, il entendit le lit grincer à l'étage et alla voir Isabella. Elle bâillait et s'étirait, sans être vraiment réveillée. Elle se retourna et se rendormit presque aussitôt. Il redescendit s'installer sur le sofa : il allait lui aussi s'offrir le luxe d'une sieste. Il avait eu plusieurs nuits perturbées, et qui savait ce qui se passerait ce soir ? Après tout, Conn ne rentrerait pas encore de son déplacement à Perth, et il n'y avait plus rien que Bram pût préparer en vue de l'inauguration.

— Le calme avant la tempête, murmura-t-il alors qu'il s'abandonnait au sommeil.

Tout en réglant diverses affaires commerciales et en contrôlant le déchargement et le nettoyage des cales de son navire, Dougal fit savoir qu'il cherchait une petite maison dans laquelle sa mère pût habiter, ainsi qu'une bonne pour veiller sur elle.

La maison se révéla beaucoup plus facile à trouver que la bonne. Il ne tarda pas à avoir connaissance de deux maisons qu'il pouvait visiter le jour même.

Il transmit un message à sa sœur, la priant de l'aider à inspecter les maisons en fin d'après-midi, et elle lui répondit qu'elle en serait heureuse.

Ils se retrouvèrent dans la grand-rue devant l'église St John et se dirigèrent vers la première adresse que Dougal avait obtenue. Mais la maison était en piteux état et semblait prête à s'écrouler lors de la prochaine bourrasque. Ils allèrent donc voir la seconde.

À leur surprise, elle était située juste derrière le bazar. Il l'examina de l'extérieur et conclut qu'elle devait avoir une bonne structure, même si elle nécessitait un rafraîchissement ; il faudrait aussi débroussailler le jardin, qui était un fouillis d'herbes.

Le propriétaire les attendait dans la galerie de devant, l'air accablé.

— Je suis désolé, capitaine, mais la femme à qui j'ai demandé de nettoyer cet après-midi n'est pas venue. L'intérieur est toujours affreusement sale. En outre, le locataire précédent, que j'ai mis dehors, n'a pas encore débarrassé ses affaires. Voudriez-vous la visiter dans un jour ou deux, une fois qu'elle sera plus présentable ?

Flora répondit avant son frère :

— Jetons un regard rapide dès maintenant. Si elle ne convient pas, vous aurez tout le temps pour vous en occuper. Mais si elle convient, nous pourrons peut-être nous entendre sur sa rénovation.

— Euh… comme vous le désirez.

Il flottait des relents de cuisine et de sueur. Dans le couloir, Dougal hésita.

— Tu ne devrais pas entrer dans un endroit pareil, Flora.

— J'ai vu pire quand je visitais des pauvres pour l'église ! répliqua-t-elle en riant.

— J'ignorais que tu faisais ce genre de visites. Mère n'en a jamais parlé.

— Elle n'était pas d'accord et me défendait de le révéler.

Flora le précéda pour commencer à inspecter la maison. Spacieuse, elle avait six pièces et une très jolie galerie dans le fond. Celle-ci donnait sur un jardin, envahi lui aussi par une végétation touffue après les pluies de l'hiver.

Flora refit le tour de la maison, l'air pensive ; Dougal se contenta donc de la suivre, la laissant arriver à ses propres conclusions pendant qu'il se faisait une opinion.

Elle s'adressa d'abord au propriétaire.

— Je pense qu'elle pourrait devenir une demeure très agréable, mais elle a besoin de récurage et certaines pièces doivent être repeintes.

— Cela coûterait une grosse somme.

— Mais si nous signions un bail de deux ans, vos loyers seraient assurés et les travaux financés, n'est-ce pas ?

— Trois ans ? dit-il, son visage s'éclairant.

— Entendu, trois ans, dit-elle en hochant la tête. Loyer mensuel, payable à l'avance.

Amusé par l'extrême efficacité de sa sœur, Dougal n'intervint pas. Il n'eut qu'à hocher la tête lorsque le propriétaire accepta ce que Flora demandait.

— Nous aimerions installer notre mère dans une semaine, dit-elle d'un ton ferme. Pouvez-vous faire en sorte que la maison soit prête à cette date ?

Comme il acquiesçait, elle se tourna vers Dougal.

— Je pense que tu devrais autoriser mère à choisir les meubles qu'elle souhaite emporter. Elle en prendra sans doute beaucoup plus que nécessaire, mais c'est un bien petit sacrifice. Néanmoins, empêche-la d'entrer dans mon ancienne chambre et dans la pièce qui me servait de bureau. Je suis très attachée à certains objets que j'ai dû laisser.

Sur le chemin du retour, ils rencontrèrent quelqu'un qu'il reconnut. La femme parut hésitante, incertaine sur la conduite à tenir, et il ôta son chapeau en claironnant :

— Madame Porter, quel plaisir de vous voir ! Je prends l'air avec ma chère sœur. Belle journée, n'est-ce pas ?

— Oh, euh, oui. Au revoir, capitaine, mademoiselle McBride.

Elle s'éloigna en hâte, mais au moins elle avait salué Flora.

— Nous pouvons triompher de cette rumeur, assura-t-il lorsqu'il entendit Flora soupirer. Je ne repartirai pas tant que notre mère n'aura pas déménagé et que tu n'auras pas été traitée comme tu le mérites.

— Tu es le meilleur des frères, dit-elle en le regardant, les yeux pleins de larmes.

Il tapota la main qu'elle avait posée sur son bras et la garda sous la sienne tandis qu'ils continuaient de marcher. À deux reprises, il vit des dames qu'il connaissait traverser la rue pour les éviter, et sentit la main de Flora trembler. À un coin de rue, ils se trouvèrent face à une femme qui ne put se dérober. En guise de réponse au salut qu'il lui adressa, elle leva le nez et pressa le pas. Il entendit Flora étouffer une exclamation.

Il se souviendrait de cette injure la prochaine fois que le mari de la dame voudrait faire affaire avec lui, décida-t-il énergiquement.

Après avoir raccompagné Flora, Dougal revint affronter sa mère. Elle était assise au rez-de-chaussée, les mains ballantes, le visage mécontent.

— Dois-je sonner pour le thé, cher fils ? dit-elle immédiatement.

— Oui. Ce serait bien. Il faut que je te parle.

Lorsque Linny fut sortie pour préparer un plateau de thé, il annonça sans prendre de gants :

— Je t'ai trouvé une maison. Nous t'y installerons la semaine prochaine.

Elle devint si blême qu'il craignit un instant que le choc eût été trop sévère, puis son teint tourna à l'écarlate et l'expression méchante, furieuse, réapparut.

— Je te l'ai dit : je suis ici chez moi. Après tout ce que j'ai fait pour toi, j'ai le droit de rester ici. Je n'arrive pas à croirc que tu aurais la barbarie de mettre ta propre mère dehors.

— Et moi je n'arrive toujours pas à croire avec quelle cruauté tu as traité Flora. Afin de nous épargner d'autres discussions, sache dès maintenant que je ne changerai pas d'avis à propos de ton déménagement, pour quelque raison que ce soit.

Elle sembla se ratatiner et vieillir sous ses yeux et il se sentit triste que la situation en fût arrivée à cette extrémité, mais il lui suffit de repenser à la manière dont les gens avaient évité sa sœur un moment plus tôt pour se raffermir dans sa résolution.

— Quand la maison aura été nettoyée de la cave au grenier, je t'emmènerai la visiter, ensuite tu pourras sélectionner les meubles que tu voudras y emporter.

— Quelle importance alors que tu m'envoies dans une cahute ?

Elle poussa un sanglot. Devinant son manque de sincérité, il l'ignora.

— Ce n'est pas une cahute mais une maison de six pièces, très bien située, à proximité de la grand-rue. Tu seras près de tes amies et des commerces. Nous te trouverons une domestique, une femme de ménage et quelqu'un pour s'occuper du jardin. Je suis sûr que tu y jouiras du plus grand confort. Mais si j'apprends que tu as dit un seul mot pour ternir à nouveau le nom de ma sœur ou que tu t'es livrée à la moindre insinuation, je t'expulserai en effet et te couperai les vivres. Tu trouveras très dur de n'avoir plus que l'héritage de ta marraine.

Elle demeura silencieuse tandis que Linny apportait le plateau de thé, ne remercia pas la bonne et parut ne pas savoir quoi faire des ustensiles. Elle finit par dire « Du thé ? » d'une voix faible, tendue.

Il hocha la tête et accepta la tasse qu'elle lui remplissait, but et se força à manger un morceau de gâteau, puis s'en alla.

L'on était parfois contraint de faire des choses difficiles, embarrassantes.

Mais Flora avait besoin de son soutien à cette heure et dans le proche avenir. Or quel soutien plus visible existait-il que la réinstaller dans sa maison de toujours après qu'il aurait délogé leur mère ?

Sim descendit à la maisonnette pour rapporter ce qu'il avait vu, estimant à juste titre que c'était important.

— Le capitaine McBride et sa sœur ont visité la maison dont Mundy était sorti. Puis le propriétaire a fait venir des femmes pour la nettoyer ; elles y travaillent à présent, monsieur, elles sont trois. Ce que je voudrais bien savoir, c'est où Mundy s'est réfugié. Il est seulement allé à la taverne tout à l'heure et est resté là, à se saouler.

— Où en effet ? Et je me demande à qui la maison est destinée. Flora va-t-elle y emménager ? Si c'est le cas, nous devrons lui proposer toute notre aide.

— Mon épouse s'est approchée pour parler à l'une des femmes, qui habite notre rue, dit Sim en souriant. Elle a expliqué que la maison serait pour la mère du capitaine et que Mundy l'avait laissée dans un tel état de saleté qu'elles devaient la brosser de fond en comble.

— Remerciez votre épouse, Sim. Je ne sais pas ce que nous ferions sans vous deux.

Lorsqu'il fut parti, Bram émit un petit sifflement.

— Pour sa mère ! Voilà qui va jeter un pavé dans la mare.

— Mais cela contribuera peut-être à laver Flora des calomnies, observa Isabella d'une voix douce. Je l'espère vraiment.

23

Après un dîner paisible, Bram et Isabella laissèrent Sally assise dans la cuisine avec le journal, qu'elle était ravie de lui emprunter le soir une fois qu'il avait fini de le lire.

— Comment la journée s'est-elle passée avec Louisa ? demanda-t-il à son épouse.

— Très bien. Elle a beaucoup plus d'entrain maintenant qu'elle n'est plus droguée et Sally la dorlote. Cette jeune fille est travailleuse, me semble-t-il. Elle a eu un excellent modèle en Mrs Hollins, dit Isabella, qui bâilla. J'ai tellement sommeil. Je crois que je vais aller me coucher tôt. Je suis incapable de rester éveillée ces jours-ci.

— Certaines femmes dorment énormément durant leur grossesse.

Il hésita, répugnant à gâcher l'atmosphère tranquille.

— Écoute, je crois que Mundy va tenter quelque chose ce soir. Il voudra compromettre l'inauguration s'il le peut.

Il la vit poser sa main sur sa poitrine dans un geste instinctif et ne lui parla pas de la dernière menace écrite qu'il avait reçue, exigeant cette fois cinquante livres. Il l'avait montrée uniquement à Sim et Conn.

— Je vais rester debout et monter la garde avec mes hommes.

— Mundy doit savoir que tu prends des précautions. Il n'aura pas la bêtise de tenter autre chose, si ?

— Il ne me paraît pas bête. J'emploierais plutôt le mot rusé. Le problème, c'est qu'avec une propriété d'un demi-hectare, nous ne pouvons pas surveiller la totalité des clôtures et, comme il a grandi ici, il connaît à la perfection les terrains et les bâtiments. Je regrette que des nuages soient arrivés cet après-midi. La lune est réduite à un quart ; avec la couverture nuageuse, la nuit sera sombre.

— Tu feras attention, promis ?

— Bien sûr. Et je ne serai pas seul, contrairement à Mundy. J'ai quatre hommes pour m'aider, sans compter Lester. Si un incident se produit, je t'en supplie, ne sors pas de la maison. Je ne veux pas que tu trébuches… ou plus grave encore.

— Attendre un bébé me donne une telle impression d'inutilité, se plaignit-elle. Je voudrais t'aider, être à ton côté.

— Ah, ma chérie, tu ne peux pas me faire plus plaisir qu'en me donnant une famille. Je n'ai pas d'entrailles pour porter un enfant, moi ! plaisanta-t-il.

Elle s'efforça de lui sourire, en vain.

— Bon, le bébé ne m'empêchera pas de développer la vente des soies et d'autres étoffes pour contribuer au bazar. Xiu Mei et moi en avons discuté avant mon départ et nous allons nous y employer. Nous avons une foule d'idées qui seront bénéfiques pour nous deux. Elle a vraiment l'œil pour les couleurs et elle connaît les soies sur le bout du doigt.

— Je m'en félicite. Je suis incompétent dans ce domaine, mais je crois comprendre que les dames ont parfois du mal à se procurer des tissus de qualité, surtout qu'il y a souvent soit profusion soit pénurie de marchandises dans cette colonie. Entre les cargaisons, nombre d'articles sont difficiles à trouver.

— Cela ne t'ennuie pas ?

— Quoi donc ?

— Que je compte travailler dans le bazar ? Certains maris défendraient à leurs femmes de travailler dans leur commerce.

— Je ne suis pas « certains maris », et je veux que nous soyons ensemble le plus possible, dit-il, l'attirant à lui et la serrant. Ton Mr Lee m'a rendu le plus grand service du monde en me suggérant de t'épouser.

— J'éprouve le même sentiment. C'est un homme très perspicace.

N'oubliant pas que quelqu'un était susceptible de surveiller la maisonnette, Bram attendit qu'il fît noir pour se glisser dehors par la porte du fond et la refermer soigneusement à clé derrière lui. Il étouffa un juron alors qu'il s'emmêlait dans une corde à linge un peu plus loin, puis escalada la barrière en bois du petit jardin. Il avait mis des vêtements sombres et s'appliquait à marcher avec lenteur et précaution, évitant le sentier en calcaire concassé. Il se dirigea vers la clôture qui bordait le terrain en friche.

Outre qu'il avait engagé des hommes pour monter la garde, Bram avait chargé Lester de remplir d'eau tous les seaux disponibles et de les placer dans des points stratégiques après le crépuscule. Les bâtiments contigus qui composaient le bazar avaient été agrandis à plusieurs reprises, selon des dimensions différentes, de sorte que les murs formaient des angles et des recoins où un homme pouvait se cacher. Le guet de nuit serait une tâche compliquée.

Il avait déjà précisé aux gardes où le trouver, mais il effectua un crochet pour chuchoter quelques mots à celui qui patrouillait le périmètre, lui demandant d'informer les autres hommes qu'il était maintenant à son poste.

Le temps pesait à Bram et l'angoisse l'envahissait. Si quelque chose tournait mal dans cette entreprise, si son bazar était détruit, il ne savait pas ce qu'il ferait. Simple valet d'écurie, il ne pourrait jamais gagner assez d'argent pour assurer à Isabella le niveau de vie qu'elle méritait. Il n'y parviendrait que s'il s'établissait comme négociant. Et il avait beau savoir qu'elle ne lui adresserait pas le moindre reproche, il ne souffrait pas l'idée de la contraindre à vivre dans la pauvreté.

Pis encore, si un malheur la frappait, il ne se le pardonnerait jamais.

Tout de même, avec autant d'hommes en sentinelle, ils pourraient tenir en échec un vaurien isolé, n'est-ce pas ?

Accroupi dans un creux de l'autre côté de la clôture, l'observateur sourit tandis que ses yeux s'accoutumaient à l'obscurité. Peu à peu, il distinguait les hommes qui gardaient les lieux et notait où chacun patrouillait. Quels imbéciles ! Leurs rondes suivaient toujours le même parcours, donc une fois qu'ils étaient passés il avait la possibilité d'avancer.

Il ne patrouillerait pas aussi mal. Il était plus malin qu'eux, comme il l'avait déjà prouvé.

Le seul qu'il ne voyait pas ce soir était ce bougre d'Irlandais efflanqué, qui semblait maintenant copropriétaire de la pension pour chevaux. Largan et lui l'avaient acquise à un prix trop bas, et ce n'était que justice de les forcer à payer la différence maintenant.

Quelque part au loin, il y eut des bruits de pas et des rires avinés. Mundy se frotta les mains. Son stratagème commençait et il fonctionnerait. Il le fallait. Il s'était fait berner à deux reprises : il avait accepté une somme inférieure à la valeur de son bien puis il avait laissé cette garce lui dérober une grande partie de son argent.

Mais là, ce serait lui le dupeur. Il avait tout prévu avec soin, jusqu'à la manière dont il se volatiliserait après avoir obtenu son argent. Oh oui. Le plan allait fonctionner à merveille.

Bram dressa l'oreille alors qu'il entendait quelque chose, puis comprit, un peu rasséréné, que c'étaient seulement des noceurs enivrés qui passaient par là en rentrant chez eux, comme cela se produisait parfois. Il se demanda quelle heure il était. Il avait préféré laisser sa montre à gousset en lieu sûr et, même s'il l'avait eue dans sa poche, il aurait mal discerné les aiguilles. Il devait être plus tôt qu'il le croyait, si des gens étaient encore dehors.

Les voix et les rires d'hommes se rapprochèrent, un groupe assez nombreux à en juger par le tumulte. Il saisit le mot « anniversaire » et sourit dans les ténèbres. Ils s'amusaient sans doute en ce moment, mais ils auraient mal à la tête le lendemain.

Ils arrivèrent à la hauteur de la pension pour chevaux et l'un d'eux s'arrêta.

— C'est là qu'il habitait, Mundy.

— Foutu Irlandais ! Ils s'introduisent partout, lança un autre.

Quelqu'un ramassa un caillou et le jeta contre l'écurie. Le groupe entier se mit à lancer des projectiles et à hurler des insultes.

Bram fit un pas, butant sur une pierre, et s'immobilisa de nouveau : les gardes qu'il avait engagés empêcheraient les fêtards de causer des dégâts. Il écouta néanmoins attentivement les appels et les cris, au cas où la situation échapperait à tout contrôle.

Soudain, il perçut un bruit derrière lui, mais, à l'instant où il se retournait, un choc le terrassa.

Mundy baissa les yeux vers la silhouette inerte.

— Nous allons voir si tu apprécies ça, toi l'Irlandais.

Il s'éloigna dans la nuit pendant que ses complices continuaient de hurler et de persifler, opérant la diversion dont il avait besoin.

Il atteignit l'arrière de la maisonnette et n'eut aucune peine à escalader la barrière, comme il l'avait fait souvent dans sa jeunesse pour éviter le courroux de son père quand il était sorti boire. La porte de la cuisine était fermée mais sa clé fonctionnait toujours. Fieffés idiots, qui n'avaient pas changé toutes les serrures ! Ricanant, il entra en catimini, s'arrêta un instant pour déterminer la position des meubles, puis traversa à tâtons la pièce du fond.

Il savait quelles marches grinçaient et lesquelles ne grinçaient pas, il monta donc l'escalier sans trahir sa présence. L'étage était silencieux, contrairement à l'auberge où il logeait et devait partager une chambre avec plusieurs autres hommes.

Mme l'Irlandaise serait seule dans la maison, maintenant que son amie la coquette était partie.

Il pénétra dans la première chambre et marcha jusqu'au lit, cherchant la corde dans sa poche. Il devinait la forme de sa victime, douce et féminine, et regretta de n'avoir que le temps de la capturer... Mais il devait quitter la maison et se sauver avant que quelqu'un ne s'aperçût de sa présence.

Isabella se réveilla en sursaut et poussa un cri étouffé lorsqu'une main moite se plaqua sur sa bouche. L'intrus la bâillonna aussitôt, puis il la retourna et lui attacha les mains dans le dos.

Elle était terrifiée pour le bébé autant que pour elle-même, mais elle ne put lui opposer aucune résistance quand il l'empoigna et la transporta dans l'escalier.

Mundy. Ce devait être lui. Elle essaya de se débattre et il marmonna :

— Si vous faites du raffut, je vous assommerai, madame. Je doute que ça vous plaise.

Elle cessa de remuer, attendant son heure.

Dans l'autre chambre, Sally fut réveillée par le cri étouffé. Elle demeura parfaitement immobile, se demandant ce que c'était, puis elle entendit un homme parler, menacer sa maîtresse. Elle savait qu'ils patrouillaient la propriété cette nuit, car elle avait reçu l'ordre de rester à l'intérieur. Comment l'homme était-il entré ?

Elle ne se précipita pas à la rescousse, parce que son grand-père lui avait appris que seuls les imbéciles fonçaient tête baissée vers de possibles périls. Espérant que Louisa continuerait de dormir, elle avança sur la pointe des pieds et se cacha derrière la porte pour écouter des deux oreilles.

Lorsque l'intrus passa devant la chambre, portant Mrs Deagan sur l'épaule, elle aperçut sa silhouette et constata que c'était un grand homme large. Elle ne pouvait rien contre lui, par conséquent elle n'intervint pas.

Elle reconnut le bruit de la porte de derrière qui s'ouvrait puis se refermait, et laissa échapper un léger soupir de soulagement. Ouf ! Il ne l'avait pas vue.

Alors seulement elle descendit l'escalier à pas furtifs et tourna la grosse clé dans la serrure de la porte principale. Pourvu qu'il ne l'entendît pas !

Avant de se risquer hors de la maison, elle promena un regard à la ronde mais ne le vit nulle part. *Cours*, se dit-elle. *Cours plus vite que tu ne l'as jamais fait.*

Elle fila comme un lièvre vers l'écurie, où un groupe d'hommes raillaient Lester et les guetteurs. Ils semblaient ivres. Ils ne la remarquèrent pas, Dieu merci, elle les dépassa donc sans encombre.

Saisissant le bras de Lester, elle dit :

— C'est moi, Sally.

— Que faites-vous ici dehors, jeune fille ?

— Un homme s'est introduit dans la maisonnette et il a emmené Mrs Deagan. Il doit être encore dans la propriété.

Lester tira aussitôt son voisin par le bras.

— Cet individu est passé à travers les mailles du filet, maudit soit-il, et a capturé Mrs Deagan. La jeune fille pense qu'il n'est pas loin. Allez vite avertir le maître.

Le garde galopa jusqu'à l'arrière de l'écurie, où il avait vu Mr Deagan pour la dernière fois. Un gémissement le conduisit à quelque distance, vers une forme assise sur le sol, se tenant la tête.

Il expliqua en hâte à Mr Deagan ce qui s'était produit ; celui-ci se leva d'un bond, soudain alerte.

— Allez chercher Sim au bazar. Et des lanternes, autant que vous pourrez en trouver. Si l'intrus est encore dans la propriété, nous l'arrêterons.

Après un instant de réflexion, Bram appela d'une voix tonitruante :

— Mundy ! Vous êtes cerné ! Vous ne vous en tirerez pas impunément.

Un bruit plus loin le long de la clôture le fit pivoter sur ses talons. Ramassant la pierre qui l'avait heurté à la tête, il s'élança dans cette direction, hurlant :

— Par ici ! Par ici, tous !

Mundy stoppa net lorsqu'il entendit l'Irlandais crier son nom. Enfer et damnation, le petit fumier n'avait pas tardé à se remettre. Il aurait dû l'achever, mais il ne pouvait pas tuer un homme de sang-froid, il en était incapable.

— Ne vous approchez pas ! J'ai votre femme avec moi, claironna-t-il. Si vous venez trop près, je la blesserai !

Le cœur de Bram palpita de peur et de colère mêlées.

— Laissez-la libre et nous vous laisserons vous enfuir.

— J'ai besoin de cet argent. Votre femme ne vaut-elle pas cinquante livres ?

— Je ne les ai pas. Je vous dis la vérité, sapristi !

— Combien avez-vous ?

— Autour de vingt livres.

Silence, puis Mundy déclara :

— Apportez ça. Je la laisserai partir une fois que je serai sorti d'ici.

— Je vous donnerai l'argent seulement après que vous l'aurez libérée.

— Si vous tenez à sa vie, vous serez bien obligé de me le donner avant.

— Accordez-moi une minute pour réfléchir.

Bram sursauta violemment alors que quelqu'un lui touchait l'épaule. Il se retourna et découvrit Conn.

— Chut ! Il ne sait pas que je suis ici. Fais autant de bruit que tu peux pendant que tu te diriges vers la maison, et moi j'essaierai de m'approcher furtivement de lui.

Bram hésita. Malgré sa plus grande robustesse, Conn n'avait sans doute pas appris à se battre en traître, comme lui-même avait dû le faire.

— Non, c'est toi qui iras à la maison, lui chuchota-t-il, puis il haussa la voix pour annoncer à Mundy : D'accord. Mais l'argent est dans la maison. Il faut que j'aille le chercher.

— Ne vous avisez pas de me rouler.

— Je n'oserais pas. C'est mon épouse et mon enfant à naître que vous avez là-bas.

— Oh, merde ! Un bébé ! grommela Mundy, ses paroles très audibles dans l'air immobile.

— Vas-y, murmura Bram.

Conn se mit en route bruyamment tandis que Bram se baissait pour progresser en crabe dans l'espace qui le séparait de Mundy et d'Isabella. Il décrivit un large cercle, tâchant de ne pas entrer dans le champ de vision de son ennemi.

Alors qu'il se rapprochait, il constata que Mundy se retirait vers le terrain en friche. Le menteur ! Il n'avait aucune intention de tenir parole.

Bram se sentit bouillir de colère.

Isabella était toujours sur l'épaule de Mundy, la tête ballante et les bras attachés, une position horriblement inconfortable. Elle percevait la tension qui émanait de son ravisseur et était certaine que le moindre obstacle le ferait basculer dans la violence. Elle avait écouté les échanges avec attention et savait que Bram était à proximité, ou l'avait été. Mais il était maintenant parti chercher l'argent.

Elle avait mal au cou et sa situation d'impuissance lui répugnait, mais à quoi bon s'agiter ? Mundy ne plaisantait pas quand il avait menacé de l'assommer si elle se débattait. Néanmoins, elle bougea légèrement la tête pour atténuer la douleur et observer les alentours.

Soudain, elle vit une tache sombre se déplacer derrière Mundy. Elle plissa les yeux. Il y avait bel et bien quelqu'un.

Mais alors, Mundy commença de s'éloigner subrepticement de l'écurie en direction de la friche. Revenait-il sur sa parole, tentait-il de s'échapper sans attendre l'argent ? Elle s'alarma. Que comptait-il faire d'elle, dans ce cas ?

La tache sombre devint une silhouette masculine qui continua de les suivre dans la nuit terne. Mais l'homme ne gagnait que peu de terrain et elle redouta que Mundy réussît à se sauver et à la transporter au loin. Il devait avoir pris ses dispositions pour fuir. Et s'il la tuait d'abord ?

Elle tâcha de dresser davantage la tête mais Mundy gronda :

— Tenez-vous tranquille, sinon vous aurez des ennuis.

Elle baissa donc de nouveau la tête et attendit un instant, mais le seul moyen qu'elle voyait pour ralentir Mundy et permettre à l'homme qu'elle espérait secourable de les rejoindre était de se démener. Elle respira profondément et se mit à s'agiter en tous sens, s'efforçant de taper des pieds contre le torse de Mundy.

— Garce idiote ! Tiens-toi à carreau ou tu le regretteras.

Elle resta immobile un moment et le sentit se détendre. L'homme qui les suivait s'était rapproché pendant qu'elle luttait et elle était presque sûre qu'il s'agissait de Bram. Elle patienta encore, puis elle rassembla toute son énergie pour essayer de glisser de l'épaule de Mundy, le martelant de nouveau avec les pieds.

Avec un cri rageur, il la jeta à terre, lui coupant le souffle. Il recula la jambe pour la frapper et elle voulut rouler hors de sa portée, mais n'y parvint qu'à moitié ; la lourde botte lui percuta l'épaule. N'eût été le bâillon, elle aurait poussé un hurlement.

Tandis que Mundy ramenait la jambe pour la frapper de nouveau, Bram jaillit de l'obscurité derrière lui, bras levé, et lui asséna un premier coup sur la tête, un deuxième alors qu'il grognait de douleur, puis un troisième qui le fit s'écrouler sur le sol.

— Par ici ! Je l'ai ! hurla Bram à pleins poumons.

Des pas s'approchèrent d'eux. Quelqu'un jura, quelqu'un d'autre surgit de la pénombre et ils furent soudain entourés par un groupe d'hommes.

— Assurez-vous qu'il ne s'échappe pas, ordonna Bram, puis il se précipita près d'elle, la délivra du bâillon. Es-tu saine et sauve, ma chérie ?

— Je le suis maintenant.

— Dieu merci ! Laisse-moi dénouer cette corde.

Il la retourna délicatement. Elle grimaça et cria lorsqu'il toucha l'épaule atteinte par la botte de Mundy. Il proféra des imprécations comme il peinait à défaire la fine corde qui lui liait les mains, puis il eut une exclamation de triomphe et elle sentit qu'elle avait les mains libres. Elle ne put s'empêcher de gémir quand elle les remua et éprouva des picotements vifs.

Bram l'enlaça, lui couvrit le visage de baisers, laissant les gardes s'occuper de Mundy.

La voix de Sim retint leur attention quelques secondes.

— Je vais prendre cette corde, monsieur. Je le ligoterai, puis nous appellerons les policiers.

Il se détourna.

Conn vint s'accroupir près d'eux.

— Est-elle indemne ?

Isabella répondit elle-même :

— Un peu contusionnée seulement.

— À présent, si j'étais un véritable héros, murmura Bram, je te porterai usqu'à la maisonnette. Mais je ne suis pas assez charpenté. Conn, accepterais-tu de m'aider ?

— Bien sûr. Tu prendras sa tête et je prendrai ses pieds.

Isabella réprima des tressaillements tandis qu'ils la portaient sans pouvoir éviter les secousses sur le sol inégal.

Rien ne lui avait jamais paru aussi moelleux que son lit. Quelqu'un alluma une bougie et la leva. Isabella ferma les yeux durant quelques instants, soulagée d'être de retour à l'abri, puis elle regarda son époux.

— Tu es un véritable héros, dit-elle.

Bram lui sourit et regarda son ami de l'autre côté du lit.

— Merci, Conn.

— Je suis heureux de rendre service. Dois-je aller superviser la remise de notre prisonnier à la police ?

— Oh, oui, s'il te plaît, dit-il, puis il se retourna vers son épouse. J'ai à veiller sur une personne bien plus importante.

Lorsque Conn fut sorti, Bram la serra doucement contre lui et enfouit le visage dans ses cheveux.

— S'il t'était arrivé malheur, je crois que j'aurais perdu la raison. Laisse-moi t'étreindre un petit moment.

Après un dernier baiser, il se redressa, gardant sa main dans la sienne.

— Je vais envoyer quérir le médecin.

— Ce n'est pas nécessaire, pour une simple épaule meurtrie.

— Mais notre enfant ?

— Je suis certaine que le bébé va bien. Mundy m'a frappée à l'épaule, pas au ventre.

— Nous allons nous en assurer. Ah, Sally ! Entrez. Pouvez-vous prendre soin de Mrs Deagan ? Cette intelligente demoiselle a vu Mundy t'emmener, expliqua-t-il à Isabella, et a eu la présence d'esprit de ne pas se montrer. Une fois qu'il a été parti, elle a couru demander de l'aide. Vous avez agi à merveille ce soir, Sally, vraiment.

La jeune fille leur adressa un sourire radieux et posa la lampe qu'elle avait apportée.

— Je suis contente que vous soyez indemne, madame Deagan.

— Comment se porte Louisa ?

— C'est incroyable, mais elle a dormi durant tout ce tumulte. Puis-je vous préparer un thé ? Ma mamie affirme que le thé est le meilleur remède qui existe.

— Je serais ravie d'en boire un. Et j'aimerais de l'eau pour me laver. Je me sens poussiéreuse. Bram, va régler la situation. Sally me bichonnera.

Il s'en alla. Elle laissa sa tête retomber sur l'oreiller et palpa son épaule avec précaution. Celle-ci était plus douloureuse qu'elle ne l'avait admis, mais elle ne voulait pas du tracas d'un médecin. Elle souhaitait seulement reprendre sa vie ordinaire et ne plus subir menaces ou perturbations.

Bram revint une demi-heure plus tard et la trouva appuyée contre des oreillers, le visage rose et propre, en train de partager une seconde théière avec Sally.

— Tu as meilleure mine.

— Les policiers l'ont-ils emmené ?

— Oui. Et il ne sortira pas de prison avant longtemps, selon Conn. Il les a accompagnés pour vérifier que la procédure était respectée. Les complices de Mundy, qui ont feint l'ivresse pour détourner notre attention, ont décampé aussitôt après sa capture. Un garde a néanmoins pu attraper l'un d'eux, qui aura donc affaire à la police lui aussi.

— Très bien.

— Je descends le plateau du thé, dit Sally.

Mais ils ne répondirent pas, trop occupés à se tenir les mains et à se sourire.

Soudain, Isabella repensa à quelque chose.

— Bram ! L'inauguration du bazar aura lieu demain et nous n'avons pas eu un instant de sommeil.

— Tu n'iras pas à l'inauguration. Tu as besoin de repos, pour toi comme pour le bébé.

— Si tu veux m'empêcher de participer à l'inauguration, il faudra que tu me ligotes et que tu me réduises au silence.

— Mais Isabella…

— Je ne céderai pas, Bram. Je refuse d'être exclue.

— Tu as la conviction que tout va bien ?

Il posa doucement la main sur son ventre. Elle couvrit sa main de la sienne.

— Je ne ressens ni douleur ni tiraillement. Je ne me fatiguerai pas, mais tu ne me priveras pas de l'ouverture de mon propre bazar.

— Tu es une parfaite épouse de négociant, dit-il avec un sourire d'excuse. Bon, tâche de dormir quelques heures. Je vais fermer les portes à double tour et envoyer Sally se coucher.

Il se dirigea vers l'escalier, chantonnant avec joie :

— Adieu voleur détestable, bonjour clientèle aimable !

Épilogue

La petite fanfare que Bram avait engagée parcourait lentement la grand-rue dans un sens puis dans l'autre, jouant une marche entraînante. Deux hommes flanquaient les musiciens ; ils portaient au bout de perches des pancartes annonçant :

Bazar Deagan
Inauguration aujourd'hui
Dix heures
De bonnes affaires pour tous

Il les regarda commencer leur parade, empli de fierté, puis retourna en hâte au bazar. Dougal avait accepté de couper un ruban à l'entrée du magasin lorsque dix heures sonneraient. Il amènerait sa sœur, en revanche sa mère ne serait pas là. Personne n'avait vu Mrs McBride depuis le jour où le capitaine était revenu de son voyage.

Isabella était assise sur une chaise près du seuil du magasin, le bras en écharpe, le visage pâle, quelques ecchymoses le long de la mâchoire. Chaque fois qu'il les voyait, Bram avait envie de rosser Mundy.

Conn se tenait face à eux, impeccablement vêtu, élégant comme lui seul pouvait l'être. Il avait à son côté des dignitaires de la ville.

L'heure de la petite cérémonie approchant, Bram alla offrir le bras à son épouse. Des gens montaient par le chemin et un auditoire plus vaste qu'il ne s'y attendait s'était déjà assemblé.

— Comment te sens-tu ? demanda-t-il à Isabella.

— Très bien. Je ne cesse de te le répéter, seule mon épaule est endolorie.

— Alors ne reste pas en retrait. Ce bazar est notre œuvre. Je n'aurais pas pu le monter sans toi.

Elle prit place avec lui, heureuse, et Sim s'avança pour réclamer le silence de sa voix forte d'ancien sergent de l'armée.

Lorsque les gens furent attentifs, il continua, ses propos portant jusqu'à ceux qui arrivaient encore.

— Je prie le capitaine de prononcer quelques mots, puis d'inaugurer le bazar.

Il se mit à applaudir et tous firent de même. Dougal se campa devant le ruban.

— Je ne tiendrai pas un long discours…

— Bravo pour ça ! cria quelqu'un.

Souriant, il poursuivit :

— Mais je voudrais dire que Fremantle a de la chance qu'un homme comme Bram Deagan installe un magasin ici et fournisse un service à nul autre pareil, proposant à la vente des marchandises et des objets fabriqués par des artisans talentueux, ainsi que des spécialités orientales. J'ai eu le plaisir de visiter le bazar et d'y voir non seulement des choses dont chacun a besoin, mais aussi des articles rarissimes dans la colonie de Swan Hill.

L'auditoire lança des cris d'enthousiasme, à l'instigation des hommes que Sim avait méticuleusement postés.

Bram serra plus fort la main de son épouse et lutta contre l'émotion qui l'étranglait.

— Par conséquent, comme je suis certain que vous êtes tous impatients de découvrir l'intérieur, je déclare le bazar Deagan officiellement ouvert, termina le capitaine McBride.

Il prit les ciseaux et coupa le ruban avec soin.

Bram s'avança.

— Merci, capitaine McBride. Et maintenant, j'aimerais vous souhaiter à tous la bienvenue et vous inviter à entrer. Le bazar ouvre ses portes !

Les gens se précipitèrent et il écarta Isabella de leur passage.

— Je vais m'asseoir à cette table près de la porte et encaisser l'argent, dit-elle d'un ton ferme. Je veux participer.

Lorsque le bazar fut plein de clients, Dougal alla chercher sa sœur, qui était demeurée invisible.

— Es-tu persuadé que c'est la chose à faire ? lui demanda Flora.

— J'en suis certain. J'ai répandu le bruit que notre mère allait déménager, que toute cette histoire a été une bévue causée par sa confusion d'esprit, et je vais montrer à tous que je m'enorgueillis d'être ton frère. Nash nous rejoindra dans quelques minutes ; nous bavarderons aimablement ensemble pour prouver que je ne suis pas fâché contre lui.

Il sentit la tension dans le bras qu'elle posa sur le sien, mais il s'avança d'un pas assuré avec elle, souriant de l'air le plus insouciant du monde.

Si certains persistèrent à leur tourner le dos, essayant d'être discrets, beaucoup n'en firent rien.

Certes, cela prendrait du temps ; il n'empêche que son plan fonctionnait.

Entrant avec son fils, Mitchell fouilla le bazar des yeux et aperçut Dougal. Il dit au garçon d'aller trouver quelque chose à acheter pour fêter cette journée, puis se faufila à travers la foule jusqu'au capitaine.

Ils se saluèrent cordialement et se mirent à deviser. Le bruit autour d'eux diminua un peu alors que les gens tendaient l'oreille. Mais au lieu de distinguer leur échange, les curieux eurent la stupeur d'entendre une voix d'enfant s'élever, furieuse, à l'autre bout du magasin.

— Mon papa ne partage pas la chambre à coucher de Miss McBride ! Il partage une chambre avec moi et nous n'entrons jamais là-bas. C'est une chambre de dame.

Les têtes pivotèrent : deux garçons se foudroyaient du regard.

— Et si jamais tu redis ça, je t'enverrai mon poing dans la figure ! ajouta Christopher, puis il s'avança, la mine si féroce que l'autre recula.

— Bien d'accord, petit ! lança un homme, ce qui détendit l'atmosphère.

Les gens rirent et les conservations reprirent. Mitchell présenta ses excuses à Dougal.

— Je suis désolé. Il dit toujours exactement ce qu'il pense et, maintenant qu'il parle à nouveau, il est difficile de l'arrêter. C'est en partie grâce à votre sœur.

— À mon avis, il a eu raison de riposter. Si les enfants racontent des choses, cela révèle seulement combien le poison s'est propagé.

— Vous n’êtes pas contrariée, mademoiselle McBride ? demanda Mitchell à Flora.

— Bien sûr que non. Je ne crois pas avoir eu un jour un défenseur aussi passionné, répondit-elle, rayonnante.

Après cet éclat, elle remarqua que davantage de gens lui souriaient et, comme elle la croisait, la directrice d’école Miss Marley s’arrêta pour lui murmurer :

— Je suis très contente que tout rentre dans l’ordre. Amenez Christopher à l’école après-demain.

Une fois que toute l’animation eut cessé et que seule la lumière du veilleur de nuit brilla dans le bazar, Bram et Isabella s’assirent pour compter la recette de la journée.

— Je n’arrive pas à croire que nous avons gagné une somme pareille aujourd’hui, dit-il alors qu’ils faisaient le total de la dernière colonne de chiffres.

— C’est un début extraordinaire. Et les articles de Mr Lee se sont bien vendus. J’espère que Dougal retournera à Singapour lors de son prochain voyage. Il faut que nous commandions de nouvelles marchandises.

— Rangeons cet argent et allons au lit. Tu en as fait plus que de raison pour une seule journée.

— Je suis plus solide que tu ne le crois, dit-elle en souriant.

— Tu es parfaite à tous égards, mais laisse-moi te gâter de temps en temps. S’occuper de son épouse rend un homme heureux.

— Et tu me rends heureuse en étant simplement… toi-même, dit-elle en lui prenant la main. Je t’aime, Bram Deagan. Tu le sais, n’est-ce pas ?

Il lui pressa la main avec vigueur et répondit, d'une voix rauque d'émotion :

— Malgré les différences entre nous.

Elle l'amena à elle et lui enlaça le cou.

— Ne dis pas cela, mon chéri. Ne dis plus jamais cela. Les différences sont ce qui nous rend forts, ce qui nous lie et qui enrichit notre vie. Je ne peux pas imaginer un homme, gentleman ou non, qui soit fait pour moi comme tu l'es.

— Oh, Isabella, je crois que je n'ai jamais connu, de toute ma vie, un bonheur aussi intense.

Il lui donna un baiser, puis l'étreignit. Et leurs gestes en disaient autant sur leurs sentiments mutuels que leurs paroles.

Soudain, elle bâilla et s'écarta avec un petit rire.

— Nous avons des années devant nous pour nous aimer, mais je dois avouer que je serais contente de retrouver notre lit maintenant. Je suis fatiguée. Ne l'es-tu pas ?

— Si. Monte en premier ; je vais m'assurer que nous sommes bien à l'abri.

Tandis qu'elle gravissait l'escalier, elle l'écouta vérifier que tout était fermé au rez-de-chaussée, y compris le nouveau verrou de la porte du fond, quoiqu'il l'eût poussé lui-même un moment plus tôt.

Comme Bram, elle n'avait pas éprouvé un tel bonheur depuis l'époque où elle était une enfant insouciante, étourdie. Elle s'émerveilla de l'avoir rencontré, et à Singapour, de découvrir tous ces lieux. Comment les Lee avaient-ils su qu'il ferait un aussi bon époux ? Elle devrait leur écrire et leur dire à quel point elle était heureuse. Elle sourit. Ils jugeraient plus important le fait qu'elle et Bram travaillaient de manière fructueuse ensemble.

— N'es-tu pas déjà au lit ?

Il chuchota d'une voix douce à son oreille, posa des lèvres plus douces encore sur les siennes.

L'épouse du négociant soupira d'aise et se prépara au coucher, puis s'allongea près de l'homme qu'elle aimait et resta éveillée pendant au moins deux minutes supplémentaires.

Souriant dans l'obscurité, Bram garda ses bras autour d'elle. Demain était un autre jour. Et, avec Isabella à son côté, partageant sa vie, l'aimant autant que lui l'aimait, qui savait ce que l'avenir lui réservait ? Ce qu'il avait à présent dépassait ses rêves les plus fous, mais il continuerait de travailler dur : pour elle, pour ses futurs enfants, pour sa famille là-bas en Irlande, aussi. Mais, par-dessus tout, pour elle.

Cet ouvrage a été composé
par Facompo (à Lisieux)

Impression réalisée par
CPI France
en mai 2021
pour le compte des Éditions Archipoche

IMPRIM'VERT®
Votre imprimeur agit pour l'environnement

Imprimé en France
N° d'édition : 682
N° d'impression : 3043283
Dépôt légal : juin 2021